Фигль-Мигль
ВОЛКИ И МЕДВЕДИ

ФИГЛЬ-МИГЛЬ

ВОЛКИ И МЕДВЕДИ

ЛИМБУС ПРЕСС
Санкт-Петербург

УДК 821.161.1-31
ББК 84 (2Рос-Рус)6
КТК 610
Ф 49

Фигль-Мигль

Ф 49   Волки и медведи: Роман. – СПб.: Лимбус Пресс,
ООО «Издательство К. Тублина», 2013 – 496 с.

В отдаленном будущем Петербург ничуть не более безопасен, чем средневековое бездорожье: милицейские банды конкурируют с картелями наркоторговцев, вооруженными контрабандистами и отрядами спецслужб. Железный Канцлер Охты одержим идеей построить на развалинах цивилизации Империю. Главный герой, носитель сверхъестественных способностей, выполняя секретное задание Канцлера, отправляется в отдаленные – и самые опасные – районы города.

Роман еще в рукописи вошел в Короткий список премии «Национальный бестселлер» – как и роман «Щастье», в продолжение которого он написан.

ISBN 978-5-8370-0649-4

www.limbuspress.ru

Со второго этажа
Полетели три ножа.
Красный, белый, голубой –
Выбирай себе любой.

ЧАСТЬ ПЕРВАЯ

ВООБРАЖЕНИЕ И ОПЫТ

(их плутни)

1

В тот день, когда Фиговидцу прислали уведомление об инвалидности, стояла прекрасная погода. Если небо и обрушилось на землю, он этого не заметил. («И даже, скажу, было роскошно».) Васильевский остров, казалось, замело по верхушки деревьев, и сады, космато оснеженные по сучьям, издали стали неотличимы от сугробов. Беспомощный, он сравнялся с чуждым миром, и даже занесённая, замирённая, бежавшая под лёд – быть может, глубже, чем под лёд, под землю – Нева больше не служила ему защитой.

Но всё в этом сугробе жило, приглушённо дышало. Топились печи, и над трубами покачивались серо-розовые дымки, отличавшиеся на фоне серо-розового неба только тем, что в небе был золотистый солнечный отсвет, и стояло оно неподвижно. Яркие зимние птицы облепили многочисленные кормушки, тропинки петляли, огибая снеговые горы, уходили в проложенные в снегу тоннели. Про иную гору трудно было сказать, беспримесный это снег или гора-дом, полупогребённый, полупреображённый снегопадами, – и только понаблюдав за сноровистой рысцой пешеходов, ты угадывал жильё или тупик.

Какой-то кот трусил по тропке, кот такой лохматый и встопорщенный, что, если бы не задранный трубою хвост, он был бы похож на ёжика – восхищённая тварь, единственный такой во вселенной. И небо полнилось тем драгоценным светом, который иногда чувствуется за облаками, а иногда – нет. Природа не носит траура по филологам-расстригам.

Он зашёл на почту, и на него хлынул торжественный запах горячего сургуча. Этот запах, собственно, и был почтой, первым приходя на ум и последним выветриваясь из ноздрей; он содержал в себе коричневую крафтовую бумагу для бандеролей, шершавые бланки телеграмм, громоздкие столы, и открытые чернильницы, и тусклую радужную плёнку на поверхности всегда фиолетовых чернил – а ещё почтовый вагон павловского экспресса, острую грусть железных дорог, их призыв. («Как легко сломать человека! – говорит Аристид Иванович. – Дурацкая бумажка с печатью – и ему уже ничего не нужно, он хочет переехать в Павловск и выращивать розы. В нашем-то климате».)

Фиговидец присел, взял ручку, протёр запакощенное перо носовым платком и, уже обмакнув перо в чернила («куда, – отчётливым казённым голосом спрашивал типографский шрифт бланка, – кому»), спохватился. Перевернул бумагу и на чистой стороне что-то нарисовал и накарябал. («Ни в куда. Никому. До востребования».)

Крышка стола была обтянута зелёным сукном, а поверх сукна лежало стекло, а на стекле, которое чаще протирали посетители локтями, чем уборщица тряпкой, царапины чередовались с засохшими чернильными точками, и образцы заполнения бланков под стеклом казались засиженными мухами.

С деревянной части вставочки тихо отшелуши-валась алая краска. (А ещё они были жёлтые, тёмно-синие и коричневые, но не здесь, не на почте). Дома он таким пером писал только письма: тщательнее обычного выводя буквы, аккуратно делая нажимы в нужных местах, всё больше по наитию разводил каллиграфию. Но грубую бумагу бланка перо при нажиме рвало или сочно летели брызги (вот туда, туда он уедет, в бархатную ночь этой кляксы), и, если на листке удавалось появиться каким-то буквам, они вскоре расплывались в мохноногие, мохнорукие каракули, и думать нечего было о том, чтобы добиться классического бойкого скрипа.

В этот пустынный час только какой-то старик в полушубке и валенках («Фольклорист», – решил Фиговидец) покупал марки, медленно возводя на прилавке уютную кучу из марок, мелочи, разнокалиберных разноцветных конвертов, да служащие за своим невысоким деревянным барьером поворачивались, как сквозь сон, – и где-то рядом текла автономная жизнь их ловких рук. Всё было так мирно, так нерушимо. Безнадежно. И он ещё немного поваландался.

Он зашёл в университет и – не снимая расстёгнутого пальто, руки в боки – прогарцевал по коридорам, выбирая самые людные; но, людные в перемену, сейчас (Фиговидец посмотрел на часы: шла третья пара) они были пусты, и лишь одинокий силуэт, тень с неправдоподобно зоркими глазами, метнулся, углядев его, к стене и по стене – вбок и прочь, в спасительную дыру ближайшей кафедры. Подловато шоркнула дверь.

За другими дверями шли занятия; приходило ли Фиговидцу когда-либо в голову, что он будет прислушиваться, не зная, куда себя деть, медлить, теряться? «А что до морфологического критерия, – с эпической ровной силой повествовал лектор, – так это не более чем беспардонные выдумки московской фонетической школы», – и эти слова, и этот терпеливый голос, вообще-то известные наизусть, отдались в его ушах погребальным звоном откровения. Не читать больше лекций; не проталкиваться, с трудноудерживаемой пачкой книг и рукописей, к буфету, небрежно помавая студентам, чтобы те посторонились. Не умирать от скуки на заседаниях кафедры, не язвить на конференциях, не снисходить, не вспыхивать гневом. И докторская не дописана. И нет причины её.

Нашлась пустая, смиренно крохотная аудитория: преподавательский стол и напротив две парты в ряд. Окошко в толстой стене – нигде больше нет таких широких подоконников; ах, лечь бы на него, приклонить голову – оказалось с той стороны полностью занесённым снегом. И, как снег, занёс выбоины и трещины чёрной доски мел: этот уже не растает. Фиговидец и на доске затеял что-нибудь написать. Прелестный серо-голубой, жемчужный, палевый свет наполнял комнатку,

10

весь огромный мир: туда три шага, сюда – пять. Тычась в поисках куска мела, он прочёл щедрые надписи на партах: перочинный нож, чернила, неистребимые школярские шутки и горести. (Ему тотчас расхотелось пополнять этот запас бранных, но неострых слов – да и в какой, кстати, манере: оригинальничать? держаться канона?) И на обратном пути, пусть он и шагал прежней дорогой с прежним ухарством, ему уже страшно было наткнуться на знакомых, которые будут старательно отводить глаза и врать. Или того хуже: убогие слова, добрые чувства, бледные от неловкости новоявленные друзья. (Все преимущества простой инвалидности перед остракизмом.) Как будто стоит доброхотам заговорить о самоуправстве Ректора, трусости людей, да всём таком, тотчас под золототкаными душистыми ризами трагедии проглянет похабная нагота балагана: белый свет на меня восстал, боги разгневаны; при чём тут Ректор?

Он перешёл Неву прямо по льду, сел в первый же трамвай и поехал куда глаза глядят. Добротные звуки движения, весёлый звоночек, особая холодная бодрость полупустого вагона его развлекли. Трамвай был частью Города, праздничным воспоминанием о летней дороге на Царскосельский вокзал, о поездках в музеи, в парки, на утренние спектакли в опере. Снаружи вагон был такой ярко-красный, а внутри такой деревянный, собранный из дощечек обшивки, длинных реек лавок. Ближе к выходу на стенке висела круглая плоская латунная коробка для использованных билетов. Латунь была и в пряжках кожаных ремней на поручне. И всё это вспыхивало, полыхало, только не огненно, но каким-то райским, мягким и нежным пламенем. Казалось, что ты внутри волшебного фонаря; а ведь ещё можно было стать на колени, под неодобрительные взгляды в спину, потянуться к стеклу, насладиться панорамным мгновением, пока не заставили сесть как положено. Он и сейчас выворачивал шею, недовольный видом в доступных окнах. То окно, к которому сидишь спиной, всегда приманчивее: с чего бы?

Город был вычищен, выскоблен; глядя на тротуар, и не поймёшь, что зима. О, здесь снег лежал совсем, совсем иначе, в строго отведённых местах – скверы, например, с аккуратными сугробиками вдоль аллей, газоны под деревьями. С крыши деятельная рука столкнула рыхлый ком, и молниеносно налетел дворник, коршун в куркульском тулупчике, с лопатой, с тележкой. Городской совет, будь его воля, вовсе бы отменил эти неопрятные месяцы, когда небо валит и валит вниз непрочную, усложняющую жизнь красоту. И март-апрель с их лужами и капелью. И листопад.

Сердитые чопорные старушки напротив избегали на него смотреть. Он слишком очевидно был с В.О., а они слишком хорошо помнили времена, когда только отпетые эксцентрики держались на равных с умственной обслугой. Фарисеи в то же время одинаково презирали и богатых, и плебеев из-за реки. Теперь, когда нравы смягчились и многое тайное вышло наружу, это комичное недоразумение прояснилось до вражды.

Он положил руку на деревянную лавку, присмотрелся. И это дерево, всё равно живое и тёплое под тороватым слоем лака, так явственно напомнило ему радостный, жёлтый, бессмысленно и беспредельно солнечный день из детства, что он заморгал.

Он сидел, возил пальцем по лавке и думал, что эти чувства, при должных таланте и тщательности, можно выразить словами, более того, выразить так, что и читающему они станут доступны во всей своей благовонной непосредственности. Но поскольку он был не писателем, а учёным, то, любя слова и доверяя им, никогда не отдавался в их власть, да и о доверии говорить можно было лишь метафорически, условно и с хитрецой, примерно как о подразумеваемом пакте ненападения между любовниками, друзьями, государствами.

И в укор, в отместку наилучшие, любимейшие слова пропадали, проваливались, соскакивали на ходу с бегущей подножки трамвая, с отяжелевшей подножки прежде такого стремительного вагончика мыслей и образов.

Когда трамвай окончил свой путь в глубинах Коломны, Фиговидец соскочил на выметенную брусчатку и первым же делом, подняв голову, увидел беспощадную, нагло-яркую вывеску фриторга – того самого, в чьё появление в Городе отказывался верить. Теперь верить или не верить приходилось собственным глазам.

И жизнь продолжилась. («Случай твой самый простой, терпеть его надо без жёлчи».) Единственным временем, когда он мог дышать свободно, были закат и вечерние сумерки: утром ему было тошно, днём – тяжко, а ночью – страшно. В разгаре зимы заката и сумерек всего полчаса, и мало-помалу, не успевая перевести дыхание, Фиговидец вмёрз в своё горе. За плотно запертыми дверями он выплакивал, выкрикивал в рыданиях душу, а на людях с растущей ожесточённостью бросался на каждого, любого, кто подворачивался под руку: язвил, калечил. Ему было больно, но страх он утратил, полагая, что худшее уже случилось, – а за самоё жизнь он, как ему казалось, не цеплялся.

В эти сумрачные дни Фиговидец неожиданно для всех, включая себя, сошёлся с Аристидом Ивановичем.

После смерти Вильегорского старик предсказуемо сдал. Сперва он не верил – и особенно похороны утвердили его в мысли, что разыгрывается искусственный и непристойный фарс. Он протолкался к гробу, долго всматривался в мёртвое лицо и наконец сказал, не в полный голос и сквозь зубы, но повелительно и с каким-то нетерпением: «Вильегорский, вставайте! Хватит уже дурачиться!» Он так настырно и цепко хватал бортик гроба, что скорбящим помни́лось, будто Аристид Иванович вот-вот туда полезет, и они стояли наготове, но никто не рискнул вмешаться, пока он наконец не отошёл сам и запыхтел. Тогда его бережно приняли под руки.

Потом он гневался и дал волю не горю, а своему дурному характеру. Аристид Иванович не мог вообразить, что человек, который, как вдруг оказалось, занимал в его жизни такое важное место – что с того, что они были враги, соперники, – посмеет его оставить. Люди, да ещё в таком возрасте, редко умирают по своей воле, намекал Аристиду Ивановичу внутренний голос, но Аристид Иванович не желал слушать, тем более что у него в запасе было много внутренних голосов. Он всегда мог выбирать и сейчас выбрал голоса позлее, поотчётливее, без потуг на нелицеприятность – и вот те-то разорались со всей отвагой, с удовольствием, представив покойного кругом виноватым.

В порыве гнева Аристид Иванович выразил готовность взять к себе животных – всю компанию, пёсиков и котиков, – но родственники Вильегорского в ужасе дрогнули, и звери разлучились, разойдясь по семьям племянниц.

«А! – сказал Аристид Иванович. – А!» И теперь от него шарахались не только аспиранты и члены учёного совета, но и прохожие на улице, даже бакалейщик, даже мясник. Внешне он стал спокойнее, ведь гнев – это не всегда косматый зверь или пламя пожара. Гнев стал угрюмой яростью льда, бесстрастно вползающего на всё новые пространства, вчера ещё весёлые леса и чистую воду. Он стал спокойнее, а страху нагонял больше прежнего, вдобавок к языку, за которым и раньше не следил, распуская руки. Дивное было зрелище, когда Аристид Иванович, в полном самообладании, подпирал своё мнение клюкою, без разбора лупя по рукам и спинам мужчин, женщин, детей. Палка была добротная, бешенство – непритворно, пострадавшие напрасно делали вид, что всё понимают. («Ненависти теперь прощается всё, любви – ничего».) С Фиговидцем, случайно выскочившим ему под ноги между двумя сугробами, он попробовал тот же финт, но не на того напал. Стоило старичишке размахнуться, как его палка порхнула в одну сторону, а сам он – в другую.

– И без того не жизнь, а мука! – крикнул Фиговидец с сердцем. – Так ещё от старых пердунов проходу нет!

Аристид Иванович взглянул из сугроба с просыпающимся интересом. Они были, безусловно, шапочно знакомы, и старик – лучше, чем показывал, – знал всю историю. Но он и не предполагал такой... гм... силы духа. Столь полновесной решимости Всё Попрать.

– Всему своё время, – сказал он примирительно. – Можно бы сперва отобедать, а потом уж мучиться. Душенька мой! Да помогите же дедушке подняться!

И они отобедали вдвоём, а потом это вошло в привычку, и оба постепенно если не оттаяли, то приноровились к колючему льду друг друга. И хотя каждый считал, что подобное знакомство для него – шаг вниз, только оно их и спасало.

2

Умбс. Умбс. Бэнц! Я не сразу понял, что это капли воды стучат в жестяной таз. Кривобокий, ржаво-грязный, он притулился в углу кабинета, строго под пакостным лилово-жёлтым потёком на потолке, и вид имел жалкий, хотя храбрился. Вся роскошь, как её понимают в администрации Финбана, была налицо: неподъёмная полированная мебель, хрусталь, ковры, застеклённые портреты, – и вот она давила на него и давилась им, словно говорящим удручённо: понимаю и сам стыжусь, но я ведь не просто так, я при деле.

Плюгавый проследил направление моего взгляда.

– Разруха, – сказал он горько. – Разруха во всём. А ты что сделал для Родины?

– То есть чинить эту крышу должен был я?

16

– Не передёргивай, гнида! – завопил он немедленно. – Не передёргивай! Ежели б ты на *своём* месте работал как положено – –

– А что, есть претензии?

Гнусный пыжик свёл бровки, откинулся в кресле, намеревался просипеть, а на деле прокукарекал:

– Почему Календула до сих пор живой ходит?

Календула был самый известный контрабандист нашей провинции. К пятидесяти годам он получил всё, кроме «плаща цвета календулы», о котором, как гласит молва, мечтал с детства, – и оттого, что никто так и не сумел дознаться, что же это за цвет, прозвище чем дальше, тем гуще отливало грозными ядовитыми красками, цветами злодейств, цветами триумфов. Характер у него был вспыльчивый, список врагов – длинный, кошелёк – толстый. Отличный клиент.

– А с чего ему становиться мёртвым? Я всё сделал как положено.

– Вот! Во-о-от! А думал бы ты, Разноглазый, не о своих амбициях, а о Родине да о государственной необходимости, так у тебя «как положено» по-другому бы вышло, да. Как положено – это с мыслью о благе отечества, вот это как! Ночей недосыпать! Куска недоедать! Родина скажет: «умри», – лёг и умер! Родина скажет: «проблема», – пошёл и решил!

У контрабандистов всегда хватало проблем, и сами они поставляли проблемы с избытком. Задорные, вольнолюбивые, негодные к мирному труду, слишком лакомые куски они хватали, слишком наглыми глазами смотрели. Их зажиточность, их скупердяйство, их жизнь нарочито на отшибе, – всё ставилось в строку. И хотя многие пасти щёлкали зубами и лили слюну, ни одна не разевалась достаточно широко, чтобы их проглотить. На граничащей с Охтой земле Канцлер только что ввёл протекторат, то есть обложил посёлки контрабандистов данью, и глухие, искажённые известия об этом деянии повергли нашу администрацию в завистливый ступор.

— Ваша Честь, — сказал я мирно, — у тебя для этого начальник милиции есть. Пусть предъявит да посадит — —

— Календуле предъявит? Календулу посадит?

Я только улыбнулся. Плюгавый прекрасно знал, что Календула в состоянии сам кинуть предъяву любому. Он даже знал, что я это знаю.

— С тобой сейчас поговорят.

— Это правильно.

Морда Плюгавого приобрела такой вид... ну, какой бывает, когда истеричная шелупонь изображает облечённую властью невозмутимость. Впечатление он довершил следующими словами:

— Чего пялишься, гад? За идиота меня держать придумал? Я на тебя, гниду, золотое время потратил, а мог бы... мог... Встать! Пошёл!

Надо отметить, что я и без того стоял, разве что не по стойке «смирно». А поскольку Плюгавый резко выскочил из кресла и метнулся к двери, выглядело всё так, будто он отдаёт команды самому себе. Провеяв серым крылом пиджака и запахом зоопарка, летящему по коридору. Должность его называлась «зам по безопасности».

Кабинет, куда он меня отконвоировал, явно принадлежал чиновнику рангом повыше, и всего в нём было вдвое: мебели, хрусталя, портретов и потёков на потолке — простодушных свидетелей абсурда, до

18

которого можно довороваться. Но стул или там коврик у порога мне и здесь не предложили.

В одну из стен был вмонтирован сейф, и, чтобы кознестроителям и шпионам не было лишней возни и сомнений, его украшала надпись «СЕКРЕТНО» аршинными буквами. Аналогичные надписи имелись на сваленных на столе папках грязно-белого, грязно-серого и неожиданно мечтательного голубого цвета. Между сейфом и столом втиснулся в кресло колобок в пиджаке, по виду в точности из тех начальствующих колобков, нутро которых отторгает всё, что нельзя безотлагательно сожрать, а ум – любые не включённые в таблицу умножения нюансы, а в сущности человек быстрый, хитрый, изобретательный и с планами, человек той сердцевины – под слоем внешности и внешней повадки, – которую поэтическое воображение любит рядить в кружева да бархат. Фамилия его звучала как погоняло: Колун. Подчинённые обходились словом «хозяин», из-за чего, поскольку в особнячке администрации таких хозяев было пятеро – и губернатор среди них стоял не в ряд только по имени, никак не по уму или влиянию, – возникали путаница и перебои с горячей водой. Бывало и так, что народец, формально подчинённый одному, бегал за отмашкой совсем к другому. И хозяева, и челядь относились к сложившемуся бардаку с полным равнодушием, а ведь это был тяжёлый и мрачный бардак, не в пример тому жизнерадостному, который царил в рассказах аккредитованных журналистов. Должно быть, журналисты вносили жизнерадостность от себя.

– Привёл, хозяин, – сказал Плюгавый.

– Вижу, – сказал Колун. – Ты когда научишься сам вопросы нивелировать?

Плюгавый счёл себя задетым и довольно свободно огрызнулся:

– Сами велели на словах убеждать. А словом-то чего сделаешь? Человек же, скотина, разве Родину из-за слов любит? Нет, человек тогда Родину любит, когда Родина его за печёнку пощупает, чтобы память в ней осталась. Это уже навсегда, в печёнке если. – Он покосился на меня и взвизгнул: – Молчать, гнида!

– Да он и так молчит, – удивился Колун. – Ты вот что, Разноглазый... не обращай внимания. Никто тебя здесь в подвал не спустит. У нас и подвалов-то нет. То есть они, конечно, есть, но исключительно в архитектурном смысле. Так? Не то чтобы.

– Ну да, – с сожалением подтвердил Плюгавый, – не то. – Он тоже маялся на ногах, не рискуя сесть без приглашения, и его подвижная морда то собиралась в озабоченные складки, то вспыхивала румянцем близкой истерики. – Нет у нас подвалов в натуре. У нас аналитика и документооборот. Планирование. Расчёт финансовых потоков. Зубы, гад, убрал! Зубы он мне будет показывать! Это я смеяться должен! Подведомственные структуры ещё не отменили!

С подведомственными структурами дела в последнее время были аховые. Администрация не справлялась ни с милицией, ни с народными дружинами, ни с фриторговской охраной, ни с Лигой Снайперов, ни с контрабандистами. Привыкнув годами науськивать их друг на друга и выступать гарантом стабильности, отцы отечества положились на это умение целиком, и теперь выходило, что напрасно: банды уже не хотели мира и в деле разграничения полномочий норовили обойтись собственными силами.

Колун вздохнул. Вряд ли ему хотелось лишний раз вспоминать того же начальника милиции, неделю назад размахивавшего перед носом губернатора табельным оружием. Того же Календулу, который велел поймать и высечь пресс-секретаря администрации, сочинившего для независимого журнальчика интервью с ним. Секретарь сочинял подобные интервью всегда, для журналов независимых, правительственных и оппозиционных, не был на этот раз наглее и глупее обычного, но отныне он ночевал на службе, и, пока спал на диване в приёмной, не засыпала в нём ужасная мысль о том, что и в крепости входят штурмовые отряды. «Войдут, выволокут и высекут», – снилось секретарю. И никто не посмеет вмешаться. Кому будет вмешиваться?

– Ты иди, Ваша Честь, иди, ступай себе. Душа у тебя вроде и есть... а всё равно чего-то не хватает.

– Чего это чего-то? – возмутился Плюгавый. – Не хватает! У меня всегда всего хватало! Не под забором нашли!

Даже у Плюгавого была своя доблесть: он не боялся препираться с начальством, почти хамить. Он зарабатывал тычки, плюхи и выговоры с занесением, но не сделал и попытки научиться придерживать язык. Тупоумие ли, неспособное связать причину и следствие, было тому причиной, или крайняя эмоциональная неустойчивость, предвидящая последствия, но бессильная себя обуздать, или смешной и смелый форс, – а только начальство, попривыкнув, перестало хвататься кто за печень, кто за палку. «Уж такой уродился», – распорядилось начальство.

– Шагай отсель, говорю! Иди вот займись... документооборотом. С фриторгом бумаги провизировать нужно, а курьер ихний не пришёл. Ты возьми сходи сам.

Плюгавого передёрнуло.

– Чего я один-то пойду?

– Зачем один, с охраной. Бери охрану, Ваша Честь, и шуруй.

– Они боятся, – признался Плюгавый мрачно. – За ворота выходить.

Колун побагровел. Плюгавый посмотрел на него, на меня и убрался. Я привалился к полкам с бумагами.

– Может, вы крайнего ищете, да это не я.

Краска медленно остывала на его щеках, и когда он заговорил, то скорее сопел, чем задыхался.

– Очень уж ты самоуверенный человек, Разноглазый, очень. Потому что считаешь, что сделать с тобою ничего нельзя. Ты незаменим. Ты неуязвим. Ни один снайпер не возьмёт заказ. Ни один боец не осмелится понять руку. Так? Но даже когда сделать ничего нельзя, кое-что сделать всё же можно. Мелкие досады, так? Неудовольствия, на которые даже не пожалуешься, чтобы в дураки не попасть. Вплоть до канализации. Или, скажем, авиаторы да радостные – в них вообще один Бог волен, так? Тюкнут из-за угла по умной головушке – и прошу на больничный... а там вдруг чего не восстановится. Это ж, понимать надо, мозг, а не жопа. Вот охранник у нас недавно... головой ударился... Теперь заговаривается, всё простить его просит. И разъясняли, и беседовали, и медикаментозно – ноль результата. Зала-дит: «простите, грешен», – кранты, не собьёшь.

– Сильный случай.

– Ну. Жаль парня, конченый он. Ты рассмотри вопрос-то. Ты один, клиентов много, работа тяжё-лая... Неужели разок не может выйти осечки? Кто тебя заподозрит, с твоей-то репутацией? Кто тебе этот Календула? Я что, не вижу, какими ты глазами на людей смотришь?

Я промолчал. Колун пошевелил плечами, выдви-нул верхний ящик и с кряхтеньем стал выкидывать на стол упакованные в пачки купюры и боны. Груда росла, росла. Радость, свет волной прошли по ком-нате. Покрытое пылью стекло на портретах и то просияло.

– Нет.

– Я предлагаю огромные деньги. Ты мне можешь объяснить, почему отказываешься?

– Потому что только одна вещь на свете дороже денег.

– Так ты хочешь власти? – мгновенно среагиро-вал Колун и набычился.

Нужно было побыстрее исправлять ситуацию, пока меня действительно не тюкнули. Из-за угла.

– Я слышал, вы охотитесь, – начал я осторож-но. – Вот представьте: спускаете на... на зайчика на-таскаанную собаку, а потом кричите ей: «Назад!» Раз, другой... А на третий собака просто сдохнет от раз-рыва сердца. Потому что собака такую вещь, как го-сударственная необходимость, не может трактовать гибко, у неё государственная необходимость одна, всегда одна и та же. Я делаю свою работу до конца, не умею по-другому. А если Родина хочет, чтобы я подох, пусть прилагает усилия сама. Лучше башка проломленная, чем в радостные прямой дорогой.

Для охоты на окраину Джунглей вывозили, как правило, кого-то из радостных, или пойманного живым авиатора, или должника, которого хотели проучить, – конченое существо, за чью жизнь не вступится ни человек, ни организация. Их выпускали в лесок и, обождав и промочив горло, шли по следу. Вволю изгваздавшись по болотам, извалявшись в грязи, располосованные кусками арматуры и бетона, очень часто – сломав ногу или руку в непроходимой гуще кустов и камней, провалов, ям, затравив наконец добычу собаками, охотники прямо на месте накрывали поляну, очень много пили и ели, очень громко кричали и до того необузданно мерялись, что главврач больницы уже автоматически снаряжал под вечер «скорую».

– Вот, значит, как... Ну пусть так... Надо будет тебя взять как-нибудь, поохотиться, значит. Только зря думаешь, будто ты единственная собака на свете. В русле аналогии, так?

– Не найти вам сейчас нового разноглазого.

Он опять пошевелился под пиджаком, бросил на меня последний испытующий взгляд и стал кидать бабло обратно в ящик, буркнув:

– Говорят, у китайцев есть на севере.

– У китайцев?

– А они что, не люди, по-твоему? И души у них есть, и... эти... Ты понял. А где... гм... эти... там и ваш брат.

– Китайцу-то с севера фриторговскими бонами не заплатишь. Кстати, с вас причитается за консультацию.

– Это ещё вопрос, кто кого консультировал.

– Вопрос не вопрос, а платить вам.

Когда Колун меня отпустил, я вышел в коридор и огляделся: ни души. Ни голосов, ни отдалённого бега каблуков по лестнице; жизнь распалась на комки, а те сжались по углам, не чувствуя себя ни жизнью, ни прахом. Безобразные плоские лампы лили мёртвый свет на тусклый линолеум пола. Линолеум был разрисован под паркет, оштукатуренные стены – под мрамор. Густо пах застоявшийся воздух.

Я ушёл недалеко: буквально через две двери по тому же коридору распахнулась дверь, и трепетные руки потянули меня внутрь. Я стоял лицом к лицу с человеком, который явно старался придать своей от природы плотной фигуре некоторую утончённость, эфирность, наружную элегантность некоего внутреннего выверта. Костюм, рубашка, галстук были подобраны излишне скрупулёзно, волосы острижены и зачёсаны излишне предсказуемо. Невыразительное лицо пропадало на этом фоне. Его, пожалуй, спасла бы борода – такая хорошая, аккуратно-окладистая, – но парень был самым тщательным образом выбрит.

– Меня зовут Пётр Алексеевич, – сообщил он нервно. – Да, представьте, и имя есть, и отчество. И у вас они есть, вы это знаете? Вы напрасно позволяете унижать себя... кххх... отвратительной кличкой.

Его блестящие расфокусированные глаза не выражали ничего, даже тревоги, которая была в голосе.

– Что же в ней такого отвратительного?

– Ну как что, как что... кххх.... Намёк на физический дефект, например. Это ведь издевательство? А издевательство – это ведь отвратительно?

Впервые мою гордость, знак моего дара, назвали физическим дефектом. Я с любопытством пригляделся к этому странному существу, посмотрел по сторонам. Кабинет как кабинет, тот же увесистый уют и та же капель с потолка. Воду в себя принимала брошенная прямо на пол грязная тряпка.

— Работать будем?

— Я как раз об этом хотел поговорить. Вы... кхх.. Может быть, назовёте своё настоящее имя?

— Не назову. У меня его нет. Дальше.

Пётр Алексеевич потёр руки и с новой задушевной силой спросил:

— Задумывались ли вы когда-нибудь... кхххх.... – он так и не смог выговорить «Разноглазый», – о том, *чему* служат ваши способности?

— Мне сегодня уже предложили подумать о судьбах Родины.

— Что ж вы сравниваете меня с этим быдлом?! – страдальчески воскликнул он. – С ворами и кровопийцами? Они вам, надеюсь, ничего не сломали?

Тряпку пора было отжать. Она только что не захлёбывалась, смирная, обречённая ветошь. Обстановка кабинета, которую я рассмотрел внимательнее: больше личных вещей, меньше бумаги, на портретах другие лица, но с теми же глазами, – составляла с ней диссонанс ещё более неприятный и явный, чем у Плюгавого или Колуна. Сильная претензия на вкус и просвещённость часто даёт подобный эффект.

— Если очистить крышу от снега, он перестанет протаивать.

— О, что толку? Не в одном месте украдут, так в другом. Пошлёшь с лопатами, а счёт принесут как за трактор. И снега... кхх... меньше не станет. Я же не полезу туда проверять.

— Почему?

— Да вы знаете, кто я такой?

Я видел его впервые, но слышал о нём довольно много, и невозможно было не услышать: Потомственный был притчей во языцех.

Многие на нашем берегу остервенело, до запала рвались в Город, сколачивали деньгу, мастерили репутацию — если не свою, то хотя бы детей, потому что в Комиссии по делам нуворишей благоразумно не интересовались происхождением полученного по наследству состояния. Этот мечтал затащить Город сюда. Он хотел, чтобы здесь было как там — а точнее, чтобы «здесь» и «там» перестали существовать, для начала в культурном плане, а там, глядишь, и в политическом. Городские установления представлялись ему необсуждаемой вершиной эволюции, непогрешимость рутины — чем-то сущностным, глубоким, безотчётно вошедшие в кровь манеры и навыки обихода — разумно выбранным самоограничением, а порядок — куском сладкого на десерт, сверхкомплектным тортом, плотно сбитым из терпения, выдержки, чувства такта, чувства закона. Потомственный не подавал руки нашему начальнику милиции, а в городовом готов был видеть овеществлённую мудрость. Издали, с того места, откуда он смотрел, любой гнёт казался потребностью то ли высокого духа, то ли облагороженной природы. Здесь над ним потешались, в Городе о нём не знали. С достаточным мужеством перенося насмешки, сам он даже не подозревал, о какие неожиданно клыкастые скалы разбиваются мечты. Ибо каким бы закоулистым путём ни пришёл этот человек, ни разу не пересекавший Неву, к своей любви, то, что ему блазнилось, никогда не существовало, и тем горестнейшая судьба ждала мечту, высаженную в реальную суровую и скудную почву. Но как знать, не скудость ли почвы, которую можно обвинить в любой неудаче, и требовалась в этом случае.

— Это не моё дело — контролировать завхоза.

— Вы сами сказали, что завхоз ворует.

— И не один он! — Пётр Алексеевич зафыркал. — Оставим это, не до ерунды. Я хочу поговорить о вас. Ваши... кхх... способности налагают на вас также и ответственность. Вы просто... кхх... обязаны думать о последствиях.

— Вам-то зачем Календулу в гроб спроваживать?

— Никого я никуда не спроваживаю! Как вы только ко осмелились такими вещами шутить! Здесь спроваживают другие, я, напротив, пытаюсь... К тому же этот... кххх... человек делает большое, хорошее дело. Я уверен, что чем теснее будут наши связи с Городом, тем успешнее пойдёт цивилизационный процесс. Свободные... кххх... предприниматели...

Он избегал смотреть мне в глаза, а когда всё же смотрел, в его глазах ничего не менялось. Это были тёмные, матово-тёмные глаза, безучастные, безразличные, способные по-настоящему видеть только воображаемое. В руке Потомственный сжимал платок и, поднося его к лицу, нервно топырил очень белые крупные пальцы с крупными чистыми ногтями.

— Он за свой товар бился, а не за свободу.

— Но... вы слышали... на него ведь тоже было покушение.

– Слышал, слышал. Если ему можно, почему другим нельзя?

– Что ж вы сравниваете! Как вы не понимаете!

Он мог верить в то, что барыги приносят цивилизацию. Мог верить в отвлечённые закон и порядок. Даже в справедливость – в этих глазах что угодно могло ужиться с чем угодно. Но ему было неприятно на меня смотреть. Я был невыносим, тягостен, был уродством и дефектом – ведь он же проговорился сразу, – волдырём на теле разумной действительности, гнойником, нахраписто выскочившим там, где нежная кожа здравомыслия особенно чувствительна и беззащитна. Он не знал, зачем, чьим попущением я в мире вообще, и то, что среди моих клиентов всегда было полно городских, поражало его в самое сердце. Допусти он, что сущность Города подвержена той же порче, что и правобережные провинции, это разрушило бы и его жизнь, и личность.

– Я понял, понял. Вы хотите, чтобы я отказывал его врагам. Вы думаете, они побоятся, если узнают... Ну, не важно. Я не могу отказывать клиентам.

– Сколько? – брезгливо уронил он.

– Только за консультацию.

Во дворе Плюгавый орал на охранников. У них не заводился казённый джип, а пройти полквартала пешком они категорически не могли. Причина переполоха мирно посверкивала нечистыми покоцанными боками. Когда-то на джипе ездил губернатор, потом – заместители губернатора и заместители заместителей, потом ещё прошли годы, и в последнюю пору своей жизни, как это бывает с машинами и людьми, он попал в неумелые и бессовестные руки, жадно торопящиеся выжать, ухватить остатки. Его даже не мыли – и какой, в конце концов, смысл делать то, что рано или поздно сделают снег и дожди. Теперь вопли, которые Плюгавый обращал к охране, а охрана – к этой заезженной скотине, звучали комично и бодро.

– Подвезёте?

Они так и остались думать с разинутыми ртами. А вот я хоть ушёл, да недалеко. Особняк ещё виднелся за спиной, когда дорогу мне перегородили.

– Куда разбежался, трудяга?

Назойливый, крикливый, безудержный форс контрабандистов зимою уходил под спуд, вместе с тёплым телом сжимался под верхней одеждой. Всё, что они могли, – распахивать полушубки и толстые куртки, ходить вразвалку, стоять избоченясь, низко на глаза надвигать высокие меховые шапки.

– Пошли.

Штаб-квартиру контрабандисты устроили в самой обычной на вид парикмахерской, и в зальце за распахнутой стеклянной дверью преспокойно текла позвякивающая работа да гудел фен. Холл с диваном, фикусами и столиками служил местом сбора и посиделок – чужие сюда всё равно не ходили. Парикмахерская, с её раздражающим тёплым запахом, приторными фотографиями укладок и проборов, игрушечностью, оранжерейностью всего уклада, была апофеозом той требующей неустанных попечений противоестественности, того дорогостоящего и нестойкого фальшивого шика, которых контрабандисты добивались. Эта атмосфера заглушала даже сигаретный дым.

– Что, опять?

– Присядь, роднуля.

Я присел. Календула развалился, вытянув ноги, в широком кресле, поглаживал крохотную собачку, которую всегда таскал за пазухой или под мышкой. Глаза у него когда-то были синие-синие, но что остаётся от синих глаз в пятьдесят лет? Волосы по-прежнему мягко вились и отливали рыжиной, но поредели и всё время казались сальными. Былая красота – эти разбивавшие сердца скулы, нос, губы – поплыла и обрюзгла. Он стал похож на декоративного каменного льва, даже переносица казалась шире, чем прежде. Крупное погрузневшее тело расслабилось. Не одебелела лишь улыбка, и, как ни странно, в нём стало гораздо больше обаяния, точнее говоря, былое победное обаяние сменилось вкрадчивым, берущим за душу, нежданно проявившейся мягкостью черт.

– Что за методы базарные? – спросил я, растирая руки. – Схватили, поволокли... Трудно открытку послать?

– Пока пошлёшь, пока дойдёт, пока на почте все, кому надо, ознакомятся... – У него был мягкий, мурлыкающий такой, чуть гнусавый голос, и говорил он всегда негромко. – Пусть городские у себя манеры полируют, нам оно ни к чему.

– А раньше они тебе нравились.

– Мммррр... Не судьба, выходит. Ты, роднуля, чего-то ещё не понял?

Костюм сидел на Календуле небрежным мешком, ворот рубашки был широко расстёгнут, выправлен поверх пиджака, узел крупного галстука – отпущен. При этом рубашка была в полоску, а галстук – в горошек, всё отчётливое, крупное. Но кирпично-

31

красный галстук так шёлково сиял и переливался на свежайшем бледно-голубом фоне рубашки, такой густой серо-голубой цвет был у костюма, такой странной свободой от него веяло... Я махнул рукой.

– Ты-то не Потомственный, ты должен понимать. Я никому не отказываю.

– Конечно. Насколько это в твоих силах.

– Под замок меня посадишь?

– Мысль, мысль! Целее будешь.

В рабочем зале жужжала машинка, на диване в противоположном от нас углу выпивали, переговаривались и смеялись люди Календулы. На стеклянном столике у кресел стояли бутылки и стаканы: контрабандисты пили городское, но из местной посуды. Возможно, был особый вкус у марочного портвейна в гранёном стакане.

– Угощайся, роднуля.

Они ни перед чем не останавливались в своём промысле, но и сами рисковали всем. Их лодки летом и сани зимой постоянно подвергались налётам то милиции, то других грабителей, а береговая охрана Города производила аресты и конфискации. Не так сложно было устроить засаду, счастливо вычислив время и место или оплатив услуги стукача. Один такой недавно ушёл под лёд.

– В жизни не хотел жить в Городе, – говорил Календула, лаская собачку. – Даже ещё когда не знал их как облупленных. А теперь захочешь – не сунешься, там на меня досье с подушку толщиной.

– Ты в него заглядывал?

– Захотел бы – заглянул. Будто в Городе взяток не берут.

– А они берут?

– Они, Разноглазый, делают всё то же самое, что и мы, только по-другому. Гаже нашего, но втихаря. У нашего быдла всё наружу, а в Городе – там по уму, и в гешефте по уму, и с женой в постели. Ты знаешь, сам знаешь.

– В атмосфере беззакония легче дышится.

– Вот-вот. Значит, здесь, а раз здесь, значит, война, а раз такая война, что некуда бежать – –

– Брось, – сказал я. – Всё уладится. Все настолько друг на друге завязаны, что, даже если поймут, кому с кем воевать, не смогут придумать как.

– Только войну, роднуля, не мозгами придумывают.

– Ладно, я-то тут при чём?

– При том, что рано или поздно кто-нибудь решит, что лучше вообще без разноглазого, чем такой разноглазый, который и вашим и нашим.

– Это глупо.

– Не говорю, что умно. Только твой нейтралитет – это вещь, изобретённая мозгами, когда мозги всё взвесили и рассудили, где вред, где польза. Я о чём толкую: ты думаешь, людям сейчас этого надо? В них, роднуля, огонь разгорается, такой, что вред и пользу спалит, не заметив. Он душу насквозь прожигает, не то что... А мозги со дня на день в отставку выйдут, и позовут их назад, когда камня на камне не останется. Хочешь до этого светлого дня в целости дойти?

– Почему с тобой?

– Потому что я, роднуля, может, и не первый тебе предложил, зато убедительнее прочих. Ты чем рискуешь-то? Возьмут тебя как трофей в худшем случае, будешь работать на победителя. А победители – народ великодушный, ты слыхал об этом?

– Ты забываешь: я могу и в Городе отсидеться.

– Вот это вряд ли.

– Что, и там польза из моды вышла?

– Не можем мы знать, *в чём* для них польза. Значит, для нас это по-любому вред.

Странный он был человек; бесконечно обаятельный, но с крепко упрятанной за семью заборами тревожной, пугающей загадкой. А может, то была простая надломленность? Календула презирал Город, высмеивал Город, надувал и грабил Город, но кто поручится, что отношения между ними начались именно с этой точки? Если тебя выставили вон, сохранить лицо можно, только всех убедив, что ты отрёкся первым.

Я сказал, передразнивая его:

– Чего-то ты, роднуля, недоговариваешь

– А ты как хотел? В жизни должно быть место приятной неожиданности.

Подтверждение его слов околачивалось поблизости.

На этот раз я не успел отойти ни на сколько: прямо на пороге парикмахерской навалились и потащили, и заталкивали в облезлый зелёный фургон с маленьким зарешеченным окном, пока контрабандисты хмуро наблюдали из своих окошек и не вмешивались. Компанию мне составили пьяный дворник, двое трезвых до смерти перепуганных работяг и глухо стонущее в углу тело. Снаружи дверь фургона закрывалась на ржавый висячий замок. Я слушал, как он побрякивает, и старался пореже вдыхать густую вонь.

Управление милиции не было в строгом смысле ни крепостью, ни притоном. От крепости здесь присутствовали заборы, засовы и спёртый воздух сектанства, от притона – гам, смрад, разбойничьи ухватки; и всё это слагалось в народном сознании в отвратительный и приводящий в оцепенение образ василиска, если бы народное сознание знало такое слово, или неправедной смерти, если бы народное сознание на такое слово осмелилось. И от недостатка в описывающих его словах этот образ становился всё зловещее, и всё острее чувствовалась в нём уже последняя, невыразимая мерзость.

Издавна профсоюзы, контрабандисты и фриторг старались откупаться от несправедливости, жестокости, бессмысленных унижений, но не по заслугам растущий аппетит милиции всё чаще доводил переговоры до открытых драк, почти боёв между ментами и народными дружинами. Последней новостью был эпизод, в котором боевая охрана фриторга в прямом смысле переломала ноги трём оперуполномоченным, которых начальник милиции Захар послал за парой ящиков коньяка. И не потому даже, что пару посланцы самовольно превратили в дюжину, а из-за профессиональной и личной наглости, побудившей их торговать этим коньяком прямо у дверей магазина. «В сторонку отойти? – хмуро сказали они навестившему их в больнице Захару. – На себе, что ли, переть было?» Захар, говорят, развёл руками, но в душе аргумент принял. Пенсию троица получила как пострадавшие при исполнении.

Сам начальник милиции отличался такими качествами, которые не сделали бы чести обычному человеку, но в ореоле должности сияли на удивление ярко. Он был жесток, двуличен, распутен, расточителен и никогда никому ничего не прощал, особенно если речь шла о денежном долге. Трусом он не был, но не пренебрегал возможностью нанести удар исподтишка и в спину. Дураком он тоже не был, но ему никогда не достало бы сил справиться с настоящими умными людьми, не имей он иного подкрепления, кроме собственных мозгов. И ещё он по праву считался законником – ибо чуть ли не единственный в провинции знал законы – и безоговорочным авторитетом в тех редких и курьёзных случаях, когда что-либо делалось согласно писаному кодексу – а не по обычаю или в результате договорённости.

Вместо того чтобы сразу протащить в кабинет Захара, меня скинули с остальными в обезьянник.

Корпорации всегда выкупали своих, да и менты, как правило, игнорировали шваль, за которую не с кого было взять: радостных, погорельцев, школьных учителей. И сейчас за прочной, хотя со следами ржавчины, решёткой, которая отгораживала задержанных от входной двери и дежурного за столом, несколько человек сидели с мрачным видом, но спокойно, а единственный представитель швали, то ли журналист, то ли учитель, но в любом случае спившийся и выставленный на улицу, дрожал в углу. Разглядев в компании вновь прибывших дворника, да притом во хмелю, он без колебаний полез под лавку. Потом все они разглядели меня, и страшно стало не только учителю.

Что касается бесчувственного тела, то его швырнули прямо мне под ноги, и эта могучая по воспитательному значению выходка была направлена точно не против него самого. Само оно в последние полчаса вряд ли вообще замечало, что его везут, швыряют и вот теперь используют в качестве наглядной агитации.

Я нагнулся над ним, чтобы рассмотреть получше.

– Это же Бобик, – сказал озадаченный хриплый голос у меня над ухом. – Парень Колуна, с младшей дочкой Захара ходит. – Он подумал. – Ходил.

– Эй, Шпыря! – крикнули дежурному. – Дай хоть воды рожу ему обтереть.

Гений места определённо потрудился над внешностью дежурного, но что-то наверняка было внесено и от натуры. Глаза Шпыри были такие же мутно-грязные, как и морда, а морда – такая же грязно-обшарпанная, как стены, которые если когда-либо и красили, то в самый безобразный цвет самой дешёвой шаровой краской.

Но это не была обшарпанность беспечности или нищеты. Это была себе на уме обшарпанность, зловещая обшарпанность, которая заявляла, что ей нет нужды скрывать ни своё лицо, ни свою власть вот так же обшарпать, ободрать и замарать любого.

Шпыря притворился глухим, но был не в силах отвести торжествующий взгляд от ведра с водой. Я видел, как ему хочется туда плюнуть, для полноты картины, но он правильно оценивал расстояние и свою ловкость, а встать и подойти ему было лень. Стену за его спиной изобильно покрывали инструкции на серой бумаге и в кривых рамочках и агитационные плакаты. Кроме стандартного «НЕ УБИЙ» здесь висели специфически ментовские «ПУЛЯ ДУРА – КУЛАК МОЛОДЕЦ» и «СВОБОДА ВОЛИ ВРЕДИТ ВАШЕМУ ЗДОРОВЬЮ». Отдельно помещалась фанерная доска «ОБЪЯВЛЕНЫ В РО-

ЗЫСК». Персонажи, которые фигурировали на ней в виде некачественных и замызганных чёрно-белых фотографий, время от времени наведывались в отделение лично, либо с очередным взносом, либо – попадались и такие – влекомые огоньком хотя бы этой скудной славы.

– Шпыря! – Хриплоголосый затряс решётку. – Гадёныш!

– Я вот тя ща самого искупаю. В розыск объявлю, – не меняя позы, отозвался Шпыря.

Тогда я тоже навалился на прутья и стал смотреть на него в упор.

– Эй, эй, ты чо!

– А ты не видишь чо? Сейчас порчу буду наводить.

И, просунув руки вперёд, я пошевелил растопыренными пальцами.

Шпырю как ветром сдуло. Я смеялся про себя и старался не глядеть на сокамерников: давясь прерывистым испуганным дыханием, они закрывали лица руками и мечтали не попасть под раздачу.

В рекордные минуты меня препроводили к начальству. Конвоиры столь усердно жмурились и воротили морды, что споткнулись на каждой ступеньке лестницы, а Шпыря в конце пути приложился лбом о дверной косяк.

– Захар, остерегись! – взвыл он, вваливаясь в кабинет. – Гад хочет порчу навести!

– Я не баба деревенская, порчи бояться, – сказал Захар, но глаза на всякий случай отвёл. – Свободны.

Голос у начальника милиции был грубый, осипший, с хрипом и рокотом в глубине, но говорил он спокойно и без видимых усилий.

– Этого тебе законом не предоставлено, порчу наводить. Зря ты так, Разноглазый.

Захар, Календула, Колун – все они принадлежали к одному поколению, помнили друг друга детьми, и хотя это расцвечивало жизнь провинции штрихами дополнительного абсурда, когда главари нелогично и неожиданно для всех сводили какие-то школьные счёты, но это же, по общему мнению, удерживало их от подлинного взаимного истребления. Слишком они спаяны прошлым, думали мы, слишком вросли в общую судьбу.

– Это вы зря беспредельничаете.

– Когда есть что предъявить, Разноглазый, это не беспредел, это отправление закона. А предъявить всегда есть что, предъявить всегда есть кому, и только вопрос «зачем?», который я сам себе резонно задаю, удерживает машину правосудия от преждевременного износа. Ведь и о машине правосудия не лишнее позаботиться, другой-то нет.

– Тогда предъявляйте.

– Не спеши. Что за чёрт?

Мы оба прислушались. Внизу нарастал опасный шум: звуки ударов и крики. Когда он пополз вверх по лестнице, Захар полез в ящик стола за табельным. Вскоре рухнула выбитая дверь, и в кабинет начальника милиции ворвались народные дружинники Миксера.

– Ты чего, мент, совсем сдурел?! – заорал Миксер. – Ты чего с колуновским пацаном сотворил?!

– Колуновский пацан – урод и тать быкующий. И если его мерами кротости к гражданскому общежитию никак не склонить, приходится брать средства, к народным обычаям приноровленные.

Захар говорил без страха и с удовольствием, отчасти и на публику в моём лице, отчасти – играя своим имиджем законника. Пистолет в его руке смотрел Миксеру в живот.

– А Бобик, значит, первый день быкует? – проворчал Миксер. – Или раньше быкование другим словом называлось? Волыну-то убери.

– Зачем?

Я потихоньку убрался в уголок, под сень должностных инструкций и календаря многолетней давности. Календарные картинки представляли в разных, преимущественно пикантных, видах цветущую рожу закона и зелёные вытянутые лица его нарушителей.

– Разноглазый, – сказал Миксер, – а ты иди себе. Сегодня клиента не будет.

– Стой где стоял! – рыкнул Захар.

Я мысленно бросил монетку и дал дёру.

Когда я наконец добрался до дома, то уже спал на ходу, и весь мир стремительно превращался в белую, уютно подсунутую под щёку подушку. Но стоило переступить порог, стало ясно, что подушке придётся потерпеть. В квартире ждал гость – пока что только его голос, но и этого хватило.

– Свет не зажигай.

– Почему не зажечь? На окнах шторы.

– Могут увидеть тени.

– А, – сказал я. – Что, есть кому смотреть? Ты нервный стал, Поганкин, попринимай что-нибудь. Подпольная деятельность наносит человеческой психике трудновосполнимый ущерб. Кстати, как ты сюда вошёл? У меня хороший замок.

– Не бывает хороших замков, – отозвался Поганкин легко. – Бывают неумелые руки. А мы, знаешь ли, стоматологи. Проходи, располагайся.

Я не стал вслух уточнять, что он всего лишь зубной техник. Любезное приглашение расположиться на моём собственном диване придало мне сил. Я с удовольствием рухнул. Поганкин сидел в кресле напротив, всё отчётливее и безобиднее вырисовываясь по мере того, как глаза привыкали к темноте. Даже что-то уютное проступило в его всключенных волосах и узкоплечем силуэте.

У нас на Финбане анархисты вроде бы были вне закона, а вроде бы и нет. На бумаге их не существовало, но в объективной реальности угрюмая сплочённая шайка с тем же правом, что и прочие, ходила по улицам и посещала по четвергам (но не каждый четверг, и даже не какой-либо четверг в определённом порядке) РЕСТОРАН. Менты их игнорировали: поодиночке они нигде не появлялись, а вступать в сражение со всей толпой – дураков в милиции не было; административная же власть преследовала исключительно словесно. Анархисты всегда были под рукой как безотказный пример для школы – неповиновения и безнравственности, для профсоюзов – неуплаты членских взносов. Но на Охте, откуда был родом Поганкин, Канцлер привёл объективную реальность в соответствие с законом, и анархистов ждал выбор между бегством из провинции, нелегальным бродяжничеством впроголодь и общественными работами.

– Разноглазый, не спи. У меня сообщение.

– А... Ну давай, сообщай.

– Это письмо.

41

– И как я его прочту без света?

Он обдумал.

– Иди в туалет. Там, пожалуй, можно включить.

Шатаясь, я поднялся, уцепил протянутый конверт и побрел куда сказано. Когда главная ваша задача – не заснуть над унитазом, рукописные буквы – сколь бы изящного, твёрдого почерка они ни были – неимоверно раздражают.

Я вернулся.

– Что там?

– А то ты не заглянул. Вызов от Канцлера. По почте, конечно, было не послать. Неделю небось пёр по сугробам? – Я зевнул. – Но как это тебя, товарищ, выбрали в курьеры? То есть как это ты согласился? И твоя честная рука не дрогнула, прикоснувшись к мрачным интригам кровавого режима?

Поганкин вдохнул-выдохнул и ответил по пунктам:

– В чужие письма не заглядываю. Ехал сегодня с фриторговской фурой. Согласился не ради себя. Да не засыпай ты, гад!

– Самое популярное слово прошедшего дня. Сколько раз я его услышал? До чего у людей небогато с фантазией... Ах нет, ещё же «гнида»... Вот Николай Павлович – на тот случай, если ты действительно не читал, – обращается ко мне в своём циркуляре «многоуважаемый». Боны и пропуск прилагаются. Повезёшь ты, Поганкин, эти боны назад. Я не возьмусь.

– Ты никогда не отказывал клиентам.

– Приятнее всего слышать это от *тебя*, – сказал я, учтивый в словах и интонациях. – Такое признание заслуг, товарищ, не может не тронуть. Скажи, ты это от лица партии или лично?

Жаль, во тьме не очень-то разглядишь, побледнел человек или нет, и если да, то насколько сильно. Зато зубы скрипнули.

— Разноглазый, это ради Злобая.

— Злобай кого-то убил, и Николай Павлович великодушно платит за то, чтобы избавить его от привидения? Я понимаю, что жизнь полна сюрпризов, но твой сюрприз лишает меня всякой опоры. Попробуй по-другому.

— Я говорю правду. Канцлеру что-то от тебя надо. А у Канцлера — мои товарищи.

— Так они под арестом? Что у вас происходит?

Поганкина одолевала решимость не проронить ни слова. Но молчать вовсе даже ему казалось слишком глупо.

— Чем меньше врёшь в мелочах, тем больше у тебя ресурсов для крупной лжи, — мягко ободрил я.

— Ты согласишься?

— Я тебе уже ответил.

Поганкин потянулся и сменил тон.

— Я здесь с утра, — сказал он. — Походил, поговорил... Один из наших товарищей видел, как тебя увозили менты. Другой товарищ слышал, что тебя таскали в администрацию. На Финбане свои проблемы, верно? Это не наши методы, но раз пошло на крайности, кто-нибудь вполне может шепнуть властям о твоих секретах типа этой писульки. Тебя впрямь удивляет, почему Канцлер послал меня, а не своих цепных псов или обычную телеграмму?

— Как далёк этот шантаж от чистоты анархического идеала!

— Это ничего. Твоё сердце шантажом не разобьёшь. — Он чихнул. — Вот истинно говорю. Знаешь,

Разноглазый, от кого другого я бы, может, и отступился. А ты словно напрашиваешься. Ты такой ловкач. Со всеми без стыда и гнева. Для всех сокровище.

– Поганкин, – спросил я, – а тебе не приходило в голову, что это и есть настоящая свобода?

3

Охта не изменилась, и в снегу оставшись такой же опрятной и взволнованно-бодрой: те же песни, те же марши. Канцлер не изменился, и на пике могущества продолжая истязать себя и муштровать ординарцев. Он улыбнулся и кивнул мне почти тепло, как старому знакомому, с которым связывает общее грязное прошлое.

Николай Павлович стоял у окна, на любимом своём месте, и я, сперва устроившийся на диване в ожидании ординарца с подносом, подошёл и встал рядом. Тем более что поднос то ли запаздывал, то ли не был сегодня предусмотрен.

Маленькое солнце высоко стояло над белым искрящимся пространством Невы, и краски ясного голубого неба тоже смягчались до белого, размыто-молочного. И бледное лицо Канцлера, глядящего на свой необретаемый Грааль, становилось ещё бледнее.

– Я отправляю экспедицию на восток.

– В Джунгли?

– В Джунгли, в Джунгли. – Усмешкой и подчёркнутым спокойствием он дал понять, что внушающая простонародью суеверный страх земля лично для него – всего лишь цепь пустырей, павших под натиском несанкционированных свалок. («В варва-

ров верит, – с уважением говорит Муха, – а в Джунгли не верит. Это ж какой ум у человека!»)

– Зимой?

– Нет времени ждать до лета. В отряд будете
включены вы... и ваши компаньоны по приключе-
ниям.

– А меня-то за что?

– Вы везучий.

– Я не поеду.

– Поедете.

– И как вы меня заставите?

– Я вас уговорю. – («Приходят с угрозами, – писал мне Фиговидец, – но требуют, чтобы я чувствовал себя убеждённым».) – Предложу целых две
вещи, против которых вы не сможете устоять. – Он
пожал плечами, покрутил кольцо на пальце. – Помимо денег, разумеется.

– Почему все считают меня жадным?

– Вы и есть жадный. Так вот, во-первых, гражданство в Городе.

– Гражданство в Городе? Это вы мне предлагаете
гражданство в Городе?

– Всё меняется, и политическая обстановка быстрее прочего.

– Что-то не помню, чтобы на моей жизни политическая обстановка изменилась существеннее,
чем лицо на предвыборном плакате. – Я сделал пау-
зу. – Или цвет галстуков у членов Городского совета.

– Меняется, меняется. Сейчас меняется само
время, его дух. Всё будет по-новому.

– Новые лица или новые галстуки? Вы мне будете рассказывать, что сын изгоя способен повлиять
на Горсовет?

Голос Николая Павловича не стал менее ровным.

– Не буду. Вы получите обещанное, а какими путями... Впрочем, я и не поверю, что вас это интересует.

– Ну а во-вторых?

– Во-вторых сейчас покажу.

Дверь без стука, без звука распахнулась, и в кабинет Канцлера вошёл человек, о котором Фиговидец впоследствии скажет: «Я не знал, что храбрость может быть настолько непривлекательна».

Это был высокий, своеобразно красивый – если кто любит тяжёлые подбородки и рожи в шрамах – парень в голубых джинсах и чёрном глухом свитере. Вещи выглядели простыми и сшитыми явно не на правом берегу. Вошедший лениво перевёл глаза с меня на Канцлера и постучал в филёнку уже распахнутой двери массивным золотым перстнем. На аккуратном фоне гвардейских мундиров и чопорных костюмов Николая Павловича это выглядело больше мятежом, чем демонстрацией.

– Входите, Иван Иванович. Пожалуйста, проводите нашего гостя в подвал. Пусть повидает анархистов.

– Пригонит нужа к поганой луже, – с хрипотцой, но мягко ответил Иван Иванович. – Будь здоров, Разноглазый.

Иваном Ивановичем, разумеется, его никто, кроме Канцлера, не называл; для всех он был Иван Молодой. Его отец когда-то держал местную милицию и с приходом Канцлера к власти, серьёзно просчитав вопрос, предпочёл не враждовать с городским, а стать его правой рукой – очень может быть, в надежде на то, что голова и всё прочее не всегда будут знать, чем она занята. Надежды не сбылись. С организацией и возвышением Национальной Гвардии милиция приходила в упадок, всё дальше оттесняемая в прикладную область уголовных расследований и охраны правопорядка. Лишившись политического значения и возможности участвовать в конфликте интересов, менты сделали попытку энергичнее торговать должностями, но вновь потерпели фиаско: это был расклад из числа традиционных, которыми Николай Павлович не только не интересовался, но и делал вид, будто не подозревает об их существовании. Он просто забывал утвердить приносимые ему на подпись бумаги, а через пару дней должность упразднялась либо на неё приходил человек со стороны или кто-то из гвардейцев. (Гвардия роптала, и Николай Павлович часами растолковывал кандидату, что не место позорит человека.) Так разогнали большинство полковников, которых в охтинской милиции приходилось пятеро на одного действующего опера, – осталась по ним память, а полковников не стало; так сошёл на нет Особый отдел милицейского Пенсионного фонда. Милиция стала малочисленной и вечно занятой, а правая рука только отмахивалась, когда подчинённые лезли с жалобами.

Может, старик и раскаивался в своём выборе, но тут ему повезло умереть. Иван Молодой сам отказался занять место отца. Бандит по виду и привычкам, он быстро понял, что ему не позволят завести свои порядки ни в одной значимой структуре. Канцлер предпочёл держать Молодого на виду, специально для него создав службу берегового патруля по образцу городской, пост же начальника милиции отошёл человеку тупому, дисциплинированному, лично преданному.

Если Канцлер держал Молодого в ранге опасной, но игрушки, то гвардейцы, не понимая причин этой странной слабости, ревновали, злились и были полны подозрений и надежд на худшее. Там, где Николай Павлович глядел сквозь пальцы, его верное воинство таращилось в оба, хватая любой предлог для ссоры и кляузы. Молодой со своей стороны никогда не забывал подлить масла в огонь. Его жестокие, улыбающиеся, неизменно весёлые глаза радостно вспыхивали, когда ординарец говорил: «Нельзя». Молодой показывал кулак и отвечал: «Можно». Иногда вместо кулака он предъявлял ствол, в связи с чем разгорались настоящие скандалы. Мальчишки-ординарцы не боялись закрывать дверь в кабинет Канцлера собственным телом, но силы были неравны. Не знаю, кто бы справился с таким бугаём в рукопашной.

По пути в настоящие казематы мы остановились в холодной подсобке, в которой с тюками, полураспакованными картонными коробками и ведром со шваброй соседствовал на скорую руку избитый хлыщ. По одежде и украшениям я опознал в нём контрабандиста, а по внешности – с некоторым недоверием – китайца. После выяснилось, что он полукровка.

– Привет, Дроля.

– И тебе здравствуй.

Дроля сидел на полу, всем телом откинувшись на мешки с чем-то мягким, опускал тяжёлые веки на загадочные глаза. У него были блестящие жёсткие волосы, прямой, довольно длинный, но с невысоким подъёмом нос. Когда он опускал голову и глядел исподлобья, лицо становилось узким и тёмным, как лица на иконах, а разлёт тонких красивых бровей придавал ему дополнительную горечь. Древней жизнью, спесью и вместе тоской веяло от этих скул и глаз. Молодой перехватил его взгляд и сунул в разбитый рот папиросу.

– Спасибочки.

– Ты уже согласен или ещё подумаешь?

– Чо для?

– У тебя выбора нет.

– Чож-то ты мне сделаешь?

– Порублю на куски и разбросаю по полю.

– Ха! Мешок на голову – предел твоих возможностей.

– А Разноглазый здесь, думаешь, зачем?

Оба уставились на меня.

– Разноглазый! – вкрадчиво сказал Молодой. – Хочешь знать, как Дролины дружки египетские мимо фриторга возят?

– Я чужими тайнами не интересуюсь.

– Что так, от своих тошно?

– Чо голову ломать, ещё заболит, – поддержал меня Дроля.

На красной шёлковой рубашке контрабандиста были почти не видны пятна крови. Смотрел и говорил он невозмутимо. А в ухо Дроли была вдета золотая серьга, и пойти по дороге пижонства дальше не представлялось возможным. Я не мог вспомнить вообще ни одного мужчины с серьгой в ухе – и то, что она была именно одна, делало её ещё более вызывающей.

– На чём попался, неумирашка?

– Кто-то попался, а кто-то поимел, – сказал Молодой, сплёвывая на пол. – У него свои дела с Платоновым. О себе, Дроля, поплакай.

Меня удивило, что Молодой назвал Канцлера по фамилии – с беглостью и невниманием привычки. Так сказали бы в Городе, сказал бы Илья или даже Фиговидец: не только как равный о равном, но и как соперник о сопернике, с отстранённым холодным уважением. Испытывая уважение и приязнь, на нашем берегу немедленно становились фамильярными. Молодой был груб, но не вульгарен.

– Чо за дела? Не с твоими вперехлёст?

Молодой не счёл нужным отвечать словами – и что, кстати, он мог сказать: «заткнись», «не твоего ума», «деван лес серван»? – и в виде ответа просто пнул Дролю в бок, не в полную силу, но и не для смеха. Когда контрабандист отдышался, разговор продолжился.

– А ты откудова, Разноглазый?

– С Финбана.

– И чо на Финбане?

– Обильные снегопады, и ожидается понижение температуры воздуха в ночные часы.

– Ну?! Я в газете читал, там ещё и войнушку ждут. Как по-твоему, Молодой?

– По-моему, зря тебя читать учили.

– Да ладно. – Дроля высморкнул из носа сгусток крови и вытер руку об штаны. – Чо за методы.

– Верно. – Молодой, который курил, лениво облокотясь на коробки, встряхнулся и кивнул мне. – Пошли на методы глядеть. А ты, Дроля, сиди думай. Как бы тебе не только мёртвым не стать, но ещё и нищим.

Угроза, которую многие сочли бы смешной, задела Дролю за живое. Он не отвёл глаз, и его красивое лицо окончательно превратилось в непроницаемую китайскую маску. Молодой засмеялся, и мы вышли.

Это была треть прежнего Злобая, до того он усох. Одежда мешком сидела на теле, а тело – мешком на костях. Но дух внутри этой плачевной конструкции остался прежним. Он бился вместе с медленным сердцем и заблестел в глазах, когда они меня узнали.

– Ах ты гад!

– Меткое наблюдение и не вполне вежливая реплика.

– Вежливость, – сказал Молодой, – здесь утрачивают в аккурат на входе. При досмотре личных вещей.

Я огляделся. В подвале было достаточно сухо, но холодно. Свирепо горел электрический свет, и каждый понимал, каким утешением могла бы стать темнота. Никаких личных вещей не наблюдалось. В дальнем углу сгрудились несколько тел; кто-то закашлялся на пороге пневмонии.

– Для экскурсии, по-моему, достаточно, – заявил Молодой. – Но можете поболтать.

– Мне с продажной марионеткой империализма болтать не о чем.

– Эка бестолочь. Ты ему на безмен, а он тебе на аршин.

– За что вас? – спросил я.

– За факт существования.

– Они покушение готовили, – объяснил Молодой. – Эх, борцы за светлое будущее, всё-то у вас через жопу, кроме упований. Ничего продумать не можете. Если уж до того припёрло, пришёл бы по-соседски ко мне: так и так, Иван Иванович, примите участие в государственном перевороте под вашим контролем и организацией. С чего тебе знать, отказался бы я или нет?

– В следующий раз лучше продумаем.

– Люблю я оптимистов. Тебя-то, Разноглазый, как угораздило с такими друзьями?

Я не ответил. Остальные анархисты понемногу подобрались поближе. Все они в той или иной степени являли пример телесного истощения и неукротимости духа. Я узнал Недаша. Печать мученичества очень шла к его гадкой морде.

– Кровавый режим намерен вести с нами торг и прислал своего гнусного парламентёра, – каркнул Недаш. – Кровавому режиму невдомёк, что любой из наших товарищей предпочтёт смерть этим фарсовым переговорам!

Молодой фыркнул.

– Ну что у тебя такого есть, из-за чего можно торговаться?

– Значит, – медленно сказал Злобай, переводя взгляд на меня, – торгуются с тобой? Или это просто консультация? Скажи, Канцлера будут донимать эти, когда мы здесь передохнем?

Он и живой уже был как привидение, но всё не мог выговорить страшное табуированное слово.

– Не знаю, – сказал я. – Но будем надеяться.

– Злобай! – сказал Недаш. – Не дело честному товарищу марать себя помощью продажной твари, которая мало того что смеётся тебе в глаза, поправ всякий стыд, так ещё и рассчитывает нагреть на тебе руки, когда... гм... когда ты будешь уже не тобою. Крепись, друг! Твою руку! Пусть мы погибнем, но погибнем же свободными, и наши... гм... наши сам знаешь кто продолжат наше великое дело.

– Я Платонову говорил, что ты за этих клоунов не впишешься, – сказал мне Молодой.

– Да. Я сам себе удивляюсь.

Поджидая меня, Канцлер как ни в чём не бывало пил кофе. Ледяной, стальной, он и в кресле сидел прямее, чем иной стоит в карауле. Изобильно расставленные тонкие фарфоровые тарелки с маленькими бутербродами, булочками и птифурами так и остались нетронутыми на подносе, и вид их становился всё более сиротливым, как если бы обрамлением были не фарфор, серебро и камчатные салфетки, а засаленная витрина придорожной закусочной.

Я без приглашения потянулся к чистой чашке – приготовлена же она для кого-то? – и кофейнику.

– Его что, совсем не кормят?

– Начиная с нынешнего дня с анархистами будут хорошо обращаться. И я сразу же их отпущу, как только вы с честью вернётесь из похода.

– А если я в нём с честью сгину?

– Тоже отпущу. В память о вашей доблести.

– Остаётся решить вопрос, заботят ли меня эти «отпущу» – «не отпущу» вообще.

– Вот и решайте.

Навалив на тарелку горку нарядной снеди, я сел на диван. Он был тот же самый: кожаный кабинетный диван с очень высокой спинкой, поверх которой шла полка красного дерева; диван, без сомнения вывезенный из Города ещё отцом Канцлера. Здесь я лежал, приходя в себя после сеансов минувшей осенью, и трудно выплывавший из обморока мир весь поначалу состоял из запаха старой кожи, а потом в нём появлялись цвет, формы и выточенные из дерева головы львов по концам подлокотников. У одного льва отломился нижний левый клык, а так у них было всё, что полагается львам: гривы, морды и выражение только увеличивавшегося со временем добродушия. Я сунул палец в разинутую пасть и погладил гладкий деревянный зев и по тому, каким взглядом Николай Павлович проводил это движение, понял, чья детская игра или шалость лишила льва зуба.

Я побыстрее убрал руку.

— Ну что ж. Я бы не стал брать их оптом, но поскольку вы навязываете множественное число... Уточним цифры сделки. Мой среднегодовой доход, например. Или два среднегодовых?

— Хоть три.

— Я жадный, но добросовестный. За три дохода придётся Северный полюс открывать или что-нибудь в этом роде. Вот что... Полтора среднегодовых и помощь в получении старого долга.

— Автовского? — Такая улыбка на его лице была равносильна громовому хохоту кого-либо другого. — Надеюсь, вы делаете это из принципа?

— Из принципа, из принципа. Не из-за денег же.

— Договорились. Позвать свидетелей для устного соглашения? Для них это не тайна, они всё равно идут с вами.

— Молодого посылаете?

— Ивана Ивановича, да.

— И зачем там Молодой? Это что, *карательная* экспедиция?

— Разведывательная, Разноглазый, разведывательная. Ивану Ивановичу необходимо... ммм...

продышаться. Иван Иванович из тех, кого мирная обстановка и мелкая, украдкой, разбойничья деятельность растлевают. Он воин. Он должен двигаться, принимать решения. Помимо прочего, я поручаю ему осмотреть местность, чтобы весной он мог приступить к созданию ландмилиции.

– Что такое ландмилиция?

– Полувоенные земледельческие поселения на окраинах государства. С одной стороны, они защищают границы, с другой – окультуривают глушь. Эти деревни со временем превращаются в города – –

– Я слышал, что деревня не может превратиться в город. Город – это город изначально, пусть и на три улицы. У него есть душа.

– А у деревни души нет?

– Нет, у неё только инстинкты.

Канцлер промаршировал к окну и уставился на панораму Невы и Смольного.

– Вы сами Шпенглера читали или рассказал кто?

– Господь с вами, Николай Павлович, я практически неграмотный. А ландмилиция – дело умное. Землю попашет, стволом помашет... И вы верите, что Молодого можно заставить пахать? Или хотя бы интересоваться судьбой тех, кто пашет?

Николай Павлович отмахнулся, давая понять, что судьбой всех, кому судьба вообще положена, кто-нибудь да поинтересуется, а на Молодом свет клином не сошёлся. В этом легкомысленном жесте, столь ему несвойственном, было что-то бесконечно жестокое, куда худшее ледяных манер и замыслов. Я сунул в рот очередной птифур и следующий вопрос задал сквозь него.

– Всё равно я не понимаю, почему нужно рваться сейчас. Почему не подождать до апреля-мая?

– Потому что апреля-мая может не быть.

– Вы отдаёте себе отчёт, сколько нам придётся везти с собой? Еду, вещи, дрова – –

– Оружие, – спокойно заканчивает перечисление Канцлер. – Сани уже сделаны.

– И кого мы в них впряжём? Собак?

– Зачем собак? Гвардейцев. Я поручаю Сергею Ивановичу набрать самых надёжных и крепких.

– То-то они возликуют.

– Я и сказал: «самых надёжных».

Я вновь понадёжнее набил рот.

– Я не понял, кто из них будет главный: Грёма или Молодой?

– Начальником экспедиции будете вы. – Голос Канцлера был твёрдым, а взгляд – кислым. – Я не могу одного из них подчинить другому. Они, признаюсь честно, на ножах.

– Ну-ка, ну-ка. У Грёмы – гвардейцы, у Молодого – бойцы, а начальником буду я? С фарисеем на подхвате? Как вы себе это представляете?

– У вас будут все полномочия.

Я всё ещё не верил своим ушам.

– То есть у них будут стволы и кулаки, а у меня – полномочия?

– Да, – безмятежно кивнул он. – Все полномочия. Вы будете представлять меня. Вы будете для них *мною*. Я дам вам оберег.

– *Что* вы мне дадите?

Канцлер снял с пальца кольцо. В массивную платину были глубоко утоплены негранёные жёлтые алмазы. Внешняя простота и старинная тщательная работа удивительно подчёркивали друг друга.

– Это фамильная реликвия для меня и символ власти для Охты.

– То есть без него не возвращаться? – Я повертел драгоценность в руках, надел и повертел снова. Это была тяжёлая, баснословно дорогая вещь, но пока я на неё смотрел, на меня снисходил тот покой, который могут даровать лишь вещи, не имеющие цены: летний полдень, сияющие лица друзей. – Обязательно тащить туда ребят? – спросил я.

– О, это исключительно ради вас и вашего спокойствия. Чтобы вам не было одиноко. С одной стороны, друг детства, с другой – культурный человек с Васильевского острова, переводчик и образованный летописец. Но в этом вопросе я готов уступить. – Он ядовито и холодно улыбнулся. – Если вы настолько милосердны... и если считаете, что справитесь один... Ваших друзей можно и не тревожить.

– Когда ехать?

– Через два дня, и будьте здесь завтра к вечеру. Поймите же наконец, Разноглазый, у меня нет выбора. Я никогда не делаю ненужного зла.

– Николай Павлович, это безумие.

– Да. В платоновском смысле.

И он улыбнулся, словно удачному каламбуру – чёрт знает какому.

4

Фиговидец избегал со мною видеться, но часто писал. («Нет ничего нежнее переписки друзей, не желающих больше встречаться».) Это были продуманно короткие, невозмутимые записочки о разных разностях: жанровые сценки, карикатуры, анализ исторических преданий, глоссы на философский отрывок, – много мыслей и тщательно, ещё в черновике, вымаранные чувства. О новостях он никогда не спрашивал, а если я их всё же сообщал, никак не комментировал. И послав открытку с обещанием новой новости («Всё скажу при личной встрече. Когда она, кстати, состоится?»), я тут же отправился вслед за ней, наступая на пятки почтальону, чтобы фарисей, не дай бог, не успел сбежать в запой.

Он выслушал меня с серьёзным, смиренным и несколько загадочным видом. После чего неохотно сказал:

– Я знаю только заморские языки. Какая от меня как от толмача польза? Возьми китайца.

– Какого?

– Любого, дорогуша. Китайца как факт.

– А велено взять тебя.

И я рассказал о заложниках.

Фиговидец очень долго думал, не сводя с меня глаз – смотрел на меня, а думал неизвестно о чём, об исторических преданиях, судя по выражению лица, – и наконец спросил:

– Почему он думает, что меня можно этим шантажировать?

– Это я так думаю, а не он.

– А ты почему так думаешь?

– Потому что я тебя знаю, – сказал я ласково. – Давай, Фигушка, собирайся. Ватник доставай, тетрадку подбери потолще... для путевых впечатлений. Держи аусвайс.

– Отстань!

– Человек, конечно, может сказать «отстань» своей судьбе, только будет ли из этого прок?

Фарисея передёрнуло.

– А что он пообещал тебе?

– Тебе нужна правда? Ты её получишь.

– Звучит как угроза. – Он против воли засмеялся и хоть немного стал похож на себя прежнего.

Фиговидец уходил в свои мрачные игры, его воображение послушно таскалось за ним, по кручам над обрывами – а там, где даже у воображения сбивалось дыхание, на подмогу спешила семижильная классическая литература. Но у Мухи не было такого богатого инструментария, таких возможностей противостоять жизни, и когда он начал об этом задумываться, то лишился и той единственной, что была в его распоряжении, потому что в его случае противостояние было успешным лишь до тех пор, пока оставалось безотчётным. Глядеть в бездну и сознавать, что он глядит в бездну, было сверх его сил. Он уцепился за медитацию, которой – причём оба так думали – обучил его фарисей в Джунглях за Обводным. «Ладно, – отвечал он любым жизненным невзгодам и мыслям о них. – Ладно. Помедитирую-ка я».

Он уходил в сторонку, он усаживался, выбирал предмет. (Чаще всего им оказывалась вещь весомая, грубо плотская, олицетворённая реальность: кирпич, стена, бутылка водки, будто для того, чтобы перенестись в мир духовных явлений, Мухе требовалось оттолкнуться от неотъемлемых опор материального.) Он замирал, серьёзный и подавленный, ребёнок на своей первой школьной линейке. О чём он тогда думал? Не нужно предполагать, что медитация научила его думать, то есть размышлять. Как почти все от природы неглупые и невежественные люди, в чьих душах опыт самой низменной жизни властно захватил не только своё законное место, но и то, на которое мог бы претендовать опыт культуры – а теперь ему просто негде было бы разместиться, совсем негде! – Муха боялся и не понимал всего отвлечённого. Без таланта, но с трогательным терпением он карабкался по стенам своей души, принимая их за стены мира.

Когда Фиговидец и Муха увидели друг друга, оба замешкались, но потом всё-таки обнялись.

– Фигушка, ты бинокль взял?

– Допустим. – Прежде у него не было этой дурной привычки: буркнуть «допустим» вместо простых «да» или «нет». Инвалидность сделала его сварливым и мелочным; слишком много свободного времени, которое даже он, как он вскоре понял, не сможет сплошь заполнить чтением и выпивкой. – Ты на что глядеть собираешься?

– Что встретится, – сказал Муха, – на то и погляжу. Главное, чтобы заранее.

Мы сидели на рюкзаках в вестибюле Исполкома и ждали, пока нас устроят на ночь.

– Вот же ерунду затеял, – неожиданно сказал Муха. Здравый смысл в нём осуждал Канцлера, а безрассудный восторг перед приключением теплился особым негасимым огоньком поодаль, где не дуло. – Мы хоть понятно за чем ходили, и притом в хорошее время года. И не настолько, как выяснилось, далеко. Не в самую гущу, да? А он думает, раз у него армия, то можно и в гущу. Ну не зимой же!

– Ерунду не ерунду, – сказал Фиговидец, – а что затеял, то и сделает. Спроси Разноглазого, остановится такой человек перед чем-нибудь? А что зима, так это даже лучше. Вызов стихиям. И всем тем, которые рассчитывают за спиною стихий прогуляться.

– Но что он может один? – спросил тогда Муха.

– Один он может чертовски много. Для созидания именно один и требуется. Это разрушают всей толпой.

– Ты шутишь!

– Он не шутит, он смеётся.

Это сказал Молодой. Он откуда-то подкрался, стоял и слушал, ухмыляясь.

Фиговидец удивился, но промолчал. Такая у него отныне формула общения.

– Но ты не бойся, над ним тоже похохочут.

Да, не больно-то промолчишь.

– Как волки озорничали, себя величали, – в сторону, но отчётливо пропел фарисей.

Молодой убрал руки за спину.

– Платонов здесь банкует, – сказал он. – А в чистом поле хозяин кто?

– Ветер, – сказал Фиговидец.

– Ты? – сказал Муха.

– Тот, кто за спиной стихий, – сказал я. – Пойду пройдусь.

Дверь кабинета была полуотворена, и, судя по молодому взволнованному голосу, у Канцлера уже был посетитель. Я остановился на пороге и навострил уши.

– Что значит «неблагонадёжные»? Я не хочу быть в экспедиции конвойным. Проще их не брать, чем взять и не верить.

– Вы слишком полагаетесь на романтическую литературу, Сергей Иванович, слишком полагаетесь. Это моя вина. – Канцлер уставился в окно. – Будь по-вашему.

Грёма тем временем увидел меня и принахмурился.

– А вас, Разноглазый, учили, что подслушивать нехорошо?

Парнишка определённо прогрессировал. Пару месяцев назад он был тоненький и бледный внутри и снаружи, ошеломлённая душа, а теперь – мордатый, тяжёлый и решившийся. Лихорадочное рвение, с которым он подражал своему кумиру, выжгло в нём очарование юности, а ума не прибавило.

– Нет, – ответил я со всей искренностью. – А вы, Сергей Иванович, когда научитесь барских гостей привечать? То кофе не так приготовлен, то посуда грязная. А сегодня вообще без ужина и без кровати.

Обернулся и Канцлер.

– А, Разноглазый. Представьте, Сергей Иванович настаивает на необходимости снабдить оружием не только вас с друзьями, но и контрабандистов. Да, контрабандисты составят вам компанию. Ковчег, а не экспедиция, вы не находите? Всякой твари по паре. Но вы, разумеется, на правах Ноя... Польщены?

(«Настолько высокомерен, что сам не сознаёт своего высокомерия, – скажет Фиговидец. – И знаешь, это подкупает».)

– Польщён, польщён. Я стрелять не умею.

– Не умеешь – научим, – отрезал Грёма. Стыд яркой краской полыхал в его лице.

– Уже боюсь. – Я посмотрел на Канцлера. – Знаете, Николай Павлович, я ведь тоже суеверный. Вам
не кажется, что разноглазый плюс оружие – это
какой-то перебор?

– Ах вот как. Вы боитесь прогневать богов, пре-
тендуя на их всемогущество.

– Очень красиво сформулировано.

– Красиво, да животу тоскливо.

Никто не умеет летать по воздуху, проходить
сквозь стены, быть там, где его нет, – но для Молодого я уже был готов сделать исключение. Он появлялся так бесшумно, мгновенно и неожиданно,
что взгляд сам по себе, не советуясь с рассудком, искал печать божества на насмешливой грубой роже
и крылья за спиной – сияющие, серо-жемчужные,
окаймлённые густой чернотой. И уже из-под них, в
мреющем свете чудесного, высовывал волчью морду призрак грядущего.

– И вы слышали, Иван Иванович? – дружелюбно
спросил Канцлер. Молодого он почему-то манерам
не обучал, возможно, полагая, что ни судьба, ни ветер, ни волки не стучат в дверь перед тем, как войти, а если стучат, то только ради жестокой издёв-
ки. – Как по-вашему, можно безнаказанно умножать
дарования?

Канцлер смотрел на Молодого, а я – на Грёму.
Сергей Иванович пылал нескрываемой ненавистью, ревностью и обидой того, кто долго и трудно
шёл, чтобы в пункте прибытия обнаружить упавшего с неба соперника. Поверив, что человек – это
своего рода мастерская и механизм, который можно выпотрошить и начинить чем-то новым, он вы-
нимал из себя одно, влагал другое, не желал знать,

63

с каким ужасом разглядывала его полуобморочная душа нужную и ненужную требуху и свои окровавленные руки – да, душа Сергея Ивановича поворачивалась не так ловко, как Сергей Иванович, – и вот награда. Он не мог даже пожаловаться, и, хотя ему и в голову бы не пришло, что Канцлер намеренно стравливает его с Молодым, всё же шевелился на дне всех чувств неясный упрёк, который, впрочем, выйди он наружу, Грёма обратил бы себе самому. К сожалению, Грёмина миловидная простонародная ряшка не была приспособлена к выражению столь сложных чувств, и то, что на ней изобразилось, никак не соответствовало раздиравшему сердце горькому гневу.

– Пусть лучше расскажет, чего он там в Посёлке умножал.

– Это не расскажешь, – ответил Молодой, – это можно только на пальцах показать.

– Клоун, – прошипел Грёма. – Убивал бы таких!

– Сперва убей, потом пиздеть будешь.

– Господа мои, – холодно обронил Канцлер, и ссора, толком не вспыхнув, угасла – только едкий незримый чад повис от неё в воздухе. Я знал, что мне придётся привыкать к этому запаху.

Весёлый Посёлок, мирное пристанище охтинских контрабандистов, веками стоял на песчаном бережку и пользовался всеми свободами и благами, какие только мог проглотить – а глотка у него была лужёная. Несложно представить, какими методами вводился там протекторат, если даже Сергей Иванович позволял себе в пылу угрюмые намёки.

– Так, в лёгких скобках, – сказал я. – Не претендую на всю полноту коллекции. На правах... гм...

Ноя. Ной-то ведь тоже динозавров с собой не повёз, я правильно помню?

– И вы готовы отправить контрабандистов вслед за динозаврами? Нет, Разноглазый, это не обсуждается.

– Может, по ходу вымрут, – ободряюще сказал Молодой.

– Может, и не только они, – сказал Грёма с надеждой.

Не буду гадать, чем руководствовался Канцлер, давая прощальный ужин. Веские причины усадить за один стол Молодого и Грёму у него, должно быть, и имелись, но Фиговидца он пригласил зря. Даже если ему двадцать лет кряду не с кем было поболтать о Шпенглере, представившийся случай не вышел из разряда счастливых.

Всем удовольствиям образованной беседы фарисей предпочёл состязание в чопорности и показал такой класс церемоний, что я только пошире раскрывал глаза на этого не слишком многогранного человека.

За круглым столом по правую руку от Канцлера сидел Молодой, весь такой в золоте, по левую – Грёма в парадном мундирчике. Завидущим глазом Сергей Иванович косил на фарисея, но не спешил копировать стылость осанки, сухость тона, нарочитую деревянность скупых жестов. Между эталонной вежливостью Канцлера и тем, что в ожесточении явил Фиговидец, разница состояла не в градусе: оба широко блуждали от жгучего льда к миротворной прохладе. Разным был источник холода.

Грёма сидел в своей новенькой жёсткой парадке как в драгоценном сундучке, и весело было глядеть на столь осязаемо воплотившуюся честь мундира. Парнишку одолевали две заботы: не опорочить словом и не посадить пятно нефигурально. Каждый кусок и глоток был как подвиг, каждая фраза – вовсе подвижничество. Он понимал, что теоретически и в идеале все эти ложки-вилки, тонкое полотно, хрупкая чистота посуды должны были говорить ему, как они говорили Канцлеру: «Я твой; твой слуга и друг; я на твоей стороне», – на деле же не было у него врага страшнее этой вымуштрованной армии, настоящей лейб-гвардии, сиявшей непогрешимостью и неприязнью. Рядом с чёрной необходимостью браться за рвущийся из руки бокал или ножик насмешки Молодого превращались в забаву (то есть, возможно, в то, чем и считал их Молодой). Сам Молодой, не многим искуснее Грёмы, но не смущающийся и до вальяжности наглый, не почуял этой муки и поначалу цеплял для развлечения не Сергея Ивановича, а Фиговидца.

– Я сам умею плечами пожимать, – сухо сказал Фиговидец наконец. – И более кстати, нежели вы.

– Ты весовой категорией не вышел со мной метелиться.

– Зато у меня есть справка, что я буйный.

– Гм, – сказал Николай Павлович. – Для вас это индульгенция или афродизиак?

Простые души с глубочайшим уважением и благодарностью подхватили мудрёные («мудрёна Матрёна!») слова в свои глиняные копилки. Фарисей невозмутимо оттопырил губу.

– Охранная грамота. Как у кучки дерьма из пословицы. Кого в случае соприкосновения дерьма и ботинка сочтут пострадавшим?

– Кучка уже тоже не будет кучкой, – сказал я.

– Но вонять не перестанет.

Грёма напрягся. Он не понимал, как человек с такими безупречными голосом и манерами, сидя за столом с таким количеством вилок на одну тарелку, может говорить – самым ровным тоном – такие вульгарные вещи. Сальности, гадости, чего уж там! Он не постигал, почему просочилась эта грязь там, где под полным запретом была обычная. (И он непроизвольно пристукнул собственным начищенным ботинком.)

– Ничего нет легче, – сообщил Фиговидец, – чем ненависть и страх, испытываемые людьми, обернуть против них же. Они тебя отпихивают, но ты мерзкий, грязный... опасный, скорее всего... Такой, что лучше не дотрагиваться... даже пихая. Такой, что лучше пройти мимо... как мимо пустого места. Это-то и пятнает, понимаете? Страх перед пустым местом, которое, судя по страху, перестаёт быть пустым. Это-то и бесит.

– И когда взбесит как следует, – сказал Молодой, – они вернутся и дотопчут.

– Убийца вернётся, – глядя на Канцлера, сказал Фиговидец, – но не чернь. Чернь предпочитает бушевать на расстоянии. И тот, о ком она всё время думает, именно поэтому ею управляет. Он сидит у неё в головах... В голове. Гм. Одним словом, в мыслях.

– Дрянца с пыльцой, – сказал Молодой.

– Не надорвись, красивый, – ласково отозвался фарисей. – Я своё самолюбие в архив сдал на полочку.

– Зачем? – спросил Канцлер.

– Чтобы стать свободным.

– От чего?

– Ну как это «от чего»? От себя, разумеется.

– Вот тут-то и готов тебе хомут навечный, – фыркнул Молодой. – Что показательно, чужой. Как твои-то, Грёмка, тренируются? В сбруе бегать?

Если Сергей Иванович был сегодня, поверх борьбы с сервизом, достаточно наблюдателен, он мог подметить, что к искусству разговаривать относится также умение вовремя промолчать. Или причиной было искусство сидеть с прямой спиной, которое поглощает все силы человека, не упражнявшегося в нём с пелёнок? Он не только не ответил, он даже не расслышал – и, не ведая об одержанной победе, осторожно возносил вилку с кусочком поспокойнее. («Прошу вас, Сергей Иванович. Пищу нужно подносить ко рту, а не рот склонять к пище».) Мучительный свет люстры заливал его застывшее лицо, до судороги напряжённую руку и тарелку, большая часть которой была изначально пуста, так что не менее страшно, чем скатерть, было запачкать белые сверкающие поля вокруг нарядных горсток съестного, раскрывавшихся диковинными и – кто их знает – ядовитыми цветами, пока старший слуга таинственно понижал голос, сообщая их полногласные, такие же нарядные имена: «консоме», «турнедо», «огротан», «беарнез», «сюпрем де воляй», «крем женуаз».

– Какое мрачное впечатление производит яркий электрический свет, – сказал Фиговидец. – Почему вы не ужинаете при свечах?

– Нищие мы, что ли? – сказал Молодой.

– Потому что у нас не романтический ужин, – с некоторым удивлением сказал Канцлер. – Неужели на В.О. зажигают свечи для официального обеда?

Фиговидец тут же вспомнил, что от официальных обедов отлучён наряду с прочим, и ответил злее, чем ему бы хотелось:

– Как бы иначе вы их вынесли? Официальный обед должен быть таким же двусмысленным, как официальная бумага. Очертания лиц и мыслей вроде бы различаешь, но настоящей ясности нет. Очень гуманно.

Николай Павлович поднял брови, Грёма поднял взгляд, Молодой поднял бокал, и всех троих – нет, они не переглянулись, не перемигнулись, не позволили себе беззвучных, но внятных «ну-ну», «однако» и «вот как» – словно осветил луч одного и того же солнца, невыносимого самодовольства и гордости, пренебрежения к миру теней.

– Ах да, – сказал Фиговидец ровно. – Вы же смелые, сильные. Лицом к жизни. Навстречу ветру. Ножи в ножи. Патриоты Охты, отечество в опасности. Такие не отвернутся малодушно от горя и боли – тем более что повсюду горе и боль, которые они же и причинили. Такие не преминут продемонстрировать правду – обед там или не обед... ну ничего, кроме правды, на лбу не написано. Это, Николай Павлович, даже как-то неблагородно в человеке вашего воспитания. Человек вашего воспитания не отнимет у другого человека возможность лгать, сохраняя лицо. Разве он человек после этого будет? Просто... просто... упырь.

– Который? – с интересом спросил Молодой.

– Что «который»?

– Упырь который – кто отнимает или у кого отняли?

– В глазах нашего гостя, – сказал Николай Павлович, – боюсь, что оба. – Он спокойно улыбнулся Фиговидцу. – Люди вашего разбора вечно пытаются выдать трусость за милосердие, а милосердие – за справедливость. И длят игру в слова, не желая решать, под чьими они наконец знамёнами.

– Вот как. – Фиговидец даже вилку отложил. – Вечная борьба богов и необходимость между ними выбирать.

– Конечно. Самые серьёзные жизненные позиции принципиально несовместимы.

– Культурно сказано, – одобрил Молодой. – Народу не впереть. У Грёмки-то аж морда квадратная. Не жилься, Грёма, пупок развяжется.

– Я не народ, – твёрдо сказал Сергей Иванович. – Я гвардеец.

– Ну и дурак.

– Господа мои!

Грёма затравленно зыркнул на Канцлера, но оправдываться не стал. Молодой тоже глянул и тоже замолчал. Зато Фиговидец определился со знаменем.

– Николай Павлович имеет сказать, что справедливость и милосердие – раз уж о них речь, но и другие важнейшие вещи также – исключают друг друга. Тот, кто хочет быть милосердным, должен отказаться от справедливости, кто хочет быть справедливым – отречь милосердие. И это очень логично. Пусть только мне объяснят, с каких пор в основании жизни лежит логика.

– Ты-то сам сейчас какой?

– Ну, – сказал фарисей скромно, – я просвещён-
ный. То есть обученный аккуратно и по обстоятель-
ствам чередовать взаимоисключающие практики.
Нечего смеяться. В конце концов, релятивизм –
тоже серьёзная жизненная позиция. Иногда оно
так, иногда – этак. То пожалеть, то по правде, а то
и вовсе по закону... хотя этим я бы не увлекался. Да?

– Нет, – сказал Канцлер. – Малодушие и страх –
это всего лишь малодушие и страх. А релятивизм –
всего лишь имя, которое они изобрели, поскольку
им ненавистны собственные имена.

– Камчатная наволочка соломою набита. – Молодой рукой хватанул пирожное, бегло облизал
пальцы и выжидательно посмотрел на Фиговидца. –
Чего ты, отвечай.

– А я должен?

– Ну так это ж тебя больше всех касается.

– Вот именно. Человек, знаете ли, *моего* воспитания не должен подвергать обсуждению вещи, ка-
сающиеся его лично. Это опошляет... гм... научную
дискуссию.

Даже Канцлер не понимал, насколько тяжёл был
Фиговидцу упрёк в малодушии. Когда то, что сам
он считал полностью совершившимся («Оконче-
на история. До последнего листа, до переплёта»),
вылезло из неглубокой могилы, он не смог хотя
бы отшатнуться. Его парализовало. Он прекрасно
справлялся с людьми, которых презирал и стремился сделать презренными, но там, где требовалась
серьёзная ненависть, всё спутала тоска.

– Весело нам будет. Ты прикинь, Грёмка, какую
речевую практику поимеешь, чудо неболваненное.
Или она тебя.

– Тебе всегда весело, шут гороховый.

– Господа мои!

Я положил локти на стол и залюбовался символом власти. Угрюмый, тусклый огонь негранёных камней был чудно уместен в этой высокой и довольно холодной столовой, с её безжалостным светом, ледяной чистотой, замороженной прислугой, – но таким же он будет в снегах предстоящего Похода, в виду пожаров и на развалинах: всюду, где воля напоминает представлению о своём первородстве. Сила, заключённая в кольце, не нуждалась в опоре, или же, почти одушевлённой, ей не на что было опереться вне себя, и тогда она вообще перестала принимать внешнее во внимание.

– Иван Иванович! Сергей Иванович! Вы на меня так смотрите, будто примеряетесь убить и ограбить.

Оба промолчали, и мне это не понравилось. Я взглянул на Канцлера: не румянее обычного и нисколько не обеспокоенный. Ничего было не прочесть в этом бледном невыразительном лице и тонких губах.

5

Если бы не присутствие в экспедиции Грёмы, которого Канцлер определённо ценил, Молодого, которого он определённо любил, и меня, который так дорого обошёлся, я бы решил, что в Поход сплавили всех, кто мешал построению бравого нового мира на Охте. Люди Молодого были разбойники, люди Дроли были лгуны и выжиги, а самые надёжные и крепкие по выбору Сергея Ивановича гвардейцы оказались и самыми тупыми. При этом каждый из них был человеком котерии, вольно путавшим государственные дела с интересами своего кружка.

Выступили затемно. Как ветерком овеваемый возмущённым молчанием, я с головой завернулся поверх дублёнки в толстую доху, улёгся в возок поспокойнее и сразу же уснул – а когда открыл глаза, солнце садилось, обоз стоял, и запахи костерков и обеда набирали силу. Экспедиция – и те, кто прокладывал дорогу на широких лыжах, и временно исполняющие должность лошадей – расположилась на отдых.

Сергей Иванович сидел на каком-то тючке и вдумчиво изучал карту. Я направился к нему.

– Дай-ка.

– У меня есть секретные инструкции! – выпалил Грёма и карты не дал.

– Напугал бабу туфлями, – тут же встрял Молодой. – Ты найди в этом сброде незамайку, у которого секретных инструкций нет. Может, получше твоих, а, Грёма? Может, даже и посекретнее. – Он зевнул и молниеносно выхватил из моей руки пачку египетских. – Взгляни сам, Разноглазый, на хера здесь карта. Дым разгонять?

Грозный белый пейзаж стоял вокруг неподвижной стеной отчуждения и холода. Впереди виднелись жуткие и уродливые остовы домов, таких высоких, каких мы прежде не видели. Над редкими угрюмыми деревьями, бетоном развалин и нетронутым снегом они торчали как восклицательные знаки у ворот ада. От них несло по ветру, по снегу бедой, мраком, но также непокорённой и не до конца растраченной силой.

– Мы могли бы устроить здесь сторожевую вышку, – сказал я. – А если ещё и провода телеграфные дотянуть – –

– Туфта.

– Это не приоритетно.

Я глянул направо, на Молодого – Молодой ухмыльнулся. Я глянул налево, на Грёму – Грёма подобрался. «Господа мои», – сказал я по возможности вкрадчиво.

Вышло прекрасно: оба остолбенели. Вышло не как у Канцлера – по силам ли человеку со стороны хладнокровный окрик, негромкая угроза, незримая тяжесть хозяйской руки, – но и того хватило, пронеслось быстрым дуновением божества: а тень присутствия то была или тень святотатства, не имеет значения.

– Господа мои! Что приоритетно – решаю я. Вопросы есть? Вопросов нет. Спасибо за понимание.

(Забегая вперёд, спешу сообщить, что сторожевая вышка обустроена, прекрасно функционирует и стоит единственным, вероятно, памятником моего величия в роли начальника экспедиции. В хорошую погоду оттуда виден весь мир: Джунгли, провинции, Город, далёкое море и, в другую сторону, дикие земли востока. Дозорным, которые неделями несут вахту, порой мерещатся – так действует на них огромность простора, свирепая вольность, с которой мчится то туда, то сюда ветер, – заморские короли во главе регулярных войск или лишённые строгой иерархии орды варваров, и тогда самый маленький и самый мечтательный гвардеец торжественно составляет депешу, неизменно перехватываемую более опытным и грубым товарищем.

У охтинских нет объекта секретнее и тщательнее охраняемого.)

Мои друзья тихонько обедали на биваке гвардейцев. Моё появление прервало разговор, но ненадолго. Пока что им нечего было скрывать, кроме смущения.

— Мы идём покорять Северный полюс? — спросил наконец Муха.

— Северный полюс в другой стороне, — недовольно сказал Фиговидец. — Мы движемся строго на восток.

— А что там, на востоке?

— Волки и медведи.

— Понятненько. — Муха покосился на меня. — А это правда?

— Есть правда, — говорит Фиговидец, — а есть факты. Что именно тебя интересует?

— А что делают варвары, когда приходят на земли цивилизованных народов?

— Забирают их богатства, скот и женщин.

— А... ну баб-то ладно. Быстро назабираются.

— И вырезают всех, способных держать оружие, — злорадно стращает Фиговидец.

— А я не способен. Дальше?

— Не будет для тебя «дальше». Это ты считаешь, что не способен, а варвары проще смотрят: яйца есть, руки есть — готов боец.

— Разве они совсем тупые. Боец — это вон Молодой или через пару лет Грёма... Приветик, Грёма. Хочешь колбаски?

Муха простосердечно, беззлобно и ненамеренно игнорировал преображение Грёмы в Сергея Ивановича. Он его не видел. Запомнившийся ему смешной и растерянный парнишка мог пройти сколь угодно долгий и трудный путь внутреннего развития, но ни на волос не приблизиться к тем формам духовной дебелости, которые Муха бессознательно сопрягал с настоящими именами. Муха вообще не заметил, что Грёма в этом смысле куда-либо шёл, и, сделав попытку представить движение по направлению к Сергею Ивановичу не только в виде карьерного роста, его фантазия не изобрела бы ничего сверх седин, аляповато наклеенных на всё то же гладкое чело. Когда в ответ на дружелюбное приветствие Грёма покраснел, назвал Муху «любезным» и предложил обращаться к нему по форме либо, что всего предпочтительнее, не обращаться вовсе, Муха оторопел, но не оскорбился. «Что на него нашло?» – спросил он. «Спасается никем не преследуемый», – ответил Фиговидец, но это было лишь острое несправедливое словцо.

Головорезы Молодого застряли где-то между настоящими именами и кличками. «Жека», «Серый», «Санёк», «Колян», «Димон» можно было произнести так, чтобы пробил озноб узнавания: холодок ножа, рёв попойки, кураж жлобов, – но была бы в этом и двусмысленность, позволяющая желающему расслышать совсем иные простые истины: братство, не убитая детством или юностью верность, широта душ. Особенно повезло Серому, из имени которого сам собой выпрыгивал волк, а не представление о тусклом и невыразительном цвете посредственности.

Так они и взирали на мир, со спокойствием не поддающихся дрессировке животных. Когда небольшой группкой начальства мы отправились ин-

спектировать высотку, Молодой взял пару близнецов, похожих не столько друг на друга, сколько на
одну и ту же чуду-юду, начертанную поперёк страни-
цы учебника бестрепетной рукой хулигана со спо-
собностями: лохматый шкаф в шерстяной шапке,
из-под которой блестят круглые, смелые, бессмыс-
ленные глаза. Назвать эти глаза недобрыми было
бы преувеличением. В них райски отсутствовали
сведения о добре и зле. Потому же, почему близнецы казались лохматыми, хотя ничего лохматого,
за исключением меховой оторочки на капюшонах
курток, в них не было, такой взгляд, сам по себе
не нёсший угрозы, заставлял одних подобраться, а
других зайтись от ужаса. В такие секунды люди непроизвольно хватаются за грудь, почти уверенные,
что сердце оторвалось и глухо валится вниз.

Звали их Жека и Димон, но быстрее они откли-
кались на общее «братовья». Когда я послал одного вперёд, близнецы двинулись слаженной парой.
«Пусть, – со смехом оказал Молодой. – Они друг без
друга срать не умеют».

Молодой, как говорится, дышал полной грудью.
Возможно, он ещё сам не сознавал, что вырвался,
но двигался и смотрел иначе. Его лицо просветле-
ло. В жестокой открытой улыбке ещё не было настоящего возбуждения, запала; она появлялась и
пропадала, как пробегает тихий ветер, у которого
нет цели не то что крушить деревья и крыши, но
даже сорвать шляпу или дыхание пешехода. Откуда
тому знать, что с таких ветерков начинается ураган.

Между тем братовья как пошли, так и вернулись.
«Там протоптано», – сказал один, а второй под-
тверждающе ткнул пальцем.

Среди сугробов действительно проступала тропка, которая появлялась ниоткуда и вела прямо к чернеющей дыре входа. Само здание, вблизи скорее с извращением пропорций, чем огромное, как во сне, где любые громоздкие вещи отвратительно парят в воздухе, бесконтрольно уходило вверх, и не хотелось запрокидывать голову.

Мы бегло обсудили наши всегда радужные перспективы.

Фиговидец был единственный против того, чтобы лезть внутрь, и он же полез первым, когда Молодой, приветливо глядя на Сергея Ивановича, предложил послать на разведку малоценное животное. («Но ты же этих людей презираешь?» – «Тем более постыдно прятаться за их спинами».)

Просторный холл первого этажа был пуст, не освоен даже животными. И грязь здесь была неживой природы: многолетняя твёрдая пыль, каменная крошка, мертвенные дребезги стали, стекла и бетона. Во всём был холод страшнее и угрюмее просто зимнего.

Фиговидец внимательно огляделся.

– Пришли, осквернили вселенную и исчезли, – резюмировал он. – Сверху-то ничего не упадёт?

– О хорошем думай, – сказал Молодой. – Плохое само за себя подумает.

– Где лестницы? – спросил Грёма.

– Лестницы должны быть с чёрного входа, – охотно объяснил Фиговидец. – А здесь лифты. Посмотри, вот в той стене за руиной. («Руиной» он назвал полуистлевшую в труху – если бы с пластиком и стеклом могли приключаться подобные вещи – будку, пародийно похожую на установленные на мостах блокпосты.)

– И они работают?

– Совсем-то уж не тупи, – сказал Молодой. – Как им работать без электричества?

– Это где ж вы работу лифтов изучали, Иван Иванович? – спросил я.

– На этот вопрос есть очень хороший ответ. Но ты его, наверное, и сам знаешь.

Переговариваясь, мы смотрели на тело, брошенное посреди холла грудой костей и плоти. Тело умирало.

– Это какой-то обряд? – предположил Фиговидец, когда говорить о другом, даже по инерции – глаза уже видят новое, но язык цепляется за прежнюю речь – стало невозможно.

Человека этого и резали, и жгли, и обрабатывали уж не скажешь какими другими способами, проявив любознательность, терпение и большую способность к выдумке, а потом оставили умирать. Что оказалось делом небыстрым.

– Дикари, – с силой сказал Грёма. – Варвары.

– Тогда в их действиях должен быть не понятный нам, но смысл.

Фиговидец и Молодой присели на корточки по обе стороны от тела и, не по-доброму переглядываясь, принялись за исследовательскую работу. Тело не реагировало на вопросы и прикосновения и уже не стонало. Отдалённо похожий на стоны звук дыхания прервался, пока изыскатели всматривались и щупали.

– Так, – сказал Молодой. – Не китаец, не анархист, вряд ли наш... Что это на нём за шмотьё?

– Одежда у китайцев выменена, – сказал фарисей. – Мы такую видели в северных деревнях.

То, что уцелело от одежды – грязное и вонючее ещё на той стадии, когда заскорузлые лохмотья были штанами и курткой, – вопило о нищете, невежестве, грубой жизни.

– И зачем он притащился сюда из северных деревень?

Фиговидец наклонил голову направо и посмотрел; наклонил голову налево и посмотрел. Пожал плечами.

– Одни тащатся, других тащат.

Ядовитая синтетика кое-где спеклась с ранами в один мерзостный сгусток. Густел и запах. Сергей Иванович на заднем плане боролся с дурнотой.

– Пошло дитё на войну, – не оборачиваясь, громко оказал Молодой.

– Не это война! – крикнул Грёма.

– Что вы, Сергей Иванович, – обернулся Фиговидец. – Война везде одинакова: кровь, грязь и грубые шутки. Грязи больше всего.

– Чёрт с ним, – оказал Молодой, вставая. – Это наверняка авиаторы. Потом как-нибудь займусь.

– То есть, если бы его замучили варвары, вы бы занялись сейчас?

– Ты чего меня-то грузишь? Вон тебе начальник экспедиции, предъявляй.

Фиговидец посмотрел на меня и сказал Молодому:

– Плохо ты его знаешь. – Он вновь устремил взор на тело. – Отошёл, голубчик. Как мы его будем хоронить в такой холод?

– Хоронить? – переспросил Молодой.

– Положить в деревянный гроб и закопать поглубже в землю, – объяснил Фиговидец, вспомнив про местные игры с Раствором.

– Я знаю, что это такое. Платонов нас... кхммм... цивилизует. Болванит из брёвен зубочистки, да, Грёмка? Я спрашиваю, с чего ты взял, что мы будем его хоронить?

– Но так принято, нет? Мы последние живые люди, которых видел этот несчастный.

– Не скажешь, что ему было чем смотреть.

– Но почему? – озадаченно спросил Грёма. – При чём тут мы?

– Да просто при том, что нам не повезло, – вспылил фарисей. – Потому что кому-то – не один я прекрасно помню кому – приспичило сюда лезть и находить трупы. Если уж ты нашёл труп, тем более такой, который стал трупом в твоём присутствии, ты не можешь за здорово живёшь его бросить. Сергей Иванович, ведь вы офицер!

Сергей Иванович покраснел. Он так старался и столького ещё не знал, что постоянный страх сделать не то перевешивал даже страх бездействия, которое могло оказаться преступным. Теперь, когда рядом не было человека, чьи приказы он выполнял бездумно и с чистым сердцем, ибо тот, кто отдавал приказ, своей личностью подтверждал его нравственную ценность, Грёма жил только силой и памятью прецедентов. Кто знает, в мыслях не вопрошал ли он постоянно далёкий оракул и на оберег на моём пальце так жадно смотрел потому, что верил, будто кольцо Канцлера тайно даёт связь со своим настоящим владельцем.

Всё же Фиговидец был из Города, из той жизни, где самые сложные вещи оказывались и самими простыми благодаря наследственной убеждённости и наследственному знанию правил. Со смутной надеждой Грёма посмотрел на меня.

– До весны он не сгниёт, – сказал я. – Полежит себе как в морге. А весной сюда придут вышку обустраивать.

– До весны его зверьё сожрёт, – возразил фарисей.

– Да ладно, какое тут зверьё.

– Как это какое? Волки и медведи.

Фиговидец действительно был из Города, пусть и с В.О.; у него действительно было кое-что наследственное. Он рос там, где маленькие мальчики спрашивают: «Мама, а кто там, за рекой?» – и слышат в ответ: «Никого, котик. Волки и медведи». И потом они уходят с набережной, торопятся, взявшись за руки, домой к обеду, и, когда мальчики вырастают, самые разные мысли приходят им в умную голову, но мамин голос всё звучит и звучит отдалённо, надёжно и внятно.

Когда мы возвращались на бивак, уже стемнело. Но снег и в темноте остался белым. Казалось даже, что-то подсвечивает его изнутри упорными огнями. Я присматривался, и мне блазнило, что я вижу голубоватое пламя преисподней.

6

На деревню мы наткнулись уже на следующий день. Сперва стал виден густой дым, потом – слышен нескладный, разъятый на по-разному дикие голоса вопль, и наконец, нам явилось зрелище скудной толпы и догорающих изб. Углядев в свой черёд экспедицию, толпа качнулась, не зная, броситься в драку или наутёк. Не столько определившиеся, сколько вытолкнутые, к нам подошли двое.

Оба были не сказать что в обносках, а так, в ладной рванине, вполне, быть может, функциональной. Гарь пожара по-боевому лежала поверх многолетней провонялой засаленности. Один выглядел как поганый человек, другой – просто погано.

– Привет, – сказал Молодой, – обглодки жизни.

– Бог в помощь, добрые люди, – перевёл стоявший рядом фарисей.

Не переглядываясь, мужики стали на колени: не прытко, с затаённой угрюмостью, в которой сквозила сложная смесь облегчения и шутовства.

– Баря приехали!

– Мы не баре, – сердито сказал протолкавшийся вперёд Сергей Иванович. – Мы представители Нового Порядка на Охте.

Мужики подумали и, не поднимаясь, сняли шапки. Первый оказался гнусно, неровно плешив: волосы вразнобой торчали седыми и пегими клочьями. У второго голова была разбита и наспех перевязана заскорузлой тряпицей.

– Ты, облезлый. Прекрати моргать и повествуй.

– Скажи, старинушко, что здесь происходит? – перевёл Фиговидец.

– А чиво? Ничиво не происходит.

– А это что?

– Так чиво ж, дяревня это.

– И она у вас каждый день горит?

– Зачем кажный, – солидно вступил раненый. – Не война, чай, кажный-то день гореть.

– Гореть всегда есть чему, – ободрил Молодой.

– Сахарок этта лютует, – почти радостно сказал облезлый. – Погоды ему не по вкусу. Уж да, кому сладко снег за шиворот. Счас ушодши аспид, проживём до лета. Летом вернётся.

– Что за Сахарок?

– Бродит тута разбойничек. В чём душа держится, а пойдёт лютовать – куда там. Так глянешь – соплёй перешибсти, а попадёшься – себя не вспомнишь.

– Ты, старинушко, что-то заговариваешься, – сказал Фиговидец от себя, не дожидаясь реплики Молодого. – Как это может быть, что вы всей деревней терпите одного тщедушного аспида?

– Вам, барям, всяко виднее, – согласился облезлый.

– Мы не баря! – сказал упорный Сергей Иванович. – Тьфу, не барины.

Мужики, ёжась, повертели свои шапчонки. Раненый поднял руку, словно прикидывая, не содрать ли с головы на всякий случай и повязку.

– Не нами заведено, – сказал он. – Всё отцы и прадеды.

– Отцы терпели да нам велели! – подхватил облезлый.

– Гуляет окаянный по земле, что с ним сделаешь? Земля разве купленная? Раз уж попущен аспид гулять, как ему земля места не даст?

– Покойничек в высотке ваш? – спросил Молодой.

– Где этта?

– Тама, – сказал Фиговидец, теряя терпение. При этом он не счёл нужным показывать на хорошо видную высотку пальцем. Вместо чего нахмурился и с растущим гневом сложил на груди руки.

– Ну, ежель тама... Так то, видать, Чуня. – И раненый посмотрел на облезлого.

– Может, и Чуня, – согласился облезлый. – А кому тама быть? Чуню-то Сахарок увёл.

– И вы отдали?

– Как же не отдашь? Аспиду-то попущенному?

– Вот и разобрались, – сказал Молодой Фиговидцу. – Ихний покойник, им и хоронить.

– Чиво его хоронить? – сказал облезлый. – Земля похоронит.

– Ты, скотинушка, меня не услышал или плохо разглядел?

Этого Фиговидец переводить не стал.

Деревня выглядела отвратительно. Сгорела она малой частью, но уцелевшие избы производили впечатление более тяжёлое, чем пепелища: про пепелище, по крайней мере, можно думать, что оно чем-то было. Предметом наибольшей заботы казались заборы, серые и не в масть залатанные самыми неожиданными вещами: ядовито-пластиковая облицовка откуда-то с руин, колючая проволока, весёленькие голубые куски клеёнки, расплющенный алюминиевый таз. Дома за заборами походили на помойные кучи. Одни смело вздымали к небу уродливые теремки из хлама, другие рачительно растекались хламом по земле, подгребая под себя пространство. Вместо дыма из труб поднималась вонь.

– Ну свинорой, – сказал Молодой, сплёвывая.

Древняя старуха сидела на узле рваных ватных одеял перед полуобгоревшим забором. До того как обгореть, забор покосился. Старуха без рвения подёргивала себя за выбившиеся из-под засморканного серого платка лохмы и монотонно бубнила:

– Куда ж идти? Никуды. Туды далеко. И сюды далеко...

Фиговидец смотрел на неё со стыдом и сочувствием. Муха поторопился дёрнуть его за рукав и, когда фарисей обернулся с готовой отповедью на устах, застенчиво пробормотал:

– Не надо, Фигушка. Ты им не поможешь. Им вообще не нужно, чтобы им помогали.

И Фиговидец дал себя увести. Но с этого дня что-то в нём отказалось определять одним ёмким словом «народ» россыпь разнородных явлений: и Муху, и анархистов, и баб северных деревень, и парней из Союза Колбасного Завода, и теперь вот этих гнильно-убогих существ, которых он не имел силы признать людьми. Хуже того, он понимал, что внутренний голос ведёт себя трусливо и нелогично, потому что разнородные явления – от Кропоткина до облезлого – отлично объединялись на общей почве, которую фарисей желал игнорировать. И то, что к нам отнеслись на удивление спокойно, а он счёл вариантом послепожарного шока, было обычным фатализмом, присущим всему правому берегу, и здесь всего лишь доведённым до абсурдной ясности изоляцией, нищетой и невежеством. Тёмная жизнь, жизнь без просвета и с такими надеждами, которых человеку с душой лучше не иметь вовсе! Звали их совсем уж непотребно: Чуня, Гуня, Сысойка и прочее в том же духе. Сама деревня оказалась безымянной. («Дяревня – дяревня и есть». – «Ну а другие деревни вы как называете?» – «Какие другие?

Вот же она». – «Ну не одна же она на свете?» – «Вам, барям, всяко виднее».)

Мы не спеша шли через деревню. Облезлый трусил рядом.

– Есть у вас тут центровой какой?

– Желательно поговорить со старейшинами, – перевёл Фиговидец. – Или старостой.

– Старосту баря назначать должны, – сказал облезлый с неудовольствием и обидой. Следовало, видимо, сделать вывод, что баре в нашем лице преступно пренебрегли своими патерналистскими обязанностями. – А мы уж так... всем обчеством. Соборно то исть.

– Понял, – сказал Молодой. – Разноглазый вам завтра назначит. Будете соборно оброк платить. Что вы тут сеете-жнёте?

Облезлого перекосило.

– Чиво тута сеять! Не раздевшись голы! Перебиваимсся.

– И как перебиваетесь?

Поганец развёл руками.

– Сам не вем.

Молодой хохотнул.

– А вот мы тебя допросим и узнаем.

– Этта как допросим?

– По порядку. Сперва пальцы, потом яйцы. Старосту им подавай!

Облезлый струсил, но не сдался.

– Известно, – пронвл он. – Ваша воля барская.

Когда мы разбили лагерь, на запах обеда сползлась группка чумазых детей в тряпье и чирьях. «Ссобойка-то у вас какая», – с униженной завистью сказали они, пряча наглые глаза. Гвардейцы их накормили и дали пару банок мясных консервов, и через полчаса деревня в полном составе явилась встать на довольство.

— Ну как их без надзора оставишь? — хмуро спросил Фиговидец.

— Ой, чиво мы тута намутим без барского догляда!.. — бодро отозвалась деревня.

— Я вам устрою догляд, — сказал Молодой, разгоняя попрошаек. А потом он сказал: — Что за народ! Назови мужика братом, а он норовит в отцы.

Молодой сказал так ещё через час, когда облезлый притащился назад, изо всех сил понурив голову. Я как раз препирался с Сергеем Ивановичем из-за назначения старосты. («Не будет у меня старосты с таким пакостным именем!» — «У *тебя*, Сергей Иванович?») Кандидат на должность стал на колени, снял шапку и натужно завздыхал.

— Чего тебе, Сысойка?

— Пуня Коржика зашиб маленько.

— Сильно маленько?

— Почитай что насмерть. Топором дурной зарубил. Так мозги и брызгнули.

— Что не поделили?

Сысойка развёл руками. «Чиво случа́й упускать, — читалось на его морде. — Баря разберутся».

— Облажались вы, дядя, — сказал я. — Прежде чем рубить, расценки узнать надо было. Или на оброк денег нет, а на Разноглазого найдётся?

— Придумали барям забаву, — поддержал меня Молодой. — Косяки за вами подчищать. Чиво зыришь?

Будущий староста моргал, лыбился и смотрел с выражением растущего кроткого идиотизма. Поняв, что так желаемого не добиться, он потёр шапкой репу и предложил:

– А может, бабу Коржикову возьми? Лучшая баба на дяревне.

– Очень ему нужна ваша лапотница.

– Ну а как же? Всегда баря лучших баб берут. Надоть для порядка.

– Перепороть вас надоть для порядка, – ответил Молодой.

– Так мы чиво, мы конечно. Вестимо, мужик без розги забалует.

Тем временем Сергей Иванович увлёк меня в сторонку.

– С геополитической точки зрения правильнее будет вмешаться, – жарко прошептал он. – Нам нужно укреплять позиции. Разноглазый, ведь это Форпост. Это шанс Внедрить Устои и Принести Цивилизацию. Это не право. Это обязанность. В конце концов, нельзя допустить, чтобы сюда пришли китайцы.

– Полностью согласен, но бесплатно не работаю, – сказал я.

– Мне выделен Резервный фонд, – признался Грёма. – Случай ведь экстренный?

– Для кого как.

Сысойка стоял на коленях и уходить не собирался. Извечное изуверское терпение было в его позе и морде; смирение, в глубинах которого громадой лежала бетонная уверенность в своём праве; кротчайшая мерзость, выводящая из себя людей понервнее. Я покосился на Фиговидца. Тот действительно глядел с посылом «ну ты и погань».

— Договаривайся, Сергей Иванович, – сказал я. – На свою шею берешь.

Пуня сидел на общинной завалинке и лузгал семечки. И вообще наглое, в его исполнении это занятие покинуло пределы, где не лишены смысла слова «непотребный», «бесстыдство». Непотребным становился сам воздух, которым он дышал, бесстыдными – деревья, не провалившиеся сквозь землю под его взглядом. Сплёвывая, он делал непроизвольное движение, словно вдогонку плевку посылал удар кулака.

Всё в этом парне было нормально и при этом явно что-то не так. Это могли быть глаза: злые, лубяные, но заплывшие. Или руки: сильные, грубые, но с мелкой дрожью. Или ненужная расхлябанность; убогость лихо заломленной шапки. На меня он посмотрел с трусливым вызовом. Я молча дождался, пока он всё-таки стянет свой жалкий треух.

Стянуть-то стянул, но не утерпел и вякнул:

— Отбыл Коржик на иное живленьице.

Голос был сиплый, нахальный, но какой-то разбитый.

— Рот закрой. Я тебя ни о чём не спрашивал.

Вокруг столпились зеваки, у которых, видимо, были дела поважнее, чем разгребать пепелища. Они молчали, но их невозможно было отогнать. Я повёл Пуню в укромное место и после сеанса два дня был болен. Я брал его за руку, проваливался в глаза и чувствовал, что не клиент, а сама Другая Сторона осовело сидит передо мной, блуждает бездушной улыбкой.

Фиговидец добросовестно разыгрывал роль толмача и первым делом записал в одной из своих тетрадок множество мрачных и многообещающих слов: «харыпка», «чмутки», «наборзе». С истолкованием у него возникли предвиденные трудности, потому что деревенские упорно не понимали, какое другое слово или описательный оборот призвать на помощь. («Ну, харыпка – харыпка и есть. Баба такая». – «Какая?» – «Да вона как Чушка Сысойкина, в точности. Харыпка же, говорю». Фиговидец отправился поглядеть на Чушку и по итогам записал: «*Харыпка*, неодобр.-бран. Грубая, жадная, агрессивно-некультурная женщина; предположительно с пышными формами». Но представь, сказал он мне, слово бранное, а не поручусь, что произносят они его с презрением. С уважением произносят, вот как. С восторгом даже каким-то, понял? Чего ж тут не понять, сказал я.)

Наконец-то я вновь увидел, как Фиговидец склоняет над тетрадью путевых заметок сосредоточенное лицо. Он писал прилежно, но медленно, словно был вынужден преодолевать невидимое сопротивление бумаги, и это так разнилось с былым весёлым пылом. Исхитрившись заглянуть в его записи, я обнаружил, что изменился и стиль. Теперь фарисей скрупулёзно, холодно излагал факты – и только. Удалой поток «я подумал», «мне вспомнилось» и «хочу заметить, что» иссяк до капели из плохо закрытого крана. Фиговидец больше ничто ни с чем не сравнивал и не делал попыток постичь.

Он составил подробное описание похорон, остервенело запечатлев и бедный саван («самые дрянные, изношенные тряпки»), и лубяные санки («так они это и называют: *отправлять* в лес на лубу»), и обычай калечить покойника («перебить ноги – чтобы назад не пришёл; выколоть глаза – чтобы обратной дороги не увидел»), и обычай не закапывать трупы, а оставлять на земле, прикрыв сучьями («умерших насильственной смертью бросают в реки, болота, овраги и леса, чтобы не оскорблять землю *гноища*, т. е. кладбища: *гноищем*, впрочем, им служит другое место того же леса»), и тризну («это не тризна была, а какая-то оргия»). На тризне поголовно, включая пятилетних детей, перепились, передрались и соборно изнасиловали бы вдову, не вмешайся Молодой: услышав вопли, придя и посмотрев, он поморщился и увёл лапотницу к себе. Не знаю, много ли та выиграла от обмена мужичья на бандитов, но вопить здесь не стала либо не смогла.

Этот эпизод в записи не попал. (Как и разъяснение причин, по которым воздержался от вмешательства сам летописец.) Не попал сюда и диалог Фиговидца и Мухи, впервые в жизни увидевшего пусть дикарские, но всё же похороны. «Я помру когда-нибудь», – сказал Муха тоскливо. «А ты в этом сомневался?» – «Такой уверенности, как сейчас, у меня не было». Помявшись, фарисей спросил, присутствуют ли родные при санации. «Нет, ну что ты. В Раствор бросать! Как же можно такое видеть? У нас из морга сразу на поминки». – «А что в морге?» – «Откуда я знаю что. Там дверь заперта. Цветочки положил перед ней, и привет. В смысле до свидания». – «А проститься? – спросил Фиговидец. – Речи?» – «На поминках поговорят, – ответил

Муха без особой уверенности. – У кого язык ещё вяжет. А что, надо?»

Фарисей по-прежнему делал в своём журнале зарисовки быстрыми чернилами. Так, он изобразил пару кривых изб, колченогую бабу с коромыслом, детей, для забавы бросающих камни в собак и друг друга, и целую серию «гнев земли, оскорблённой тем, что в ней оказался нечистый труп». (1. «Покойники высасывают всю влагу из земли на огромном расстоянии от могилы». 2. «Разгневанная земля изрыгает покойника». 3. «Нечистые трупы не подвергаются тлению». 4. «Такой покойник, сколько бы его ни хоронили, всегда возвращается».) Кстати сказать, обнаруженный нами в высотке труп исчез. Деревня не пожелала возиться сразу с двумя нечистыми трупами, и Чуню тишком перепрятали или выбросили без обряда куда подальше. Фиговидец по памяти нарисовал распотрошённое тело. Ему словно понравилось запечатлевать ужасы. И далеко не самым ужасным в этих рисунках был надлом их автора.

Уступкой былому в какой-то мере стал краткий очерк морфологии деревни, но и здесь преобладал сплав научной сухости и чужих мнений. Трижды сославшись на Шпенглера и один раз – на Молодого, Фиговидец заключал:

«Деревня, этот бездушный, дошлый, строго ограниченный рассудок, предшествовала культуре и её переживёт, тупо продолжая свой род из одного неменяющегося поколения жлобов в другое. Здесь нет ни души, ни религии, ни истории».

В словах попроще и с презрением не менее сильным к деревне отнеслись и представители Нового

Порядка на Охте. Для них встреченная форма жизни прямо принадлежала к категории «животные». Могло показаться, что они отстоят от неё даже дальше, чем, например, Фиговидец: размышление порождает пропасти, но оно же их и сглаживает.

– Поговори с профессором. Пусть не шляется один.

Мы, надо заметить, тесно сидели у костра на бревне и хлебали кашу с тушёнкой.

Я повернулся налево.

– Не ходи здесь один.

Фиговидец опустил полную ложку обратно в котелок.

– Думаешь, Сахарок этот бродит?

Я повернулся направо.

– Полагаете, Иван Иванович, аспид попущенный вернётся?

Молодой сплюнул и обратился к Фиговидцу напрямую:

– Да при чём тут Сахарок? Тебя мужики здешние зарежут и съедят.

– Со зла или они всерьёз такие голодные?

– А тебе будет не всё равно?

Они разговаривали, демонстративно не глядя друг на друга. Молодой сплёвывал, фарисей пожимал плечами.

– Речь ведь не обо мне.

– Если тебе спокойнее, считай их людьми, – сказал я. – Но держи в уме, что это *ты* так считаешь. Качество на риске покупателя.

– Но они люди.

– Да, Другая Сторона у них есть.

———

Но я не стал рассказывать, на что эта Другая Сторона похожа. Это было клубящееся чёрно-серым дымом пространство, в котором жили не привидения даже, а демоны: безглазые глухие твари с гипертрофированно острым чутьём. Зачем им было видеть? Зачем им было слышать? Они пожирали друг друга и возрождались из экскрементов, и утробный стон, который здесь наверняка стоял, но никому не был внятен, упорной рукой давил на тело. Я начинал чувствовать, как во мне плющатся кости. Прислушиваясь к их воображаемому крику и хрусту, я поднял руку в первом жесте угрозы. Ладонь легла на густой туман, как на стену. Твари стояли окрест.

Убитый Коржик и сам стал такой тварью. Топор торчал в разрубленной голове, но топор – это было так, виньетка, никого не пугающая деталь, росчерк скорее иронии, чем террора. Настоящим оружием была тоска Другой Стороны, с силой хлынувшая в оставленный убийством пролом. Она растирала человеческую душу в пыль, насквозь проедала сердце. И Пуня, если бы не я – даже такой, как Пуня! – был бы убит тоскою, сожран медленно, заживо.

Я никому не рассказал, до чего тяжело мне было работать и насколько неуверен я был в результате. «Ещё один такой раз – и тебя никто не спасёт», – сказал я Пуне. «А зачем мне ещё? – сказал Пуня. – Такой, как Коржик, один был на свете. Драгоценность божья, право слово».

Но экспедиция задержалась и ещё на день: Сергей Иванович затеял делать Картографическую

Съёмку на Местности. Что это такое, никто толком не знал – в особенности Фиговидец, сообщивший Сергею Ивановичу все необходимые слова: теодолит, мензуля, азимут. («Азимут – арабское слово, означает путь. У арабов сама география называлась наукой о путях и областях».)

Ну а дальше само собой («всё как-то танцуя происходит») поведалось о картах на коре, бересте, коже оленей, глиняных табличках, папирусе, бомбикине, на скалах, эфесских монетах и серебряных сосудах; о картах Эратосфена и Птолемея, бронзовых картах римских землемеров, иллюстрированных итенерариях, периплах и картах-порталанах, которые хранились под замком в строжайшем секрете, печатных атласах и глобусах, «Атласе» Меркатора и «Театре Земель» Ортелия – и собранной д'Анвиллем коллекции в двенадцать тысяч экземпляров карт.

Из этих пречудных и обильных сведений Фиговидец, как ни пытался, не смог сложить систему: видимо, потому, что системы не было у него в голове. И такой же россыпью диковин застыли в умах слушателей выражения «мерная рейка», «снять рельеф», «геодезия», «рисовать квадраты».

Сама мысль нарисовать карту не была глупой. И секретные планы Грёмы, и старая карта Фиговидца, сделанные столетия назад, на ныне существующей местности вносили скорее путаницу, чем ясность. В Джунглях не осталось ни домов, ни былых проспектов, одни речки пересохли или изменили русла, другие выбрались из-под земли. Руины и растения сомкнулись в плотную чащу.

Фиговидец повёл желающих на подходящее ровное место.

– Рисование карты начинается с определения сторон света.

– Вот оно что, – сказал Муха. – И как ты их определяешь?

– Как все, по солнцу. В астрономический полдень тень от вертикально воткнутой палочки падает строго на север.

– А мы палочку припасли?

– Разумеется. – Фарисей гордо помахал лыжной палкой. – Палочка – это всегда полезно. Теперь нанесём основные магистрали и ориентиры.

Муха и Грёма не сговариваясь обернулись на высотку.

Молодой пришёл посмотреть.

– Это летом надо делать, – сказал он.

– С чего бы?

– Ну вот это что? – Он ткнул пальцем.

– Снег.

– А что под снегом?

– Не знаю, – сказал Фиговидец.

– Что угодно там может быть. Ровная земля, болото, ручей, канава какая-нибудь.

– Что же это за карта, – спросил Сергей Иванович, – на которой есть канавы?

– *Полезная* карта, Грёмка. – Молодой насмешливо фыркнул. – С военной точки зрения.

Фиговидцу очень не хотелось соглашаться, но он кивнул.

– Зимой рельеф не снимешь. Значит, съёмку сделаете летом, а я сейчас – чертёж земель. Большую Повёрстную Книгу.

– Ты считаешь в вёрстах?

Пока Фиговидец решал, задрать нос или всё же тихо потупиться, Молодой продолжил:

– Я понял, понял. Ты сколько угодно можешь болтать о таких вещах, откуда они и зачем, но ни черта не умеешь ими пользоваться.

В виде ответа Фиговидец погрузился в замеры, расчёты и зарисовки. Иван Иванович быстро заскучал и исчез.

– Много будет дела у Военно-топографического депо, – ободрил фарисей Грёму. – Всё фиксируйте: характер местности, вода, почва, погода, дороги и выбор места для новых, более удобных дорог, населённые пункты и количество дворов в населённых пунктах... Кстати, ты иди избы сосчитай.

– Включая сгоревшие?

– Включая, но отдельной строкой. Вы мне можете объяснить, почему с – как мы сейчас достоверно определили – юга дует такой пронзительный северо-восточный ветер?

– Фигушка, – сказал Муха, – тетрадку разверни.

– Это детали.

– Не в деталях счастье, – зевнул я.

Фиговидец мазнул по мне взглядом и мельком, невнимательно спросил:

– Да? А тебе что нужно для счастья?

– Крепкий, здоровый и продолжительный сон.

– Ну этот в своём репертуаре, – сказал Муха. – Хорош глазами хлопать! Все палочку втыкают, а он спит стоя!

Я полез в карман за египетскими. Бедный и жалкий зимний день гас, не разгоревшись, и полуденное солнце торопливо примеривалось завалиться за наползавший край низких облаков, а потом – бочком, бочком – и за край горизонта. Появившиеся с той же стороны, что и тучи, тёмные фигурки выглядели и двигались как ожившие кули с мукой. Правофланговый куль вскоре превратился в Сысойку, шагавшего к нам о бок поскуливающего бабьего отряда. Бабы рухнули на колени. Староста ограничился тем, что скособочился и покрепче прижал к груди шапку.

– Что такое? – спросил Грёма.

– Этта, бабы выть сейчас будут.

– Зачем?

– А-а-а-а-а, не погуби, милостивец, – дружно грянули бабы.

– Этта, оброк непосильный.

– А ты чем думал, когда соглашался?

– Не я думал, всем обчеством.

– Соборно?

Сысойка только моргал и без спешки кланялся.

– И что не так с коллективным разумом? – спросил я.

Вид у баб был такой, будто после пожара двухдневной давности они и не подумали хотя бы обтереть лицо снегом. На пожар наложилась тризна, на тризну – похмелье. В их хоровом вое грубые, густые голоса держались фоном, рокотали ещё далёким поездом, а вёл тонкий дребезжащий голос, вслушиваться в который было невозможно, а не вслушиваться – свыше сил. В нём замирал и вновь всхлипывал плач покорных полей, безымянных могил, богооставленных мест, безумной надежды.

– Нет мне о-о-отдыха лучше смерти!

– Народ дурной, – сказал Сысойка, – баря добрые.

Голос тонким огоньком пробирался между плотью и кожей, источал ужасную отраву печали, пропитывал до костей. Он просил милосердия, а взывал к убийству.

— А вот и нет, — сказал Фиговидец с непонятной интонацией. — Баря злые-презлые. Баря из вас, сквернавцев, этот оброк вместе с душой выбьют — а нет души, так и кишки сгодятся. Ты нас, старинушко, и впрямь за идиотов держишь?

— Мы не баря, — сказал Грёма в свой черёд. — Это для вашей же пользы. Пойми, староста, сословные интересы меркнут перед величием общенациональных задач.

— С каких это пор вы на Охте стали нацией? — спросил Муха.

— Бывает, — сказал я.

— Как ты думаешь, — спросил Фиговидец попозже, — где они берут спиртное?

— Сами гонят.

— Посредством чего?

— Ну не гонят, так брагу какую-нибудь бодяжат. На рожи полюбуйся.

Мы стояли лагерем за околицей, откуда казалось, что деревня оживает только для пожара или пьяного буйства. Должны же они были чем-то заниматься, как-то функционировать, добывать пропитание себе и животным, если здесь были животные кроме собак, чьи безумные от побоев и ярости голоса хрипло били сквозь щели заборов в ответ на удар палкой, которым каждый проходящий считал нужным наградить забор соседа.

Но не то чтобы вдоль этих заборов сновали туда-сюда. Угрюмо таясь, сидела деревня по домам, и Фиговидец, надо думать, прилагал титанические усилия, чтобы не воображать в красках, что происходит там, где снег перед крыльцом жёлт от мочи, а за снегом – покосившееся крыльцо, а за крыльцом – неровно пригнанная дверь, а за дверью – ад.

Неправильно думать, что люди, которые не стыдятся ссать с порога, не стыдятся вообще ничего. Они не разговаривали при нас, а с нами говорили как клоуны. Они пытались воровать, но не все, редко и как-то вяло, и схваченные безропотно принимали кару – а потом бахвалились, что у барей удар комариной лапки. Для любых моральных обязательств здесь не было ни вчера, ни завтра. Их отношение к нам покоилось на неотрефлектированном, но каменно-твёрдом чувстве, что «баря» должны «хрестьянам» по самому порядку вещей. При этом баря, нелепые высшие существа, имели право требовать, а хрестьяне – низшая, но избранная раса – пропускать требования мимо ушей.

– Резервацию здесь надо строить, а не новый порядок, – сказал я Грёме.

– Вот так Город про наши провинции думал, – сказал Грёма.

– И разве плохо получилось?

Сергей Иванович осуждающе поджал губы. Можно подумать, он сильно прогадал, родившись на районе.

Нас вышли провожать в полном составе: Молодой велел согнать всех, кто стоит на ногах и не стоит.

– Не скучай, дяревня, вернусь, – гоготнул он. – Чтобы амбары были готовы и дом под администрацию. Сысойка! Место тебе показали?

– Так этта, – оказал Сысойка, – зима ж?

– Вот и стройте по прохладце. – Молодой сплюнул. – А то я могу спалить вас оптом и сам спокойно на ровном построиться.

– Ничего, – сказал Грёма с оптимизмом. – Мы вас цивилизуем. Научим читать, считать и имперскому катехизису.

Взволнованный тем, что удалось гладко выговорить это прекрасное слово, он обернулся к Фиговидцу.

– Нет, Сергей Иванович, – сказал Фиговидец. – Деревня и просвещение по сути своей взаимоисключающие вещи. Где есть одно, там нет другого.

– Не выбор вообще, – отрезал Сергей Иванович. – Будет, значит, не деревня, а сельский быт.

– Ага, – сказал Молодой, – ландмилиция. Ты, Грёмка, сперва маршировать их обучишь или подтираться?

– Не лезь ко мне, урод. Сам пальцем подтираешься.

– Господа мои!

– Нет, – сказал Фиговидец. – В путь, в путь, срочно.

7

Почему-то я ожидал, что Фиговидец заинтересуется Иваном Молодым. Молодой был в ярких красках представитель той могучей породы скотов, которая неизменно зачаровывает рафинированных чистоплюев. Но фарисей принял мужлана (*«разбойник?* да он просто мужлан, варяг трёхкопеечный; скотина во всём пространстве этого слова») в штыки. Всё ему было не так и жало. («Он во всём полная противоположность тому, что мне нравится. Я люблю людей чопорных, а он – бесцеремонный. Людей с тонкими чувствами – а он жлоб. Людей интеллектуально честных – а этот всё время передёргивает».) Я неосторожно напомнил про анархистов. «Да пошёл ты», – сказал Фиговидец, разом явив и интеллектуальную честность, и тонкие чувства.

Грёма отнёсся к фарисею со смущённым почтением, и фарисей отплатил ему обидной снисходительностью. Среди повседневных занятий – тут поставить палатку, там найти на небе Полярную звезду – он помогал чем мог, походя став живым символом цивилизаторских усилий. («Близость смерти, Сергей Иванович, не повод ходить небритым».) Нужно, разумеется, уяснить, в каких пределах его «походя» простиралось. Я бы согласился, что ему всё равно, если бы он неустанно не подчёркивал, *насколько* ему всё равно. («Ты говоришь, что я дал тебе хороший совет, а я уже и не помню, о чём шла речь».) Я бы согласился, что он устал, будь в его показных жестах и лице поменьше усталости. Чем он так уж был внутри себя занят, чтобы бремениться скромной готовностью гвардейцев перенять что-нибудь «для лоску»?

Сергей Иванович бесконечно лаялся с Молодым, и мы в итоге привыкли видеть в их распре забаву, пусть для посторонних и излишне брехливую. Что было из рук вон – так это отношения с контрабандистами.

В первые дни контрабандисты – Дроля и ещё двое – были тихие как мыши. Если они и знали, зачем их потащили с собой, то надёжно хранили молчание. Грёма под грузом принятых обязательств попробовал их опекать, но хорошего из этого вышло даже меньше, чем можно было рассчитывать. («Приучись ты наконец на посту не спать!» – «А то твоя жопа от тебя сбежит без охраны. Чо вообще за методы?») Фиговидец попытался («Мне, собственно, это было незачем знать; впрочем, не помешает») занять их расспросами о навигации, но в грубой форме был поднят на смех. После этого он не вмешиваясь наблюдал, как троица медленно, но неуклонно наглеет.

Дроля любил петь, а я любил слушать его поющего. Глухие по звуку и смыслу, удивительные песни, которых я никогда не слышал ни от наших контрабандистов, ни от кого-либо ещё, падали как заклинания. Он пел: «Ты едешь бледная, ты едешь пьяная по тёмным уличкам совсем одна», или «Сверкнула финка, прощай, Маринка, ах, потанцуем, погуляем на поминках», или «Улетай, не болтай, что здесь тесно, где у севера край, неизвестно», – и воздух пел вместе с ним, хотя это были скользкие, быть может, гадкие песни. Всё пересиливали красота грустного напева, обаяние странного голоса.

Принеси, Боже,
Кого я люблю.
А хоть не его,
Так товарища его.

Тут песня оборвалась, а в котелок мирно обедавшего Фиговидца плюхнулось нечто меткое и маленькое. Брызги полетели во все стороны, но преимущественно – фарисею в рожу. Я не приметил, когда Дроля, поглощённый пением, успел слепить и бросить снежок. Разгневанный фарисей отставил кашу, обтёрся, поднялся на ноги и сказал:

— Ну а теперь объясни народу понятными словами, зачем ты это сделал.

— Чо такое, пошутил. — Дроля тоже встал и подошёл поближе. Он приметно хромал.

— Шутки всегда симптоматичны. Вас такая мысль не посещала?

— Его мысли посещают разве что под конвоем, — говорит Молодой из-за спины Фиговидца. — Совсем тупой. В башке найдётся место только для пули.

Без крика, без предупреждения и почти без замаха Молодой нанёс жестокий удар, от которого Дроля отлетел в сторону. Контрабандист полежал, скорчившись, в снегу, откашлялся и заметил:

— Нехорошо бить калеку.

— Твоя жизнь принадлежит мне, — сказал Молодой, подходя и наклоняясь. — Ты забыл? Так я напомню!

— Чо за ядовитка.

— Я нервничаю, когда мне прямо в харю пальцуются, — сказал Молодой. Носком сапога он приподнял подбородок Дроли. — В следующий раз будешь понтоваться — слишком близко не подходи. И запомни: я умнее, хитрее и быстрее. — Он сплюнул. — Но тебе может повезти.

Всё-таки было в этих пацанских забавах что-то неизбывно пидорское. Фиговидца, как видно, озарила та же мысль, и в отличие от меня он не замедлил её высказать.

— Как он становится виден со стороны, этот лёгкий налёт гомоэротизма. Будто пыль в солнечном луче.

105

Муха дрогнул.

– У кого это лёгкий налёт гомоэротизма?

– У всех у нас, у всех. Но мы не пидоры.

– Спасибо, успокоил.

Фиговидец охлопал свой ватник, шарф, залихватскую шапку с козырьком, мехом внутрь, кожей наружу, и возгласил:

– Я – фрагмент цветущей сложности. – Он перехватил взгляд Мухи. – И ты тоже.

– Я тоже хочу быть цветущей сложностью, – смеясь, сказал Молодой.

– Милости просим, – ответил фарисей самым нелюбезным тоном.

Он и сам понимал, что неправ – что же это будет за цветение, если изгнать из него Молодого, что за сложность, отторгшая одну из главных разновидностей жизни, – но не сдержался. В конце концов, его капризы, его раздражение имели свою ценность.

Муха мрачными глазами следил за Дролей.

– И желтожопому милости просим?

– Опять? – сурово спросил Фиговидец. – Всё тебе неймётся?

– Фигушка, он же не слышит. Я со своими говорю.

– Ну и зачем говорить то, что не осмелишься повторить для всех?

Муха обдумал и спросил:

– А что изменится, если я буду думать одно, а говорить другое?

– Тогда в глаза его обзывай, – буркнул растерявшийся фарисей. – Всё честнее.

– Честно-то честно, но как-то не по-людски.

Исполненный предрассудков, Муха не хотел дурного, но на стороне добра у него всегда играл здравый смысл. Фиговидец же здравый смысл ненавидел настолько, что в противопоставлении с ним переставал ощущать предрассудки такими уж предосудительными.

– Ты думаешь, – неожиданно сказал Молодой, – китайцы Дролю за своего держат? Видел я.

– Понял? – сказал Муха Фиговидцу. – Расовая сознательность – не выдумки. Или им можно, а нам нет?

– Попроси у Сергея Ивановича имперский катехизис, – прошипел Фиговидец, сдерживаясь, – и ознакомься. Если ты считаешь себя лучшим, на тебе и ответственность больше.

– Он непечатный, – сказал Молодой. – Написан пока что только в сердцах.

– С какой стати мне за них отвечать? – спросил Муха. – У Грёмы по молодости стоит круглосуточно, он и мужиков тех гнилых цивилизовать хочет. Ну-ну. А мне довольно, что я сам цивилизованный. Финбан из провинций первый по значению, – он быстренько покосился на Молодого, – что б они там у себя на Охте ни мутили.

Молодой насмешливо, лениво замахнулся. Муха присел и закончил, укоризненно глядя на Фиговидца:

– Вот тебе и вся честность.

– Сошлись два дурака в одни ворота, – сказал Молодой, смеясь и сплёвывая.

– Горе тебе, как ты дурно воспитан и до чего глуп.

– Давай, начальник экспедиции, выноси своё мнение.

– Верно, – сказал Муха. – Все подставляются, а он молчит. Разноглазый, проснись, пожалуйста.

Мы китайцам вправду должны чего или это геополитика?

– Нелегко быть полукровкой, – сказал я.

У меня была своя забота, а если говорить правду, то две.

Мне стало казаться, что кто-то пытается стянуть у меня оберег, пока я сплю. Я клал правую руку, на которой носил кольцо, на грудь, а левую – поверх правой, крепко обхватывая пальцы, но что толку, если просыпался в какой угодно позе кроме исходной. Я принимал меры, укладывался так, чтобы в глубокой сопящей тьме меня отделяла от входа баррикада тел; я не ложился к стене, за которой горазды гулять те, кто взрежет ножом брезентовое полотнище палатки, – и всё равно не чувствовал себя спокойно. Я кожей знал, что вор бродит вокруг, сужая круги – телом ли, мыслями, своими снами.

Когда ночью меня разбудили, я был уверен, что мне удалось схватить вора за руку. Неразличимое вёрткое существо напрягало все силы, пытаясь ускользнуть вместе со сном.

– Разноглазый, да проснись же! Прекрати вырываться!

Я сел. Моя левая рука судорожно сжимала правую. Под пальцами сгущалось ровное гладкое тепло оберега. Я всмотрелся в темноту в направлении сердитого шёпота.

– Сергей Иванович, учись сам справляться. В такое время суток, по крайней мере.

– Не по моим погонам дело, – холодно ответил Грёма.

Сам он изобретал или где-то вычитал, но Сергей Иванович был полон сурово-краткими присловьями, отражавшими кодекс чести гвардейского офицера: «орёл мух не ловит», «порезать на георгиевские ленточки», «вся правда до копейки» и наконец, если требовалось пошутить, «гвардия умирает молча». Вкупе с имперским катехизисом они составляли идеологическую основу новой личности Сергея Ивановича, а поскольку культура, представлявшаяся Грёме такой же идеологией, только не в словах, а жестах – менять бельё, не материться, – никак этому не противоречила, надстройкой стало серьёзное, вдумчивое самодовольство.

Сергей Иванович не был жлобом. Его просто некому было одёрнуть изнутри.

– Ну что стряслось?

– Убийство.

Я выполз наружу и приходил в себя, глотая промороженный воздух. Костры догорели, и лишь с неба мелкие, но яркие звёзды ненавидяще блеснули мне в глаза. Чёрно-синяя ночь ледяной пястью обхватывала горстку палаток и расставленные по периметру сани.

– Где вы только среди ночи отыскали, кого убивать.

– Так не мы. – Грёма помолчал, собираясь с силами. – Нашего убили. Парня Молодого.

Велика была беда, если перед её лицом парни Молодого стали для Грёмы нашими.

– Ну идём.

Молодой зверем метался рядом с убитым. Он уже надавал зуботычин близнецам, стоявшим в карауле, и Дроле, которого прямо в спальнике вытащил из палатки. («Чо за паранойя? – сквозь кровь во рту булькал Дроля. – Мне-то зачем сдалось твоего мутикашку резать?») Покойник лежал, раскинув руки, в уже остывшем стеклянном снегу. У него было перерезано горло. Я его почти не знал: в бригаде Молодого он был самым задумчивым, молчаливым, неприметным. И теперь лежал таким спокойным реквизитом – в кровавой истории, конечно, и по замыслу, может быть, даже в кровавой драме, – далёким от тревог протагониста.

Молодой был в бешенстве, но это могла быть не столько боль утраты, сколько ярость щёлкнутого по носу вожака.

– Душу вытрясу. Куда смотрели? Заснули, уроды?

– Мы ваще не спали, – сказали братовья в голос.

– Он по нужде отошёл, – сообщил Жека.

– Попёрся за санки, – пояснил Димон.

– А вы чего?

– Да ладно, – сказали братовья опять вместе. На следующей реплике их голоса разделились.

– Чего мы, ваще должны подтереться помочь?

– Он не любит.

– Когда на него глядят.

– За этим делом.

Близнецы нередко говорили хором – пользуясь комбинацией «да ладно», «ни фига себе» и «ваще», – но чаще один начинал фразу, другой её заканчивал.

– А потом всё нет и нет.

– И ничего не слышно.

– Пошли проверить.

– Прям и споткнулись.

– Слушать надо ухом, а не брюхом.

– Да ладно!

Я нагнулся над телом и вгляделся внимательнее. Потом протянул руку и вынул из полуоткрытого рта грязный кусок колотого сахара.

– Что это? – спросил Молодой.

– Сахарок.

– Ты что ж, хочешь сказать...

– Он сам это сказал.

– Кто он вообще такой? – спросил Фиговидец утром, отводя меня в сторонку. – Откуда взялся?

Тогда в деревне мы не добились ответа на этот вопрос. Попущенный аспид выпал из Божьего рукава и полетел по земле куражиться. Приняв общее положение дел, мужики не интересовались подробностями. Гнев земли был для них явлением более настоящим и грозным.

– Может быть, он и психопат, – рассуждал Фиговидец. – А может, просто расчётливый и холодный парень, который знает, что выглядеть психопатом почти всегда выгодно. Предпочёл бы я реального психопата? В долгосрочной перспективе они, безусловно, проигрывают. Впрочем, те, кто выиграл, могли остаться неизобличёнными. Тут ни в чём нельзя быть уверенным.

– Психопат, не психопат... О другом лучше подумай.

– О чём?

– Почему он не боится убивать?

– Будем рассуждать логически, – охотно сказал Фиговидец. – Раз он убивает и остаётся жив, значит, привидения не причиняют ему вреда. А это, в свою очередь, означает, что он либо никогда не спит, либо сам разноглазый. – Он всё-таки немножко запнулся. – Либо существование привидений определяется верой в привидения. Если Сахарок, гипотетически, варвар – –

– То у него нет души. Уже слышал.

– Душа, не сомневайся, есть. Но не такая.

– И к чему этот сахар? В высотке его не было.

– Да был, – сказал Фиговидец. – Лежал вот такой кусок в головах. Я тогда просто не понял.

Он пожал плечами, стараясь смягчить это признание.

Я глядел на него, но перед глазами у меня прыгали другие картинки.

– Что с тобой не так? – спросил он сквозь зубы.

– Что, заметно?

– Мне – заметно.

Голос его звучал холодно, но скрыть тревогу в глазах он не сумел. По какой-то причине ему было не всё равно, что со мной происходит.

– Моя деятельность, – сказал я осторожно, – излишне поэтизируется. На деле она очень похожа на самую простую работу. Как вот метлой махать или лопатой. Всё это слишком буднично... в этом нет шика. Во всяком случае, не было раньше.

– А теперь появился?

– Если ты махал-махал лопатой, а потом её вырвали у тебя из рук и замахнулись *на тебя* – что-то определённо появилось. Может, даже и шик. Но это не шик в моём вкусе.

– Я не понимаю.

Я колебался, но всё же сказал:

– Они стали на меня нападать.

– Привидения? – уточнил Фиговидец после паузы.

Фарисеи даже бравировали тем, что не боятся табуированного слова. С высоты образования, как с балкона, они поглядывали на предрассудки и народные фобии и, свесившись, пожимали плечами.

– Никогда такого не испытывал.

– Не сомневаюсь, – сухо сказал фарисей.

– Почему?

– У тебя же душевная организация, как у железобетона.

– А у железобетона есть душевная организация?

– Вот и я думаю.

– Приятно быть другом порядочного человека, – сказал я. – Тебе не помогут, но зато и не высмеют.

– Мне всё можно, я на инвалидности. Послушай, а как же оберег?

Мы разом посмотрели на символ власти. Тот сиял и искрился.

– Видать, не для таких он случаев.

На этом расследование и завершилось. Ещё ночью Грёма выслал гвардейцев пошарить вокруг, но и то было хорошим результатом, что все они вернулись не заблудившись. С рассветом пошёл снег, и гнаться за Сахарком по следу, если таковой был, стало невозможно. Дальнейший путь мне пришлось проделывать либо, как все, пешком, либо в неудобных кухонных санях, потому что обжитый мною возок Молодой реквизировал для транспортировки трупа. Никто не знал, похоронит он его в канаве поудобнее или собирается возить с собой, пока мы не вернёмся на Охту.

Все были подавлены. Здравомыслящих угнетала бессмысленность этого нападения, а параноиков (уж они-то знали, что всё, представляющееся бессмысленным нам, для наших врагов наполнено самым зловещим смыслом) – невозможность остановить грядущую катастрофу немедленными жестокими мерами. («Какие меры, Сергей Иванович? – сказал я. – Какие меры? Снег просеивать?») Молодой, понимавший, что погоня не вем куда бог весть за кем ничего не даст, взял мою сторону – и всё, что он затаил в себе, надежды и угрызения, придавало новую жестокость его речам и облику.

Мы шли прежним курсом. Именно то, как этот курс прокладывался, внесло смятение в ум Фиговидца. Он молчал и, только когда идти стало поровнее и Муха с удовольствием сказал: «Вот оно, чисто поле», – не выдержал.

– Ты что, не понял? Какое поле, мы же через Неву идём!

– Да? И куда мы так придём?

– В Автово, – сказал Фиговидец. – Прямой дорогой.

8

Они стояли бок о бок, один просто большой, другой – огромный. Торопливый рыжий закат за их спинами не давал рассмотреть, были эти две меховые фигуры действительно звери или люди в лохматой и косматой одежде и косматых шапках – огромных, как целый мир со своими чащобами и пустошами.

– Волки, – сказал Муха, готовясь погрузиться в пучины безумия. Он перевёл взгляд. – И медведи. –

Его сознание окончательно капитулировало, поэтому голос прозвучал спокойно.

Фиговидец приосанился, вышел вперёд и отвесил поклон, стараясь, чтобы вышло вежливо, но небрежно.

– Приют, уют и простор тебе, о варвар!

Медведь повернул голову – показалось, что голова поворачивается, а чудо-шапка остаётся на месте, – и поглядел на волка. Волк лапой в меховой рукавице подпихнул медведя в бок.

– Ох ты ж бля, – просипел медведь.

Фиговидец отступил и замер. («Проскочила искра догадки, и тут же занялось пламя понимания».)

– Это меняет дело, – признал он.

(Потом Муха допытывался, как ему удалось сразу сориентироваться. Фиговидец сказал, что благодарить нужно полевые лингвистические исследования. «Мы их понимаем. Ты понял, что это означает, нет?» Муха кивнул, но фарисея это не удовлетворило. «Он сказал, а ты понял, так? А почему ты понял?» – «А чего тут не понять? Он же сказал, что... э... удивлён». – «Да, да. Но это возможно только потому, что мы говорим на одном языке». – «Ну и что? Они могли его выучить». – «Боже правый, ну у кого бы они его выучили? Да на выученном так не говорят, ты же слышал. Он сперва говорит, потом думает. А было бы наоборот. Вот я когда на выученных языках говорю, всегда сперва думаю». – «Трудно-то как небось», – сочувственно заметил Муха. Фиговидец внезапно понял, что сказал, и принял независимый вид.)

– Иосиф! – сказал волк. – Зови путников откушать.

— Нил! – сказал медведь. – Эти путники сами кого хошь скушают.

— Всему своё время, – сказал я. – А мы где?

— В скиту. Не ссы, Божья тварь.

Фиговидец уверял, что именно здесь находился – следовательно, и сейчас перед нами – Новодевичий монастырь, но слово «скит» подходило положению вещей куда больше. Это были руины: провалившиеся крыши, подавшиеся стены, просевший фундамент, тяжёлые от снега деревья за остатками кирпичной кладки. Снег как пошёл несколько дней назад, так и не переставал, размеренно стихая и усиливаясь. Сейчас, совсем слабый, редкий, он плыл золотисто-рыжим облаком, не скрывая заходящего солнца и чётких силуэтов уцелевшей колоколенки и нового дубового креста на пригорке. Загадочный снег, вечерний свет скрадывали убогость руин, запустение, одиночество. Казалось, так и должно быть, чтобы свободнее могла дышать незнаемая, ни на что не похожая жизнь.

— Вот он какой, – сказал Фиговидец, – Новодевичий монастырь. Врубель здесь похоронен... Аполлон Майков... мало ли. Кладбище-то где? – обернулся он к монахам. – Кладбище цело?

— Уйми себя, Божья тварь, – сказал медведь. – На месте кладбище, что ему сделается.

Монахи, называвшие друг друга «братчики» и «общники», жили в одном крыле развалин, а службу отправляли в другом, расположившись лицом к кладбищу, а спиной – к голому и угрюмому остову высотного здания, которое никак не могло иметь отношения к прочим постройкам. Мы обнаружили его с удивлением, почти со страхом и – вот что непостижимо – не сразу, как будто оно существовало, лишь когда его кто-нибудь замечал, а замечали его те, кто, не остерегшись, подпадал под его немилосердную власть.

У солнца не было света, в чьих силах приукрасить этот мёртвый бетон, у человека – взгляда, способного смягчить его неживую свирепость. Кровь пугалась и забывала течь; сердце стучало с перебоями. Здесь особо нечему было разрушаться – ни внятной крыши, ни фронтонов, ни балконов, ни эркеров, ни колонн, ни полуколонн, ни элементов декора, ни мозаики, которая могла бы осыпаться, ни витражей, которые могли бы потрескаться, ни кариатид и атлантов, побитых, облупившихся; ничего, что ветшало не спеша, вразнобой, – и чтобы появилось впечатление бесповоротной разрухи, оказалось достаточным выбить стёкла. Я посмотрел вверх – высоко-высоко, – но там было всё то же самое.

– Неуютное у вас соседство, – сказал Фиговидец волку.

– Неправильно рассуждаешь, любимиче, – ответил волк. – Не так оно плохо. Зло перед глазами должно быть, всегда рядом – –

– Оно и так всегда рядом, Нил, – сурово вставил медведь.

– Я, Иосиф, хотел сказать, рядом в смысле на виду. Оно ведь и прикинуться может, и под кустом схорониться – если, допустим, жизнь с лесом сравнивать, – а всякая Божья тварь так устроена, что и когда смотрит, надеется не увидеть. А вот здесь и зажмуришься, а оно всё пред глазами.

– Что есть зло? – спросил Фиговидец.

———————

117

Пока ставили лагерь, Сергей Иванович, Молодой, Фиговидец и я отправились с визитом.

Монахов было всего ничего. Они держали натуральное хозяйство и ходили в диковинных косматых одеяниях, полутулупах-полушубах. Их небрежно обкорнанные волосы и бороды напоминали мох или перья, разбитые грубым трудом руки – кору деревьев, а карикатурно – учитывая общий фон – степенные движения – неповоротливость камней, среди которых утвердилась эта жизнь. И то, что было в любом животном: природный лоск, не взявшая усилий опрятность, – в людях зияло прорехой. («Сколько искусства, – говорит Фиговидец, – приходится прилагать, чтобы выглядеть естественно».) Их скит в развалинах монастыря походил на катакомбы, и, когда через пролом мы протиснулись в эти норы и пещеры, неожиданно тёплый воздух повеял глухим утробным смрадом. На пути нам попадались тупики, закутки и уединённые гроты, а в них – то жалкая постель, то чистенько выскобленный грубый стол с разложенной на нём рыбачьей снастью – толстые крючки, и трёх сортов леска, и свинцовые небрежно отлитые грузила, и старые плоскогубцы с щедро обмотанными синей узкой изолентой ручками, – и всё это неожиданно освещено через какую-то щель последним солнечным лучом, одним-единственным, но невозможно, полуденно ярким. В одной из таких келий на охапке соломы смиренно кряхтел укрытый тулупами детина.

– Что с ним?

– Злому человеку на зуб попал, – спокойно ответил Нил.

Молодой подобрался.

– Когда это было?

– Когда? – Нил почесал в бороде и позвал: – Иосиф! Когда Игнатку рыбачить понесло? – Не дождавшись ответа, он стал считать на пальцах: – Вчера день: мятель. Перед вчера день: мятель же. А до мятели что? До мятели ничего, легенды и предания. Силуэты трагических событий теряются в милосердном тумане прошлого.

– Надоело умному картошку лопать, – пропыхтел Иосиф, выдираясь из камней где-то сбоку. Он снял зипун и из равномерно огромного стал плечисто-брюхастым. Тёмные глаза горели властолюбием. – За рыбой он пошёл, на реку за тридевять земель. Рыбы ему подавай! А чистить её потом Иосиф будет! И за коровами! И курями! Всё хозяйство на мне! – Он поколыхал брюхом, отдышался. – Братчикам волю дай, они в первобытно-общинный строй вернутся: охота да собирательство!

– Разве, Иосиф, поможешь душе, заведя собственность?

– А я тебе, Нил, разве не даю о душе думать? Или ты думаешь руками? А нет, так вилы в руки – и вперёд с акафистом. Как от хозяйства сбежать куда подальше, душа у вас за троих молится. А как в хозяйстве пособить... – Он перевёл взгляд на раненого. – Чего ты принёс, горе моё, кроме башки проломленной?

– На реку ходил? – уточнил Фиговидец. – На Неву? Неужели на Дикий Берег?

– Где это, Дикий Берег? – спросил Молодой.

– Через Неву напротив Весёлого Посёлка, – объяснил фарисей. – Шваль там ужасная. То есть, – он запнулся, проводя быструю ревизию былых гумани-

119

стических идеалов, и не выдержал: – Ну, что есть, то есть. В прошлую экспедицию еле ноги унесли.

– Зачистим, – сказал Молодой.

– Цивилизуем, – сказал Сергей Иванович.

– Знаем мы береговых, сталкер ихний заходит к нам, – сказал Нил. – Не нападают они поодиночке. – Он помолчал. – Ну а вы, ребятки? На войну или с войны?

– У нас вся жизнь – война, – уклончиво сказал Молодой. – Потолковать мне нужно с вашим рыболовом.

Раненый задвигался и сел. Он оказался рыжим, с разбитой и перевязанной головой, с разбитым лицом – и несколько странно выглядел на этом боевом пейзаже очень аккуратный нос, – плечистым, налитым, с торсом, как бочка; очень мощным, очень. По лицу блуждала неуверенная улыбка скрываемых то ли боли, то ли унижения.

– Как же это он тебя, такого большого?

– Рысью прыгнул, со спины, – с неохотой выдавил рыжий.

– И рожу он?

Монах вздохнул.

– Нет, это я на камушке оступился. Со спины-то когда на тебя... И ведь к самым стенам за мной пришёл, не побоялся от братчиков в двух шагах. – Он виновато посмотрел на Иосифа. – А я целый день по таким местам бродил – ни души вокруг на три коровьих рыка. Почему не там?

– Бывает, – сказал я, – бывает.

– Опиши его, – потребовал Молодой.

Рыжий задумался. (Неудивительно, ведь ему предлагали описать человека, напавшего сзади.)

– Очень чёткая скотина. Ну вот если б был такой интерес: убивать, – так это про него.

– Снайпер? – спросил я.

– Да ну. Я же говорю: убивать. Убивать голыми руками. Ну вот как мы скот режем.

– Вы, монахи, режете скот? – уточнил Фиговидец.

– Не сам же он себя, – вспылил Иосиф, который и так уже слишком долго молчал. И не то, как я быстро понял, что он был из болтунов; он не очень любил говорить, но не выносил, когда много говорили другие – и тогда ему просто приходилось заглушать их гомон собственным, хотя бы не таким глупым, голосом.

В деревне не раз видели и хорошо разглядели Сахарка, но было мало пользы от описаний, которые Молодой пытался то выбить, то выменять. «Аспид, аспид попущенный», – терпеливо твердила деревня, словно само слово «аспид» было картинкой и даже фотографией, которую они протягивали любопытствующему. Рост, вес, возраст, цвет глаз и волос, особые приметы – предполагалось, что всё в ней заключено, и чего же больше? Такие уточнения, как «тёмный» или «блондин», «молодой» или «в возрасте», только извращали смысл, как пририсованные на фото усы.

Игнатка зашёл с другой стороны, но опять неправильной, и как описание мужиков было для нас нечитаемо лаконичным, так он погубил портрет поэтическими излишествами, в завитках и штриховке которых стали неразличимы черты модели. Собственно говоря, это был портрет души, та аллегория, которую никак не соотнести с реальными ушами и носом. И мы слушали, мало желая знать, как выглядит душа убийцы, недоумевая и пытаясь увидеть там, где нам предлагали понимать. Молодой устал позже всех. Наконец и он сдался и задал новый вопрос:

– Куда он мог пойти?

– А куда захочет, – сказал Нил. – Господь по земле, окаянный сквозь землю. Пойдёт откуда пришёл, или дальше понесёт нелёгкая. Может, и сюда вернётся, да, Иосиф?

– Пусть возвращается, Нил. Я ему руки оборву, по оврагам поразброшу.

– Как же так, – сказал Фиговидец, – вы ведь монахи. Разве вам можно людям руки рвать и по оврагам разбрасывать?

– А ты думал?

– Я думал, Бог кротких любит.

– И дураков, – с гоготом добавил Молодой.

– Бог любит всех. Нет надобности нарочно из себя дурака делать, чтоб к Нему подлеститься.

– И смирен пень, – сказал Нил весело, – да что в нём.

Братчики предложили похоронить нашего покойника, и Молодой сказал «нет». («Он его что, *всегда* теперь с собой возить будет?» – в ужасе спросил Муха.) Все в экспедиции изнывали от страха и любопытства, но никто не отважился задавать вопросы.

В скиту жили мирно, хотя Иосиф прилагал все усилия для исправления ситуации. Сперва я решил, что он из тех людей с тяжёлым, нетерпимым характером, которые и сами мучаются не меньше, чем мучают других. Но оказалось: всё полновесное, дорогое, могущее утянуть на дно – честолюбие, гордость, властная хватка – в его характере компенсировалось весельем духа, с которым он жил и сокрушал оппозицию.

Он был из тех, кто, за какое бы строительство ни взялся – храм, дом, – выстроит ощетинившуюся пушками крепость, в стенах которой, однако, найдётся место храмам, домам, огородам, зерну и корнеплодам в закромах, рукописям и книгам в навощённом шкафчике, баням, больницам, школам, юродивому на паперти – и даже философии неоплатоников, – но горе тому, кто осмелится вынести свою избушку и три худых кастрюли за ограду!

Растоптав и вернув на истинный путь, он тут же прощал. Говорил и чувствовал: «Не держу зла», – и отступники, сами как прах над прахом своих упований, не находили сил плюнуть в эту всеведущую улыбку.

Человек сильной и неглубокой души, он выстроил себя на громадном презрении ко всему, что лежало за пределами его кругозора: вовсе не узкого, но бесповоротно очерченного. Посторонние, такие как мы, могли рассчитывать на его помощь и даже вежливость именно потому, что оставались ему безразличны, но своих, тех, за кого он самовольно отвечал перед Богом и совестью, Иосиф изломал и покалечил настолько, что они забыли о временах, когда были целы.

Нил как-то умел с этим справляться, но он раз и навсегда сказал себе «не лезь» – и в итоге отучился соваться не только в чужие дела, но даже в собственные. Его ничто не возмущало, он ко всему благоволил, в его лексиконе слова для выражения чувств встречались редко и звучали терминами – то ли медицинскими, то ли из курса физики. Вот Иосиф – в том всё было густое: волосы, голос, запах, – а Нил весь был какой-то эфирный, летучий – совершенно неуловимый. «Ложь, – сказал он мне, – это то, что утекает сквозь пальцы. А правда – твёрдая. Её всегда можно вытащить наружу». Не про себя ли он говорил?

Трое остальных братчиков лавировали как могли между пассионарностью одного и святостью другого. Поскольку они были младше, глупее, невиннее, спокойнее и проще, им удавалось ускользать – и не только не чувствовать себя несчастными, но даже от души забавляться. Они любили в простоте и не отделяли любви от её тягот. Счастье и благодарность вконец измученного человека, свалившего наконец бремя ответственности на более крепкие плечи, в любом случае не позволили бы им рефлексировать.

Они жили в сущности крестьянской, но только более дисциплинированной и осознанной жизнью. Эта дисциплинированность, кстати, выявляла и подчёркивала свойственную жизни на земле жестокость – такую же спокойную, как земля, и такую же неотменяемую. Войдя в круговорот насилия, не видишь причин выходить из него по доброй воле. Он слишком затягивает, слишком неустранимым представляется при взгляде изнутри – не говоря уже о том, что слишком многим импонирует присущая ему рациональность.

Совершённая Фиговидцем ошибка заключалась в том, что он вознамерился посмотреть на этот механизм вблизи, но не участвуя, и когда Иосиф принял решение забить какую-то давно хворавшую корову, пошёл с ним со своей тетрадочкой. После этого он остаток дня блевал при попытке поесть – даже от каши, – а на мясо не мог смотреть до конца месяца.

– Я не понимаю, – сказал я. – Ты что, этого не знал? Не знал, откуда берётся говядина?

– Подумаешь, знал! Я же не видел!

– Добро пожаловать.

Фарисей так явно, непристойно страдал, что утешать его никому не хотелось. Лишь вечером, когда братчики пришли с дарами к нашему огоньку, Иосиф на свой лад – так сказать, елеем собственного рецепта – попробовал умягчить возмущённую фарисейскую душу.

– Дурью маешься, Божья тварь, – сказал он. – Кобенящийся дух в тебе играет. Не хочешь жить, не хочешь в глаза смотреть, не хочешь ни за что отвечать. Зазря тебе это дадено? – Он широко повёл рукой. – Или, скажешь, вообще не тебе, а дяде Пете? На фу-фу пролететь решил? Пылинкой и мотылёчком?

Фиговидец посмотрел на него и отвернулся.

– Подожди, Иосиф, нельзя так, – сказал Нил. – Ты уж совсем его... как комара малярийного... – Он дотянулся и ласково похлопал Фиговидца по щеке. – Давай, любимиче, я тебе по-простому объясню, как ты привык. Судьба всего мира – участвовать сообща во зле и страдать от него. Моё страдание в силу всеединства бытия есть страдание за общий грех, грех как таковой.

– Это же какой именно?

– Грех жизни.

Фиговидец покраснел.

– Нил, твёрд ли ты в ваших собственных догматах? – Он произнёс «дóгмат». – Разве жизнь дал не Бог?

– Ну, как дал, так и взял.

– Ненавижу, – прошипел Фиговидец.

– Да, Божья тварь, – сказал Иосиф, – крепко тебя стукнуло проблемой теодицеи.

– Ничего подобного. Здесь нет проблемы. Я имею в виду, нет предмета для философских спекуляций. Если принимается на веру благость Бога, то и всё остальное, включая проблему теодицеи, принимается на веру. А если нет... Ну, ответа-то всего три, и каждый хуже горькой редьки.

– Ну-ка?

– Либо всеблагой и всемогущий Бог подвергает всякую живую тварь незаслуженным и бессмысленным страданиям, имея в виду недоступные нашему разуму цели, либо всеблагой и всемогущий вовсе не всеблагой, либо он не всемогущ.

– Есть четвёртое, – сказал Иосиф.

– Ну-ка?

– Не бывает незаслуженного страдания.

– Даже у этой коровы?

– Мало ли кем эта корова была в прошлой жизни.

– Всё, понял. Теперь будете объяснять про правомерное место зла в этом вашем всеединстве. Вы что, манихеи?

– Иосиф! – сказал Нил. – Покажи ему, ты не манихей, часом?

– Нил! – сказал Иосиф. – Я вот покажу... в перстах загогулину...

Они заржали, а когда успокоились, Нил выдал:

– Зла не было в плане мироздания. Зло есть некая реальность, не входящая в состав истинно сущего.

– Как такое возможно? – спросил фарисей.

– Не знаю.

– Как-то оно не убеждает.

– Меня тоже, – легко согласился Нил. – Я просто изложил, что есть.

– Но как оно может быть, если никого не убеждает?

– Господи, Твоя воля, до чего мутный парень! – возопил Иосиф. – Кого «никого»? Тебя, что ли? Мироздание, наверное, подрядилось тебя «убеждать» или «не убеждать»! Мирозданию больше делать нечего! С утра не пожрёт, не посрёт, а уже «убеждает»! Умников, пальцем деланных!

– Ладно тебе, Иосиф, – сказал Нил. – У мироздания есть свои обязанности.

– Нет, Нил, – сказал Иосиф. – Это вопрос принципиальный.

– Пусть я мотылёк и малярийный комар, – сказал Фиговидец. – Пусть я весь на фу-фу. Да пусть даже я самый хитрожопый, как мне тут указали! Но я не буду. Не хочу и не буду. НИ ЗА ЧТО.

– Чего ты не будешь?

– Того самого, – сказал Фиговидец.

Пока экспедиция отдыхала и набиралась сил, я бродил по лагерю, пытаясь выяснить, кто же задался целью меня обворовать. Мечтать об этом мог любой, решиться – никто. Поскольку не было смысла расспрашивать, я рассматривал: лица, движения рук. Дроля сидел у палатки. Люди Молодого играли в снежки. Гвардейцы чинили свою сбрую.

Наконец Сергей Иванович отвёл меня в сторонку.

– Для малярии в нашем климате нет предпосылок, – начал он издалека. – Разноглазый, как ты думаешь, что он имел в виду?

– Не знаю. Тебе важно?

– Я бы хотел понять.

– Зачем?

– Чтобы понять.

– Да, но *зачем* тебе понимать?

Сергей Иванович поскрипел мозгами.

– Чтобы научиться Выдвигать Возражения.

– Мартышкин труд, – сказал я. – Это такая тема, когда никто не станет слушать чужих доводов. Все доводы... ну, они примерно равного веса. Между доводами равного веса... или сеном на одинаковом расстоянии... выбирает не голова.

– Каким сеном?

– Метафизическим. Ну это примерно как малярия в нашем климате, о которой они вчера говорили. Не малярия, конечно, в обычном виде. Но нельзя сказать, что и не малярия вообще.

Отвечая, я играл кольцом – и во все глаза следил за реакцией. Но Грёма, захваченный метафизикой, на кольцо косился по привычке, без пыла.

– Они говорят о зле, как о каком-то барбосе, который сидит у них на цепи за домом.

– А нужно говорить так, будто это волк, в лесу рыщущий?

– Зло ведь всё-таки.

Он с таким почтением выговаривал это слово, что я задал себе вопрос, а таким ли абсолютным добром считает Сергей Иванович собственные идеалы и служение – хотя, скорее всего, речь шла о романтическом поиске могучего противника.

– Сергей Иванович, – сказал я больше своим мыслям, чем ему, – совершенство – это такое солнце, которое не греет.

– Подожди. Что опять такое?

Мы потрусили в сторону сердитых криков. Я не сильно удивился, увидев, как Иосиф бегает с ремнём за Дролей. Дроле на роду было написано нарываться, даже когда он вёл себя мирно. Люди ненавидели его, интуитивно распознавая скрытое под слоями шутовства высокомерие, и Дроля нуждался в их ненависти, как другие нуждаются в любви. Он будто и не жил, не чувствовал себя, если его не кололи булавки гневных и презрительных взглядов.

Дроля был так одинок и ненавидим, что это дало освобождающий эффект. Он взмыл да помчался на крыльях гаерства и садизма, не обременённый балластом долга, вины, сострадания. И хотя он вёл себя как полагается контрабандисту – вызывающе одевался, сквалыжничал, дерзил власти и шёл с ней на компромисс, – в нём всегда угадывалась фигура значительнее, чем ещё один контрабандист. («Цветок – роза», «дерево – берёза», «контрабандист...» – нет, Дроля не будет назван в этом ряду.)

Вот какой человек скакал теперь по снегу, отшатываясь от разъярённого Иосифа. Пусть на хромой ноге, с палкой, он был резкий и быстрый и от большей части ударов успевал увернуться. «Да что такое! – вопил он при этом. – Ты хоть объясни, чо такое, медведь кудлатый!»

– На Страшном суде тебе объяснят!

Это выглядело так забавно, что зрители не вмешивались. Даже Грёма, перед тем как официально набычиться, придушенно фыркнул.

– Отставить! – гаркнул он.

Иосиф тут же переключился.

– Голос прорезался, Божья тварь? – прохрипел он, разворачиваясь и поигрывая ремнём. – Командуем, связки упражняем? А ты не желаешь ли в отхожем месте поорать, когда тужиться будешь? Ты кто такой мною командовать, генерал оловянных солдатиков?

Дроля подобрался с другой стороны.

– Чо он пристал ко мне? Чо я ему сделал?

– Поучить хотел дурня, – с достоинством сказал Иосиф. – Для твоей же пользы, скотина ты этакая! Только посмотри на себя, на кого ты похож, содомская икона! Господи прости и помилуй!

Мы все посмотрели.

Дроля был щёголь по замыслу самой природы, и к инстинкту наряжаться среда и привычки добавили только случайные детали. Так, в другой жизни он мог быть в шубе и костюме под шубой, а был в ярко-алой дублёнке до пят и расшитой шёлковой рубашке под дублёнкой; мог увесить себя не золотом, а платиной; мог не стричь свои блестящие жёсткие волосы – и, кстати, не отращивать ногти, доставлявшие ему немало хлопот в походных условиях, – но в любой жизни, в любом кругу остался бы франтом, проходящим в ореоле более или менее резких духов сквозь строй восхищённых, завистливых, раздражённых взглядов.

– Он контрабандист, – сказал я.

– Если каждого пороть за отсутствие вкуса, – сказал Фиговидец, – то кто избежит порки? Хотя начинание готов приветствовать.

– Отсутствие вкуса? – переспросил Иосиф, вновь закипая. – Это так теперь называется?

Возмущённый корявый палец ткнул Дроле в ухо. Дроля отскочил. Фиговидец присмотрелся.

– И что не так? Серёжка как серёжка. Не сэр Фрэнсис Дрейк, если вы понимаете, о чём я.

– И чо у него? – заинтересовался Дроля.

– На портретах того времени Фрэнсис Дрэйк изображён с жемчужной подвеской в ухе. Ты представляешь, как выглядит подвеска? – озаботился он. – Это не твоё бюджетное колечко. У бабушки небось позаимствовал?

– Чо сразу «у бабушки»! Мне городской ювелир делал.

– Ухо мужика – не место для таких... – Иосиф щёлкнул пальцами, – колечек и подвесок. Сперва у него серьга в ухе, потом чей-нибудь хер в жопе...

– Ну ты чо вообще?! – завопил оскорблённый Дроля.

– Это мог быть и сэр Уолтер Рэли, – задумчиво сказал Фиговидец, – я их вечно путаю. То есть не их, а их портреты. А тебя, отец, кто при чужих жопах сторожем поставил?

Наконец и Сергей Иванович, всесторонне обсудив вопрос в своей голове, вступил в беседу.

– Дело не в том, как контрабандисты выглядят, – сказал он, – а в их антисоциальном поведении. Если бы они не противопоставляли себя обществу, кто бы цеплялся к тряпью и брюликам?

– Они так выглядят именно потому, что противопоставляют, – заметил я.

– У Молодого перстни и це́почка, – сказал один из близнецов.

– У всех наших це́почки, – дополнил второй.

– Это у ребят из Лиги Снайперов це́почки, а у вас с Молодым голды как на тузике, – сказали гвардейцы.

– У наших ментов, – сказал Муха, – на пальце печатка, а снимет – под печаткой наколка точно такая же, ну, перстень наколот.

– А наши на мизинце печатку носят. А до Канцлера менты, если видели кого с такой же, отберут и палец сломают.

– У фриторговской охраны браслетки двухцветные: голд и белое золото.

– Это только у бригадиров.

– Я у одного анархиста видел двухцветную наколку: чёрный дракон с красным флагом.

– Наоборот.

– Чего это наоборот?

– У анархистов *флаг* чёрный.

– А дракон у них какой?

Теперь уже тема захватила всех, и, пока они вразнобой вспоминали, чем украшают свои тела мужчины Охты и других провинций, Иосиф выразительно плюнул и удалился.

– Бедный, – сказал Муха, – какой может быть духовный подвиг в таких условиях. Нашел с кем, с Дролей препираться. Китаец, если захочет, таблицу умножения наизнанку вывернет и докажет, что так и было. Ой, как же я забыл-то! У крутых китайцев фиксы золотые. На клыки они обычно ставят.

– А сейчас я буду демонически смеяться, – сказал Фиговидец.

В последнюю ночь я решил устроить засаду и мобилизовал Фиговидца.

– Ты будешь спать, а я – сторожить? – уточнил Фиговидец. – По рукам.

– Только спрячься получше.

Я не рассчитывал, что мне удастся долго прободрствовать, и всё же боролся со сном. Уже задремав, я продолжал различать звуки. Я слышал клокотание и рокот в простуженном горле, бессвязную быструю речь, покорно сдерживаемое дыхание Фиговидца – и его муку в замкнутом, набитом чужими телами пространстве. Этот мог заснуть в подобных условиях только потому, что слишком уставал за день. Неожиданно в темноту вплёлся новый шорох. Уверенно и осторожно он приближался ко мне.

Я потрогал оберег и сжал руку в кулак, но алчные пальцы вцепились мне в горло. Хрипя и отбрыкиваясь, я пытался их поймать, сломать, вырвать, но они, непостижимо ускользая, всё сдавливали и сдавливали, и, когда я наконец позвал на помощь, это, увы, не было *зовом*. Я напрягал последние силы, гаснущим участком мозга гадая, куда мог деться фарисей.

Когда я наконец очнулся, он с угрюмым видом сидел надо мной и держал за руки.

– Тебе кошмары снятся.

– Кто здесь был?

– Никого, только я. То есть... – Он беспомощно огляделся. – Ты же видишь, все дрыхнут.

Мощный мерный храп гвардейцев сотрясал воздух. (Я пробовал спать в разных палатках.) Было холодно, но душно. Глаза Фиговидца во мраке из серо-голубых стали чёрными.

– Но кто на меня напал?

– Никто. Ты спал, стал биться, как от кошмара или в припадке. Я не мог разбудить.

Я застонал и раскинул руки.

– Рассказать тебе?

– Я людям в душу стараюсь не заглядывать. – Он мягким движением отёр мой лоб. – Это зрелище не для слабонервных.

Когда мы двинулись дальше, солнце, если его было видно, заходило прямо перед носом.

– Мы ведь *не* заблудились? – спросил я Молодого. – Маршрут *не* изменился?

– Тебе-то что? Начальствуй потихоньку.

– Что он велел сделать с Автово?

– В песок растереть и солью засеять. – Молодой сплюнул. – Разноглазый, мы не отмороженные. Платонов не сумасшедший. Всё путём. И работы у тебя лишней не будет – да можно сказать, и вообще никакой.

– Зачем я тогда?

– Это Богу вопросы. – Молодой хмыкнул. – Насчёт аспидов попущенных и этой, теодицеи.

– Я не про теодицею спрашиваю.

– А зря. Вот ты скажи, если этот Сахарок в мире на законных основаниях, то что это за мир такой?

– В другое время пошутишь. Канцлер мне сказал, что – –

– А ты поверил? Он же предаст всех, до кого руки дотянутся.

Я посмотрел на оберег.

– Как же *это*?

– Красивая цацка, – сказал Молодой небрежно. – Дорогая. Боишься, что сопрут?

Я подышал на кольцо, погладил.

– Не сопрут.

9

Что это было – набег или переворот? Местные сразу же окрестили наш рейд оккупацией и, уютно набившись в кафе и аптеки, передавали друг другу жалостные рассказы о её ужасах.

Сама смена власти прошла до оскорбления буднично. Когда мэр явился поутру на своё рабочее место в похожий на сарай особнячок администрации, в его кабинете, за его столом и с его стаканом чая в руке сидел развалясь Молодой и лениво просматривал вываленные из шкафа документы. («Откуда он знал, где в Автово администрация? – допытывался Фиговидец. – Как это мы вот так с ходу попали по адресу?»)

– Ты не бойся меня, я смерть твоя, – сказал Молодой нараспев.

Мэр был человек меньше маленького – всего лишь секретарь-координатор при подлинных заправилах – косарях. Ему вменялось следить за исправностью водопровода, энергоснабжения и почты, контролировать вывоз мусора и успокаивать лживыми обещаниями недовольных пенсионеров. Настоящие конфликты между настоящими хозяевами гасились в Конторе всеобщего поверенного Добычи Петровича, и даже сам Добыча Петрович не всегда знал, по каким потайным углам заключаются иные сделки.

Всё, что потом скажут о коллаборационизме мэра, было бы справедливо, не будь его поведение коллаборационизмом ещё до всякой оккупации. Он был даже не ставленник, и не он сам низвёл себя до положения начальника ЖЭКа... А у начальника ЖЭКа одна забота: чтобы канализацию не прорвало. Косари в глаза, а им в подражание за глаза и все остальные, звали его «мэрином», вкладывая в презрительную кличку чуть больше пыла, чем нужно. Теперь мерин не видел необходимости отдуваться за жеребцов. О чём и объявил.

– Ну зови своих олигархов. На конференцию.

И Молодой запустил к потолку сложенный из какой-то официальной бумажки самолётик.

Молодой, надеюсь, знал, что делал, заставляя косарей собраться в доме администрации. Ведь это само по себе было оскорблением, и убогая неуважаемая канцелярия годилась для сходки хозяев жизни не больше самой захудалой общественной пивной. Здесь на стене висели графики дежурств в котельных, на подоконниках лежали кипы бланков – ордера, накладные, – а под столом мэра дежурный водопроводчик оставил брезентовую торбу с инструментом. Косярам – толстым, надутым, в богатых шубах – пришлось устраиваться на разномастных стульях, которые скрипели и опасно кренились, – а в ноздрях у них щекотала пыль, в глаза лезли замурзанные ватники работяг, а чего не видели глаза, то слышали уши.

Но ещё глубже их потрясла явность, нарочитая открытость собрания. Эти властители бескрайних плантаций мака и конопли действовали келейно, и их самые жестокие удары наносились исподтишка.

Они давно разучились пускать в ход и выдерживать простую агрессию, необсуждаемую угрозу, грубую прямоту объявленной войны. Их силовые варианты оплетались той же паутиной, что и мирные, у санкционированного ими разбоя не было авторства; любые высказанные публично догадки влекли скорую грязную расправу. В этот миг беспомощные и отвратительные, как извлечённые на яркий свет подземные твари, они щурились и впадали в ступор.

Где имущество, там страх, а имущества в Автово было очень много. Но Молодой произнёс волшебные слова «бизнес не пострадает», и всё успокоилось. («Нет, – говорит Фиговидец, – у него здесь определённо резидент. До копейки сосчитано, кто сколько стоит и у кого где прыщ. Разноглазый, как ты думаешь, это надолго?» – «Надолго что?» – «Ну как что? Наша великая победа».)

Наша великая победа действительно была такого рода, что сомнения в её прочности пришли в ту же минуту, что и она сама. Не то беда, что не на кого было опереться, но ведь не с кем было и враждовать – ситуация болота. Автовский народец оказался до того гнилой, что не срабатывали привычные стратегии «запугать», «убедить», «купить», и, когда Фиговидец в шутку брякнул, что нежелающих везти её воз история рекомендует вешать («конечно, не всех, а лишь некоторых, ну, скажем, четырёх из пяти»), Молодой тихо разузнал адрес местного бюро Лиги Снайперов.

Легко сказать: «ввести протекторат», – если саботаж – стиль жизни. Летом для демонстрации серьёзности намерений можно хотя бы сжечь пару плантаций, но зимой, не прибегая к радикальному террору, остаётся шпынять и изводить, медленно погружаясь в жижу тех интриг и разводок, мастерами которых были косари и не были мы.

Они быстро и с выставляемым напоказ удовольствием покорились. Складывалось впечатление, что потеря независимости больше заботит уличный сброд, чем людей, действительно лишившихся власти. Или они полагали, что ничего не лишились, и оккупация, подобно волне, схлынет как пришла... а может быть, им, как глубоководным рыбам, любая волна казалась оптическим обманом высоко над головой. Оправившись от первоначального шока, вернувшись в свои норы, увидев, что передел собственности не запланирован или отложен, они стали ждать.

Чтобы не откладывать, я пошёл в Контору сразу же, как только туда собрался Молодой. Сергей Иванович пытался намекнуть, что моё маленькое нехитрое дело оскорбляет размах имперских замыслов, но я устоял.

На улицах было мирно и буднично, как часто в часы катастрофы: кто-то идёт делать революцию, а кто-то – в булочную за пышками. Аляповатые рекламные щиты на стенах и плакаты в витринах предлагали краску для волос, кофеварки и лимонад. («Вещи, – говорит Фиговидец, – которые возбуждают настоятельное желание их не иметь»). На крыльце почты жался, поджидая хозяина, крупный пёс. В квартире наверху резко открылась форточка, и вниз полетели окурок и вопль работающего на полную громкость радио. Снег с дорог убирали без фанатизма, и возвращавшиеся с уроков школьники подкрадывались к прохожим побезобиднее и толкали их в сугробы или, всей шайкой окружив то старика, то одинокую девушку, забрасывали жертв снежками. Эта забава сопровождалась леденящим душу визгом.

Когда мы добрались до Конторы, словно бы навстречу нам дверь распахнулась, и вышел один из косарей со свитой. Я его хорошо запомнил: неприятно грузный, рыхлый, с сонной обидой в складках серо-жёлтого, тоже рыхлого лица. Метнув скользящий, ничего не выражающий взгляд, он кивнул на ходу. Его свита продефилировала мимо свиты Молодого, широко – и всё-таки никого не задев – покачивая плечами.

Добыча Петрович смирно сидел в огромном кожаном кресле в кабинете на втором этаже. Он нисколько не изменился – гладкомордый, довольный, – и даже кричаще-цветастая рубашка под чёрным пиджаком была из тех, что я помнил. В распахнутом вороте на своём месте покоилась непомерно толстая золотая цепь. Пухлые опрятные ручки держали фарфоровую чашку с чаем. В кабинете было жарко, уютно, и сразу захотелось спать. Я без приглашения сел в свободное кресло, Молодой – на его массивный подлокотник, остальные разместились на стульях у стены. Впустивший нас клерк, точная, но карикатурная копия Добычи Петровича, поскольку в его случае цветастость, чернокостюмность и златоцепность драпировали фигуру ломкую и узенькую, а там, где по жанру требовалась гладко- и кругломордость, обнаружились тонкие птичьи черты, замер в дверях.

– Иди, Костенька, – сказал поверенный. – Позову. – Он посмотрел на меня, улыбнулся, но обратился к Молодому. – Вот как, вот как, молодая прыть! Иван Иванович! Не надеялся, что почтите. Уже сам собирался зайти, в ознаменование, так сказать, доброй воли и уважения.

– Да как же, – сказал Молодой, – пришёл бы ты. Бумаги будем опечатывать?

– Ну зачем тебе мои бумаги, миленький?

– Бумаги ни зачем, а ты – нужен.

– Неужели и меня опечатаешь? – Добыча Петрович захихикал.

– Если захочешь.

Я вспомнил подслушанный поутру разговор. «Я не хочу, чтобы по беспределу делалось», – твёрдо говорил Сергей Иванович. «Какой беспредел, о чём ты? Он мне руки целовать будет. – Молодой хохотнул. – Не спрашивая, что я этими руками делал». Пока что до целования рук было как до луны на четвереньках, и многообещающие картины беспредела, которые я пытался вообразить, таяли, стоило только увидеть въяве, с каким удовольствием поверенный допивает свой чай. Казалось немыслимым выволочь этого человека на улицу, окунуть в снег, каблуками стереть с лица улыбку. В центре и под защитой своего мира он сидел как божок в капище, всесильный, пока не спалят дотла питающую его жизнь.

– Ладно, – сказал Молодой. – В ознаменование доброй воли... У Разноглазого должник здесь, ты в курсе?

Добыча Петрович отставил пустую чашку, вынул платок, развернул, взмахнул им в воздухе, вытер улыбающиеся губы.

– Эх, молодость! – радостно воскликнул он. – Свежесть чувств, юность ума, величие перспектив!.. Огорчает меня ваша юридическая безграмотность. Долг, Иван Иванович, это когда расписочка имеется или иной документик...

– ...нотариально заверенные показания заслуживающих доверия свидетелей, – продолжил я. – Разве вы не такой свидетель?

– И я был свидетелем займа как такового?

– Свидетелем соглашения.

– И соглашение если состоялось, то не в моём присутствии.

– Но вы же о нём знали!

– Исключительно со слов заинтересованной стороны. – Он покомкал платок и обтёр лоб. – Какие вообще соглашения, когда речь о чужом наследстве?

– Кстати говоря, оно цело?

– Цело-целёхонько, – медленно сказал Добыча Петрович, – живо-здорово. Раз уж зашла речь... У вас, говорят, покойничек с собой в обозе?

– И что?

– Мне ничего, но в публике – вопросы и беспокойство. Лучше бы по-людски. Не желаете Раствор, так и на городской манер погрести можно, хоть на Волковом.

Я внутренне засмеялся, представив лицо Фиговидца, который узнает, что в его драгоценную усыпальницу классической литературы протащили безымянного головореза.

– Покойник мой, – сказал Молодой спокойно, – мне и хоронить. Тебе места в морге жалко? Сейчас морозы, могу держать на улице. На площади, прямо под аркой. И караул поставлю с ружьями. Или вон Разноглазый заклятие наложит, ещё лучше.

– А он сумеет?

– Конечно сумеет. – Молодой потрепал меня по плечу. – Посмотри на него. Он за своё бабло убьётся, а сделает. Так что, если твоей публике совсем не о чем больше беспокоиться, мы пойдём навстречу. Конкретно так, быстрым маршем. – Он сплюнул прямо на паркет. – Покойник наш им глаза мозолит! Меньше запускать надо свои буркала куда не просят.

Добыча Петрович не потерял любезного, умиротворённого вида. Он начал с того, что не принял Молодого всерьёз, и уже не мог сойти с этой точки так, чтобы не запахло капитуляцией. С другой стороны, какая разница, всерьёз или не всерьёз воспринимать то, что от тебя не зависит.

– А вы, Разноглазый, с чего упёрлись? – ласково спросил он. – Неужто нищенствуете? Нехорошо-то как. В вашем бизнесе необходимо выглядеть успешным, с людьми бизнес. Один не так глянет – другой уже не придёт. Согласись, это ридикюльно: в твоём статусе сиротские крохи отбирать.

– Этого требуют справедливость и мои интересы. Чтобы не получилось так, что любой, не в обиду будь сказано, козёл сможет меня кинуть.

– Тоже верно. Куда годится, если серьёзного человека кинут. Сразу ведь шепоток, вопросики: а такой ли он был серьёзный? У людей память короткая – что и объясняет их неблагодарность. Не в злобе корень человеческой неблагодарности, не в дурных мыслях, не в коварстве, всем нам в виде некоего искусства врождённо присущем! – Добыча Петрович пальцами постучал себя в грудь. – Легкомыслие и беспамятство, ничего больше.

Я не успел ответить. В дверь деликатно постукали, и умоляющий голос, протискиваясь в щель, недостаточную для головы, позвал:

– Добыча Петрович! Срочное сообщение!

Добыче Петровичу не понадобилось много времени, чтобы понять, что мы не собираемся оставить его со срочным сообщением наедине. Он подпрыгнул, пробормотал слова извинения («Я на минутку, миленькие») и выкатился из кабинета. Нельзя доверять грузным людям, которые так легко двигаются.

Молодой тут же пересел в освободившееся кресло.

– Хорошо жук устроился, – бросил он. – Глядите, парни, даже рыбок завёл. – В круглом аквариуме действительно плавала единственная золотокрасная рыбка. – Говорят, нервы успокаивает.

– Ему пригодится, – отозвались со стульев. – Молодой, бухла пошарим?

– Не пошарим. – Молодой посмотрел на меня. – Вон начальство нос воротит.

Когда поверенный вернулся, по его лицу было невозможно что-либо прочесть. Допустим, он чаще прикладывал платок ко лбу – но и то правда, что топили в Конторе на славу.

– Случилось что? – спросил Молодой с интересом. Он встал и, развернувшись, привалился к резному шкафчику, изнутри которого, сквозь цветные стеклянные дверцы, похожие на маленький витраж в широкой дубовой оправе, светилось что-то бесконечно хрупкое и дорогое.

– Случилось? Конечно, не случилось, чему тут у нас, в захолустье, случаться? – Добыча Петрович всплеснул руками. – Умоляю, миленький, прислонись к чему-нибудь другому. Это мой фарфор, и он мне бесконечно дорог из сентиментальных соображений, если даже оставить в стороне его рыночную стоимость. Спасибо. – Поверенный ловко юркнул между шкафом и Молодым и – р-раз! – оказался в своём кресле. – Не нужно тебе было Порт трогать.

– А, – сказал Молодой, – По-о-орт! Так то не я. Стратегические объекты в ведении Национальной Гвардии. Вот со мной, к примеру, всегда можно договориться. А Национальная Гвардия, они... – он поискал слово, – идейные. Преданные слуги империи. Псы, если хочешь.

– Нет, миленький, не хочу. – Добыча Петрович искоса поглядел на свой драгоценный шкаф. – Я маленький человек, моему пищеварению виражи истории противопоказаны.

– Давай-давай, прибедняйся.

– Ну-ну-ну. Это у вас на Охте новый размах и величие, луну башкой задеваете, а мы, вне зависимости от степени благосостояния, в своих норках мышиных размеров... серенький такой размер... – Лицо у него и впрямь стало похоже на упитанную, благолепную морду если не мыши, то крупного хомяка. – Так уютно было, пока вы не явились. Зачем явились? Кому лучше станет?

– Тебя не спросили.

– Да, – признал поверенный, загрустив. – Всё на наших плечах, включая историю, а кто спрашивает? Ну спросит большая история маленького человека? Сядет на шею да ножки свесит.

– Если, – сказал я, – большая история начнёт задавать вопросы маленькому человеку – ещё и мнение его в расчёт принимать, – так никакой истории вообще не будет.

– И что?

Я зевнул.

– Хороший ответ, – пробормотал Добыча Петрович. – И не могу не признать, что адекватный.

– Значит, так, – сказал Молодой. – Я рад, что мой культурный уровень стремительно повышается. Ну там теодицея, бля, история. – Он потянулся. – Другой бы сейчас сидел да золотую рыбку тебе в жопу заталкивал. – Он посмотрел на меня, снова на поверенного. – Дяди добрые, мы дадим время. Употреби эти – ну, скажем, сутки – с пользой. Всё равно Платонов получит Порт, Разноглазый – свой долг – –

– Включая проценты, – вставил я.

– Само собой. А ты получишь прежнюю жизнь, вывеску в сохранности... во всех смыслах, – уточнил он. – Я не психопат, и тот, кто за мной стоит, не психопат тоже. Но если я увижу, что мои слова сдуло северо-восточным ветром, то сожгу твою Контору вместе с обслугой и фарфором, а если не повезёт – и вместе с тобой.

– Ну, миленький, это уже варварство.

– Я мог бы начать прямо сейчас, – сказал Молодой и легонько постучал по дверце шкафа, – но не вижу необходимости. Утверди в своём мозгу главное: когда необходимость возникнет, я не остановлюсь. Пустых угроз не будет и полумер тоже. Разноглазый, подъём!

Я заморгал.

10

Канцелярский магазин, он же книжный, он же радиодеталей, под общей вывеской «Культтовары», на-

145

ходился на полпути от козырных мест к задворкам — и то же самое было для него верно и в переносном смысле. За козырность отвечали радиодетали.

Мельком взглянув на книги (поваренные, огородные, пятисот полезных советов, календари, сонники, гороскопы и масслит в агрессивных убогих обложках), Фиговидец сосредоточился на туши и перьях. Движимый сентиментальными воспоминаниями, я отыскал на полке романы Людвига: захватанные, но так и не купленные. Я полистал их и тоже не стал брать.

Бедный Людвиг! Это был писатель из тех, кто, если нужно описать траву, обязательно скажет: «зелёная», про тишину — «гробовая», про кожу девушки — «нежная, как шёлк», — и всё просто потому, что прочёл слишком много книг, в которых траву склоняли на столько ладов и сравнивали со множеством таких вещей, что ничего травяного в ней не осталось, а прочтя, вернулся к исходной точке: трава, собственно говоря, зелена. Его негромкий голос, запинающийся, надтреснутый, глухой, но с незабываемой очень личной интонацией, пережил его, но остался ненужным. Неуклюжий автор мусорных романов и несостоявшийся — настоящих, зачем приходил он в жизнь, которая его не только одурачила, но и оболгала?

Прямо в ухо мне сладостно чирикало радио. Перемежаемая музыкальными номерами, шла беседа с мэром об архитектуре, и мэр, в этой области никогда не воспарявший выше правильного функционирования подвалов, покорно повторял за ведущим — а тот и сам наверняка читал по бумажке — грозные, лишённые надежды слова: «фасад», «канон», «организация пространства», – меж тем как пространство «Культтоваров», организованное для борьбы за каждую пядь полезной площади, уже не могло вместить эти бесплотные, но объёмные голоса.

Радио было в почёте во всех провинциях, но Автово впало в истерическую зависимость. Повсюду работали радиоточки или приёмники, помимо местного «Голоса Автово» ловившие передачи зарубежья, включая наш «Финбан ФМ», охтинский «Сигнал» (который Канцлер, как ни странно, до сих пор не удосужился переименовать хотя бы в «Позывные Империи») и вещание Городской радиотрансляционной сети. Мы быстро привыкли к зрелищу то шайки юнцов, у центрового которых на плече покачивалась внушительных размеров радиола, то медленного старичка с миниатюрным приёмничком в руке или на шнурке на шее.

На Горвещании говорили много и добротно, приглашая специалистов с В.О., острословов из Английского клуба и отметившихся накануне чем-то особенно нелепым – порой и скандалом – членов Городского совета. Остальное время занимали радиоспектакли и музыка того рода, под которую хорошо танцевать пожилой супружеской паре непоздним летним вечерком. «Финбан ФМ» крутил предвыборные агитки и музыку, пригодную для аптек и Ресторана. На Охте при Канцлере пустились в сторону радиоспектаклей, но пришли к тем же агиткам в относительно художественной рамочке. А вот в Автово, с их замаранным, но крепко плещущимся на ветру знаменем гедонизма, тонкостью интриг и тяжеловесностью шика – и сплетнями, главное, сплетнями, которые давно стали второй и даже более реальной жизнью и длились так же долго, как жизнь, – в Автово от радио ждали чуда.

Но они также боялись, что чудо действительно, не дай бог, случится.

Все, кто работал на радио, – решительно это скрывали; все, кто слушал, – не старались раскрыть тайну. В Автово не было даже единства в вопросе, кто и где записывает их любимые постановки, и, когда актёры, закутав горло шарфом, незнаемо проходили по улице, на их молчащих губах появлялась лукавая и надменная улыбка – но потом, боясь быть опознанными по этим загадочным губам путешествующих тайком богов, они повыше подтягивали шарф и пониже опускали голову.

«Голос Автово» славился своими радиопостановками. В них рассказывали о косарях – но под другими именами, о знакомых именах – но в небывало иных обстоятельствах. Совершались вроде те же, но категорически другие подлоги, похищения, кражи, грабежи и браки, в предвкушении которых слушатели заключали пари. Этими пари в Автово было пронизано всё. От мэра, который в своём кабинетике-конуре бился об заклад с главным бухгалтером, секретаршей и забредавшими слесарями, до мальчишек, прямо на улице краем уха ухвативших новый поворот сюжета, любой был готов подкрепить рублём собственную версию грядущих событий. («Десятка на кражу со взломом!» – «Принимаю!»)

Страсть к радио изощрила их слух. Они стали ненужно чутки к скрипам, шорохам и интонациям. Страсть к пари их дезориентировала, и каждый второй поверил, что может предугадывать судьбу.

Сочетание чуткости и азарта расстроило нервы одним, а других превратило в калькуляторы. Даже в «Культтоварах», тесно заставленных открытыми стеллажами и витринами, с их запахом бесплодно состарившихся книг и свежей бумаги, носился этот дух.

Фиговидец поглядывал на меня, но держался поодаль. Возможно, он приметил, что такое я вертел в руках, и боялся, как бы с ним не заговорили о Людвиге. Накупив бумаги, красок, угольных карандашей и прочего, он заявил:

– Читать нужно только образцовые сочинения. Как излишние физические нагрузки разбивают тело, так уродуется ненадлежащим чтением вкус. Уродуется! – повторил он с нажимом и воодушевлением, обрадованный удачным сравнением, а заодно выдав (он и не заметил, что говорит трусливо, почтительно) все страхи человека, никогда в жизни не соприкасавшегося с физическим трудом. – Искривляется, сохнет, выматывается, теряет силы и в конце концов надорвётся. И это видно не хуже, чем угробленный таскание тяжестей человек. – Он потупился. – Понимающему глазу.

– Так-так, – сказал я, подходя. – А каким манером твой глаз стал понимающим? Или ты с ним родился?

– Говорю же, чтение образцовых сочинений – –

– А как ты узнал, что они образцовые?

– Нетрудно отличить.

– От необразцовых?

– От необразцовых, – подтвердил фарисей, начиная злиться.

– Ага. Но чтобы отличить одно от другого, наверное, это другое нужно иметь в наличии? – Я глянул на внимавшего разговору продавца. Тот был мелкий, лопоухий, в свитере до колен и – совершенно напрасно, учитывая форму и величину ушей, – в повязанной на пиратский манер красной косынке. – Мускулы не нервы, – закончил я. – Они от работы только крепнут.

– Очень смешно. Но канон давно сложился.

– Уж и пополнить нельзя? Зачем тогда пишут?

– У них спрашивай. – Фиговидец тоже поглядел на продавца и отвернулся. – Слишком они полагаются на своё природное чутьё, которого у них к тому же и нет.

– Значит, всё необычное по определению плохое?

– Я этого не говорил. Но на практике выходит, что да.

– У меня большая прореха в эстетическом образовании, – неожиданно сказал продавец. – Порою так хочется прослушать про Искусство, и Философию, и другие Высшие Интересы. К народу выйдешь – а тебе долдонят про косарей да кто с чьей девкой. Где уж здесь, в Автово, Высшие Интересы... зажрались до утраты пульса. – Он поправил платок. – Люди с высокой буквы так и пропадают по своим уголочкам. Кто их оценит? Кто узнает, что они вообще есть? – Он поправил ухо. – Работаешь над собой и над словом, достаёшь Книги...

Мэр между тем отбыл свою ужасную еженедельную повинность, и на «Голосе» начался очередной эпизод «Саги о косарях». Мы застали её в разгар кражи каких-то документов и, вероятнее всего, покинем задолго до уличения вора. Это как-то обостряло удовольствие.

– Десятка на то, что следующим трупом будет старушка, – бодро сказал Фиговидец.

– Принимаю, – сказал я. – Удваиваю на адвоката.

– Что вы, что вы! – запротестовал продавец. – В «Саге» не бывает трупов.

– Может быть, мы и не про «Сагу». Так что там с Высшими Интересами?

– Открылся Литературный Салон.

– Вы народ будете преследовать духовными благодеяниями или друг друга? – буркнул Фиговидец.

Продавец не понял, не оценил, но улыбнулся.

– Приходите, пожалуйста, – закончил он приветливо, заворачивая покупки. – Каждый вечер в аптеке на площади.

– А чего ж, – сказал я. – Придём.

Вечером с нами увязался и Муха, для которого слово «аптека» перевешивало мутное словосочетание «литературный салон».

– Автовские аптеки богатые, – твёрдо сказал он. – Поглядим, подтоваримся. Я в прошлый раз такие гидрохлориды взял – от четырёх таблеток всю ночь мультики смотришь. Не могла же литература всё подчистую сожрать?

– Муха-Муха, – сказал Фиговидец с чувством превосходства. – Не знаешь ты жизни. – (Муха с шагу сбился от изумления.) – И литературы тоже. Там уже, полагаю, прилавок сожран, не то что твой гидрохлорид. Ты, кстати, не боишься от четырёх таблеток на том свете проснуться?

Прилавок, однако, оказался на месте, и его не слишком бойко осаждали. Не спеша расплачивался патлатый парень в сшитой из разноцветных лоску-

151

тов толстой куртке. Тыкала пальцем в стеклянный шкаф с образцами эфедриновых сиропов от кашля девчонка, сверху замотанная в нескончаемый шарф, а понизу – в вязаные гетры. Некто – прискорбное сочетание тощего тела и просторного пальто – покачивался и оседал, а провизор только размеренно покрикивал: «Боня, слезь с витрины!» – и ещё одна достойная старушка интересовалась ценами на аспирин.

Автовские аптеки были понемногу всем: аптекой, кафе, клубом. Справа от входа размещались собственно аптечные шкафы и витрины, слева – стойка с коктейлями, глинтвейнами и мороженым и удобные низкие диваны. Здесь было царство яркого света и радио, там – полумрака и голосов вразнобой. Резко выраженный запах аптеки, её специфичная – летом и зимою – ментоловая прохлада курьёзно соединились с запашками и гоготком забегаловки. Аптека была слишком ледяным, серьёзным делом, чтобы вот так запросто, как газировка с сиропом в руках девушки в белом халате, смешаться с припахивающим, быдловатым весельем немудрёных местных бонвиванов.

Фиговидец тоже остался недоволен, но другим.

– Ну и где здесь национальная идентичность? – вопрошал он. – Где колорит? На кружки погляди! На по-ло-тенички. Нельзя же превращать шалман в музей китайского ширпотреба!

– Хочешь пить наливку стаканчиком на ножке?

Мы обернулись на голос и увидели колорит.

Парень был крепкий, рослый, наголо бритый. В грубейших ремесленных ботинках, но в отличном твидовом пальто.

Муха остолбенел.

– Ты кто?

– Я враг свободы.

– Мент, что ли?

– Нет, сочинитель сонетов.

С удвоенным вниманием мы посмотрели на крупные грубые черты лица, когда-то давно сломанный нос, свежерассечённую бровь.

– Барыжите, парни?

– Чего это сразу «барыжите», – обиделся Муха.

– Вид у вас хозяйский. А в этом мире барыг у реального производства нет повода нос задирать.

– А ты-то сам что производишь?

– Ну как это что, – сказал сочинитель сонетов. – Я произвожу смыслы.

– И всё?

– Всё. То есть рядом с тобой – достаточно.

– А я, значит, смыслов не произвожу?

Муха обернулся ко мне за поддержкой. Я снял очки.

– А! Так вы эти, оккупанты охтинские.

– Мы с Финбана, – оскорблённо поправил Муха. – И смыслы у нас не хуже прочих.

– На основе Смыслов строятся Ценности!

Тут и Фиговидец наконец обрёл дар речи:

– Вы кто такой, дорогуша?

Парень расправил нехилые плечи и отрекомендовался по всей форме:

– Лёша Рэмбо́. – Он сделал крепкое ударение на последнем слоге. – Поэт, пророк, штатный киллер О Пэ Гэ.

– Ах, Рэмбо-о-о, – протянул Фиговидец как-то зловеще и таким голосом, будто подавился.

Муху заинтересовала аббревиатура.

– Штатный чего?

– Штатный киллер ОПГ! Организованной Писательской Группировки! Мы – новые реалисты.

– Молодой человек, – брезгливо сказал фарисей, – писатель внутри одного себя организоваться не в состоянии, а чтобы они между собой о чём-то договорились, так это скорее небо в Неву обвалится или вот Разноглазый в кредит работать начнёт. Чем и кого вы, кстати, убиваете?

– Врагов искусства – моим искусством.

– Ладно, я уже мёртв.

Если бы Фиговидец не принял сочинителя сонетов сразу в штыки, он бы и потом не говорил и не делал тех полупозорных вещей, которые неприязнь выдаёт за следование долгу. Хватает пустого взгляда, проходного слова, неверно упавшего света при первой встрече – дурного настроения прежде всего, – и врагами до гроба становятся именно люди, способные дать друг другу все радости долгой нежной дружбы, напрасно ждавшие её от других и теперь уже никогда не дождущиеся.

Лёшу Рэмбо, до того как он открыл себя в литературе, знали как Лёшу Пацана, и это прозвище, от которого и не думали отказываться родня и старые знакомые, чудо как ему шло. В его стихах что-то было, во всяком случае, Алекс будет о них одобрительно говорить: «простодушные и дерзкие», – а Фиговидец – высмеивать ожесточённее, чем рядовую продукцию детей Аполлона. («Его стихи, сами удивлённые тем, что в них заключена какая-то мысль».) Для их понимания достаточно представить, как человек с тёмной, тяжёлой биографией пишет удивительно светлые, узорные книги, тщательно избегая впускать в их сюжет и строй образов свой богатый, невесёлый, постыдный опыт, и – только погляди! – этот опыт не то что просвечивает, но окрашивает особым, невоспроизводимым оттенком каждую страницу.

– А вот и наши.

Они вошли умеренно шумно – в спокойной, если можно шуметь спокойно, властной такой манере, – без муштры сплочённые, молодые, наглые, в ореоле продажной и непродажной любви, в твидовых пальто и чёрной коже, в вызывающе грубой обуви, без шапок, но в перчатках, с огромными золотыми крестами на ядрёных цепях: у одних они стали видны, когда пальто и куртки расстегнули, другие так и вошли нараспашку.

– Здорово, братва!

Сочинитель сонетов подошёл и стал обниматься со всеми по очереди. Вокруг тихо шушукались, и я наконец заметил, что Литературный Салон, если это впрямь был он, включал в себя слишком разнородные явления: обычных алкашей, обычных зануд, обычных бледных девушек и обычных хулиганов. То, что все они оказались любителями литературы, лишь увеличивало пропасть. Литература тут была у каждого своя.

Повертев головой, я обнаружил парнишку из «Культтоваров». Всё в том же нелепом прикиде, он обсуждал – с таким же нелепым товарищем – рассказ, над которым работал. Это был отчаянно серьёзный, взыскующий писательский разговор о литературной технике. Я навострил уши.

– ...Нет, так не годится... «Поглощала купленные по дороге домой пирожные»... Ну что значит «поглощала»? Это портовый грузчик после дня работы «поглощает» пюре с сардельками. Может быть, «пока она ела купленные по дороге домой пирожные»?

– Нет. «Ела» не проясняет природу пирожных. Здесь должно быть указание на их и праздничность, и мимолётность... «Есть» – какое-то безвольное слово, ты не находишь? Это суп едят. С пирожными так нельзя.

– Тогда можно сказать «лакомилась».

– «Лакомилась»?!

– Ладно, я понимаю, о чём ты. Может, она их «жевала»?

– Вася! «Жевала» она их в любом случае: когда ела, поглощала и даже лакомилась! Ты бы ещё сказал, «жевала и глотала».

– ...Знаешь, пюре с сардельками маловато.

– Что?

– Я про того грузчика. После рабочего дня, я думаю, он *поглощает* закуску, борщ, второе... а уже потом сардельки. И не с пюре, а с пивом.

– ... Может быть, «угощалась»?

– ...

Начались чтения. Первой была девушка, дотла исторчавшаяся на вид и адекватнейшая мещаночка по существу; во всяком случае, именно так следовало трактовать её нерифмованную истерику. Вторым выступил поэт из вновь пришедших. Он посильнее выпятил грудь с крестом и откашлялся.

– Вот тайны, которые я унесу с собою в могилу! – начал он и простёр руку.

– Стоп! – нетерпеливо крикнул Фиговидец. – Стоп! Как же вы их туда унесёте, если сейчас выболтаете?

Поэт было оторопел, но в публике засмеялись с тихим презрением.

– Нельзя же всё понимать настолько буквально, – отчётливо сказал кто-то.

– У этих людей с Финбана да Охты начисто отсутствует чувство стиля.

– Зато мнение всегда наготове.

– Вот вам бы к нему и прислушаться, пока не поздно, – сообщил Фиговидец в пространство.

То, что его приняли за хама, поучающего образованных людей, его нимало не задело: для обиды, беспокойства, конфуза не было места, всё перекрыла абсурдность ситуации. Поэтому он не стал обнародовать своё подлинное гражданство. Ему не пришло в голову, что проигнорировать абсурд – ещё не значит от него защититься, и стать частью гиньоля можно и по своей воле, и против воли, и вообще невзначай.

– А почему не к моему? – возмущённо завопили сразу несколько глоток.

– Потому что для человека, к чьему мнению стоит прислушиваться, у вас слишком громкий голос.

– Эй, ты что здесь, борзой?

– Побьют ведь, – сказал я потихоньку. – Для чего-то они новыми реалистами назвались? Руки-ноги переломают, карманы вывернут – а потом опишут всё это, с большими отступлениями от правды, четырёхстопным ямбом.

– Да, более сложные размеры таким не под силу. – Он пожал плечами – специально для меня, –

а Литературному Салону сказал: – Борзой я или нет, судить, наверное, не людям, которые о борзости имеют такое странное представление, что путают её с заурядным чувством иерархии. – Он поднялся на ноги, чтобы все его уж наверняка разглядели и расслышали, и стоял очень прямо, убрав руки за спину, прекрасный, как на расстреле, – и его бархатный голос, ровный, отчётливый голос образованного человека, без труда перекрывал все шепотки и шелестения. – Итак, *борзость* – прямой аналог того, что в древнегреческом определялось понятием *хюбрис*. Надменность, наглость, дерзость, высокомерие, гордость, своеволие, бесчинство – такой перевод будет точен, но недостаточен. Подлинным хюбрисом все эти волшебные качества становятся тогда, когда их обладатель бросает открытый вызов богам, желая сравниться с ними. Это та «счастливая наглость», о которой пишет в «Агамемноне» Эсхил, то есть наглость, соединённая со счастьем, удачливостью, не могущая не вызвать ревность и кару богов.

По потолку что-то тускло светилось, как очень далёкие и уже умершие звёзды. По углам слоились тени. Из-за диванов попискивало, поскрипывало. Над диванами густо висел знакомый дым. Муха держал в охапке исторический ватник Фиговидца. Я его взял, свернул, засунул поудобнее себе за спину, вытянул ноги и достал египетскую.

– Не похоже, что он с Финбана, – сказал Лёша Рэмбо в наступившей (вот-вот! гробовой) тишине. Он сел поближе ко мне, принюхался к моей сигаретке и, хмыкнув, раскурил самокрутку. – Слушай, Разноглазый, а ты чего такой спокойный?

– Ещё успею разрыдаться.

– Бить будете? – шёпотом спросил Муха.

– Ноблесс-оближ, – ответил Рэмбо. – Ваш друг хамит.

– У него свой взгляд на поэзию, – сказал я.

– Это я понял. Только не понимаю, почему он попёр, не дослушав. – Рэмбо посмотрел на фарисея. Тот покачивался на каблуках и оценивающе, с неторопливой наглостью разглядывал ошеломлённые лица. В полумраке они казались печальнее и смиреннее, чем были. – Взгляни с нашей колокольни. Здесь, в Автово, за искусство натурально приходится биться, в прямом смысле. Здесь к искусству нет почтения. А с такими поклонниками ещё долго не будет. – Он уничтожающе ткнул пальцем в какую-то блёклую девушку. – Зырь, что за публика, одни убогие. – Потом он посмотрел на своих, сидевших плотной кучкой. – Правильный пацан сразу ставит себя так, чтобы уважали, да? Мы себя ставим, и через нас начинают уважать то, что мы делаем.

– Это и есть новый реализм?

– Бить будут, – прошептал Муха.

– Ну, – сказал я, – раз надо...

Обзаведясь наконец всем необходимым, Фиго-видец нарисовал по своим записям и черновым наброскам красивейший в мире Чертёж Земель. Сердечно горюя, что почти без дела лежат акварельные краски, цветные восковые мелки, чёрная и красная тушь (у него были приготовлены цвета для болот, ручьёв, песков, лесов и оврагов, но отсутствовали сами пески и болота, а леса и овраги пришлось указывать донельзя приблизительно, хотя

159

на протяжении всего пути он честно лез в сугробы, замеряя их глубину, и исчислял высокие деревья), он отвёл душу на художественном оформлении, как его понимали Меркатор и Ортелий.

Север, юг, восток и запад он изобразил в виде аллегорий. Борей и Нот оказались бородатыми и свирепо-пожилыми мужиками, Эвр и Зефир – гладколицыми юношами с декадентски развевающимися длинными волосами. Все четверо, согласно своей природе ветра, усердно надували щёки.

Когда я пришёл, фарисей сидел за столом и подправлял нос богини Невы. Дебелая, частично задрапированная нимфа полулежала, опершись на урну, из которой изливалась река. Свободная рука держала крепкий букет: что-то среднее между камышами и тюльпанами.

– А это зачем?

– Как зачем? Это канон. – И Фиговидец продекламировал:

> Въявь богиню благосклонну
> Зрит восторженный пиит,
> Что проводит ночь бессонну,
> Опершися на гранит!

– Ничего не отморозит? Кстати, где он у тебя?

– Ну ещё я буду... – Он негодующе покашлял. – Слонов, что ли, изобразить?

Он их изобразил. Три белых слона (в фас и два полупрофиля) держали на спинах землю: снизу плоскую, вверх уходящую холмиком. По бокам холма карабкалась деревня. Рисунок довольно точно отображал число и расположение домов, но сами дома выглядели привлекательнее натуральных. Флагшток с реющим штандартом указывал место, где Молодой повелел строить административную избу. Всё вместе, щедро засыпанное снегом, походило на торт, пышно-белый с вкраплениями шоколада, изюма и цукатов. Справа и слева палевое небо окружало солнце, луну и звёзды. Солнце сдержанно улыбалось. Слоны сдержанно улыбались. Каждый штрих напояла та гармония сфер, которой напрочь не было в реальной деревне.

К Чертежу прилагались Толкования, к Толкованиям – Примечания и Сноски. Когда я сунул в них нос, мне показалось, что сам я странствовал по каким-то иным местам – впрочем, и там проспав большую часть пути.

Фиговидец отложил перо, облокотился на стол, а подбородок утвердил на сцепленных пальцах. Круглый обеденный стол с когда-то полированной, но теперь исцарапанной и облупившейся крышкой издал застенчивый скрип. За дверью, которую я, входя, плотно прикрыл, ответно заскрипело, и сама дверь пошевелилась, словно распираемая любопытством.

– Херайн! – угрюмо возгласил фарисей.

– Зачем сразу на хер-то? – прокряхтела дверь и отворилась. Хозяин квартиры протиснулся в комнату: сперва удерживаемое подтяжками пузо, за ним всё остальное, от пуза вниз – хрупкие ножки в трениках, вверх – румяные щёчки и пушистая седая кудель по краям плеши.

– Проходи, Ефим.

Молодой с бригадой занял второй этаж прокуратуры, куда привезли дополнительные диваны и нужный скарб. Остальных устроили на постой к местным, не успевшим откупиться от такой чести. Я выбрал вдову с правдивыми бюстом и задом и кулинарной жилкой, Муха – коллегу-парикмахера, Фиговидец – заводского мастера на пенсии. Теперь он смотрел, как тот топчется на пороге, и – как знать! – горько раскаивался.

– А. Ну да. – Фарисей рассеянно порылся и достал красненькую.

– Опять не на тот труп поставил?

– Ну вы даёте, оккупанты. – Ефим бодренькими глазками ощупал меня, стол, бумаги на столе, Фиговидца. – Откуда в «Саге» трупы? Так и до... гхммм... этих недалеко. Гхмм... гхмм... А чего ж у вас молчит-то? – Он прокряхтел в угол и врубил радио. Шла передача о заболеваниях сердечно-сосудистой системы, и приглашённый доктор с явно нездоровым удовольствием живописал последствия вредных привычек.

– Ради бога! – нервно сказал фарисей.

– Нет так нет. – Ефим покладисто стал крутить ручку настройки.

– Ну-ка, – сказал я, – стоп.

Помехи исчезли, и эфир наполнился знакомым голосом. Это было странное ощущение: я его знал, но не мог соотнести с лицом, с человеком. Голос перерастал, заслонял и то и другое – весь видимый мир, обрушившийся незакреплённой мозаикой на дальнем плане. Я пережил мучительную минуту, прежде чем осмыслил контекст («могу заверить население, что нет никаких причин для паники... у милиции охрана общественного спокойствия стоит на первом месте»), и куски стянулись – щёлк! готово – в картинку. Конечно! Это был Захар.

– Что-то серьёзное случилось? – спросил Фиговидец.

– Наверняка. У нас начальник милиции не рассказывает народу ни с того ни с сего про общественное спокойствие.

«Финбан ФМ» уже вовсю транслировал один из своих вечных шлягеров.

– Пошли телеграмму да спроси, – предложил Фиговидец, наблюдая за мной. – Есть же у тебя дома знакомые? Пусть Муха пошлёт.

– Вот у нас случай один был на производстве, – начал Ефим. Он подсел к столу и заворожённо смотрел на бумаги, словно ждал пресуществления.

– Потом, – отрезал фарисей. – Проставляться будешь, тогда и расскажешь.

– Это по какому же поводу мне проставляться?

– А кто пари выиграл?

Старичок помялся и («картошечку поставлю») слинял.

– Скучно ему, – сквозь зубы сказал Фиговидец. – На пенсию выходят как в могилу. Говорю: сядь мемуары напиши, играй в шахматы, или вот подлёдный лов актуален как никогда – займись хоть чем-то. Это у тебя египетские? Можно? – Он закурил, прокружил по комнате и упал на диван. – Он же в пять утра встаёт, в десять на боковую. В пять утра! Дом – базар, и после обеда – а другие в это время ещё не завтракали – человеку некуда себя деть, и так день за днём, день за днём. – Раскинувшись на диване, он пыхал и любовался потолком, и его растрёпанные блестящие волосы отливали то бронзой, то пеплом. – Когда я представляю эту

163

жизнь, мне не хочется дышать, не хочется открывать глаза. – Фарисей закрыл глаза и ещё сверху для надёжности положил унизанные серебром пальцы. – И в своей-то жизни муторно... от таких примеров, по контрасту, должно легчать, но только хуже, только хуже... Ты что, уходишь? Я тебя провожу.

Комендантский час как ввели, так и отменили. Какая может быть необходимость в комендантском часе, если ночные улицы светлее иного дня, и иллюминация от многочисленных фонарей и того, что в Автово называли «подсветкой» – освещение по фасаду центральных зданий, вмонтированные в Триумфальную арку лампы, укутанные гирляндами лампочек деревья, фонари и прожектора везде, куда их удалось приткнуть, огни россыпью, огни залпом, – как водой заливает пространства? В таком антураже прохожий сам себе казался новогодней ёлкой. Это было вульгарно, но весело.

И те, кто вышел нам навстречу, появились не из темноты. Искрящее облако из снега и электрического света окутывало Организованную Писательскую Группировку во всей её красе и силе.

– О-о-о, после ужина горчица! – пропел Фиговидец. – Барражируете, дорогие? Вышли подышать воздухом и юными надеждами? Или свернуть рожу кому-нибудь достаточно малочисленному? В вечернее время после самого прекрасного дня! Смею ли рассчитывать, что на сей раз вы отнесётесь ко мне без предилекции?

– Пизди-пизди, – сказали новые реалисты. – Пока зубы глотать не начал. На нашем районе чужие клоуны не нужны.

Они стояли плотно, внушительно; снег облепил их безобразные ботинки и таял на непокрытых бритых головах. Двое уже доставали кастеты.

– Вы приняли мою робкую браваду за полноценное шутовство, – сказал фарисей, очень довольный. – Невинные пролетарские гуманитарии! Пытливые, но недостаточные умы! Фальшивомонетчики чувств обрели бы здесь перспективный рынок сбыта – и разве – ставлю в скобках мрачный вопросительный знак – это не странно, учитывая, о продажные золотые перья, что чеканить подобную монету – ваша прямая обязанность. Так вот – –

– Я бы не рискнул метелить видных представителей оккупационного режима, – сказал я. – Может, разойдёмся?

– А мы силы сопротивления! – сказал Рэмбо, и все заржали.

Но Фиговидец был исполнен решимости нарваться.

– В ином месте и настроении я предпочёл бы элегантную ссору, – сказал он. – Но принимая во внимание мою инвалидность и отсутствие в вашем арсенале средств для чего бы то ни было, способного выдержать определение «элегантный», согласен на мордобой. Предвижу, что в вашем исполнении он будет особенно топорен. Даже не знаю, не лучше ли было выбрать муки творческой встречи, раз уж встреча с вашим коллективом всё равно неизбежна. Если вообще допустимо выбирать между вещами, которые не имеют никакой ценности.

Рэмбо ударил его раза три, не больше, но на третий Фиговидец уже не смог встать. Он лежал в снегу, раскинув руки – жест страдания, отказа от борьбы и освобождения, – и тихо смеялся, и это выглядело так жутко, что ОПГ растерялась: видимо, вспомнив, что они не только бойцы, но и писатели, писатели даже в первую очередь.

Я зачерпнул снега, чтобы стереть кровь со смеющегося лица.

– Чокнутый, – сказал Лёша. – Ещё раз вздуришься – урою.

– Ты меня уже урыл, – пробормотал – а старался промурлыкать – Фиговидец. – Чего ж не хватает?

Логика событий требовала бить лежачего ногами, но у ОПГ не было уверенности, что я не вмешаюсь. Они пялились и гадали. Им не хотелось косить под совсем отмороженных.

– А сколько теперь работы прилежному пустому месту, – сказал Фиговидец, стараясь сесть. – Какие извергнутся элегии и новеллы. А может, даже кто-то вымучит целую повесть? С глубокой психологической проработкой и выхваченными из гущи жизни реалиями. Бездарность живописцев чудесно сумеет передать ничтожество модели.

Теперь его судьба была решена. Пацанское самолюбие – детский лепет рядом с писательским.

– Ах ты гнида! Ну ты дотявкался!

Я полез в карман за египетскими.

11

Все эти дни бушевала метель, словно пришла вслед за нами из Джунглей. За ночь от широких улиц оставались дорожки, а от узких – тропки. Все ходили пешком, уворачиваясь от ветра, который, куда бы ты ни шёл, дул прямо в лицо. Местный жёлтый автобус выезжал после обеда, когда дороги расчищали.

В этой богатой беспечной провинции никто, за исключением членов пожарной команды и нескольких гордящихся своей квалификацией электриков, не работал в Городе. Невозможно было узнать, что происходит хотя бы на Невском – не то что на Финбане. Обращаться к местным контрабандистам? Эти сочли бы делом чести соврать. Послать телеграмму Николаю Павловичу? Почему-то я был уверен, что Канцлер мои вопросы проигнорирует. Оставалась попытка послать телеграмму на Финбан.

На почте было холодно и неприютно. Отсутствие посетителей и грязный, в чернилах и застарелом жире, прилавок выдавали, что это не самое популярное место в Автово. Пожилая тётка в толстооправных очках и кацавейке поверх грубого свитера читала пожелтевшую истрёпанную книжку. Через прилавок напротив неё величественно сидел на табуретке один из гвардейцев Сергея Ивановича.

Я взял шершавый бланк из скудной стопки, взял – посмотрев на чернила и перья – тупой карандаш и написал: «ЧТО СЛУЧИЛОСЬ СООБЩИ». (Это финальное «сообщи», крупный росчерк телеграфного стиля, считалось у нас необходимым.) Поломав голову, я выбрал в адресаты Календулу, расписался и перебросил бланк тётке. Тётка флегматично перебросила его гвардейцу.

– Эй! – сказал я. – Эй!

– Военная цензура, – сказал гвардеец. Маленькие тупые глазки не моргнули. Короткие толстые пальцы сграбастали телеграмму и застыли.

– Послушай, я начальник экспедиции. Я могу тебе приказать.

– Нет, Разноглазый, – ответил гвардеец спокойно. – Приказать мне может только Грёма, тьфу, Сергей Иванович. Вот иди прикажи ему, и поглядим, прикажет ли он мне. – Цензор нахмурился и зашевелил губами. Ему было нелегко найти знакомые буквы. – «Что случилось», – прочёл он наконец вслух. – С кем?

– Что «с кем»?

– С кем случилось?

– А твоё какое дело?

– Такое, что я не для мебели сижу. Я контролирую... – Он запнулся, расстегнул пуговицу на мундире, полез за пазуху, выудил мятую бумажку, поизучал её, подвигал ртом. – Контролирую информационные потоки. Чтобы граждане не черпали сведения о происходящем из клеветы и слухов. Сведения о происходящем можно будет почерпнуть из информационного бюллетеня Временного правительства. Когда его издадут.

– Ты видишь, что написано? Я не рассказываю о том, что происходит *здесь*. Я спрашиваю о том, что происходит *там*. Ответ тоже будешь проверять? Где Грёма?

– Я всё проверяю. Сергей Иванович на объекте.

– Каком?

Он сделал вид, что не слышит. «Государственная тайна», – было написано на его плотно сжатых устах. Символ власти, которым я и так и сяк махал у тупицы под носом, вынудил его помрачнеть и набычиться, но не уступить.

Хлопнула дверь, ввалилась баба в огромной песцовой шапке и с двумя хозяйственными сумками, раздувшимися до размеров баула.

– Дусь! – крикнула она с порога. – Уже слышала? Убийство у нас! Чего творят, проклятые!

– Прекратить истерику! – рявкнул, обрадовавшись, цензор.

– Ой, спугалась-обоссалась! – Баба брякнула сумки на пол, заломила шапку и пошла на амбразуры. – Совсем совести нет у бесстыжих! Понаехали на нашу голову! Сброд уголовный, а не оккупанты нормальные! Воруют да разбойничают, режут ночью по закоулочкам! Ещё погоны нацепил, блатота!

– Я вот тебя, ведьму, закрою на трое суток за оскорбление мундира, – сказал гвардеец, задыхаясь. – Национальная Гвардия ни копейки... Национальная Гвардия – –

– Ой, грабят-насилуют! Дусь!

Дуся подняла глаза от книги и вновь опустила.

– Вот в этом, – сказал я, – ваша проблема, Национальная Гвардия. Не умеете с людьми.

– А ты хто такой?

Я снял очки. Баба отпрянула и быстро поплевала через плечо.

– Тьфу-тьфу-тьфу, не на нас, в медный таз. Замкни зубы и губы злому сердцу!

– Да ладно. Ты давай, мать, рассказывай.

Новость жгла ей язык, и это было сильнее страха или негодования.

– Зарезали мужика ночью, – выпалила она. – Пошёл, говорят, склады проверять. Чего пошёл? Небось от жены на свиданку на сторону, проверяльщик мандавошкин. Так и нашли, без штанов под мешком с мукой.

– Может, это был сахар?

В глазах бабы загорелась решимость до последнего отстаивать свою версию.

– А я говорю, мука это была! Так и стала вся красная!

– Не к добру, – сказала Дуся невозмутимо и перевернула страницу.

– Ну ты, Дусь, как всегда, рыба замороженная. Сестра, называется! Я к ней, а ей хоть бы хны! сидит! глаза портит!

Дуся и ухом не повела.

– Ты, Мань, лучше в сберкассу пойди, – сказала она, – расскажи Вальке. Она рада будет.

– Ещё б ей не быть, – пренебрежительно сказала Маня. – Ещё б не радоваться. Это ты, Дуся, как неродная – в кого пошла, мамка до сих пор свою фамилию по слогам читает. Только Валька – дура, неинтересно мне о серьёзных вещах ей рассказывать. Обсудить хочу, а не ахи её выслушивать. Дусь, да оторвись ты! Сестра!

– Мне нужно сообщить Грёме, – встревоженно сказал гвардеец. – Тьфу, Сергею Ивановичу. Разноглазый, отнеси записку, а? Он в «Альбатросе».

– Тебя не сообщать поставили, а контролировать, – сказал я, наслаждаясь. – Тебя поставили на пост, вот и стой.

Я заметил, что под казённые нужды в Автово отвели самые неказистые здания. Если мэрия напоминала сарай, то прокуратура находилась в унылом, давно не ремонтированном двухэтажном доме без каких-либо архитектурных примет. Бельэтаж занимал Следственный комитет. На втором этаже, временно предоставленном Молодому, не бывал никто, кроме мух, мышей и пыли, и числился он за Прокурорским надзором. По буро-зелёным стенам теснились образцы протоколов и жалоб. Тусклые лампочки через одну не горели. Попавшийся мне в коридоре хмурый и явно похмельный Серый показал нужную дверь.

Молодой был ещё в постели, причём с двумя блядьми, одна из которых делала ему минет. Сам он полулежал, откинувшись на подушки, и неспешно курил.

– Не помешаю?

– Ну заходи.

Я устроился в уголку. Помещение помыли, почистили и украсили кожаной мебелью – но серый потолок пятнали омерзительные разводы и потёки, а грязные окна, во избежание лишней возни, завесили тяжёлыми бархатными портьерами. Изголовье широченной новой кровати упиралось в обшарпанные канцелярские шкафы. Стеклянные дверцы шкафов изнутри были завешены зелёными шторками. Под стеклом письменного стола лежала грубая бледно-синяя обёрточная бумага. Пахло старой бумагой, свежим табаком и сексом.

– Ты уже слышал?

– Смотря о чём, – низко выдохнул Молодой.

– Об убийстве.

– А разве его убили? Чпшш... Зубами не прихватывай.

– Ты о ком?

– А ты о ком?

У бляди были густые и длинные рыжие волосы и худая полудетская спина. Её товарка, положив голову на плечо Молодого, медленно водила рукой по

171

некрупным шрамам на его гладкой груди, потом вынула из его пальцев окурок. Она улыбалась. Молодой был добр к животным и проституткам.

– Не знаю, – сказал я. – На почте услышал, что нашли какой-то зарезанный труп в мешке с сахаром. И кстати, насчёт почты: где Грёма? Меня его военная цензура – –

– А-а-ах, – сказал Молодой. – Ну ты даешь, Разноглазый. Уже не кончить без любимого имени.

Я замолчал и смотрел на его тяжело дышащее, блестящее по́том тело.

– Спускайся к ментам. Я оденусь и подойду... В «Альбатросе» он!

По нечистой безлюдной лестнице я вернулся к двери, мимо которой прошёл по пути наверх. Дверь была выкрашена облупившейся коричневой краской. Табличка «СЛЕДСТВЕННЫЙ КОМИТЕТ» выцвела и покосилась. За дверью гоготали. Я постучал, подождал и вошёл.

Это оказалась просторная, с большими окнами комната, но всего в ней было слишком: канцелярских столов, картонных папок на столах и пепельниц прямо на папках, шкафов, наглухо забитых теми же папками, зажжённых египетских и сигаретного дыма, составленных в круг стульев и ржущих мужиков на стульях, пустых бутылок под стульями и полных стаканов в руках.

Хотя в комнате было тепло, они сидели не раздеваясь: кожаные пальто до пят, кожаные шляпы и кепки; всё не по погоде. Они пили, курили и говорили о блядях. Насколько я понял, опыт двойного проникновения не удался из-за непредвиденных осложнений при выборе позы. («Так вы бы развернулись». – «Мы и разворачивались, только Вилли почему-то всегда оказывался сверху».) Увидев меня, все замолчали. Это было чертовски насмешливое молчание. Я снял очки и тоже молчал.

– Ну что тебе, Разноглазый? – спросил наконец один из них, средних лет, но уже седой. У него были ничем не примечательные, словно стёртые временем или горем черты лица и светлые безразличные глаза. – Говори, пока меня от ужаса понос не хватил.

Коллеги отпраздновали его слова очередным взрывом гогота и неуместными шутками. Бывают же люди, которым прямо с утра весело.

– Я бы посмотрел сводку происшествий за ночь, – сказал я.

– Поконкретнее.

– Убийство.

– А которое?

– А их что, много было?

Присутствующие заржали.

– Берёт меня тревога, когда гляну в эти бодрые очи, – сказал толстяк, которого все называли Вилли. – Ладно, ладно, был один жмур.

– Правда? – с интересом спросил кто-то.

– Правда. Причём такая, которая никому не нужна.

– И что, следствие идёт?

– Какое следствие, ещё дознания не провели. Борзой! На труп-то выезжали?

Седой сказал, что было не его дежурство. Я спросил чьё.

Вопрос повис в воздухе.

– Надо во входящих-исходящих посмотреть, – сказал Борзой и зевнул. – В регистрационном журнале. В процессуальных документах. Иди к Добыче Петровичу, пусть запрос напишет.

– На каком основании? – спросил Вилли. – Если Добыча адвокат обвиняемого, то где сам обвиняемый? Разноглазый, ты, часом, не с повинной явился? Нет? Я так почему-то и подумал. Иные участники уголовного судопроизводства: свидетель, эксперт, специалист, переводчик, понятой... Хочешь быть специалистом? Специалист, объясняю, это всего лишь сведущий свидетель. К материалам дела доступа не имеет.

– Странно как-то вы работаете.

– А вот на этот случай существуют меры прокурорского реагирования. Если гражданин имеет вопросы по сути и качеству нашей работы – –

– А чего ты ржешь? – спросил, входя, Молодой. – Я теперь прокурор. Зря, что ли, на его месте сижу?

Следственный комитет с уважением смотрел, как Иван Иванович потирает засос на шее. Я заметил, что все они были не так чтобы молоды: Вилли к пятидесяти, Борзому – к сорока, прочим за тридцать. Всем им было присуще довольно странное выражение лица, нечто среднее между независимостью и безнаказанностью.

– У вас что, каждый день кого-то приходуют?

– А это мы форс выдерживаем, – сказал Борзой. – Храбримся. В Автово убийств лет шесть не было, с тех пор как...

Он посмотрел на меня и замолчал.

– С тех пор как что? – спросил я.

– Как разноглазого не стало, – ответил неприятно худой тип с жёлтым и жёлчным лицом. – Разноглазого нет – и убийств нет. И снайперы получше целятся, и пьяный гаврик не топором дружка ударит, а хотя бы поленом. Знают, что помощь не придёт, вот и не скоромятся. Стоило тебе появиться – началось, пожалуйста. – Он посмотрел на Вилли. – Шевелиться-то будем?

– Будем, – согласился Вилли с тяжёлым вздохом и при этом оставаясь сидеть. – Уж до чего не хочется, но будем. Место совершения преступного деяния никуда, в отличие от преступника, не сбежало. Придётся ехать осматривать. Что там снаóли, снег идёт?

– Идёт, – сказал я.

– Ладно. – Он покрепче надвинул на лоб шляпу и прислушался к ищущим Молодого голосам в коридоре. – Какие у тебя бойцы беспокойные.

– Просто я популярен.

– Ладно. Банкуй. – Наконец-то Вилли поднялся на ноги, не спеша, впрочем, продолжить движение. – Убываю для проведения расследования. С вашей санкции, прокурор.

– Мы с тобой.

С Вилли поехал желтолицый тип по имени Сохлый, с Молодым – близнецы и я. Следователи рассекали на видавшем виды чёрном джипе, неудобном, с очень высокой посадкой, но оказавшемся вместительным и исправным. По дороге Вилли развлекал сидевшего за рулём Сохлого перечислением ждущих его следственных действий. («Осмотр местности, осмотр помещения, освидетельствование, назначение экспертизы, допрос очевидцев. И всё это, душа моя, в установленные законом сроки».) Близнецы развлекали себя, пялясь по сторонам.

Молодой же если и развлекался какими-то тайными мыслями, то с закрытыми ртом и глазами.

Мы приехали действительно на склад, только это был склад косарей: сухое, хорошо отапливаемое помещение для продукции плантаций. На пороге топтался мужик с красной повязкой народного дружинника на рукаве тёплой куртки. Именно на дружинников в Автово была переложена низовая милицейская работа. Справлялись они с ней не лучше и не хуже обычных ментов.

— Внутри лежит, — с облегчением сказал дружинник. — Голова проломлена. Я пойду?

— Пойдёшь, — сказал Вилли добродушно, — но не просто так, а за транспортом. И свидетеля мне предъяви.

— Так нет свидетелей.

— А кто тело обнаружил?

Тело обнаружили делавшие обход дружинники. Выставив пост и послав гонца в Следственный комитет, они сочли свою миссию исполненной и разбежались сеять слухи и панику.

— Ну что ж, взойдём.

Сразу отмечу, что штаны на жертве были, даже и застёгнутые. Всё бы выглядело опрятно, если б не развороченная ударом невероятной силы голова. Рядом с телом валялась кочерга, заляпанная «фрагментами биологических веществ», как написали в протоколе.

— Нехорошо, если это косарские разборки, — заметил Вилли. — А кочерга здесь откуда?

— С собой принёс, — сказал Молодой. Он осматривался равнодушно, но очень, очень внимательно.

– Зачем ему тащить на склад кочергу? – спросил Сохлый.

– Зачем ему вообще было ночью на склад тащиться? – отозвался Вилли. – Ах ты ж горе... Первое за столько лет убийство, и сразу политическое.

– Да ладно, – сказал Молодой, – Наполеоны. Какая у вас может быть политика? Склады́ друг у друга отнимать?

Я тем временем шарился по складу в безуспешных поисках сахара.

– Ну что, нет? – спросил Молодой. – В карманах посмотри.

– Ага. Или уж прямо в мозгу. Только если он там и был, то растаял.

– У вас, гляжу, свои соображения, – сказал Вилли задумчиво. – Только вряд ли поделитесь. А как чистенько-то... Каждая пылинка на своём месте, включая орудие убийства. Вот воры почему-то всегда оставляют дверцы шкафов открытыми.

– А всё, что было в шкафах, – на полу, – добавил Сохлый.

– Точно. Или взять разбойное нападение: распотрошат всего-то сумку, а раскидано будто взрывом, пудреница в двадцати метрах от паспорта. Или драка с телесными: там и в соседнем квартале следы найти можно... Ты чего маешься, душа моя? Вот садись на мешок, сейчас протокол писать будем. Планшетку не забыл? С бумагами закончим и приступим. Есть у меня один швычок на примете...

– Вилли! – сказал Сохлый, раздражаясь. Он устроился на мешке с коноплей и положил планшет на колени, но не стал вынимать ни бланки, ни ручку. – Ну зачем его искать, со швычками разгова-

ривать? Когда он рано или поздно сам найдётся. –
И Сохлый ткнул пальцем в меня.

– Я, между прочим, связан врачебной тайной.
Имею право молчать.

– Да и молчи хоть лопни. Мы за тобой слежку
установим. Как только нарисуется клиент – –

– Нет, – сказал Вилли.

– Но это разумно.

– Разумное, увы, входит в противоречие с про-
цессуальным. Тебе всё равно понадобится совокуп-
ность собранных по делу доказательств.

– Да зачем? Признание вины – царица доказательств.

– А если клиент не признает?

Сохлый в ответ злодейски ухмыльнулся и провёл
пальцем поперёк шеи.

– Ты меня знаешь, – мирно сказал Вилли, – я этих
методов не признаю. По-моему, если не можешь по-
бедить человека превосходящей силой ума, так не-
хер вообще к нему вязаться.

– Борзой бы сказал, что ты исполнен буржуаз-
ных предрассудков.

– Не знаю, насколько они буржуазные, но предрассудки определённо.

– Надо избавляться.

– Да с какой стати? Давай пиши. «Осмотр произво-
дится в дневное время, в помещении склада номер – –»

– А что насчёт продукта? Изымаем?

– Господь с тобой, куда нам столько. Пару меш-
ков возьми на экспертизу, и хватит.

Глаза стоявшего рядом Молодого сузились, как
будто он впервые осознал, что в общей войне можно нажиться и лично.

– Не надо изымать. Мы конфискуем. Братовья!

– Вот они, люди, которые грозят нашему терпению новыми бедами, – возгласил Вилли, меланхолично покачивая головой. – А кто мне даст бумажку в руки, чтобы к делу подшить? Или я хозяину расскажу, что на словах постановление о конфискации получил?

– Сделай как положено, – предложил Молодой, – а я подпишу. И твои два мешка заодно, если нужно. А не нужно – бери так, под честное слово.

– А ты бы поверил моему честному слову? – заинтересовался Вилли.

– Твоему – да.

– Ты такой глупый или так хорошо разбираешься в людях?

У Вилли была классическая внешность фата: невысокий, толстый, с крупным и свежим беспечным ртом. У таких людей почему-то всегда тёмные, очень блестящие вьющиеся волосы. Яркие синие глаза не выражали ничего, кроме несокрушимого самодовольства.

– Ну-ну. Сохлый, давай пиши. «Тело лежит на полу... навзничь». Да. И раз упал он на спину, ударили его, соответственно, в лоб. Странно. Странно. Может, это и не косари, а?

– Не хочешь связываться? – угрюмо спросил Сохлый.

– Не хочу, душа моя. «Предположительное время смерти...» Проверь-ка Ригормортис.

– Как?

– Ну, пощупай его.

– Щупаю я только женщин, – был мрачный ответ.

– Зачем уж так-то себя ограничивать? Ага, спасибо, Иван Иванович. Что там?

– Мягонький, – сказал Молодой, разгибаясь.

– Значит, не более семи часов назад. – Вилли посмотрел на часы. – Одиннадцать минус семь, итого не раньше четырёх утра. Хороший час. «Предположительное орудие убийства...» Вижу. Вижу. Хорошая вещь. Есть у меня к этой вещи подходящее хулиганьё на примете. Писателя́ местные. – Он реально сделал ударение на последний слог.

– Вот здесь? – не поверил Молодой. – В Автово? Откуда?

– Искусства – не конопля, её сеять-растить не надо, – сказал Вилли, зачем-то меняя род существительного, так что благопристойное «искусство» превратилось в какую-то хабалку. – Сама заводится. Как шарахнет тебя, среди ночи, искусствой по голове – посильнее кочерги будет. Только от удара кочерги, ты видишь, мозги наружу. А от удара искусствой – взрыв внутри. Повреждения такие же и даже хуже, а кому докажешь? Чуть ты заикнулся про повреждения, а тебе сразу: пожалуйте результат экспертизы.

– На Лёшу Пацана всё валишь? – изумился Сохлый. – Вилли, да ты чего?

– Не огорчайся так, – просветлённо оказал Вилли. – На Лёшу Пацана сколько ни вали, всё мало. Враги будут гнить в безвестных могилах, а он – водку пить.

– И когда это будет?

– В общем итоге.

– Шутить бы чорту со своим братом, – сказал соскучившийся Молодой. – Вот вам охрана, – он кивнул на близнецов, – конфискат в прокуратуру отвезёте. А мы пошли. Разноглазый, пошли. Разноглазый! Ты никак спишь?

Нет, я не спал. Я узнал убитого, едва увидел, и был вынужден заниматься тем, что ненавидел больше всего на свете: думать.

12

«Альбатросом» назывался фриторговский магазин недалеко от Больших ворот Порта. Это было мрачное, но людное место, где вокруг сходивших на берег моряков собирался антиобщественный элемент: проститутки, спекулянты, каталы, неопределяемая шушера.

По пути туда мы миновали блокпост на Обводном на въезде в Город. Тёмно-зелёные ворота поперёк моста были наглухо закрыты. На городском берегу густо росли деревья и кустарники запущенного парка. Со стороны Автово наросла плотная свалка, и даже ежедневно обновлявшийся снег казался грязным.

Никто не ломал голову над вопросом, почему фриторг, этот символ порядка, оплот стерильности, терпит у себя под боком грязную жизнь. Подобравшись вплотную, она остановилась на пороге, и казалось, что делать или не делать последний шаг – полностью в её воле.

Сброд, ошивавшийся вокруг «Альбатроса», не пускали внутрь, зато улица была в его распоряжении. Оживлённо-наглые или с видом заговорщиков барыги сбивались в кучки и разбегались, шлюхи зычно скандалили, шулера делали весёлые и спокойные лица, перекупщики намётанным глазом выискивали среди обладателей фриторговских бон людей попроще, один забулдыга замахивался на другого.

Добросовестные покупатели шагали с опаской – отчасти наигранной, потому что нападать на виду боевой охраны никто бы не стал, а защититься от щипача и мошенника было в силах любого, кто не считал себя умнее их. Это брезгливость добропорядочности заставляла отводить глаза, и поджимать губы, и, бледнея, шарахаться. Добропорядочные люди знали о себе, что они другие и лучше; в броне всей своей жизни, от надраенных кастрюль до высокооплачиваемой работы (давшей им, в частности, эти боны, на которые во фриторге можно купить то, чего не купишь ни в каком магазине), они исподтишка косились на мелких преступников и воочию видели грязь их быта, мерзость пьянок-гулянок, забитых или развращённых детей, отверженность, не вызывающую сострадания.

Мелкие преступники смотрели в ответ с насмешкой и тем презрением, которое даже не трудится так уж презирать и само о себе говорит не «я презираю», а «я смеюсь». В их картине мира вообще не было места для посторонних. Тягловый скот, полезные злаки, перья в подушку и бело-голубая кафельная плитка для сортира куда-то, безусловно, вписывались – в план местности, например, карту военных действий, – но это не был мир в полном составе и полном значении слова, одухотворённый и праздничный. Здесь они извращённо смыкались с богатыми, глядевшими на трудовой народ тем же холодным, расчётливым и в сущности выключающим из подлинной жизни взглядом. Но для богатых они и сами были быдлом, только буйной, взбесившейся его частью.

Дроля сидел на перилах бетонного крыльца и с искренним удовольствием пил кефир из бутылки. Я заметил, что стеклянные бутылки с крышками зелёной фольги были такими же, как в Городе. Наше молоко продавалось в картонных коробках или толстом полиэтилене.

Углядев нас, Дроля запел:

Ах, шарабан мой, американка.
Какая ночь, какая пьянка!
Хотите – пейте, посуду бейте,
Мне всё равно, мне всё равно.

– Не всё коту творог, пора и жопой об порог, – бросил Молодой на ходу и шевельнул плечом.

Чтобы Дроле слететь с перил, этого бы не хватило, но контрабандист непроизвольно дёрнулся – а в том, что неудержимо поехала хромая нога, вины Молодого совсем не было. «Чо за такое?» – машинально крикнул Дроля нам вслед. Я не стал оборачиваться, не желая видеть разбившееся стекло и кефирную лужу. Кефир белее снега. Рядом с «Альбатросом» уж точно.

– Давай расскажем Вилли про Сахарка, – предложил я.

– Это наше дело, а не Вилли.

– Но теперь-то и его тоже.

– С какой радости?

На это можно было ответить, что страна, пусть и оккупированная, в чём-то становится территорией, а в чём-то остаётся страной – которая всегда во владении тех, кто в ней родился, так что именно они отвечают за смерть тех, кто в ней умер. Но Молодой, подозреваю, знал об этом сам – и если игнорировал, то не для того, чтобы получать разъяснения. Я ведь тоже не спешил назвать имя убитого.

«Альбатрос» был огромным магазином: чистым, сияющим, изобильным. Изобилие не глушило простор, даваемый широкими лестницами и широкими расстояниями между прилавками и секциями. И так же широко гулял воздух, а в воздухе гуляли дорогие щекочущие запахи кожи, духов, шоколада. Служебные помещения занимали часть второго этажа, и, прежде чем попасть в них, мы миновали, любуясь, отделы ковров, электроприборов, верхней одежды и обуви: пространства степного какого-то размаха. Народу здесь было немного, а персонал сплошь составляли упитанные усатые мужчины, профессионально глядевшие сквозь покупателя и при этом умевшие не казаться хамами. О, продавцы фриторга – это была каста.

Сергей Иванович засел в кабинете управляющего – а управляющий, не будь дурак, не подумал оттуда убраться, так что теперь для секретных шушуканий каждый был вынужден выбегать в коридор. Но на этот раз вышел, взглянув на Молодого, хозяин – импозантный, утомлённый, явно косящий под городского в своём светло-сером костюме. Даже кабинет его, кожано-светло-древесный, с ярким пятном цветущей азалии, ловко прикидывался кабинетом молодого дельца с Морских или Казанской – а впрочем, впечатление портила нервная запальчивость выскочки: броское, новое, функциональное вместо блёклого, накопившегося, привычного.

– Ты, что ли, Порт уже освоил, что за фриторг взялся? – сказал Молодой в виде «здрасьте».

– Я действую комплексно и в полной координации, – отрезал Сергей Иванович.

– Это, Грёмка, обеды в исполкомовской столовке комплексные.

– А то ты ими подавился!

– Если не котлетой, так компанией точно. Вас Платонов специально таких дефективных набирал или оно само получается, подобное к подобному?

– Ещё слово, и я тебе язык вырву, урод.

– Ты мне сперва руки укороти.

– Господа мои!

Они закрыли рты. Ведь не страх же их заставил и не уважение.

– Насчёт координации, – сказал я незатейливо. – Вы оба могли бы меня изредка информировать о принимаемых вами мерах... Чтобы я пореже выглядел идиотом. Потому что, когда начальник экспедиции выглядит идиотом постоянно, это бросает тень на экспедицию в целом. Практически кладёт.

– Чего кладёт?

– Охулку. – Я повернулся к Сергею Ивановичу, взор которого, не успев просветлеть, набух новой тоской. – Расскажи-ка, друг ситный, каким манером мы будем поддерживать дисциплину, если ты поощряешь своих гвардейцев плевать на мои распоряжения?

Сергей Иванович умел держать язык за зубами, но ему никогда бы не удалось сплести продуманную ложь и выдать её за правду – потому и его молчание во многих случаях звучало как громкий правдивый ответ.

— Не лопни, мушкетёр, – хохотнул Молодой.

— Я не мушкетёр, я гвардеец.

— Ну и дурак.

— Господа мои!

— Ладно, – сказал Молодой, отходя в угол, – мы чего пришли. Будем делать облаву, желательно без местного ресурса. Дашь людей?

— Что-что? – встрял я.

— Ну ты же хотел, чтобы тебя информировали? Я и информирую. Здесь он где-то ходит, нужно ловить, пока не ушёл.

— Уже мог уйти.

— Здесь он, я чую. Запах этот... – Молодой посмотрел на Грёму. – Дай людей, Серёженька.

— Сахарок отметился, – объяснил я Сергею Ивановичу, который изо всех сил пытался включиться. – Новый труп, новый след. Чего ж не половить, действительно, по косарским-то складам: не Сахарка, так конфискацию.

— Мы не проводим конфискаций, – встревожился Грёма. – В настоящий момент.

— Не вопрос, – сказал Молодой равнодушно.

— А если он местный? – спросил я. – С местным Вилли лучше разберётся.

— Да с какой стати? Его же будут покрывать, прятать. – Молодой пнул стойку для бумаг, и изящная мебелька сразу же, как тайну, выдала полетевшие к ногам лёгкие прозрачные папки. Я наклонился и взглянул: накладные, индоссаменты с упоминанием всех правобережных провинций.

— Разноглазый, – спросил Грёма, – а ты уверен, что это он?

— Я уверен, что это он, – сказал Молодой.

Я попытался воззвать к его рассудку:

– Какая облава? На кого? Мы даже не знаем, как он выглядит.

– Зато знаем, что ему нужно.

– И что это?

– Ты не понял? – Молодой вскинул удивлённые глаза. – Ему нужно убивать. Он не остановится.

Как разглядеть первые следы одержимости? Человеческая душа не свежевыпавший снег, на котором поутру отчётливо проступают ночные маршруты зверей и злоумышленников. И страсть, и сумасшествие умеют прикинуться сухостью, насмешкой, трезвым расчётом. Они не смогли бы выжить, бродя в своём природном обличье, – и вот прячут зубы и глаза, таятся и на гипотетическом снегу – ладно, ладно, пусть он в кои-то веки просыплется в саду метафор – оставляют следы не своих лап. В шкуре энергичного и предусмотрительного начальства, Молодой заботливо перебирал варианты, оценивал возможности, взвешивал, измерял и учитывал – как было угадать под этим хватку судьбы, болезни, чёрных победных сил, для которых все придуманные имена – демоны, фурии, музы – остаются неполным, скользящим звуком.

– Иван Иванович! – сказал я тогда. – Ну где ты слышал о людях, которым *нужно* убивать? Это что у них, в обмен веществ входит?

– А если это политическое убийство? – сказал Грёма, волнуясь. – А если провокация? Мы должны принять безотлагательные меры. Мы – –

– А чем мы сейчас занимаемся? – рявкнул Молодой. – Начни ты уже соображать, шрень-брень имперская!

– Урод!

– Господа мои!

Уходя, я заметил управляющего, который давал какие-то указания в отделе ковров. Ковры – и свёрнутые, и висевшие по стенам – были невероятно толсты, и такой же толстый продавец стоял, недовольно сцепив на животе руки-рулоны.

– Чистым должен быть прилавок, чистым, – быстро и нервно выговаривал управляющий. – Не нужно здесь восточный базар устраивать.

– Отчего же, – сказал я, – будет миленько.

Управляющий обернулся.

– Спасибо, спасибо за совет, Разноглазый.

Он намеревался продолжить, наговорить обидных и едких стремительных слов, но его нервы окончательно сдали: слова разлетелись, губы затряслись. Я отвёл его в сторонку.

– Как управляется фриторг?

– А в чём дело, в чём дело?

Я мысленно бросил монетку и сказал правду:

– Хочу узнать в подробностях, что происходит на Финбане. А также послать туда письмо и получить ответ. У вас ведь есть связь между филиалами?

– Мы не вмешиваемся в политику, не вмешиваемся! Фриторг соблюдает строгий нейтралитет.

– Да это личное, никакой политики. Как там, кстати, с Национальной Гвардией, жалоб нет?

Управляющий откинул голову и сжал руки.

– Что мне толку на них жаловаться, что толку?

– Неужели, – сказал я, снимая очки, – я совсем и ни в чём не смогу помочь?

По гладкому моложавому лицу прошла волна страдания. Административный талант управляющего наверное соответствовал уровню фриторга, а вот состояние психики было ни к чёрту. Постоянная внутренняя дрожь мешала ему усвоить ненамеренную и неосмысляемую жестокость, бывшую таким же отличием этой корпорации, как её трейдмарки. Фриторг не разменивался на эмоции. Вы не можете с настоящим размахом торговать и при этом входить в положение сирот, ограбленных ротозеев и политиков. Без осуждения признавая, что в этой жизни каждый пытается урвать свой кусок, фриторг не оправдывался, когда *его* челюсти оказывались мощнее других. Косари обеспечивали социальную защиту, главари банд отстёгивали школам и библиотекам, наш губернатор перед каждыми выборами жертвовал крупные суммы Дому культуры, каждый тать пускал для приличия слезу, выселяя жильцов из приглянувшейся избушки, – фриторг делал пожертвования только в крайнем случае, лишь бы отвязались, и нимало того не скрывал. Неведомые и всевластные владельцы фриторга парили в плотном воздухе догадок и мифов: следы их собственной жизни не обнаруживались ни в одной из известных мне провинций. На Финбане говорили, что они живут в Автово, Автово отправляло их на Финбан. О них ничего не знали даже те, кому положено знать хоть что-то, и боязливое удивление перед ними сравняло власть и обывателей.

Возвращаясь к управляющему, нужно сказать, что он был и ощущал себя всего лишь наёмным работником и маниакально избегал выходить за рамки прямых обязанностей. Дерзостнейшим его подвигом было бы послать запрос по инстанциям, и хотя он безусловно информировал о происходящем далёких грозных хозяев, но никогда не создал бы информационный повод своеручно. Держи карман шире! Родился он невротиком или его сделал таким неусыпный контроль над вверенным хозяйством, но управляющий был убеждён, что в мире за пределами подотчётного всё и всегда идёт наперекосяк, вопреки самым выверенным прогнозам и самым ярким озарениям, и с таким посылом, что, если есть малейший шанс сбоя, сбой происходит.

Забывал он переживать, только погружаясь в дела, поэтому трудился без устали. Преодолевая внутреннее сопротивление, шёл домой ночевать, утром спешил со всех ног, обмирая при абсурдных и фантастических мыслях, предчувствиях разразившейся катастрофы, и переводил дух, оказавшись в кресле за рабочим столом, снаружи такой же чистый и свежий, как его полированная поверхность, внутри – в рубцах и отвратительных шрамах, оставленных ожогами ясновидения.

– Сколько стоит мой покой? – спросил он наконец.

– У тебя нет таких денег.

Когда я шёл домой обедать, мне повстречался Муха, который топотал меж сугробов с плотно набитым аптечным (черно́ обвитая змеёй чаша на белом фоне, трейд-марка всех аптек мира) пакетом и выглядел так, словно хотел проскользнуть незамеченным. Я заступил ему дорогу.

– Приветик, – сказал Муха, косясь в сторону. – Ты со мной?

– Куда?

Муха недовольно вздел пакет и покачал им перед моим носом.

– Непонятно, куда? Что ж ты натворил, Разноглазый?

– Это был не я.

– Но ты не заступился!

– А он теперь, бедный, лежит и всем желающим рассказывает, что за него должны были заступаться?

– Хм, – сказал Муха, – Фигушка и не отрицает, что себя вёл... Ладно. Я сегодня помедитирую, а завтра скажу тебе, что думаю. Так ты идёшь?

– Я тебя провожу.

Мы с боем двинулись через снега переулка. Не став мудрить, я брякнул:

– Жёвку убили.

– Кого?

– Да Жёвку, Жёвку нашего.

Достойно примечания, что, оказавшись в Автово в составе оккупационного корпуса, ни Муха, ни я не сделали попытки увидеть предателя. Я обратился напрямую к Добыче Петровичу, а Муха – всегда такой открытый и общительный – затаился и не задал ни одного вопроса, не сказал ни слова.

– Так вот о ком по всем аптекам шуршат! Слушай, – Муха замялся, – он правда того... без штанов был?

– Да в штанах, в штанах.

– Кто ж его?

– Молодой считает, что Сахарок.

– Конечно, Сахарок, – серьёзно согласился Муха. – А кому ещё? Он, он, аспид попущенный.

– Я потребовал у Добычи наши деньги.

191

– Какие деньги?

– Долю в наследстве, как это «какие»?

Муха даже остановился и посмотрел с удивлением.

– Ты до сих пор помнишь?

– А почему ты забыл?

Мы разговаривали на ходу, борясь с ветром и снегом, предусмотрительно не глядя друг на друга. Но тут он всё же ко мне повернулся. «Потому что всегда и все забывают, – читалось на его лице. – Как иначе?»

– Не стал бы солидный человек аттракционы здесь устраивать, – сказал он, подумав. – Сам посчитай. Жалуется он, например, косарям, косари шлют бойцов или дружинников, а потом ты получаешь вызов и всё всплывает. Не знаю, как это по науке, а у нас такие вещи называют проблемой.

– В Автово свой разноглазый. Был, по крайней мере. Я его летом видел.

– Где?

– На помойке, – ответил я честно.

13

«Добился я немногого, – говорит Борзой, – но надежд подавал ещё меньше». С огромным трудом и даже насилием я смог связать его живую фигуру с представлением о том отчаянном анархисте, который когда-то, по словам Злобая, повёл экспедицию за Обводный канал и не вернулся. «Смелый, – повторял Злобай, – резкий, дерзкий. Ярый. Одним словом, борзой. Ты же не думаешь, что такое погоняло кому попало дадут», – и из всего списка только смелость, пожалуй, осталась на своём месте, но подурнев и почернев, как некрашеный забор под натиском воды и ветра.

Среди всех искорёженных людей, которых я повидал, этот выделялся мстительной злобой к прошлому. У многих прошлую жизнь накрыла милосердная амнезия, у некоторых сохранился мучительный образ потерянного рая, но деятельно возненавидел только он. Его усилиями в Автово не было анархистов: было нечто опереточное, выражающее свой анархизм сапогами, кожаными плащами, патлами и омерзительной игрушечной демагогией за пивом в пятницу вечером.

По какому-то извращённому наитию Борзой раз в квартал наведывался на эти посиделки. Мёртвый, ядовитый, облечённый властью: одно его присутствие убивало все не вписывающиеся в карикатуру ростки и потуги. («Плановая дезинфекция», – говорил он.) А за плечом его, вопреки его воле и помимо сознания, стояли тени неведомых мастодонтов былого, тень Кропоткина.

Он не то что дружил (он ни с кем не дружил) с Вилли, но грамотно работал с ним в паре, как такой человек, с которым никому не хочется иметь дела. Я вот тоже не захотел.

Вилли, к которому я предсказуемо обратился, сидел за столом и размеренно писал. Справа от него высилась гора папок, слева от него высилась гора папок – и сигаретный дым слоился в свете старой настольной лампы над залежью каких-то вовсе неопределимых разрозненных бумаг. Строчащая рука поднялась в приветственном жесте, который я истолковал как приглашение сесть.

Таким, в густом облаке бумаги и дыма, и вспоминается он: либо пишет сам, либо диктует. Протокол был фундаментом его жизни, папки превращались в кирпичи. Из этих бумаг, суконных слов и колченогих формулировок, Вилли неизменно добывал правду. Что-то он всегда умел разглядеть и сопоставить, как будто смотрел на проходные и не имеющие значения факты, покуда те, загипнотизированные, не выстраивались в безупречную и уже насквозь ясную последовательность.

Да и сам он был зачарован. Его попавшему в ловушку уму мир представлялся исчерпывающей описью, суммой данных, связь между которыми можно установить не благодаря казуистике, а потому что она *действительно* существует – как торжествующая и не подлежащая критике связь между пальцем и его отпечатком.

– Это всё протоколы? – спросил я, обозревая папки на столе, под столом, в шкафах и на подоконниках.

– Протоколы, рапорты, постановления, сообщения, разрешения, поручения, уведомления, справки, подписки, повестки и, – он поднял палец, – извещения.

– А чем извещение отличается от уведомления?

– Уведомляют гражданина, – сказал Вилли, откладывая ручку, – о чём-нибудь неприятном: производстве обыска, например. А извещение – наоборот. Уголовное преследование вот когда прекращают, и теоретически можно надеяться на возмещение имущественного вреда. Перечислить?

– Перечисли.

Вилли возвёл очи горе и со вкусом забарабанил:

– Возмещение имущественного вреда включает в себя возмещение заработной платы, пенсии, пособия, штрафов и процессуальных издержек, конфискованного или обращённого в доход государства имущества, сумм, выплаченных за оказание юридической помощи, – и иных расходов.

– Вилли, что случилось с вашим разноглазым?

– Фу, – сказал Вилли. – Почему сразу «случилось»? Разве дело заводили?

– Вот я и пришёл спросить.

– Отвечаю: не заводили. Дела не было – эрго, ничего не было. Посмотри, – он хлопнул по папкам, – вот это было; так было, что не отменишь. Даже если пожар, – он повысил голос, отвечая моему вопросительному взгляду, – даже если налёт! За-до-ку-мен-ти-ро-ва-но. Сжечь архив можно, а переписать – нет. Уничтожить, но не изменить, не отменить, не перекроить и не перекрасить. Кстати, у меня тут рапорт лежит. Об обнаружении признаков преступления. – Вилли привычной рукой перевзорошил бумаги и выхватил одну. – «Докладываю в соответствии... так-так... четверо граждан провинции Автово, перечисляются... доставлены в больницу, число, время...» «Скорую», увы, вызвали, – поднял он на меня глаза. – А у них строго с отчётностью. Теперь что зафиксировано... Зафиксированы тяжкие и средней тяжести. Причинение вреда здоровью – у нас за это статья, Разноглазый. Так себе статейка... Ну тем не менее.

– Не понимаю, при чём здесь – –

– А взгляни.

Пострадавшими гражданами оказались Лёша Пацан с товарищами. Кто-то избил членов ОПГ расчётливо и беспощадно.

– Согласен, – сказал Вилли, – у нас культурная жизнь не совсем на подъёме. Есть, есть претензии по форме и существу, особенно что касается этих пацанских верлибров. Но зачем же писателей лупить? Я вот слышал, что и городской отлёживается. Эпидемия какая-то. Будто бродит по родной стране маньяк и дробит искусстве челюстно-лицевую область. Её этим не улучшишь.

– Всё-таки насчёт разноглазого – –

– А ещё труп этот, – перебил Вилли. – Мы когда личность установили, натурально обомлели. Ведь такие версии возникают – прямо-таки опасные с политической точки зрения.

– Вилли, это ерунда.

– Но ты тогда промолчал.

– От страха, исключительно от страха. Ну и я ведь знал, что ты узнаешь.

– Да, на свою голову. – Вилли вздохнул. – Глупо подозревать тебя и Молодого в уголовном преступлении. Тем более, гм, убийстве. Потому что, даже если оккупационное руководство идёт на убийство, это будет не уголовное преступление, а государственная необходимость.

– Вилли – –

– Упаси Господь сказать дурное слово про оккупацию. Мы люди бездуховные, но всё равно понимаем: геополитика там, империя... а то кто б ради собственного удовольствия попёрся нашу дыру, того, оккупировать... И всё-таки во всём, Разноглазый, должен быть порядок. У прокуратуры – кражи да разбой, у вас – судьбы Родины. А если под видом судеб писателей мордовать да косарям мозги выпускать на свежий воздух, то что начнётся? Я вроде

как в уголовщине разбираться начну и с маху в судьбы сунусь, а вы, что тоже прискорбно, соскочите с
судеб в самый банальный УПК.

– Вилли!

– Ну, я без намёка, – закивал Вилли. Его сияющий
наглый взгляд что-то безостановочно искал в моём
лице. Он не взирал в упор – даже для автовских следователей это было бы чересчур, в упор смотреть
на разноглазого, – но, взглядывая мельком, искоса,
с одного боку, с другого, позволял себе медлить, задумываться – и тогда быстрый цепкий взгляд превращался в долгий отрешённый.

– Если дело не заводили, может, он свидетелем
где-нибудь проходил?

Вилли не стал отвечать, но смеясь и отмахиваясь
уткнулся в свою писанину. Что, собственно, и было
ответом.

– Вилли, ты из-за этой облавы сердишься?

С облавой вышла ожидаемая незадача. Бойцы
Молодого и гвардейцы всю ночь прочёсывали улицы, шалманы и дома мирных граждан, а в улове у
них оказались рвань, пьянь, вздумавший качать
права фельдшер и пара портовых грузчиков, чьи
рожи и строение черепов не понравились Молодому – который в качестве физиогномиста и френо-
лога оскандалился ещё сильнее, чем в роли ответ-
ственного политика, отметелившего мимоходом
литературных деятелей из ОПГ.

Обыватели сперва опешили, но, увидев, что
жертв и разрушений нет, стали смеяться.

Здесь всё проходило по касательной, серьёзные
притеснения и дурацкие выходки, и гражданин,
что бы с ним ни сделали, только отряхивался и бе-

жал дальше – если продолжали служить ноги. Автовские сами не знали, что нужно изобрести, чтобы по-настоящему их унизить, взбесить, спровоцировать, – и не стремились выяснять, подкоркой понимая, что широкий народный протест – сюрприз похлеще выборочных репрессий.

– Нет, Разноглазый, не сержусь. Люди постоянно делают глупости. – Он закурил новую сигарету, зажигая её от старой. – И уже хорошо, если в процессе себе навредят больше, чем другим. Как говорится, кво вадис, то есть куда прёшь. Зачем тебе наш разноглазый? Даже если ты его найдёшь... если найдёшь... Поверь, он больше не работает. Он хуже, чем никто. Вам не выйти через него на убийцу.

– Ты-то сам как на него выйдешь?

– Оперативно-розыскная работа, – сказал Вилли, жмурясь, – это вовсе не с облавами бегать, ужас наводить. – Морда его стала расплываться в сладкой улыбке. – Хм. Да. Тётя Зина тёплых подштанников недосчиталась, уже заявление принесла.

– Ты обвинишь Молодого в краже подштанников?

– *Тёплых* подштанников, Разноглазый, *тёплых*. Так вот, оперативно-розыскная работа – это опрос, наведение справок, сбор образцов и их сравнительное исследование, изучение предметов и документов, наблюдение, осмотр помещений, зданий, сооружений, участков местности и транспортных средств, контроль почтовых отправлений, оперативное внедрение, оперативный эксперимент и, наконец, отождествление личности.

– Соберёшь, значит, гору макулатуры, и каждый на каждой странице тебе солжёт.

– Ну, участки местности и предметы – вряд ли...

– А люди?

Вилли дружески обозрел потолок и даже помахал ему сигаретой. Тихим салютом полетел пепел.

– Разноглазый, пойми главное: когда лгут все, правда сама собой выплывает наружу. Ты видишь противоречия... Находишь нестыковки... Нестыковки в документах нужно искать, а не тень по притонам!

Всё это время слабо верещал уместившийся на подоконнике между двумя башнями разбухших папок радиоприёмник. Шёл очередной эпизод «Саги», и – стоило замолчать и прислушаться – лукавые голоса, как всегда, что-то замышляющие, перенесли нас в мир не менее уродливый, но куда осмысленнее.

– Хочешь пари? – спросил Вилли. – Быстрее вашего найду, докажу и покараю. И без вашей помощи.

– Принимаю, – сказал я.

Молодой и Добыча Петрович пили чай в конторе. По привычке я остановился за дверью, но меня тут же почуяли.

– Входи, входи, Разноглазый.

Ничему не удивляясь, я присоединился.

Вид поверенного можно было при желании назвать усталым – истомлённость бессонной ночи в глазах и пальцах, – но и только. Его оптимизм, выдержка, ленца не оставляли места для страха, смущения, гнева.

– Вилли взялся за расследование, – сообщил я. – Будет... э... оперативно-розыскные мероприятия проводить. Осматривать и допрашивать.

– Что там ни толкуй, – тут же отозвался Добыча Петрович, – у Вилли хватит ума не таскать на допросы *меня*. – Тон его подразумевал, что у кого-то ума на это не хватило.

– Подумаешь! – сказал Молодой. – Всего-то пара вопросов... Разноглазый, а ты почему не сказал мне сразу?

– Сразу в нашей экспедиции никто ничего не говорит.

Поверенный закряхтел, отставил чашку и потянулся к колокольчику: увесистому, сверкающему. На зов явился один из клерков.

– Костенька, готов документ? Ага, ага. Задержись, будешь вторым свидетелем. Разноглазый, нука. Вот здесь подпись, здесь и здесь. И я бы на твоём месте сперва ознакомился.

– Да ладно, – сказал Молодой.

Я вздохнул и начал знакомиться с нехилой пачкой бумаги. Две трети Жёвкиного наследства отходили ко мне без условий и обременений, последняя – буде не объявятся иные претенденты. Мне приветливо осклабились такие слова, как «делинквент» и «субституция».

– Как бы мне всё это конвертировать?

– Я бы не спешил, – сказал Молодой. – Фриторговские боны – это сегодня хорошо, а завтра просто бумажка. Огороды и недвижимость – по-любому огороды и недвижимость.

– И как я буду управлять ими с Финбана?

– С Финбана, миленький, ты в ближайшее время вряд ли чем-нибудь сможешь управлять, – пробормотал Добыча Петрович.

– Да что там такое случились?

Поверенный развёл руками.

– Не знаю.

– Никто не знает, – сказал Молодой. – Сиди спокойно.

– Ты мне ещё эмигрировать предложи.

Ответное молчание показалось мне слишком согласным. Теперь между ними лежал их гешефт, сделка того рода, что бодрит: в меру пугающая и в меру отрадная. Я заметил, какие безразличные у них глаза, у обоих. Такими глазами хорошо смотреть на трупы и краплёные карты. Я снял очки.

– Наворотили дел, – брюзгливо и беззлобно сказал Добыча Петрович, на всякий случай отворачиваясь. – Принесли порядок. Покойники штабелями, облавы, взрыв котельной на очереди. История наша для них медленная; так подтолкнём, говорят, историю! Подтолкнули санки с горки.

– Нашёл виноватых.

– А кто ж, интересно, виноват, миленький? Вы его привели сюда из Джунглей... да и сейчас приманиваете.

– Значит, ничего такого раньше не было? – спросил Молодой.

– Ну, не знаю. История ведь как: сама одна и та же, а гардероб богатый. Чтоб такое именно в таком виде, может, и не было. Ну а в ином каком – отчего же, почему не быть. Поговори с Вилли, у него архив.

– Уже поговорили, – сказал я.

Я искал автовского разноглазого вовсе не для того, чтобы задавать ему вопросы о клиентах. Мне самому требовалась помощь. Другая Сторона шла войной – и поскольку я не понимал причин происходящего, то и не рассчитывал справиться сам.

Я и поговорить об этом не мог. Когда разноглазый начинает бояться привидений, клиенты перестают бояться его самого, и это – конец карьеры. Преследовавшие меня ужасные кошмары оставались только со мной: клали головы на мою подушку, тянулись к поднесённой ко рту чашке. Скорее назойливые, нежели мучительные, они делали жизнь не столько адом, сколько докукой. Я не начал худеть, бледнеть, блевать по утрам или испытывать неконтролируемую тягу к самоубийству, как те незадачливые умерщвлители, что по каким-либо причинам не прибегли к моим услугам. Но с каждым днём мир вокруг терял в цвете и чёткости, желания притуплялись, дыхание тяжелили истома и скука, разгонять которые приходилось уже опасными дозами лекарств и препаратов.

14

Фиговидец четыре дня пролежал в постели, а когда начал вставать и выходить на прогулку, упорно отправлялся к ограде Дома творчества. В зимние месяцы тот пустовал, и огромный сугроб старого парка, не оживляемый даже криком ворон, высился отчуждённо и подчёркнуто угрюмо. «Компарезон нэ па резон», – бормотал Фиговидец и брёл вдоль решётки: где узкой тропкой, а где отважно по целине – потому что место явно не было излюбленным для прогулок.

Страшно переживавший Муха старался не пускать его одного – шёл рядом, шёл следом – и по стоянно приходил ко мне жаловаться. «Конкретно не в себе, – твердил он, – а таблеток не пьёт. Я ему и в карман, и на тумбочку – ну, чтоб на глаза лезли, – ни в какую. А глаза дикие!» – «Он в себе, но в образе, – утешал я. – А ты ему не антидепрессанты подсовывай, а стимуляторы». Человек, который твёрдо решил себя уморить, не нуждается в антидепрессантах.

Между тем, уяснив, кто он и откуда, культурная элита провинции понесла к его стопам свои сердца. Директор библиотеки, директор бильярдной и главный редактор «Голоса Автово» наперебой зазывали его покушать, и даже один из косарей, чья жена славилась художественными запросами, прислал в подарок чёрной икры. Отчаянно желая сделать как хуже, Фиговидец не отказал никому. Он ел, пил и с полным вниманием выслушивал вздор. Чем пошлее и глупее – тем поощрительнее он улыбался. Ну а в глаза ему никто не заглядывал. («Просто невероятно, сколько я вынес, не имея сил выносить самого себя».)

Была, была справедливость в том, что фарисей сполна изведал: отдыхать с директором автовской бильярдной – это не перед Николаем Павловичем кобениться. (Директор не такой и плохой мужик был, но он искренне чаял себя меценатом, преувеличивая, как водится, собственные щедрость, бескорыстие и в особенности – вкус. А жена его и вовсе была того сорта женщина, каких всегда называют «супруга».) Их светлый идеал назывался «и духовно, и богато», причём они видели – как не увидеть! – что богатство не в пример чаще и легче обходится без духовности, чем духовность без богатства, и бессознательно приучались считать полноценной только такую духовность, которая с боем вырвала свой кусок.

Директор бильярдной изукрасил бильярдную позолотой и плюшем, директор библиотеки изукрасил библиотеку портретами классиков в таких тяжёлых и обильных рамах, что со школы нагоняющие страх огромные чёрные лики побледнели и укротились – и очаг культуры, трактуемый буквально, как пламенеющий, рдеющий жар, запылал. Размеренная солидная жизнь, движение от вешалки к буфету, тяга к добротности и прямое её выражение не в глубокомысленных романах, а в книгах с золотым обрезом, речь, так старавшаяся быть культурной, что от неё шибало по́том, одеревенело неизменные, словно их предписывали правила самой игры, манеры бильярдистов, – всё зиждилось на уверенности в порядке, прочности, высоком качестве, но это были прочность и качество, понятые так, как понимали их те же люди, выбирая себе пальто и мебель. И отец Лёши Рэмбо, приходя в бильярдную, мог быть уверен, что друзья не спросят его о сыне, а на жалящее сочувствие врагов отвечал резко, чтобы никто не мог сказать про его потемневшее лицо, что это краска стыда, а не гнева. И другие несчастливые отцы, чьи дети увлеклись стихами, красками и промискуитетом, не знали, что делать.

Фиговидца спрашивали о городских установлениях, но звали главным образом для того, чтобы рассказывать и показывать *ему* – и, конечно, рядом с гостем хозяева казались скотами. Гость и сам так считал. Когда толстые, довольные, говорливые и радушные хамы выставляли себя на смех, он бурно злорадствовал, не смущаясь тем, что смеётся один и про себя. («Да ещё Боженька, быть может», – замечал он, не уточняя, откуда взялась такая презумпция, что Богу простоумные твари смешнее фарисейских выкрутасов.)

Апофеозом стало интервью, данное Фиговидцем на «Голосе Автово».

Как ни удивительно, но туда Сергей Иванович цензора не посадил. Скорее всего, у него не было соответствующих инструкций, а сам он, с детства привыкший к радио как чему-то вполне далёкому от жизни, не додумался. Суровые голоса Сопротивления могли бы с утра до ночи наполнять эфир – а почему они этого не делали, вопрос скорее философский.

Автовский обыватель заботился лишь о том, чтобы «Сага» оставалась на своём месте. В ней, конечно, появились второстепенные комические образы оккупантов – но эта комедия избегала надувать щёки и бицепсы, завидуя и подражая пасквилю.

Дело здесь было сколько в трусости, столько же в эстетических предпочтениях: пасквиль не приветствовался как жанр. Всё им претило: его угрюмая злость, его тайное и куда более близкое родство с реальностью, его вес, способный проломить ажурные конструкции эпопеи, гласным девизом которой было: «Жизнь, очищенная вымыслом». Фарисей, кстати, считал, что в жизни клевета исподтишка, чмутки порождают большие разрушения в социальном пространстве и душах, нежели самый гнусный, но открытый поклёп, – и шёл говорить как раз об этом. Он ошибался: как сравнивая два зла, так и предполагая, что это или подобные ему сравнения послужат темой беседы.

Да, его с места в карьер спросили про «Сагу». И первые неизбежно глупые вопросы («Кто из персонажей нравится больше всех?», «На кого вы делаете ставки?» и «Чему искусство нас учит?») не принесли грозы. Он ответил, походя пнув авторов за корявые диалоги. Ведущий тут же прицепился.

– Вас это раздражает?

По-настоящему Фиговидца раздражало только одно: неуместное, неистребимое и непонятное ему пристрастие «Саги» к уменьшительным суффиксам. «Делишки», «водочка», «ладненько», «ресторанчик», «магазинчик» – и даже «сортирчик» и «притончик», – он воспринимал их с дрожью, как скрип стекла, визг детей и подобные неприятные звуки. («Такая грубая жизнь, откуда в ней это?») Он не понимал, что грубая жизнь бессознательно стремится себя умягчить, но, слепоглухая к языку, неспособная его чувствовать, выбирает те самые слова, которые для абсолютного слуха становятся жупелом, торжествующим флагом жлобства, пошлости, дешёвого хохмачества. (Слово «хохмач» он тоже ненавидел.) Безумная надежда, корчащаяся душа нелепо заклинали демонов, утверждая, что притончик не так страшен, как притон, а магазинчик дружелюбнее магазина. Фарисей не слышал этого умоляющего голоса, и его абсолютный слух схватывал фальшь, упуская мольбу.

– Ну как раздражает... Для переворотов в языке требуется нечто большее, нежели простая неспособность выражать свои мысли.

– По моему мнению – –

– Кого интересует ваше мнение? – капризно перебил Фиговидец. – Интервью-то со мной.

Я не знаю, памятником чего он хотел водрузить это интервью в народном сознании. («Упражнения в остроумии – это такая лакмусовая бумажка, которая проявляет и качество ума, и его меру. Как только человек принимается острить, всё лезет наружу: и то, что он глуп, и то, что он жлоб».) Прежние попытки – сколько раз он выходил к народу как человек – неожиданно показались ему капитуляцией, не только бесславной, но и ненужной, и вот он вышел и заговорил как истинный фарисей, с настоящим презрением, презрением, которое может взять тон какой угодно – снисходительный, насмешливый, манерный, чопорный, – но никогда не снизойдёт до объяснений.

– Журналист плох вовсе не потому, что продажен, – вещал Фиговидец. – Продажность – ещё не катастрофа, она ничем не компрометирует естественное течение социальных процессов. Сама сущность профессии содержит изъян. И вы, и дорогие радиослушатели наверняка читали у Моммзена прекрасную характеристику Цицерона. «Журналистская натура в худшем значении этого слова, речами безмерно богатый, мыслями же невообразимо бедный, он не знал ни одной области, в которой не был бы в состоянии с помощью немногих книжек, переводя или компилируя, быстро составить легко читающуюся статью». – Он перевёл дыхание. – Понимаете? Поверхностность в симбиозе с недобросовестностью – не берусь решить, какая черта первична, – искажают любой предмет исследования и кладут позорное пятно на любые усилия исследователя, даже когда тот полон искреннего энтузиазма. Как сказал другой древний автор: «Это, понятное дело, уже не похвалы, а просто вопли». – И Фиговидец перевёл дыхание ещё раз.

Мы с Мухой слушали это интервью у Ефима, за круглым столом – с картошечкой и бутылкой – в отведённой фарисею комнате. Здесь на подоконнике лежали его бумаги и краски, здесь оставшийся за сторожа запах одеколона гулял по сквозняку и так и не выветрился. И Фиговидец, в это время сидевший в эфирной студии номер пять («странно, пятая есть, а четвёртой – нет»), был среди нас скорее вещами и запахом, чем голосом, потому что голос, неуловимо, но изменённый техникой и расстоянием, потерял именно ту малость, которая делала его родным и привычным.

– О чём это он? – спросил Муха.

– Верно говорит, – сказал Ефим. – Продажные все паскуды. Вот у нас на производстве случай был – –

– Потом расскажешь.

Осоловевшими медведями мы сидели за накрытым столом, а на расстоянии в несколько кварталов тоже за столом, но пустым, ободранным и в форме буквы «Г», сидел и пялился в окно («а в стене окно почти во всю стену – только не на улицу, а в операторскую») Фиговидец, и между нами лежали царства холода, глуби мрака и резкий мёртвый свет фонарей.

– Как вам кажется, про нашу, автовскую, творческую молодёжь можно сказать, что это представители нового творческого поколения?

– Нет, – сказал Фиговидец недовольно.

– Вы не считаете, что они ни на кого не похожи?

– Нет.

– Они оживили нашу культурную жизнь! Кружок единомышленников, с целями, задачами и манифестом, провозгласившим что-то новое, по определению и сам будет чем-то новым, да?

– Я дважды сказал «нет». Мне остаётся только спросить: может, у вас имеется свой взгляд на значение этого слова?

– Кого интересуют мои взгляды? – сказал злопамятный ведущий.

– Ну наконец-то, – барски похвалил его Фиговидец. Он вздохнул. – Вы говорите об «оживлении» культурной жизни, и невозможно не спросить, неужели до того она была мёртвой... оставаясь при этом жизнью. Конечно, конечно, – пробарабанил он нетерпеливо, поскольку собеседник явно пытался что-то вставить. – У вас на памяти малоудачный плеоназм «живая жизнь». Я бы не полагался на фигуры речи... когда речь заходит о вещах, которые у всех на виду.

– Это он к чему? – спросил Муха.

– Всё верно, – сказал Ефим. – Брешут, брешут, а подойди, возьми такого за плечико... Вот случай был с нашим разноглазым – –

– Потом расскажешь... Что-что?

– Набрехали, говорю, на разноглазого. А он нервный был, дёрганый. Слетел с катушек.

– Что набрехали? – спросил Муха.

– Где он сейчас? – спросил я.

– Где-где, чалится с радостными. Клиент у него прямо под рукой помер. Ну а что, не бывает разве? Вот у нас на производстве мужик в трудовом процессе кинулся, не отходя от станка. Сердце. Так никто после этого на станок-то косо не смотрел.

Ну, не хотели сперва работать... Потом-то мастер объяснил.

– Да, – без убеждения сказал Муха, – народные предрассудки. Так и что?

– А то, что ни здрасьте ни насрать. Разговоры сразу пошли: деньги-то он взял, а дела не сделал. Выходит, по-ихнему, кто-то больше заплатил.

– Да ладно, – сказал я.

– Это вот ты говоришь «да ладно», а народ сказал «ага». – Ефим пригладил седые кудельки. – Злой наш народ, завистливый. Возьми хоть у нас на производстве: один человек разбогател немножко... ну там машину стиральную купил, ковёр новый... Чего только на него не клепали из-за этих денег. Будто и детали налево сбывал, и саму продукцию... Чуть ли не растратчиком ославили! Сильно там растратишь, на производстве-то!

Поскольку со всей очевидностью было ясно, что под «одним человеком» Ефим разумеет себя, мы благоразумно и сочувственно промолчали.

– Ну а дальше-то что?

– А что они могут против правды, брехуны несчастные? Вышел тот человек на пенсию, уважают его все, приглашают – –

– С разноглазым что дальше?

– Так всё, не было дальше. Психанул разноглазый, заказы брать перестал, прожился. Бомжует.

– Где его искать?

– А зачем он тебе?

Всё это время Фиговидец, в речи которого я перестал вслушиваться, что-то мерно дудел из приёмника. В повисшей паузе его голос окреп, набрал силу.

– ...Я не готов выбалтывать чужие тайны вот так, прилюдно. Потом на ушко расскажу.

– Это он что же хочет сказать? – спросил Муха.

На следующий день я поймал на улице мальчишку посмышлёнее и, выкручивая ему уши, предложил сотрудничать. Мы обошли дозором подвалы, заброшенные сараи, котельные – все места, где мог приютиться зимой бездомный и гонимый человек. Я начинал уставать от чередования сугробов и тёплой смрадной грязи, когда нам повезло. «Вон он», – сказал пацан и, ловко увернувшись от последней затрещины, дал дёру. Я пролез через дыру в старом заборе и увидел между складами тупик, где у убогого костерка сидело на перевёрнутом ящике существо в засаленном ватнике. Когда я подошёл и ухватил его за шиворот, разноглазый скроил сперва несчастную рожу, потом – хитрую, потом начал вырываться. Я его ударил. Он меня едва не укусил.

– Да успокойся ты, тварь!

Подвывая, всхлипывая и захлёбываясь соплями, он старательно изображал радостного, но я уже всё знал, всё успел прочесть в глазах – один зелёный, другой светло-карий, почти жёлтый, это были мои собственные глаза на чужом лице: ясные, холодные. Он был не более ненормален, чем, скажем, я.

– Я тебе ничего плохого не сделаю. Отработаешь – и свободен.

– Больше не работаю.

– Я тебе заплачу.

Он молчал.

– Заплачу, пристрою куда-нибудь. Мне, в конце концов, нужен фактотум.

Он молчал.

– Или в скит отведу, к монахам. Будешь коров пасти и о душе думать.

– Тебе-то что о душе известно?

– Акафисты они поют, – поразмыслив, сказал я. – Покой, воздух свежий. Рыбалка опять же недалеко.

– Больше. Не. Работаю.

Не годы, а страдания превратили его в старика, жалкую развалину. Снаружи и внутри нечистый и замаранный, весь мшавый, шершавый, он вызывал омерзение, а не жалость.

– Чего ты боишься? У тебя же оберег на пальце.

Я машинально прикрыл кольцо.

– Не скажу, что от него много пользы.

Истерзанное существо загадочно улыбнулось:

– Откуда тебе знать, что с тобой стало бы *без* него.

– Не про оберег сейчас речь. Ну скажи сам, чего хочешь. Хочешь практику на Охте?

– Ты меня уговариваешь, потому что не знаешь, как заставить.

– *Ещё* не знаю. – Я помедлил. – Ты всего лишь человек. Если тебе ничего не нужно, ты всё равно боишься потерять что-нибудь из того, что есть. Если не боишься терять, всё равно боишься смерти. Если не боишься смерти, то боишься пыток. Если вдруг ты такой, что не чувствуешь боли – –

– Да, что, если я не чувствую боли?

– То наверняка есть кто-нибудь, кто почувствует её вместо тебя. Ведь был кто-то, ради кого ты себя погубил, я прав? Или я должен поверить, что тебя перекупили? Должен поверить, что нашёлся на свете разноглазый настолько тупой, чтобы не понимать, чем такие гешефты заканчиваются?

Мы разговаривали вполголоса, спокойно и так безразлично, словно обменивались новостями о выборах, на которые оба не поставили ни копейки. Он был – как сказать? – не больной, но нездоровый, и не тем нездоровьем, которое как игла или пуля сидит в имеющем название органе; всё сильнее в нём это проступало, какой-то тлен из-под обычной вони бродяжки. Будто годы назад его закопали в землю, а теперь вынули – истлевшего внутри, но не снаружи, – пообчистили и пустили в мир, внешне не изменившийся, но чуждый ему так, как только может быть живое чуждым мёртвому.

– Да, – сказал он, – умно. Но тебе этого человека, во-первых, не достать, и, во-вторых, я пересмотрел свои ценности и приоритеты. Я пожертвовал ему всем, а теперь, пожалуй, не отказался бы увидеть, как он умирает в мучениях. Ну не забавно ли?

– Обычное дело, когда речь идёт о жертвах.

Увидев, что его трагедия меня не проняла, он зашёл по-другому.

– Ты сам откуда?

– С Финбана.

– И какие на Финбане воззрения насчёт самоубийства?

– Что так вдруг?

– Логически рассуждая, привидение должно быть, – сообщил он, наклоняясь к костру. Худые грязные руки хлопотливо оправили огонь. – Есть труп – есть призрак, без разговоров. Но кому он явится?

– Никому. Это невозможно технически. Убийца и есть убитый. Он *уже* на Другой Стороне.

– То есть самому факту убийства ты не придаёшь значения? – Он неприятно улыбнулся, когда я пожал плечами. – Убийство – ничто, в расчёт следует принимать только его последствия! – Он засмеялся. – Я знаю, как вы рассуждаете. Эти уши, которые не слышат криков, руки, на которых не остаётся крови, совесть, которая я бы сказал, что спит, если б там было чему спать! Не так-то легко заставить платить, когда можно откупиться! И справедливость, у которой брюхо давно подводит от голода, – чегойто она отощала, погляди – сидит в засаде на ветке и никак не может прыгнуть, и если наконец разевает пасть, то кто ей достаётся: разве что нищеброд, не наскрёбший на разноглазого, или полудурок, не позаботившийся это сделать.

Я смотрел на бледный в дневном свете огонь и обдумывал услышанное. Автовский разноглазый нёс вздор, но что-то в его словах вызывало не смех, а отвратительное и щемящее чувство тревоги. Когда он разговорился и немного ожил, меня стала смущать его свободная, складная речь, так не вязавшаяся с обликом радостного. Допустим, я знал, что этот радостный – фальшивый. Но тогда получалось, что, не будучи психом буквально, он был очень, очень странный. Отталкивающе странный. И странный в том смысле, что его было трудно понять, хотя слова он брал обычные.

– Совесть, – продолжил он, а сам меня разглядывал: в упор, бесстрашно и безжалостно, как никто никогда прежде. – Где место совести в твоём раскладе?

– Ну, и где?

Он ответил общеизвестной присказкой и счастливо хихикнул.

15

Я мирно спал в объятиях своей квартирной хозяйки, когда явился посланец поверенного.

Он разбудил нас совершенно хамски, звоня и барабаня в дверь, пока вдова, решительная женщина, не вышла надрать ему уши. Имя Добычи Петровича (как золотой ключ к сердцам, наряду с вестью о пожаре и опережая любые общественные катаклизмы) сотворило маленькое чудо, и она провела клерка в спальню, где я встретил его возлежа в подушках. Юнец птичьи пугливо оправил чёрный костюм и яркую рубашку под костюмом (золотая цепь, в подражание патрону, была до отказа подтянута к горлу) и предложил мне посетить Контору.

– Ладно, – сказал я, – зайду. После обеда.

– Нет-нет, Разноглазый, пожалуйста. Сейчас.

– Сходи, котик, – сказала вдова. Это не прозвучало как совет или просьба. Остановившись у окна на фоне мрачных плотных штор, она заправляла в мундштук папироску. И клерк, и я с почтением глядели на её скульптурное тело в облегающем халате. – Землевладельцу с Добычей нужно дружить.

– Дружить ещё не значит по первому свисту бегать. – Я потянулся. – Завтракать-то будем?

– В Конторе позавтракаете, – оживился клерк. – Добыча Петрович будет рад.

– Ну ты совсем-то не борзей, – осадила его вдова. У неё были строгие представления о ведении дел, и полный желудок выступал в роли sine qua non. – Нашёл голодранца на гнилой кусок приманивать.

– Это огромная честь, Елена Ивановна, – обиженно сказал клерк. – Патрон не каждому предлагает. И с чего вы такие пакостные определения даёте? Добыча Петрович всё свежайшее кушает, уж наверное гостю не даст гнилого, со своей-то тарелки. Ну то есть не буквально с тарелки, а так, что себе – то и гостям.

– А где вы яйца берёте?

В голосе вдовы рокотало такое торжество, что я без пояснений догадался, что вопрос яиц имеет долгую и славную историю.

– Во фриторге мы всё берём.

Клерк, напротив, напрягся, словно в этой тяжбе – ещё, впрочем, не разрешившейся – не его сторона брала верх.

– Во фри-тор-ге! А откуда их привезли во фриторг? А сколько они у них по складам валялись?

– Нисколько! У фриторга договор с фермерами!

– С фермерами? С птицефабрикой китайской! С китайцами у фриторга все договора́! Вытесняют наших людей с рынка – –

– Что ли, Елена Ивановна, *вы* хозяйство с курями держите?

– Здоровья у меня нет хозяйство держать, – мрачно ответила вдова и так развернула плечи, что никто не осмелился возразить. – А было бы здоровье, не было б возможности. Наших людей отовсюду прут, честный бизнес отнимают. Я вот яйца у Жука на базаре беру, так и Жук из сил выбился. Фриторг же твой... это самое, демпингует. Конечно, за гнильё-то китайское чего не брать полцены.

– Добыча Петрович гнилья не ест, – повторил клерк свой единственный, но неопровержимый довод.

– То есть это я гнильё ем? – несколько нелогично, но тоже неопровержимо возразила вдова.

– Давай уже съедим хоть что-то, – сказал я.

Завтрак занял не так много времени, и вот я неспешно шёл по улице, оставляя на чистом снегу свои грязные следы, а клерк семенил на полшага позади и каждый раз, когда я на него оборачивался, осуждающе кривил губы.

– Ну и что ты куксишься? – спросил я наконец, решив, что он всё ещё переживает. – Дался тебе этот фриторг.

Движением узенького плеча клерк отмёл моё предположение.

– Я брат Шершня, – сказал он надменно. – Младший.

– И кто у нас Шершень?

Моё невежество его шокировало.

– Он член ОПГ Лёши Рэмбо. Пишет Октавами.

– Октавами? Это меняет дело.

– Они поэты! – крикнул клерк. – Они люди Искусства! А ваши бандосы их сапогами, как скот!

– Так они первые начали, – сказал я незатейливо. – Или поэтам сапогами можно, а поэтов – нельзя?

– Ну ясно, – сказал он, тщательно подчёркивая презрение в голосе. – Ну ясно. Выкрутить дело как угодно можно, я сам юрист, не забывайте. – Здесь он не удержал гордой, довольной, простодушной улыбки. – А факт в том, что брат до сих пор в больнице. И я не слышал, чтобы кто другой в больницу попал.

– Верно. И чего ты от меня хочешь? Возмещения в установленной форме?

– А вы возместите?

– Конечно нет.

– Ну и патрон так говорит, – согласился он. – С физическим ущербом отправят в суд, а моральный вред просто не признают.

– Ну, положим, морально твой брат получил не вред, а пользу. Душевные потрясения стимулируют творческую деятельность.

– Вот вы всё-таки злой, – сказал он, опешив.

– Ты же юрист. Оперируй фактами.

– Разве это не факт?

– Если и факт, то недоказуемый. А недоказуемый факт называется мнением. Ты сам-то пишешь?

– Куда мне, – сказал он смиренно и при этом отводя глаза, из чего я сделал вывод, что кропает, кропает тишком.

Искусство глубоко запустило свои щупальца в жизнь провинции. Пусть мало кто открыто вставал под его знамёна, но тем сильнее бродило под спудом, во мраке неявленное, запретное, заговорщицкое – и, самое главное, молодое. Фиговидец был волен презирать и не верить, неожиданно оказываясь в этом случае на стороне отцов, устоев, грубых чувств, но его мнение уже ничему не могло повредить, и не только потому, что это было мнение обозлённого сноба.

– Вам, – сказал я, – то есть, хочу сказать, твоему брату, Леше Пацану и ОПГ в целом, не мешало бы познакомиться с тем, что делают коллеги в Городе. Ну, поэты высокой культуры и традиции. Я плохо разбираюсь в таких делах, но всегда лучше, когда можешь сравнивать.

– Искусство Города мертво, – важно повторил он явно чьи-то слова.

– Это из чего следует?

– Ну, мы же не слепые. Видим, кто сюда приезжает в Дом творчества.

Я вспомнил атмосферу вокруг Дома творчества.

– Не автовским бы предъявы кидать.

Клерк не стал делать вид, что не понял.

– Мы против эксцессов, когда ихними же книжками в них бросают. Это, в конце концов, незаконно. Вот и патрон говорит, что побивать противника нужно его оружием. В данном случае – не романами вместо камней кидаться, а писать романы лучше, чем те пишут.

– Интересуется, значит?

– Добыча Петрович – человек широкой образованности, – просвиристел клерк. Ради торжественности момента он счёл необходимым остановиться, а чтобы остановился и я, забежал вперёд и преградил мне дорогу. Щуплого даже в зимнем пальто, его сотрясали снаружи – ветер, изнутри – волнение. – Добыча Петрович – человек эпохи Возрождения! Добыча Петрович – гений!

– Да ведь я не спорю.

– Но и не соглашаетесь, – проницательно сказал он. – Ну же, Разноглазый!

С Добычей Петровичем я позавтракал вторично. Гением он то ли был – но таким смирным, уютным, просто оскорбление для каждого, кто читал о родстве гениальности и безумия и патент «гений» выдавал только по предъявлении справки «маньяк», – то ли не был, а вот трюкачом наверняка. Даже дымок над его чашкой закручивался куда ловчее моего.

– Ты с нами остаёшься?

Я был близок к тому, чтобы подавиться.

– С чего бы?

– Ну, миленький, тебе лучше остаться. Кстати, и Клуб косарей делает предложение. Я уполномочен вести переговоры.

– Но я не хочу быть косарём. Это не мой бизнес.

– Всегда можно найти управляющего. В конце концов, сдать плантации в аренду. С плантациями очень много всего можно сделать, если они есть.

– До зарезу вам нужен новый разноглазый, да?

– Увы, миленький, нет. – Добыча Петрович покрутил круглой головой на плотной шее. – Косари, скажу честно, в душе хотят, чтобы ты собственность продал и убрался подальше. Не понимают пока что всей ситуации. А кто и когда её всю понимает? – Он с наслаждением побулькал чаем. – Участие личности в истории всегда заканчивается одним и тем же.

– Позвал бы ты лучше Молодого про историю разговаривать.

– Я разговариваю с тобой.

Голос поверенного изменился, стал суше, жёстче... так и звучат из-под всех затей голоса сильных. Но уже вот – взгляд, улыбка (тихий шаг в сторону, показал себя и скрылся) – и привычный, прежний Добыча Петрович откидывается в кресле: маслена головушка, шёлкова бородушка.

– Ну-ка, миленький. Погляди на мой фарфор.

Я повернул голову.

– Гляжу.

Шкаф с фарфором источал медленное матовое сияние – будто полная луна сквозь неплотное облачко.

– Да, богато.

– А варвар, который привык считать богатство в козах и кучах навоза, тоже так скажет?

Давненько я не слышал о варварах – и не от Добычи Петровича ожидал услышать.

– Ну, ещё он красивый. Красивым-то он быть не перестанет?

– Даже если его расколотить?

Я вспомнил музейные коллекции Города.

– Черепки всегда можно склеить. Потому что он действительно фарфор и действительно красивый.

– Миленький, я тебя умоляю. И фарфор, и красивый он только до тех пор, пока есть глаза, которые и то и другое видят. И если я хочу, чтобы мой фарфор оставался фарфором – желательно и после моей смерти также, – то должен наличие этих глаз обеспечить. Преемственность и стабильность, понимаешь?

– Понимаю. Но разве Николай Павлович не разбирается в фарфоре?

– Разбирается. Но он его не любит.

Я кивнул и полез в карман за египетской. Кабинет качнулся игрушечной расписной колыбелькой и вдруг замер, превратился в неподвижный центр мерно кружащегося мира. На диво чистые окна лили отрадный свет, в одном потоке унося добрые улыбки, пустые слова и злые помыслы.

– А скажи мне, Добыча Петрович, что ты вообще знаешь о Канцлере?

– Самое главное. Канцлер пойдёт по головам.

– Да, но куда?

– Головам-то не всё равно? – Предостерегающим движением он отказался от сигареты. – Полагаю, что на историческую родину. Я ведь его не видел. А ты видел; неужели не разобрался? Всё, что он делает и ещё сделает в провинциях, – просто шантаж. Мы не цель, миленький, а средство.

– Вот именно, я его видел. Не похоже, чтобы у такого человека были такие куцые цели.

– Разве это куцая цель – изгою вернуться в Город?

– В Город он, конечно, вернётся, но по-другому. И Город сделав другим, и нас – другими.

– Так ты что, решил ему помогать?

– Нет, – сказал я, – какой из меня помощник.

Ничего не добившись от автовского разноглазого, я загнал его в отныне принадлежащий мне склад и там запер, посоветовав ждать и не гадить. Отвязавшись от поверенного, пошёл его проведать.

Дверь, вчера так надёжно запертая, оказалась приоткрыта, и сам замок – могучий, амбарный – лежал на земле с перекушенной дужкой. Пока я стоял над ним, как над павшим воином, до меня дошло, что на складе кто-то есть. И вот я сперва осторожно заглянул, а потом героически протиснулся.

Худой невзрачный паренёк душил моего пленника. Это была глухая угрюмая возня – ни брани, ни криков в голос. Один посапывал, другой хрипел. Нехорошей, сдавленной жутью веяло от всей сцены, словно она разыгрывалась на Другой Стороне, да ещё против правил.

Я подкрался, уцепил парня сзади и с неприятным чувством обнаружил, какие стальные жилы скрывались в заморенном теле. Но он вдруг покорно обмяк в моих руках. Полуобморочного, его уже легко было оттащить к стене и связать наиболее пригодными деталями его же одежды. Автовский разноглазый застонал и встал на четвереньки.

— Ты его знаешь?

— Нет.

— Он зачем-то вскрыл склад, увидел тебя и ни с того ни с сего начал душить?

— Да, примерно так и было.

Я внимательно осмотрел нападавшего. Ему было не больше двадцати, а сложением он и вовсе напоминал подростка. Нечёсаные тусклые космы свешивались на мертвенно-бледное лицо. На лице — а сперва я принял их за грязь — были вытатуированы слёзы: две под правым глазом, три под левым.

— А что это у него за наколка такая?

Не поднимаясь, разноглазый повернулся и долго смотрел.

— Авиаторы когда-то делали себе, как кого убьют. По слезе на каждого убитого.

— Так, значит, всё-таки авиатор, — сказал я.

— Но никто не успевал наколоть больше двух. Ни один убийца столько не проживёт... Ты же сам знаешь, к нам они не обращаются.

Это было правдой. Я никогда не работал на авиаторов и никогда ни о чём подобном не слышал.

— А если он пятерых разом?

— Нет. Посмотри, вон та поблёкла, а эти две совсем свежие.

— Так. Ну это пусть Вилли разбирается. Сгоняй-ка за ним в прокуратуру.

— Не пойду.

Он сказал это негромко, смущённо, но я сразу понял, что переубеждать придётся всерьёз. Эта дурацкая пародия на меня самого была сделана из тех же твёрдых веществ: они подверглись трансмутации, вступали в неизвестные мне химические реакции, но не могли утратить свою суть.

– Если проблема в Вилли, обратись к любому из них. К Борзому, не знаю.

– Не нужно никуда обращаться.

Я прикурил разом себе и ему, не спрашивая сунул египетскую в сморщенный рот.

– Вот сидит парень, который тебя едва не убил. На моём, заметь, складе.

– Думаю, что ты зря ему помешал.

– Чтобы думать, нужны отсутствующие у тебя навыки. – И мне нестерпимо захотелось его ударить. – Ну-ка, встал.

– Ты и сам знаешь, почему так раздражаешься, – пробормотал он, тяжело поднимаясь. – Разноглазый не имеет права так опуститься, не имеет права прощать, не имеет права... да вообще ни на что, кроме работы. Я! Не! Работаю! – Он выкрикнул это вместе с соплями и кашлем, и его повело, затрясло. – Это же твой кошмар: жизнь против правил. А я вот посмел! Посмел! Ты знаешь, что у меня внутри?

– Что у тебя внутри, убогий?

– Самовоспламеняющаяся душа.

– Что?

– Я тебе говорил про совесть, но ты меня не услышал.

– Наверное, это было со стороны недоминирующего уха.

– Там, внутри, – он стукнул костлявым корявым пальцем в проваливающуюся грудь, – сперва сдавливает по-лёгкому. Потом понемножку печёт. Непривычно, но терпеть можно. Знаешь, такая боль, от которой отвлекаешься, и она проходит. А в один прекрасный день – не обязательно с утра, может, просто ты нагнулся за чем-то или встал со стула – становится не продохнуть. И вот тут на шее чувствуешь собственные вены.

– Это у тебя, дурачины, стенокардия.

– Да-да. Ты идёшь к доктору, и тот говорит, что у тебя абсолютно здоровое сердце. Ты ещё не понимаешь, ещё пытаешься – –

– Рентген делал?

– Рентген?

– Чтобы исключить вероятность опухоли.

– И вот оно жжёт внутри! – выкрикнул он. – Оно шевелится и кусает! И вдруг становится ясно, что ложью была и вся твоя жизнь, и жизнь, на которую ты смотрел со стороны, а правда – только этот зверёк, который уже прогрыз тебя насквозь – –

– Что-то я дыры не вижу.

Он всхрапнул и заторопился, разматывая и расстёгивая свои мерзкие тряпки.

– Ой нет, не надо. Опа! Это что такое?

Он быстренько заправил за ворот блестящую фитюльку на чёрном шнурке.

– Стой! Что это, оберег?

– Нет, просто память.

– И ты её до сих пор не продал?

Сломив его сопротивление, я сорвал засаленный шнурок с вонючей шеи.

– Вернёшься – верну. И учти: я вот этого не в Следственный комитет могу отдать, а совсем другим людям.

– Отдавай.

– И совесть тебя не съест?

Наконец я его спровадил и перенёс внимание на авиатора, или кем он там был. Всё это время он лежал беззвучно, неподвижно – тихий куль в пыльном интерьере. Однако он был в сознании, и его безучастные глаза следили за мной. Повозившись, я усадил его спиной к стене и сел напротив, на нечистый холодный пол.

– Ну что, родной? Значит, ты и есть Сахарок? Аспид попущенный? Ножиком режешь, рысью прыгаешь? По земле, сквозь землю? Ну молчи, молчи.

Необычно и зловеще в этом существе сочеталось несочетаемое: очень много силы и очень мало жизни. Жизни, сказать прямо, не было вообще. Но сила волнами перекатывалась под блёклой кожей, в тонких пальцах и, проходя по безжизненным лубяным глазам, заставляла их ртутно переливаться. Кто-то стянул его в пружину, и ожидание той минуты, когда она распрямится, утяжеляло воздух, тускнило краски. От него ничем не пахло, не веяло ни теплом, ни холодом, и растущий, по мере того, как наблюдатель это осознавал, ужас обжигал уже собственными льдом и жаром.

– Разноглазый! Разноглазый!

Я заморгал и очнулся. Сзади меня сердито трясли за плечо.

– Ты его что, гипнотизируешь? – ядовито спросил Сохлый и, отпуская меня, нагнулся над Сахарком. – Убийца? Этот мелкий шкет?

Следователи заявились втроём: Вилли, Борзой и Сохлый. У всех был по-разному нерадостный вид, а Борзой ещё и на ходу поправлялся. Бутылка пива в его жёсткой сухой руке бликовала мрачно, как оружие.

– Паренёк-то не наш, – сказал Вилли, – не автовский. Чего он такой полуголый?

– Небось личный обыск проводили.

– Или на тропу войны вышел. Как индеец.

– Индейцы себя разве исподним связывают?

– Ах, – сказал Вилли, – люблю модные извращения. И так редко, гм, утоляю. Попробуй нашего свяжи – слушать замучаешься.

– А он вообще-то живой?

– Формально да, – сказал я.

– Ну теперь и Разноглазый начал загадками говорить. – Сохлый повёл плечом. – Так что, задерживаем?

– И какие основания для задержания?

– Это ты нам скажи какие.

Вилли охотно наставил на него палец, закатил глаза и зачастил:

– Орган дознания, дознаватель, следователь или прокурор вправе задержать лицо по подозрению в совершении преступления при наличии одного из следующих оснований. Первое: когда это лицо застигнуто при совершении преступления или – –

– Стоп, – сказал я. – Я его застиг.

– А преступление где? Сбежало?

– Но потерпевший-то у вас есть. – Я посмотрел на них повнимательнее. – Вилли... О нет. Не говори, что ты его отпустил.

– Потерпевших нет закона задерживать. Я его, конечно, обязал явиться... когда следственная необходимость потребует. Но ты и то учти, что закон писан не для радостных. Когда он явится... Куда он явится...

– Ладно. Давай дальше.

227

– ...Или когда потерпевшие либо очевидцы укажут на данное лицо как на совершившее преступление – –

– Стоп, – сказал я. – Я же тебе и указываю.

– То есть преступление совершалось в твоём присутствии?

– Ну да.

– А не соучастие это, часом? – спросил Борзой.

– Нет, началось оно до моего присутствия, а во время присутствия было мною пресечено. Тьфу, Вилли, мне уже начинать жалеть, что я к тебе обратился?

– Понимаю, что ты хочешь как лучше, но ведь и мы хотим того же.

Я обращался к Вилли, но ответил мне Борзой. Спокойные слова прозвучали издевательски.

В компании следователей шутки, и такие и сякие, были в ходу, но Борзой принадлежал к редким людям, которые сами не знают, шутят они или говорят серьёзно. Когда-то давно, при таинственных – но, быть может, совсем простых – обстоятельствах ему открылся абсурд жизни: разом открылся, полновесно себя отмерил, без дрязготни с терапевтическими дозами, – и теперь ничего, кроме этого абсурда, Борзой вокруг не видел. Он не стал называть чёрное белым, а слёзы – смехом, он перестал их различать, а если и различал, то находил несходства слишком микроскопическими, чтобы за них можно было ухватиться человеку, не желающему быть окончательно унесённым в океан нигилизма. И вот он хватался и не мог не смеяться над своими усилиями, а со стороны, и даже если подойти поближе, это казалось злым – и не смешным – фокусом.

Но кому здесь, в конце концов, было задумываться, какие штуки отмачивает спасающий себя рассудок.

Наконец Вилли, кряхтя и вздыхая, осмотрел Сахарка, выслушал мой рассказ о событиях и уставился в потолок – и поскольку это не был привычный дружелюбный потолок в Следственном комитете, увиденное его не ободрило.

– С тебя придётся снять показания.

– Я же и рассказываю.

– Нет, официально. Придёшь, напишешь, подпишешь... Сохлый! Ты в порядке?

Сохлый, который попытался поднять Сахарка на ноги и полетел кувырком от неожиданного резкого удара, ошарашенно потряс головой.

– Припадочный, бля! Вы посмотрите!

Сахарок бился всем телом, по-прежнему молча, целеустремлённо, ровно, с ужасающей силой, норовя достать кого-нибудь ногами.

– Однако. – Вилли отступил. – Как тебе вообще удалось с ним справиться?

– Ну... Со мной он был не таким.

– А каким?

Я подошёл, не очень уверенно протянул руку – и попущенный аспид мгновенно затих, тряпично распластался.

– Примерно так.

– Господи Боже. Как он это объясняет?

– Он вообще не говорит.

– Как же его тогда допрашивать? – изумился Вилли. – Не может говорить или не хочет? Разноглазый, загляни ему в рот, язык-то на месте? Сохлый! Чего стонешь? Давай пиши протокол осмотра. Места происшествия, а не языка.

– Принесла нелёгкая, – тоскливо сказал Сохлый, растирая ушибленное плечо, но глядя при этом на меня. – Одно к одному.

– Тише, Сохлый, тише! – Вилли взмахнул руками преувеличенно тревожно, а лицо было нахальное, улыбающееся. – Не ляпни чего политического дурными устами. Тоже потом придётся проверять, есть у тебя язык или как.

– Я, пожалуй, пойду, – сказал я.

– Нет уж, постой. Как мы его повезём?

– Втроём-то справитесь.

– Помоги хоть в багажник засунуть.

– Действительно, – сказал и Борзой, оживляясь. Как раз такая картина должна была быть в его вкусе: жуткая и комичная одновременно.

Затолкав Сахарка в багажник следовательской колымаги, я вернулся и смотрел, как Вилли опечатывает склад.

– Вот ещё что. От Молодого его как-нибудь спрячь.

– Нет в Поднебесной совершенства, и даже в рядах оккупантов – сплочённости, – откликнулся Вилли, кивнул мне и двинулся к ожидавшему джипу: толстый, но легконогий.

– Эй, эй, Вилли! – закричал я ему вслед. – Расплатись!

Вилли остановился, всем телом обернулся.

– А я ещё не проиграл. Нет никаких доказательств причастности именно этого психа именно к тому убийству. Покушение на убийство, с твоих слов, есть. Сопротивление сотрудникам – налицо. А вот всё остальное пока что – порождение горячего и мстительного воображения.

– Но где же взять доказательства?

– Сами придут, – ответил он. – Откровения нельзя добиться силой.

Я заносил над тарелкой супа первую ложку, когда дверь попытались снести с петель. Вдова укоризненно покачала головой и прошествовала, но даже её харизмы хватило только на то, чтобы белый от бешенства Молодой и следом пацаны Молодого влетели на кухню стадом не слонов, а, скажем, каких-нибудь копытных.

– Почему ты отдал его автовским ментам?

– Не ментам, а следователям. Так будет надёжнее.

Иван Иванович пару минут смотрел на меня молча, пытаясь не столько испепелить, сколько понять, что происходит. Он был на свой лад избалован: привык переть напролом и не получать по башке. Даже Канцлер, существовавший в сознании Молодого отдельной от человечества фигурой, наверняка многое ему спускал.

– Никогда, – прохрипел он наконец, – никогда, Разноглазый, не становись мне поперёк дороги. Размажу. У тебя свои тропки есть, ими и ходи... Эй, ты чего делаешь?

– Штаны снимаю. Мы же сейчас меряться будем?

– Тьфу ты, – сказал Молодой и удалился.

Я посмотрел на суп, на вдову.

– После подогрею, – сказала вдова.

После обеда и адмиральского часа я пошёл давать официальные показания, и мой путь пролёг мимо почты. Знакомая тётка в очках и кацавейке курила на крыльце, и в свободной руке у неё по-прежнему была истрёпанная толстая книжка – но уже другая. Тётка так увлеклась, что забывала стряхивать пепел. На старом грубом лице вспыхивали детские свежие чувства: нетерпение, восторг, тревога. Я притормозил.

– Дусь, телеграммы мне не было?

Она даже глаз не подняла.

– А что, не приносили?

– Не приносили.

– Значит, не было.

– Её могла цензура перехватить, – сердито настаивал я. – Дусь, да оторвись ты!

– А смысл?

– Взаимовыгодное сотрудничество.

– Это не смысл, Разноглазый, – сказала Дуся во вздохом и наконец-то опуская книгу. – Это всё так, сиюминутный шкурный интерес.

– А смысл тогда что?

– Не «что», а «зачем». Не знаю. Вряд ли затем, что я тебе в матери гожусь, а ты мне «тычешь».

– Да ладно.

– Вот-вот. – Она ловко переправила окурок в ржавое ведро, исполняющее должность урны, перевернула, прежде чем показать мне спину, страницу и, уже открыв дверь, с порога бросила: – Будет телеграмма – принесут. Или извещение о конфискации.

В Следственном комитете было дымно, пьяно, шумно и весело – и, хотя я не сомневался, что Молодой успел здесь побывать, все без исключения следователи были невредимы телом и не сломлены духом.

– Допросили?

– Тебя дожидались. – Сохлый метнул разом пивную бутылку – под стул и грозный взгляд – в меня.

– Именно, – подтвердил Вилли. Он сидел за своим столом, не сняв длинного кожаного плаща, с сигаретой в руке и разглядывал собственную шляпу, водружённую на стопку папок. – Придётся, Разноглазый, привлечь тебя в качестве... в качестве... эксперта. Или переводчика. Даже не знаю.

– Проще было спецметоды применить, – буркнул Сохлый.

– «Проще» не всегда значит «действеннее». Скажи, Борзой?

Борзой кивнул. Если можно было сделать что-то молча, он так и поступал, подспудно зная, что в молчании заключено всё: ум, сочувствие и жестокость, безграничные ресурсы сарказма, – так стоит ли тревожить мрамор, высекая из него, быть может, неудачную статую?

– Ну-с, – заключил Вилли, – тогда добро пожаловать в казематы.

Чтобы попасть в изолятор временного содержания, пришлось выйти на улицу, обогнуть здание и зайти с чёрного хода, где уже как ни в чём не бывало поджидал Молодой.

Для начала он сплюнул.

– Вмешиваться не буду. – И без охоты, но спокойно добавил: – Слово.

Слово Иван Иванович сдержал – хотя бы потому, что всем и сразу стало ясно, что версия о злонамеренном запирательстве преступника слишком проста.

Следователи не рискнули его развязывать, но он выпутался сам и теперь сидел на корточках в углу, в этом грязном и затхлом полуподвале с окошком не больше форточки и единственной забранной в железную сетку лампочкой. Скрючившегося, щуплого, полуребёнка – его не было жаль, и мы смотрели и видели ужасное, отвратительное существо. Как если бы у Сахарка было по три или семь пальцев на руках – но нет, пять на каждой; как если бы из глаз сочилась слезами настоящая кровь – но нет, это была всего лишь татуировка, необычная, безобразная, притом и не красная. Как если бы мы обращались, добиваясь ответа, к каменному истукану: как бы выглядели мы и как – истукан?

Правильные черты лица, соразмерно длинные, изящные руки и пальцы, гибкое тело – во всём этом человеческого было меньше, чем в любой ободранной встречной жучке, в любом дереве. «Подозреваемый, встаньте», – сказал Вилли, но тот сидел. «Подозреваемый, назовите своё имя и гражданство», – сказал Вилли, но тот молчал. «Если понимаешь, о чём я говорю, то хотя бы кивни», – сказал Вилли, – но тот не кивал.

– Немой, – сказал Сохлый. – И ставлю десятку, что неграмотный.

Я заметил, что Сахарок напряжённо смотрит на губы говорящего.

– Скорее похоже, что глухой.

Вилли глянул на меня и распорядился:

– Ну-ка, Сохлый, зайди ему за спину и свистни.

– Как же это я зайду?

– Аккуратненько. Разноглазый подстрахует.

Мы подчинились. Пронзительный злодейский свист гранатой жахнул по камере, так что и мёртвый бы ойкнул – по крайней мере, подскочил. Даже

Молодой поморщился. Даже Вилли сделал шаг назад. Сахарок не шевельнулся.

– Ну и что прикажете делать? – спросил Вилли.

– Писать постановление о привлечении в качестве обвиняемого, – ядовито сказал Борзой.

– Для этого обвинение сперва надо предъявить.

– Предъяви.

– А для этого надо удостовериться в личности обвиняемого. Борзой, это азы. *Кому* я буду предъявлять?

– Да вот ему же, – нетерпеливо сказал Молодой, для надёжности тыча в Сахарка пальцем.

– И в бумаге так напишу: «он же»?

Не зная, что ещё придумать, я подошёл, нагнулся над Сахарком, провёл пальцем по его губам и медленно сказал:

– Говори.

Сахарок задвигал губами, всем ртом – я чувствовал, как он старается, как тщетной судорогой сводит его тело, – и издал звук: первое невнятное слово или хриплый угрожающий стон.

Это произошло так внезапно, что я оцепенел, а за моей спиной отозвались разнообразными восклицаниями. Но теперь наконец-то прояснялось, как действовать дальше.

– Скажи, кто ты?

Когда я прикасался к нему, его гладкая, резиновая кожа словно таяла под рукой, и я делал усилие, чтобы руку не отдёрнуть: казалось, что пальцы уйдут туда, в плоть... хотя я не был уверен, есть ли плоть под такой кожей, и если всё же есть, то что это за плоть.

– Скажи мне, кто ты, скажи.

– Кто, – повторил он, обретая голос: глухой, надтреснутый, неуверенный, как всякий первый шаг, ещё даже не знающий, что он – голос, что он говорит. – Кто.

16

В заложники взяли двадцатерых мальчишек в возрасте от семи до десяти лет, из всех мало-мальски известных и сильных семейств. Ко мне приходили просить за сыновей, внуков и племянников, и я утешал и улыбался, всеми силами избегая говорить «да» и «нет». К Фиговидцу приходили просить, и Фиговидец, разбитый стыдом и состраданием, в итоге спрятался у Молодого в прокуратуре – «под кроватью», сказал злой Иван Иванович, но ему не поверили. Приходил даже Вилли просить за младшего сына Борзого. Не пришёл только сам Борзой.

– Это настолько необходимо? – спросил я Грёму.

– Позаботимся. Вырастим. Воспитаем, – отрезал Сергей Иванович. Ему тоже было нелегко – не настолько легко, как он рассчитывал, – и он защищался упорным, угрюмым фанатизмом. – Да не в концлагерь же их везу, Разноглазый!

– А куда?

– В кадетский корпус.

Народ, конечно, не безмолвствовал, и вместо «оккупанты!» нам в спину то и дело кричали «ироды!». Но поскольку напрямую несчастье коснулось только верхов, низы испытали смешанные чувства. Негодование замутилось злорадством, сочувствие – облегчением, вздохом «не мои, пронесло», жалость – ропотом извращённой справедливости, нашлась, дескать, управа – и подо всем этим ходило плотной волной вовсе уже неконтролируемое уважение к силе, лихости, к – ну да, хюбрису. Если вдруг простой человек во внезапную минуту рефлексии ловил себя на том, что его праведные порывы не так просты, понятны и, о проклятье, не так праведны, как им следует, – ну вот вооружался он негодованием, сочувствием, жалостью, а прочее примазалось в виде мерзких насекомых, сопутствующих вооружённому бойцу в осаде, походе, – тогда простой человек беленился, и летели яркие, ядовитые искры истерики, как если бы враг нёс ответственность не только за погромы и разрушения, но и за то, что побеждённые завшивели.

Некоторые из нас едва ли не сердились, видя, что нет настоящего горя. Некоторые гадали, до каких пор нам всё будет сходить с рук. (Муха вот тихонько удивлялся, почему история катится так гладко, без сбоя, без пауз. А чему удивляться, пришли – и взяли, что надо.) Гвардейцы воспринимали происходящее согласно ежеутренней политинформации, а люди Молодого – как должное, но я бы обидел тех и других, сказав, что они вообще не думают. Да разве же природные явления требуют, чтобы над ними думали? Особенно если природное явление – ты сам.

Фиговидец, оторвись он от собственных мук и вникни в чувства других людей, наверняка бы заметил, что члены экспедиции и хотели быть грозой, метелью, ураганом, но, в отличие от метели, не могли не оглядываться. Ураган не знает, что натворил, людям неприятно, когда в спину бросают проклятия, – а если и встречаются исключения (Дроля, тот только шире улыбался), исключения эти таковы, что всей душой захочешь быть правилом.

Кстати, о Дроле. Экспедиция собралась в обратный путь, но контрабандисты оставались в Автово, Дроля – в ранге старшего портового инспектора. (Аббревиатура СПИ удачно намекала, что уж дремать-то он не будет или будет и всех обманет, вовремя проснувшись.) Ну а кому ещё мог Канцлер доверить Порт? Контрабандисту ведь привычно перемещать туда-сюда грузы, он понимает процесс и чувствует динамику. Смена масштаба – от лодки к сухогрузу – не изменит контуры рисунка; схемы перевозок, работа терминалов и складов не обескуражат человека, который и до того был вынужден просчитывать, как ему везти свои тюки и где их прятать. Прежде делал сам, теперь будет следить, чтобы делалось само собой.

Накануне исхода Молодой вызвал меня в прокуратуру, чтобы в который раз идти добиваться от Следственного комитета экстрадиции Сахарка.

Дохлый был номер – выцыганить у автовских следователей подозреваемого. Они бы скорее отпустили его на все четыре стороны, чем передали аналогичным структурам другого государства. («Когда единая империя будет, тогда и приходите, – говорил Вилли. – Хотя с каких это пор империи посягают на местное судопроизводство».)

И всё-таки почему Молодой, с каменной мордой вырывавший мальчишек-заложников из рук матерей, спасовал перед Борзым и Вилли? На пути от требований к насилию он не сделал ни шага. Он предложил обмен Сахарка на сына Борзого, тайную сделку – и не знаю, как бы её провернул, потому что в этом случае уже Сергей Иванович лёг бы костьми за принципы имперского права. Со стороны Борзого очень мило было отказаться.

Очень может быть, что Иван Иванович придумал Сахарка просто-напросто выкрасть. Подползти этак ночью, скрутить сторожа, спилить замки. Придёт Вилли поутру с бесполезными уже ключами, посмотрит, опросит, сядет писать протокол, да постановление на розыск, да запрос Канцлеру... На этом месте Молодому стоило бы представить, что, получив такой запрос и ознакомившись, скажет ему Канцлер. Да ничего (представилось бы) не скажет. Медаль даст. Как жаль, что Молодой то ли не имел такого плана, то ли не успел привести его в исполнение.

Сахарок сделал кое-какие успехи в разговорном русском, но они были невелики. Так, он выучил собственное имя – которое, кстати, неизвестно кто ему дал, – но говорил о себе в третьем лице, и странные говорил вещи. «Сахарок должен», – отвечал он на вопрос, он ли убил Жёвку, «Сахарок пришёл», – на вопрос, зачем понадобилось нападать на автовского разноглазого, – и поди разбери, отчего мучительно спотыкается неуверенный хриплый голос.

Я присутствовал на всех допросах, потому что без меня он не говорил вовсе, и в конце концов связь между этим существом и мною стала очевидна. Это озадачивало меня, пугало остальных и давало пищу для множества догадок и предположений – но верный ответ, в сущности, уже тогда лежавший на поверхности, был слишком чудовищен, чтобы кто-либо осмелился его увидеть.

Автовский разноглазый между тем как сквозь землю провалился. Найти его не мог не только я, но и пожалевший о своей беспечности Вилли. Теперь-то он горел желанием получить показания. Народные дружинники шерстили подвалы и свалки, Сохлый прошёл по шалманам, я поговорил с квартирной хозяйкой, Ефимом и Добычей Петровичем – сгинул, выходило, разноглазый, да и чёрт с ним, – и так продолжалось до тех пор, пока жалкого безумца (я называл его про себя «безумец» и «убогий», не мог выговорить «разноглазый») не нашли повесившимся на Больших воротах Порта. Почему там? – спрашивали все. Если это дерзкий вызов, оплеуха из могилы мёртвой тяжёлой рукой, то оплеуха кому? Не продумал, говорили недовольно, перемудрил. Ну повесился бы под окнами оккупантов, под окнами коллаборационистов – чтобы кровавые захватчики, чтобы трусливая и продажная местная власть содрогнулись между утренним походом в сортир и завтраком (буде придёт им фантазия глянуть в окошко) и потеряли покой: есть, есть суд совести и, соответственно, её узники.

А то что – Порт. Порт практически никакого отношения к Автово не имел и принадлежал то ли фриторгу, то ли Городу. Об этом не принято было ни говорить, ни думать, но единственно сущее отношение строилось по принципу эксплуатации труда капиталом, и не провинция в лице своих грузчиков и тальманов занимала активную позицию. Вот и висел теперь разноглазый на грязной верёвке и с такой мордой, словно и за себя ему обидно, и за Родину.

Мне самому не становилось ни хуже ни лучше. Что-то застыло в мёртвой точке, и самым важным казалось довести дело до конца. («Своего рода опрятность, – говорит Фиговидец, – привычка всё доводить до конца». Но если он при этом вспоминал о Канцлере и других людях, доводивших до конца свои предприятия, ему хотелось проглотить язык. Он не глотал, но ненадолго прикусывал.)

Оберег автовского разноглазого я собирался отдать Вилли – пусть к делу, что ли, приобщит, – но оставил себе. Мерещилось что-то непростое в простой на вид фитюльке, напоминавшей руку с растопыренными пальцами. Кольцо Канцлера, символ власти, и источало власть: сплав насилия и ответственности. Оберег разноглазого не содержал в себе силы как таковой. Можно, конечно, сказать, что и уверенность в собственной правоте – сила, ещё какая, – но и того не было. Смирение, память, упование, – я перебирал слова и ничего за ними не чувствовал. Пыталась эта рука схватить, или отталкивала, или показывала, что в ней нет камня? «Выбрось», – говорил мне Муха. «Отдай мне», – предлагал Фиговидец. (На ногах еле стоял, но любознательно тянулся к опасной игрушке.) «Пригодится, – сказал я. – Может, порчу наводить».

Явившись в прокуратуру, я обнаружил прямо на улице нездоровое оживление. Стояли кучкой зеваки – их было не разогнать; стояли кучкой народные дружинники – их было не заставить шевелиться. Сохлый, размахивая руками, пытался кого-то куда-то послать. Я поискал глазами Молодого, но увидел Вилли.

– Исчез задержанный, – проинформировал меня Вилли. – Называя вещи своими именами, сбежал. Сквозь стену он прошёл, что ли? Посмотри, замки целы.

– А окно?

– В это окно кошка не протиснется. – Вилли перехватил мой взгляд и отрицательно покачал головой. – Ни при чём тут Молодой. Как невменяемый рыщет-ищет по улицам. Простой парень, не стал бы спектакль играть.

– А что со сторожем?

– Уберёг Господь сторожа, слинял среди ночи домой погреться. Чаёк-кофеёк... Еле добудились.

Зеваки пялились, шептались, пустили по рукам бутылку водки. Им было радостно, что оккупанты получили щелбана, что самый опасный и страшный из них сейчас мечется, проваливаясь в снег, по закоулкам и тупикам и сквозь красную пелену гнева видит надменные лица прохожих. То, что щелбан – как ни крути, а ещё сильнее – получили местные следователи, зевак не печалило. Следователей никто не любил.

– Он сюда не вернётся, – неожиданно сказал Вилли. Он пониже надвинул шляпу, бросил только что зажжённую сигарету прямо перед собой и стал методично растирать её в пыль. – Здесь ему делать больше нечего, если я правильно понял. – Он поднял голову. – А понял я, признаться, до конфуза мало. – Из обширного накладного кармана плаща была извлечена сигаретная пачка, из пачки – новая сигарета. – Но ты с ним встретишься. Потому что он пойдёт за тобой. Может, даже вперёд забежит.

– Ну а если я решу остаться?

– Если, не если. – Вторая сигарета последовала за первой. – Не решишь. – Теперь из кармана были извлечены деньги. – Держи, выиграл.

В конце этого злополучного дня, когда всё бессмысленное и бесполезное было сказано и сделано, мы собрались в прокуратуре, без рвения пили, без стыда переглядывались, без сочувствия или приязни прикасались друг к другу: чудовища в человеческих штанах.

У Молодого, одуревшего от ярости и многочасовой гоньбы впустую, виноватым, как и следовало ожидать, оказался я. («Думаешь, я тебе это прощу? – сказал Молодой. – Думаешь, забуду?») Говорить при нём о Сахарке представлялось небезопасным, поэтому говорили про автовского разноглазого. Его дикий, варварский поступок был необъясним и запачкал всё вокруг, как блевота. Никому не нужная и неинтересная жизнь вдруг, стоило отшвырнуть её истерическим жестом, стала очень нужной и всем интересной.

– А о чём он с тобой говорил? – спросил Фиго-видец.

– Когда это?

– Да ладно.

– Обучили профессора, – бросил Молодой, не сводя мрачных глаз с потолка.

Он лежал на кровати, сгорбившийся фарисей сидел у него в ногах, я сел в единственное кресло, Сергей Иванович встал у окна, сложив на груди руки – чего, наверное, не следует делать крепеньким, коренастым коротышкам. Дверь в коридор была распахнута, и до нас доносились умиротворяющие звуки затеянной близнецами пьянки.

– Прямо совет в Филях, – загадочно сказал Фиговидец.

– Не о чем нам совещаться.

В комнате сгущался воздух напряжения и тоски, но мы не расходились.

– Мне приснилось, что я стою на берегу, – неожиданно сказал Грёма. – И странно, знаете: зима, снег вокруг, а Нева не подо льдом. И вот я смотрю на воду – –

– Увидеть во сне своё отражение в воде – значит умереть, – машинально проинформировал Фиговидец.

– Да? Но увидел-то я не своё.

– А чьё же?

Сергей Иванович не ответил.

– Дурак ты, Грёмка, – равнодушно сказал Молодой.

– На себя посмотри.

– Господа мои, – сказал я, зевая.

В моём кармане лежала наконец полученная телеграмма с одним только словом: «возвращайся». Не было даже подписи. (А положа руку на совесть, какая разница, кто бы её ни подписал.) И я возвращался. И даже успел уладить дела с поверенным, к его и своей выгоде.

– Всё-таки удивительно, – сказал Фиговидец после паузы. – Никто не кончает с собой от нечего делать. – Издевательски нелепая смерть его тревожила, и он старался обуздать безумие причинами и следствиями. – Может, он был неизлечимо болен?

– Вот это наверняка.

– Да нет, в обычном смысле. Ну, рак или ранний Альцгеймер.

– Не знаю. Но в обычном смысле ему следовало умереть давным-давно.

– Ему вообще не следовало рождаться, – сказал Молодой в потолок. – Не всё ли, к чёрту, равно, когда и от чего он умер.

– Не родись мы все, – сквозь зубы сказал фарисей, – среди кого б ты тогда куражился.

– Ага. – Сейчас Молодому полагалось бы сплюнуть, но он был умный и из положения лёжа делать этого не стал. – Рассказал мне один человечек, отчего автовский разноглазый спятил. Мутил гешефт какой-то, и кинул его то ли клиент, то ли подельник. Снайперу он башлять не захотел. Вы ведь жадные все, – бросил Молодой в мою сторону, – у вас это в крови, у разноглазых. Ну, подговорил одного парня – тот ему родственник, что ли, был или выросли они вместе, – подговорил самим разобраться. Парень-то был грузчик портовый, не рассчитал удара. Зашиб того то ли клиента, то ли подельника насмерть. И разноглазый ничего не смог сделать. Или не захотел. Зассал, понимаешь? Тот, ну, мертвяк, на него напал. Вот почему он от практики отказался, из страха. Боялся до посинения, что мертвяки его самого на Другую Сторону утащат. А теперь повесился. Своим, значит, решил ходом. А вам в радость потрындеть, кретинам.

– Но почему? – не выдержал я. – Почему привидения стали нападать?

– Тебе горевать больше не о чем? – Молодой, не вставая, стремительно обрушил кулак на спинку кровати, и трепет прошёл по его телу. – Откуда я знаю.

– Главное, что поставленные задачи выполнены, – сказал Сергей Иванович.

– Выполнены? – переспросил я. – Оставить Порт на Дролю, покойника в морге и нераскрытое убийство – это называется выполнить поставленные задачи?

– Нет, – сказал Молодой, – Санька мы здесь не оставим.

– Конечно-конечно, с собой повезём. Ты его вообще когда-нибудь похоронишь?

– Похороню. С Сахарком в одной могиле.

17

Что не могло не броситься в глаза: вся Охта стояла под ружьём. Любо-дорого было поглядеть, с какой изголодавшейся радостью обыватели по первому знаку схватились за оружие – и это в мире, где убийство считалось противоестественным и овеянным жутью деянием, а смертельная опасность, в которой оказывался убийца, охраняла общественное спокойствие надёжнее всего. Что же, по волшебству сошла на нет инерция векового ужаса и заповеди или эти люди вокруг Исполкома и на улицах разом подпали во власть сил, могущественнейших даже страха? Как гордо выпячивалось утяжелённое кобурой брюхо, с какой отвагой и заносчивостью выставлялось плечо, если на нём висел автомат. Распрямлялись спины, глаза смотрели прямо – и не то чтобы огонь горел во взгляде, нет, что-то похуже огня, хуже злобы: спокойствие, счастье, безмятежная уверенность в своём праве.

– А у Города есть войска? – спросил я наконец Фиговидца.

Вопрос напрашивался, его задал бы любой под впечатлением светлого бесстыжего взгляда новой Охты, но Фиговидец не понял, а когда понял, рассмеялся.

– Канцлер никогда не пойдёт с оружием на Город.

– Даже чтобы туда вернуться?

Фиговидец рассердился.

– Как ты себе это представляешь? Не бандит же он, в конце концов.

– А кто бандит?

– Ну! Ну... Молодой.

– А Молодой – правая рука Канцлера.

Тут мой ласковый не просто рассердился, а рассвирепел.

– Только тебе могло такое прийти в голову. У тебя счёты бухгалтерские там упакованы, что ли? У людей есть что-то святое. Платонов не пойдёт войной на Город, потому что не пойдёт. Взгляни же трезво!

Этот неожиданный призыв удивил его самого. Он замолчал и сдавленно зафыркал, но на попятный не пошёл. И поскольку фарисей вряд ли был одинок в своём предрассудке, беззащитность Города и его судьба представились мне наглядно, как в учебнике старой истории. Учебник старой истории никто всерьёз не принимает, и я гадал, с кем бы заключить пари на крупную сумму.

В ожидании расчёта мы жили в Исполкоме.

От подвала до крыши Исполком был наполнен радостным предвосхищением. Бодрый и светлый ход отлаженной повседневности, сияющие лица, сияющие паркет, медь и сталь, и вообще всё, что можно начистить, от дверных табличек и ручек до пуговиц на мундирах, стремительность бегущих по лестницам курьеров и самих лестниц, точность приказов и их выполнения, музыка в нервах, – ко всему примешалось новое чувство, тревога и настойчивость преждевременной весны.

Как-то прекрасным утром, бродя без лишней огласки, я почувствовал сквозняк за незнакомой полуотворённой дверью – и поскольку мимо полуотворённых дверей отродясь просто так не проходил, то бодро туда сунулся.

Внутри открывались короткий коридор и чёрная лестница, перегороженная замкнутой на ключ решёткой. На широком – вот же какой гладкий, чистый он был – подоконнике единственного оконца лежала связка ключей, ни один из которых не подошёл к замку. Поколебавшись, я всё же положил ключи на место.

Из окна был виден укромный внутренний дворик, глухой, незнаемый: печальные голые загогулины кустов и небрежно расчищенный снег. Прямо в неглубоком снегу стояло садовое кресло грубого дерева, а в кресле, завернувшись в волчью шубу, сидел и курил Илья Николаевич. Волосы его непокрытой головы и муругий мех шубы, разные по цвету, на слабом свету одинаково отливали серебром.

Член Городского совета, один из самых богатых людей Города, человек безупречного происхождения и наводящей ужас деловой хватки спокойно и расслабленно угощался свежим воздухом и сигаретным дымом, как если бы нелегально посещать правый берег и сына изгоя у него давно вошло в привычку, и здесь, в самом сердце тьмы, совершались все те же неизменные – банковские, например, – операции, сила рутины которых столь велика, что даже странный, невозможный интерьер она преображает в подобие кабинета управляющего или кабинета ресторана, славного тем, что в его глухих недрах заключаются самые тайные и смелые сделки.

И разговор, который я не без труда подслушал позднее, казался частью той игры, той жизни и тех разговоров, неспешная вежливость которых леденит слух человека, чьё взбунтовавшееся зрение успевает увидеть бесцеремонный жадный оскал скрытого туманом слов и интонаций лица. Но глаза не столь упорные покоряются ушам и начинают видеть не проступающие сквозь туман подлинные черты, но складывающийся из клочьев самого тумана образ, очень похожий на настоящий и всё же бесконечно лживый.

– Да, остроумно и дерзко. Кто, по-твоему, на такое способен?

– Послушай, Илья, не морочь мне голову. Единственный человек, который на такое способен, – это ты.

– Продолжай, дорогуша, я люблю лесть. Чем грубее, тем лучше.

– А это правда, что ты взял на свадьбу государственный золотой сервиз?

– Так то сервиз. И знал бы ты, как из-за него взволчились, можно вообразить, гости тарелки сожрали вместе с котлетами. Сколько мужества потребно в наше время для самого обыденного надругательства! До сих пор строчу для Горсовета отчёты. Давай, кстати, подумаем, что бы ещё такого отписать. Мог я посредством сервиза изобличить заговорщиков и казнокрадов?

– Не лучше ли подумать о том, как вообще не давать отчётов?

– Вона ты куда, – протянул Илья Николаевич. – Нет. Больно протористое дело.

– Зато и барыш, если повезёт, другой.

– Ты говоришь «барыш», а в уме, боюсь, держишь «благо отечества».

– А ты считаешь, что у меня его нет?

– Я считаю, что у твоей совести фантомные боли.

– Моя совесть! – с силой сказал Канцлер после паузы. – Значит, думаешь, что она мёртвым сном спит? Так почему – –

– Не грози мне, пожалуйста, исповедью. Ты не так глуп, чтобы спрашивать «почему», во всяком случае, спрашивать у меня. Я только знаю, что без полной победы не видать тебе денег. Мы сколь угодно долго можем встречаться вот так, под покровом ночи и тайны, но реальные чеки пойдут, когда ты предъявишь артефакты поубедительнее. Ну, я не знаю, головы какие-нибудь... варварские царьки в цепях... Мы из ума-то ещё не выжили, пусть процесс и идёт полным ходом. Договор был о варварах, а ты зачищаешь провинции. Ты взял автовских детей в заложники! А судя по тому, что на голубом глазу предложил члену Городского совета испытать силы в амплуа узурпатора, на провинциях не остановишься. Кстати, если тебе интересно, мы посылаем с инспекцией на Финбан комиссара по расследованиям преступлений против человечности, вот до чего дошло. Они же натурально режут друг друга. Надеюсь, ты этого хотел, когда Разноглазого с глаз долой отсылал?

– С каких пор вам интересно, режем мы здесь друг друга или не режем?

– «Мы»? Это даже не смешно. Кого, кроме себя, ты сумеешь убедить, что стал своим для этих скотов? Господи, Коля! Очнись, ради себя и общественного спокойствия!

– Илька, ничего-то ты не понял, – сказал Канцлер, и так весело, чисто, молодо прозвучал его голос, словно очнулся от двадцатилетней комы, воскрес после двадцати лет тюрьмы – или благодать амнезии накрыла давнее бесчестие. Внезапно утратив силу пятнать каждый миг последующей жизни, оно оказалось ссохшимся и нелепо-жалким: так престарелый тиран, проданный своими преторианцами, в одночасье оказывается не символом ущерба, какой он может нанести другим, а ущербом во плоти, вся мерзость которой закупорена в ней же. Но это длилось недолго.

– А Порт – это не убедительный артефакт? – На этот раз голос Николая Павловича прозвучал тихо и если не бесстрастно, то без обертонов.

– И зачем ты это сделал? Как ты собираешься управлять Портом?

– Я не буду им управлять. Я буду его контролировать. Вот и пойдут чеки из казны, правда?

– Я не стану тебе помогать, – сказал Илья после паузы и очень решительно. – Я даже выступлю на ближайшем заседании Горсовета. Открою им, так сказать, глаза на твой цезаризм. На хаос, в который ты всех нас готов ввергнуть. Гражданскую войну, в конце-то концов.

– Конечно, – отозвался Канцлер, – конечно, выступи. Открой. Достучись до людей, которые не в состоянии ни руководить народом, ни спасти его, ни умереть вместе с ним. У которых один метод: чего не вижу, того нет – следовательно, чтобы всё было в порядке, нужно покрепче зажмуриться. Не поднять тебе эти веки.

– Попытка не пытка, – сказал Илья весело.

Канцлер не принял его тон.

– Постыдное, отвратительное малодушие! Все вы, не признаваясь себе, рассчитываете умереть до того, как начнётся.

– А оно начнётся?

– Уже началось.

– И ты считаешь, что начал не ты?

– Есть объективные процессы, Илья. Если ты дашь себе труд подумать – –

– Дорогуша, думаю я только о наживе. И это возвращает нас к вопросу о Порте. Если Город не встанет на защиту чего другого, то за свои деньги биться будет до последнего, не сомневайся.

– Как? – ровным голосом спросил Канцлер. – Как вы будете биться? В техническом смысле слова?

Через два часа, когда я прогуливался уже в другом коридоре, на меня налетел Фиговидец, едва не сбил с ног и, прошипев «прошу прощения», понёсся бы дальше, не схвати я его за рукав.

– Он мне заявил, что мои путевые дневники – государственная собственность Охты! Что у них, видите ли, стратегические интересы! Что у них режим секретности! Что меня мало того что ограбят, так ещё рассказывать об этом запретят! Я ему дам подписку! Я ему устрою неразглашение! Чмо! Гопота правобережная!

– Так-так.

Фиговидец вспыхнул, но не стал оправдываться. Вылетело слово – значит, вылетело. Он был упрямый парень, задавака – и при этом, к несчастью для себя, внутренне честный. Некстати давший о себе знать гонор белого человека мгновенно привёл на память и соответствующее бремя, а согнувшись под

252

бременем, фарисей не мог не вспомнить хотя бы отношение правобережных к китайцам и грубые предрассудки, которые он осуждал и пытался искоренить. Но, как я уже заметил, он и не подумал извиниться.

– Я гражданин Города, – чуть ли не со скрипом сказал вместо этого Фиговидец. – А он – –

– Да кто?

– Сергей Иванович, естественно. Император трёх избушек. Треуголка без Наполеона. Своепожиратель! Говорит об империи, а подразумевает нечто прямо противоположное: тюрьму, не знаю, секту! Он, видимо, полагает, что «преумножить» означает «отобрать». Я ему говорю: «отобрать» – это целеполагание тех самых варваров, с которыми вы воюете. А он отвечает, что «отобрать» – это когда для себя лично, а он изымает в интересах государства, для всех, то есть не отбирает, а национализирует.

– Действительно. И куда ты теперь?

– К Платонову, куда ещё.

– Ну пошли.

По дороге Фиговидец досчитал до скольки успел, пораскинул мозгами и Канцлеру изложил претензии хмуро, но чётко, ровным голосом. Канцлер отозвался тотчас.

– Сергей Иванович будет наказан за самоуправство. Примите мои извинения и покорную просьбу: предоставьте ваши рукописи для снятия копий. Я лично гарантирую сохранность.

Фиговидец растерялся.

– Не нужно наказывать, – буркнул он. – Просто объясните. А копии – пожалуйста. Я сам их сниму, так выйдет аккуратнее и быстрее. Толкования, карты... Заодно проверю геометрическую точность нанесения объектов. – (Со слонами и богиней Невы у него был полный порядок, а вот с геометрической точностью – вряд ли.) – Мне не трудно.

Мне скажут: неважная победа над человеком, которого легче лёгкого обезоружить вежливым словом и покорной просьбой о содействии. И разве чего-то стоила вежливость здесь, в канцелярии непроницаемой тьмы – и даже то, что слова не были пустыми? Он отстоял свою собственность, потому что, как выяснилось, никто на неё не посягал. Не потерял лица, потому что по лицу не ударили. Как будто вышел на арену, равно готовый к чуду и к смерти, а звери отворачивались и зевали.

Канцлер между тем ещё раз принёс извинения и (никто не назвал бы беглую улыбку на бледных губах злодейской) спросил:

– Выпьете со мной чаю?

Фиговидца, которому вряд ли хоть один взрослый мужчина на правом берегу предлагал чаю, этот, такой городской, вопрос застиг врасплох. Не знаю, признавался ли он себе, но ему давно опостылело пить водку с мужланами. Он устал от обстоятельных встреч со злом и был готов считать благом хотя бы перемену декораций.

Итак, сели пить чай.

Как будто рука брала чашку, тело обмякало в кресле, взгляд обегал комнату и останавливался, улыбаясь, на милой неприметной детали вроде брошенных в чистую пепельницу запонок, – а в голове кто-то всевластный поворачивал рубильник, и вот Фиговидец машинально – он ничего не мог с этим поделать! – переключился в режим светской беседы, а когда понял, что рассказывает врагу, негодяю этнографические байки, было поздно – по крайней мере, для него. Он мог замолчать или растеряться, но продолжал как ни в чём не бывало, уже из чистой злобы, одержимый упрямством. Он не хотел говорить с Канцлером о чём-то важном. Он не хотел говорить с ним вообще. Но они уже говорили. Больше чего-либо другого Фиговидец не хотел выглядеть идиотом.

Николай Павлович слушал, задавал уместные вопросы, кивал и прекрасно понимал, что происходит.

Фарисею это не понравилось.

– Что будет с анархистами? – в лоб спросил он.

– Странный вопрос, – спокойно сказал Канцлер. – А со мной, а с Разноглазым? Вы сами-то знаете, что с вами будет?

– Я имею в виду, что вы собираетесь с ними делать?

– Уже ничего. Они не опасны.

– Это так внезапно выяснилось?

– Не опасны теперь, когда мы окрепли. Крепкая система выдержит горстку маргиналов. Крепкой системе, скажу откровенно, маргиналы даже на пользу. Они оттеняют её силу и ценность. Но система в становлении... Вещи, сами по себе отвратительные и смешные, могут стать соблазном. – Канцлер встал и с чашкой в руке подошёл к окну. – Вовсе не потому, что кто-то тянется к смешному и отвратительному. В них увидят то, чего временно лишена жизнь, то, кстати говоря, чего на самом деле в них нет: своеобразие, свободу. Я слышал, вы с ними встречались?

– Вот уж своеобразия у них навалом, – сказал я.

Я не мог назвать ни одну причину, по которой мне следовало встречаться с анархистами. Никто из них меня не простил, и все делали вид, что это не существенно. В довершение поднялась метель.

Фиговидец и Муха, не вняв предупреждению высших сил, взяли во фриторге ящик водки и попёрлись с визитом. (Даже фриторг водку на Охте продавал нормированно, по специальным талонам, и им пришлось часть талонов выпрашивать у Канцлера, часть покупать на чёрном рынке – о существовании которого Николай Павлович, увы, не подозревал.)

Злобай их впустил и, возможно, принял бы, но у него сидели Недаш и Поганкин. Демагогия одного и хамские насмешки другого обидели Муху и обескуражили фарисея – тем более что оба почувствовали, что продемонстрированная враждебность неподдельна. Фиговидец, винивший себя в смерти Кропоткина (он объяснял сам себе, что не виноват, но у него не было настоящей уверенности), в глубине души был готов к побоям, но не вынес жлобства. Не видь он анархистов в ровном, солнечном сиянии лучшего лета жизни, не будь для него эти люди частью света, шедшего от Кропоткина, не требуй громко лояльности память о человеке, которого он так любил и оплакивал, чьё отсутствие становилось невыносимым, когда Фиговидец смотрел на тех, кто остался, – слово «гопота» ещё тогда пришло бы ему на ум и язык. Демонизируя Николая Павловича, он вообразил, что тот осведомлён о подробностях встречи, и ощетинился.

– Вы их ненавидите, – сказал он, – и боитесь. Именно поэтому пытаясь выставить идиотами.

Если бы вы считали их идиотами всерьёз, не понадобилось бы столько слов и усилий. – Он тоже встал. – Что в планах? Открыть зал позора и водить туда народ на экскурсии?

Канцлер пожал плечами. Он стоял вполоборота у окна, прямой и собранный, и разглядывал Фиговидца без гнева и сочувствия. Фиговидец стоял распрямившись, но с обычной небрежностью, ленцой в позвоночнике – скорее дуэлянт, чем солдат – и смотреть старался холодно.

– Ясность чувств редка, непопулярна и всё-таки желанна, – сообщил Канцлер. – Я вас сержу, потому что сердиться вам следует на самого себя. Этнографический интерес завлёк вас дальше допустимого. Вы забыли, что дикарей изучают не для того, чтобы им подражать. И как бы ни восхищались их примитивными резьбой и ткачеством, в настоящей большой жизни то, что казалось образцовым, станет всего лишь экспонатом специализированного музея. В сущности, вы перестали быть учёным, – («Спасибо, что напомнили», – буркнул фарисей),– но и отказались принять, по всей видимости, с негодованием, роль миссионера. Очень жаль. Образованный человек может дать дикарю значительно больше, чем дикарь – образованному человеку.

На какое-то время Фиговидец остолбенел. Я с интересом ждал взрыва, но образованный человек не стал рассказывать, что думает про образованных людей. Он молчал – и это не было взнуздавшим ярость молчанием. Он смотрел – и в его глазах было пусто-препусто. Потом точным, но каким-то неживым движением повернулся на каблуках и вышел.

Я сел пересчитывать деньги. Купюр и бон оказалось так много, что рябило в глазах. Это была приятная рябь, не то что щекотка, а скорее мягкое и игривое поглаживание. Блеск золотых монет, возможно, выглядел бы живописнее, но у меня представление о золоте связывалось не с солидностью денег, а с понтами. Канцлер терпеливо ждал, поглядывал в окно.

– Всё правильно?

– Нет. Это условленная цена, но мне причитается вдвое больше. Вы не предупредили, что выставите меня дураком.

– Всего лишь вдвое? А я-то гадал, сколько вы запросите. – Он перехватил взгляд, верю, что алчный и исполненный сожаления, который я бросил на оберег. – Э, нет, нет, снимайте. Его я и на собственную жизнь не обменяю.

– Разве она вам дорога?

Я снял и передал ему кольцо. На пальце осталась призрачная тяжесть, тяжёлый след власти, тайны и богопричастности. Потом морок развеялся.

– Простите мне недостойное любопытство, – сказал Николай Павлович, подписывая новый чек для канцелярии, – но есть ли вещи... какой-либо причинённый вам ущерб... простой или нематериальный... от которого нельзя откупиться?

– Не знаю. Это важно?

– Я пытаюсь понять, в чём причина вашей алчности. Вам не нужна, я уверен, власть... Что же вам нужно?

– Ничего. – Я встал. – Но это не значит, что я откажусь от предложенного. Как там обстоят дела с моим гражданством?

ЧАСТЬ ВТОРАЯ

СПРАВЕДЛИВОСТЬ И МИЛОСЕРДИЕ

(их преступления)

1

Чего не могли простить ему снобы, так это нахально-простодушного пристрастия к таким, например, словам, как «восхитительный», «изящный», «прелесть». Илье Николаевичу ничего не стоило сказать «сладостное смущение», «аромат роз» и даже «чарующие серебристые туманы». (Это могли быть и «чарующие серебристые звуки».) Утончённые натуры – и те, что навсегда вычеркнули ароматы из своих словарей, и те, что пошли дальше, неукротимо взгромоздив на место ароматов самое грубое и вызывающее просторечие, – не знали, куда девать глаза.

Циники попроще считали, что ради подобного эффекта дело и затевалось, но вот Аристид Иванович как-то сказал: «Он, кажется, за нас, а я ему вовсе за это не благодарен». Старый лис прекрасно понимал – или думал, что понимает, – что для такого, как Илья, удовольствие дразнить дурачьё не могло быть первым по счёту, и в нём возревновала спесь учёного, привыкшего единолично владеть и словами, и полнотой их правоприменения; учёного, на лбу которого написано: «Оглашенные, изыдите».

Илья говорил, как говорилось, в том числе – словами прочитанных в юности книг, которые оставил при себе так же, как и неуклюжую от старости экономку, преданную и мало на что годную. Плевать он хотел, что у неё всё валится из рук и туманящийся ум путает среду с пятницей.

Его женитьба положила новый жирный штрих. Никто не позволял себе смеха и намёков в глаза, но общественное мнение склонялось к вердикту, что быть настолько одержимым женщиной – некомильфо. Алекс, скрепя сердце осваивающий роль шурина, сказал: «Фарс – это трагедия, которая происходит не с вами» – и устранился, сбежал в кабаки и книги. В лучших домах – а не было ни одного, куда Илья не был вхож, и ни одного, для хозяев которого его отказ от приглашения не стал бы ударом, – на всё, что он делал, смотрели с почтением, только теперь это был трепет людей, задавшихся вопросом, а не с безумием ли, пусть и священным, они столкнулись.

В нём все как-то предполагали худшее: затеи большого и вечно неудовлетворённого ума, утончённое, но беспощадное самолюбие, всю палитру коварства, вероломство, окрашенное жестокой иронией, – тогда как он просто, с бездумной точностью отдавался течению жизни, потоку, который выносил его, всего лишь раньше остальных, на стрежень, скалы или отмель. И вот интуиция и догадка курьёзно принимались за нахальство голого рассудка, лень – за бессердечность, фатализм – за математику.

«Богатство Города зиждется на грабеже, – спокойно, со скукою даже говорил он. – Ну и что? Вы знаете какие-то другие его источники?» – «Да, но как вам удаётся грабить без применения силы?» – «С чего вы взяли, что мы её не применяем?» А потом: «Делаясь привычным, беззаконие выглядит менее преступным». И вот так: «Проходит время, и мало-помалу всё, что было сказано лживого, становится правдой». «Жестокость денег». Аристид Иванович, правда, понимающей улыбкой давал знать, что половина – явно лучшая! – сказанного Ильёй Николаевичем где-то им вычитана, но никто не доискивался.

Когда, получив вид на жительство, я стал подыскивать квартиру, сразу выяснилось, что жить придётся у чёрта на куличках. Пески, Коломна распахнули гостеприимные объятия; славные унылые места, которые и сами знали, что при заключении арендных сделок им пристало смущённо потупиться. («Какой ты, оказывается, сноб», – сказал Фиговидец, который жил в одном из самых красивых и почётных уголков В.О. и на обитателей 22-й линии или Малого проспекта смотрел с благосклонным участием, воспринимавшимся почему-то в штыки.)

Разумеется, я недостаточно знал Город – и как раз в хорошо мне знакомые онорабельные кварталы дорогу преградили как скудость, по этим меркам, средств, так и – главное – противодействие коренных обитателей. Они не желали принимать в соседство пришлого точно так же, как не спешили породниться с нуворишами. Я не мог не заметить, как переменилось ко мне большинство знакомых. В разговоре они стали подбирать слова, в шутках проявлять осмотрительность, в перепалках уступать без спора и в общем выказывали деликатность, в упрёк которой можно было поставить только её чрезмерность. Нувориши были агрессивнее и смешнее: там, где у людей со старыми деньгами на строительство заборов шла преувеличенная учтивость, они прибегли, как к более привычному материалу, к хамству: отворачивались, проходили мимо с глазами без взгляда, ртом без слов. Им всё представлялось, что гиря из прошлого повиснет на устремлённой в будущее ноге, и нога яростно брыкала, прискорбно ломая тихие ростки новой столь вожделенной жизни. К тому же они откровенно боялись быть принятыми за моих давних клиентов, и протекали годы, прежде чем являлось понимание, что их прошлая жизнь, добродетельная равно как порочная, клеймо сама по себе – так что никакое убийство не положит на общий чумазый фон особое различимое пятно, – и, с другой стороны, мысль об убийстве не придёт так уж сразу на ум городским, поскольку сами они прибегали к моим услугам, в большинстве случаев, желая засвидетельствовать тонкость своей душевной организации, повинуясь привычке ходить к врачу, следуя моде, капризу, расстроенным нервам.

Я располагал подробной картой Города и, пока незнакомые места были только весёлым рисунком – жёлтые улицы, голубые каналы, зелёные пятна скверов, – не терял бодрости духа. Я хотел сущей малости: сочетания воды, листвы и шестого этажа – и долго не мог взять в толк, почему как раз это неисполнимо. Начав ходить по адресам, я обнаружил, что карта – самая подробная, точная, без всяких слонов и богинь – не передаёт потаённого уныния местности. Там было чисто, тихо и неизбывно провинциально. Сразу же за Оперным театром резкий воздух столичности сменялся каким-то другим, и – по изгибу ли Мойки, по изгибу ли Екатерининского канала – я выходил в безлюдные и бесцветные кварталы, по которым мощным последним отливом прошло и утащило с собой жизнь запустение. Заносчивая чистота Города здесь казалась почти нерукотворной, как у вычищенных ветром и водой камней.

Всё это время я жил в гостинице и с первого же дня перестал задаваться вопросом, зачем они нужны в Городе, куда никто не приезжал, а пары в мрачной горячке прелюбодейства и углы предпочитали мрачные. Ещё как были нужны! «Англетер» не скажешь, что был переполнен, но полон жизни. Сюда сбегали утомлённые детьми и жёнами отцы семейств, здесь оседали уставшие от себя старички и старушки, приходили обедать холостяки и ужинать – вдовы, находя (нужное подчеркнуть) покой, общество, тихую рутину или праздник. В «Англетере» была лучшая в Городе кухня, самый большой зимний сад, приветливые диваны, ласковые горничные, легендарный портье... простыни пахли так сладко... каждая вещичка источала дружелюбие, каждый постоялец чувствовал себя путником, у которого за плечами трудная дорога и бессонная ночь, впереди неизвестность, но между ночью и неизвестностью горячий суп и свежая постель, – а в моём номере висела под стеклом рисованная лубочная картинка «Адское чудище», и, если бы не грабительские цены, я остался бы в нём навечно.

Илья Николаевич появлялся здесь после заседаний Горсовета, и, поскольку его поздний завтрак совпадал с моим ранним, виделись мы постоянно. «Лизе большой привет», – всегда говорил я, прощаясь, а он смотрел на меня и серьёзно кивал. Лёгкий человек, который сам изобрёл себе мучение.

Он же привёл меня в Яхт-клуб на Крестовском. Зимою «Парусное общество» проводило здесь гонки на буерах, и я прекрасно отдохнул, отбиваясь от предложений покататься в подозрительного вида тележке. («Разноглазый, ну какая же это тележка? Это шлюпка».)

В одолженной шубе, я сидел на открытой деревянной террасе, пил подогретое вино и щурился на шлюпки под парусом, которые неслись по льду залива на полозьях острых, как коньки. Официанты выскакивали на террасу налегке в своих белых куртках, сверкающих, как снег вокруг. Их праздничный вид, точные движения и чуть надменные (ведь это был Яхт-клуб, пижонство для взрослых, понты, на которые пижоны с П.С. могли только облизываться) улыбки как нельзя лучше подходили этому февральскому дню, который весь был – синее небо, яркое солнце и пронзительный ветер.

– Глядя в воду, можно прочесть на своём отражении приближающийся час смерти.

– Хорошо, что тут лёд вокруг. Или по льду тоже читается?

– Да ну вас, Разноглазый. – Илья устроился в шезлонге рядом. – Мне-то откуда знать? Это всё так, беседу завести. Подумал, вам будет интересно.

– А. Ну тогда уже можно переходить к тому, что интересно вам.

Он рассмеялся.

– Расскажите мне про Автово.

– Именно про Автово? Не про Николая Павловича?

– Про Николая Павловича я и сам всё знаю.

– Похвальная уверенность.

Он никак не отреагировал, и я стал рассказывать про Автово.

– Я не понял, они что, совсем не возражали?

– А ваши конкуренты возражают, когда вы их разоряете?

– Это называется «слияние и поглощение».

– Вот-вот.

Мы смотрели на сияющие паруса, слышали далёкие радостные крики и близкие голоса проходящих в буфет. Город стоял ледяным дворцом посреди ледяного февраля. Мир был прочен как никогда.

– Он говорит «империя», – сказал я, – и Автово замирает, ошеломлённое величием предлежащих задач. Перед Николаем Павловичем, скажем прямо, замрёшь по-любому... Но они за ним пойдут. Не всё ли равно, насколько охотно?

– Не надо демонизировать.

Я промолчал.

– Нам было лет по десять, – мечтательно сказал Илья. – И затеяли мы бежать в Америку.

– Куда-куда?

– Это такая метафора. Все гимназисты в десять лет бегут в Америку. Начитаются про индейцев да золотые прииски, сухарей накопят... Ну вот как вы в первый раз решились ехать в Автово. С той разницей, что Автово действительно существует.

– Да?

– Да. Большинство ловят в лесочке за Павловском, где они как-то умудряются заблудиться. Но мы были парни умные и взяли курс на Кронштадт.

– Кронштадт – тоже метафора?

– Нет, Кронштадт – это Кронштадт. – Илья махнул рукой неопределённо вперёд. – Угнали яхту Колиного дяди. Лодка небольшая была, справились.

– И что?

– В самом деле, и что? В этом проблема детских воспоминаний. Ими так хочется поделиться, что любой случай поначалу кажется подходящим. Пока тебя, понятно, не вернут на землю дурацким вопросом. – Он развёл руками. – Коля после этого уже никогда никуда не бегал. Ему нужны чересчурные крайности и чтобы все силы напрягать. Война с варварами, например, которых никто не видел. Открытие Америки. Полёт на Луну. Героическое, добываемое исключительно из бредового. Это вопрос пассионарности, вы не находите? Когда всё мало-мальски разумное выбраковывается. А империя – дело техники. Быстро надоест.

– Ну а Кронштадт-то?

– Ну а в Кронштадт может попасть каждый желающий, достаточно нанять сани зимой и катер летом. Или вон буер. Хотите, сейчас и прокатимся?

– Не хочу. – Я поёжился, представив, как ледяной ветер уносит меня к чёрту на кулички. – Не нужно преувеличивать *мою* пассионарность. Эта шуба, – я легко подёргал мех, – и то пассионарнее. Даже в таком виде. Не то что когда своими ногами бегала. А чтобы надоесть... Он её сперва построит, а потом уже она ему надоедать будет, правда?

2

Вот так сразу и не скажешь, шли на Финбане бои или нет. Выражение «нынешняя власть» до того не поспевало за реалиями, что обыватели уточняли друг у друга: «Самая нынешняя?»

Поначалу людям было страшно, и они сидели по домам – и лишь выгнанные на улицу необходимостью, обнаруживали, что просто сидеть и бояться гораздо страшнее. Конечно, на улицах били и беспредельничали – но на этих улицах всегда кого-нибудь били, и беспредел входил в состав их воздуха. И когда Илья Николаевич говорил Канцлеру: «Они режут друг друга», – он, при всей своей жестокости, не понимал, что сгущает краски. Его городской взгляд отметил смуту, раздор, незапланированные и показавшиеся ему бессмысленными убийства, и безукоризненно логично последовал неправильный вывод о гибели Финбана как политического единства.

Моя родина очень бы удивилась, узнав, что исчезла с политической карты. Те же обыватели, включая самых разнесчастных, были бы до глубины души оскорблены известием, что их трактуют как подвергшееся геноциду стадо баранов. Побои, издевательства, убийства вблизи теряли в метафизическом размере – становились просто побоями, всего лишь издевательствами, ну там убийством, – и гипотетическому доброхоту со стороны обыватель всегда мог сказать: «Это жизнь», – взрослым, ответственным тоном.

Я съехал с квартиры, но бывал в провинции постоянно и много работал.

Во время моего отсутствия события развивались, как предсказал Календула. Банды сперва трусили и жались, потом сорвались с цепи. Сам Календула потерял двух человек и чудом уцелел при покушении, в особняке администрации недосчитались троих и ещё больше – дезертирами, но хуже всего пришлось ментам, оказавшимся в капкане между политическими противниками и народным гневом. И хотя убитые исправно утаскивали убийц на тот свет, убийства не прекращались.

Неожиданно и абсурдно в моду вошли похороны: тела по-прежнему бросали в Раствор, но теперь до дверей морга гроб тащила целая процессия, мужики без шапок, бабы в трауре. Люди консервативные осуждали подобное молодечество. Люди без устоев машинально за него цеплялись. Вдруг оказалось, что смерть, которой так стыдились, и мёртвые, которых так боялись, сделались частью повседневности. Их перестали прятать, их начали открыто оплакивать. Когда я вернулся, всем показалось, что жизнь войдёт в колею, но она туда не вошла.

Закончив с визитами, я неизбежно оказывался в Ресторане, ставшем центром интриг и заговоров. Интриги, в некотором смысле, присутствовали в нём и раньше. Сюда приходили снять и сняться; сплетничали, сводничали, знакомились по-простому. Здесь знали всё обо всех – а чего не знали, на славу придумывали. События становились известны прежде, чем произойти, и если их участник опаздывал оказаться первым вестовщиком, то мог уже не трудиться поправлять: его история была рассказана без него и куда – даром что искажённая – убедительнее. Великая власть слухов смиряла бедного очевидца. Ну что он мог – сперва надсаживался, потом огрызался – затыкал уши – и, мрачнея, сатанея, сдавал позиции: чем умнее был, тем быстрее и проще.

Я входил с мороза и, когда голова переставала кружиться в плотном, как вода, воздухе смрада и тайны, а отражённый многовидным стеклом свет ламп уже не так прыгал в глазах, оглядывал зал. Кислотных цветов мебель, увядшая мишура и неприкаянные артефакты слагались в интерьер, не знающий, чего от него хотят. Искательницы приключений, работяги, барыги и шпионы составляли общество, не умеющее себя назвать, – да и не согласились бы они объединиться в слове. Здесь говорили: «Да я с имяреком на одном поле срать не сяду», – а после вы обнаруживали их за одним столом.

– Разноглазый, золотце!

Я подошёл поклониться. Тотчас мне под нос подсунулась пленительная ручка (которую недоброжелатель назвал бы лапищей). Я не чинясь поцеловал яркие кольца.

Разодетая, разомлевшая и так сильно надушенная, что у еды тех, кто сидел рядом, был запах и привкус духов, Анжелика царствовала со всем простодушием коронованной особы.

Нечестно было бы назвать её сводней, пусть она и сводничала – но также скупала краденое, давала в рост, подбирала лжесвидетелей для суда: проискливая на любую грязь, слепо доверяющая своему – действительно безошибочному – нюху на зло.

Её жеманное и неуклюжее имя (оно могло быть и кличкой; слышалось в нём, под фестончиками и рюшами, неотвязное зудение комара) щедро анонсировало образ королевы-мещанки, хищную, низменно умную жадность под слоем румян в палец толщиной. Этот образ души настолько заслонил внешний вид Анжелики, что никто не обдумывал, как же она, между прочим, выглядит. (А была она спелая, дебелая, разудалая, живописно вульгарная в каждой черте и детали.)

— Присядь с нами.

Я устроился подле хозяйки стола. Справа от меня оказался один из контрабандистов Календулы, прямо напротив — Плюгавый.

— Анжелочка, — сказал я, — ты на тех ли поставила?

Плюгавый немедленно завозился и зашипел:

— Ах ты, гнида! Родиной, гнида, торгует, а к нам с советами! Сперва у фашистов отъедался, теперь из-за реки ему свистнули. Родина в беде! Родина в говне! Плевать такому на Родину!

— Да ладно тебе, Ваша Честь, — заступилась Анжелика. — Он просто шагает в ногу со временем.

— Шагая в ногу со временем, захромаешь, — меланхолично сказал контрабандист.

Я оглядел щедро накрытый стол — жизнерадостные горы мяса, энергичную зелень, приветливые стаканы и рюмки — и заметил:

— Родина тоже неплохо питается.

Контрабандист и Анжелика заржали. Плюгавого затрясло.

— Ты меня, гад, куском попрекни! Не тобой, что характерно, оплаченным!

— Фу, Ваша Честь. — Я чокнулся с Анжеликой. — Я разве не плачу налоги?

— И сразу тюрьмой повеяло, — меланхолично сказал контрабандист. — Разноглазый, а ты в Городе кому башлять будешь?

– Ещё не разобрался, – сказал я. – Бумаг прислали на жизнь вперёд, из пяти инспекций.

– Да я не про бумаги.

– Но в этом смысле в Городе не башляют.

Контрабандист выпил, хватил мясца, пожевал, прожевал, поразмыслил, не стоит ли изобразить обиду, и решил, что не стоит.

– Ладно. Не хочешь – не говори.

У Анжелики ни сейчас, ни прежде не было со мной никаких дел – и никакой слабости она ко мне тоже не питала. (Если к кому и была у неё слабость, так к Календуле: давняя печальная связь, поставившая обоих в анекдотическое положение шулеров, видящих друг друга насквозь.) Её бизнесу, вопреки устоявшемуся мнению, лучше бы способствовало более мирное и менее мутное время. Тихие, неяркие и неспешные дела требуют прочности рутины, добротных декораций. Много ли наловишь в мутной воде? Конечно, много. Но сколько ни приобрети, риск в любой момент всё потерять отравлял радость приобретения. Не зря она нервничала, и, хотя поглядывала зорко, бодро и повелительно, озабоченность не уходила с чванного, всё ещё красивого лица.

– Говорят, Захар снайперóв нанял, – сказал контрабандист. – Подчёркиваю множественное число. Целым списком пойдут... а может, и *пойдём*, никто не знает, что там за имена.

– Захар себя вообще перестаёт контролировать, – отозвалась Анжелика.

Плюгавый снова вскипел и завозился.

– А я говорил хозяину! Подведомственные структуры на контроль нужно брать! Глаз не спускать! Руки не снимать с кнопки! Родина бдит, вот как! Родина мухи не пропустит! Поминутно узду должны чувствовать, гниды хитрожопые!

– Должны, – меланхолично сказал контрабандист. – Должны, конечно.

– А что фриторг? – спросил я.

– Фриторг обождёт, кто победит, и будет с ним договариваться.

– А Город?

– И Город.

– А если, пока они ждут, заводы встанут?

– Не единственные на свете наши заводы, – сказала Анжелика. – Перетерпят как-нибудь.

В это мгновение раздались рёв, аплодисменты, восторженные матерные вопли – и в меру высокий, в меру гнусавый, по-настоящему сильный голос пропел:

Говорят, что ты теперь фартовая,
Даже перестала воровать.
Говорят, что ты, моя дешёвая,
Рестораны стала посещать.

– Это что такое?

– Сегодня же суббота, – удивились они. – Живая музыка.

Плюгавый и здесь не утерпел.

– Вот что значит от родной земли оторваться! – прокукарекал он. – От корней и почвы! Наши песни – не ухмыляйся, гнида беспамятная! – ему не в радость!

Я покивал. Эту песню я уже слышал, но не от Родины, а от Дроли. В сопровождении оркестрика она оказалась более наглой и глупой, чем мне запомнилось.

Сквозь дым, сквозь чад – и даже сквозь гам и музыку, ставшие в этот миг доступными взгляду, как бесформенные, но грубые глыбы, – я смотрел в будущее, которое демонстрировало себя столь усердно и которого никто не замечал. Они все надеялись проскочить – а я ли не надеялся? – просочиться, остаться в стороне, не внакладе, по крайней мере, не в дураках – ну а если и в дураках, то хотя бы в живых.

– Календула не получал предложений с Охты? – спросил я, не рассчитывая на ответ.

За столом озадаченно замолчали.

– Где та Охта, – меланхолично сказал контрабандист. – А где мы.

– Воспользуются нашей гражданской войной, – настаивал я, – и придут.

– Да зачем им сюда приходить?

– А в Автово зачем им было приходить?

– У нас нет такого бабла, как в Автово, – сказала Анжелика, быстро посчитав в уме. – И скажи, Разноглазый, как они придут? Через Джунгли пробьются?

– По Неве, – сказал я неожиданно для себя самого.

С моих собеседников сошла оторопь, и троица дружно заржала. Привыкшие смотреть на реку как на забор, они не сумели увидеть в ней дорогу. Даже для контрабандистов Нева была забором, в котором они искали проломы и дыры. С таким же успехом я мог сказать им, что Канцлер с войсками прилетит по воздуху.

– Город не допустит, чтобы по Неве армии туда-сюда гуляли, – сказал контрабандист. – Да и лёд вот-вот тронется.

– Тронется и пройдёт, – упорствовал я. – Тогда по чистой воде на лодках. В нашу сторону им вообще по течению.

– Правильно, Разноглазый, мыслишь, – одобрил меня Плюгавый. – Но не туда, не туда. – Он поднял палец, нос и плечи. – Календула с китайцами переговоры ведёт, гнида продажная. То есть это он думает, что он, а на деле – они с ним. Интервенция у китайцев в плане! Пятую колонну обрабатывают! А те и рады жопой плясать!

– Чо за бред! – закричали контрабандист и Анжелика.

Плюгавый отмахнулся.

– Китайцы мутят! – изо всех сил крикнул он. – Не с Календулой, так с ментами! Со всеми разом! Оптом вас, предателей, скупают! Родина всё знает! Обо всех знает!

– Ну ты уж того, Ваша Честь, – сказала Анжелика разгневанно. – Сдуйся. Нашёлся один патриот на всю округу! Не хуже твоего Родину любим. И в геополитических интересах тоже, знаешь, разбираемся. – Под килограммами косметики её лицо рдело глубоко в землю упрятанным вулканом, и можно было скорее вообразить, чем увидеть, как бушующая кровь расцветает узорами и язвами капилляров. – Предъявы делаешь? Морали давишь? А как насчёт того, что китайцы всю дорогу губернатору заносили? А у Колуна твоего какие дела на севере?

– Клевета! – завопил Плюгавый. – Измена!

– Казнокрады! – заорала Анжелика. – Ворьё примеченное!

– Убивают! – грянуло откуда-то сбоку.

Никого, кроме меня, этот крик не отвлёк от дискуссии, да и мне не столько хотелось знать, кого там убивают, сколько были скучны взаимные счёты разбойников. Я развернулся вместе со стулом и стал прилежно вглядываться.

Народные дружинники вознамерились накостылять менту, а для этого его нужно было вытащить из-за стола и – в идеале – из Ресторана. (Свычаи и приличия возбраняли устраивать драки в самом Ресторане, живым напоминанием о чём уже стоял наготове с хлыстом в руке владелец заведения.) Миксер был здесь же и с озабоченным видом следил за своими парнями. Мент – замечу, в штатском, что не мешало его идентифицировать, но указывало на внутренний надлом, – верещал, лягался и кусался. Народ за соседними столиками начинал жаться и ёрзать, за столиками подальше – засматривался, не прекращая жевать. Оркестрик, подсобравшись, грянул нечто похабное.

Дружинники наконец одолели и поволокли заходящееся от ужаса тело прочь. Миксер двинулся следом: посмотрев сперва на хозяина Ресторана, даже шагнув в его сторону, но передумав. Хозяин отвечал очень напряжённым и мрачным взглядом. В меня кинули комочком хлеба.

– Да, Анжелочка?

– С нейтральными зонами всегда так, – сказала Анжелика спокойно. – Кому нейтральная, а кому – нет. И главное, ни за что не угадаешь.

– Тут уж какой расклад, – согласился контрабандист. – Чего гадать, пока не увидишь.

– Хозяин-то, – сказал я, – как переживает.

– Попал под замес, чего переживать.

– А репутация? Он же гарант... своего рода.

– Вот пусть и поглядит, чего его гарантии сто-ят, – отрезала Анжелика.

– Это против правил.

Они неодобрительно зафыркали.

– Ты скоро останешься единственным, кто их соблюдает.

– Если кто-то перестаёт соблюдать правила, – ответил я, – они от этого быть правилами не перестают.

– Даже если вообще все перестанут?

– Даже так.

Плюгавый, который и без того подозрительно долго молчал, не вытерпел и крикнул:

– Для гада правила важнее Родины! Гаду предать неймётся! Здесь Родина правила устанавливает, понял, нет?

– Молодец, Ваша Честь, – сказала Анжелика, но улыбнулась мне: сочувственно, покровительственно и с долей презрения. – Не в правилах дело, дело в людях. Люди решают, какое из правил сейчас правило, а какое – нет. Знаешь, как это называется?

В Ресторане голоса, дым, музыка, пар от еды и тел сбились в плотную пелену, сквозь которую уже не просвечивал рисунок жизни. Кривой, неудачный, некрасивый, он тем не менее существовал, и его осмысленность, заложенный в него намёк – пусть в этом случае, наряду с детскими каракулями или набросанным в темноте, лихорадке и спешке черновиком стихотворения, воплощение оказалось бесконечно далеко от задумки – не давали миру развалиться. Теперь я его не чувствовал, не видел, сколько ни вглядывался.

– Разноглазый!

– Да, знаю, – сказал я. – Хаос.

Когда через пару дней я работал на Миксера и тот хмуро жаловался на безвластие и неразбериху, мне пришлось заметить, что людям, беспредельничающим в нейтральной зоне, грех потом удивляться. «Беспредельничают всегда другие», – сказал Миксер. Мы не обменялись ни единым бранным словом, но атмосфера вмиг утяжелилась, а лица присутствующих покраснели. «Шшшш», – сказал я.

3

Городской совет действительно прислал на Финбан комиссию. Расследование преступлений против человечности свелось к тому, что комиссия из трёх человек (поседелый клерк от юридической службы Горсовета и два профессора с В.О.) засела в особняке администрации и погрузилась в изучение бумаг. Ничего сверх того, что было написано на бумаге, они не видели – да притом и бумаги им принесли не всякие, – а приём жалобщиков, что также входило в программу, всё откладывался и откладывался из-за трудностей в согласовании регламента.

Профессора (специалист по Спинозе и специалист по Блоку) горели рвением – аж руки тряслись при мысли о всех обидах и несправедливостях, какие можно сделать человеку, – но с юристом я поладил. Не угрюмый, не унылый, невозмутимо сосредоточенный, он тихо корпел в отведённом ему углу и, когда разговаривал со мной, не трудился скрыть поблёскивавшую в глазах насмешку.

– Что вы будете делать дальше?

– Представим Горсовету отчёт.

– А Горсовет что сделает?

– Вынесет резолюцию. – Он закрыл и перебросил какую-то папку из одной стопки в другую. – Можно даже предположить какую.

– О необходимости положить конец?.. – предположил я. – Навести порядок?.. В таком роде?

– В таком. Вы прекрасно сформулировали наши ближайшие пожелания.

– А что потом – оккупация?

– Нет. Резолюция не даёт права на силовое вмешательство во внутренние дела провинции.

– Почему?

– Это спровоцирует ещё большее насилие.

– Вот как, – сказал я. – И по какой методике вы его измеряете?

Он взглянул... скажем так, дружески. И ответил:

– Вы умный человек, патриот – хотя и с видом на жительство – кстати, поздравляю – в метрополии, – и, видя, что происходит, сердитесь. И я бы на вашем месте сердился. Наша комиссия, – он пожал плечами, – действительно производит то ли комичное, то ли удручающее впечатление, и я – на своём собственном месте – был бы против её назначения, если б моим мнением соблаговолили поинтересоваться. Что ж тут делать, коли делать нечего! Но взглянув на вещи трезво – а этот взгляд, полагаю, присущ вам в высшей степени, – вы должны будете признать, что в сложившейся ситуации причинение наименьшего зла уже есть благо. Не думаю, что мы окажемся заметным сдерживающим фактором. Но и в усилении дестабилизации нас будет не упрекнуть. – Он говорил как писал, притом казённую бумагу. А теперь, явно устав говорить, заскучал и торопился поставить точку. – Пока что наша миссия – привлечь к проблеме ваше же внимание. Если местная власть найдёт в себе силы контролировать – –

– Местных властей сейчас по числу банд, и никто из них контролировать не в состоянии.

– Будем надеяться на лучшее.

– Неужели в Городе не видят, что рано или поздно всё это хлынет к ним?

– Ерунда, – сказал он искренне. – Вам – ведь есть в вас что-то злорадствующее, не так ли? – хотелось бы верить в подобное развитие событий. Но оно невозможно.

Юрист был неглупый, опытный, и я не мог понять, почему он не понимает. Я сделал последнюю попытку.

– Сперва Город делает вид, что ничего не происходит. Потом присылает гуманитарных клоунов. Когда по Невскому пройдёт парадом Национальная Гвардия Охты, вы, очевидно, ответите резолюцией о недопустимости нарушения границ?

– Господь с вами, при чём здесь Охта?

– Абсолютно ни при чём. Какое отвратительное кликушество! – сказал новый голос: глубокий, взволнованный.

Мы разговаривали в кабинете Потомственного. Хозяин кабинета принял комиссию со слезами на глазах, не знал, чем угодить, не отходил от профессоров (величая каждого «господин профессор»,

279

с благочестивой радостью глядя на их товарищество – и не зная, что в коридорах университетской жизни эти товарищи не раз пытались вырвать друг другу горло). Теперь он стоял в дверях и пронзал меня взглядом.

Вид у юриста сразу стал сонным.

– Ммм... Пётр Алексеевич...

– Простите, Юрий Леонидович, что так вторгаюсь, – сказал Потомственный строго в его сторону, а в мою боком излучая пышущее недовольство. – Только что пришли документы по милиции.

– Замечательно. Приобщу.

– Не лучше ли выделить их в отдельное производство?

– На каком же основании?

Потомственный сжал руки и улыбнулся. Часть улыбки, адресованная мне, была презрительной, часть, адресованная юристу, – неуверенно-сообщнической, и обе – глупыми. У Петра Алексеевича не было шансов пустить зверства наших ментов не то что отдельной главой, но даже с красной строки, и не скажешь, что он этого не знал: знал, но не желал дать своего соизволения. Ему казалось очень важным, что он – лично он – лишит беззаконие моральной санкции. Как назло, никто вокруг не считал его такой персоной, чья моральная санкция много весит. Но он не унывал.

– Что мы за люди такие! – восклицал он, оглядывая собственный кабинет, словно искал увидеть затаившуюся в углу, как крысу, нацию. – Почему так непотребно живём! В наших судах нет правды, в органах власти – порядка, в быту – опрятности, у милиции – чувства долга и нигде – взаимного уважения.

Мы погрязли в разврате, коррупции и невежестве! Мы лишены элементарных человеческих чувств!

– Резюмирую, – сказал юрист. – Вы, Пётр Алексеевич, объявляете себя подлецом и идиотом?

Потомственный оторопел.

– То есть как это? Я не подлец.

– Следовательно, вы пользуетесь словом «мы», априорно исключая себя из этой общности? Но ведь это местоимение первого лица.

Ах, нетрудно поймать дурака на слове – и всё же нужно признать, что подлость и глупость, поделённые на всех, предсказуемо становятся фигурой речи. Никто, бранясь, под «мы такие-сякие» не разумеет «такой-сякой я». Из «мы» вымывается всякая личная ответственность, превращая «мы» в «они» – как с другими целью и результатом, но на тех же основаниях нож убийцы превращается при смене местоимения в лес обнажённых за правое дело копий.

Пётр Алексеевич решил не спорить. Пётр Алексеевич даже решил тонко улыбнуться, давая таким образом понять, что оценил упражнение городского в софистике. Игра ума, в конце концов, тоже спорт аристократов.

– Пётр Евгеньевич и Евгений Львович, – сказал он, – подготовили текст обращения. Разумеется, вчерне. Если вы пожелаете внести дополнения, перед тем как ставить свою подпись... – В заискивающей улыбке появилось что-то робкое, усталое. – Я консультировал, в меру сил. Местные реалии, вы понимаете...

– Обращения к кому?

– Ну... К здоровым силам провинции.

– Будь в провинции здоровые силы, мы бы здесь сейчас не сидели, – невнимательно обронил юрист и, только заметив, какое впечатление произвела его ненамеренная, рассеянная жестокость, пустился в вежливые объяснения. – Мы только наблюдатели, – сказал он. – Любое обращение есть так или иначе призыв, любой призыв – уже действие, и безразлично, в форме борьбы или соучастия. Поначалу кажется, что такая важная вещь – единственно важная, как многие думают, – правильно выбрать сторону, определиться, под каким ты богом... А это бессмысленный выбор, подло заставлять его делать. И не сделать – тоже подло. Когда так далеко заходишь, ноги уже сами идут.

Потомственный слушал с почтением и мукой, но из всей речи понял лишь то, что обращаться к правобережному быдлу городской считает ниже своего достоинства. (Да, это он был готов понять и принять.) Но, с огромным уважением относившийся к слову «философия» – так же, как к словам «культура», «традиция», «духовность», – он видел за словами сумму позитивных результатов, достигнутых человечеством на его нелёгком, непрямом, но вернонаправленном пути – пути, в общем, уже при царе Горохе снабжённом указателем «торная дорога», – видел выставку предметов таких же чинных, как сами слова («философия», «культура»), – вот это всё, а не думание как процесс, думание как путь косой, кривой и одинокий, пунктир индивидуалистической тропки в никуда из ниоткуда. То, что говорил юрист, не было для Потомственного философией, потому что тот был юрист, а не философ, не специалист по философии тем более. С профессорами ему было легче, хотя и унижали они его сильнее – так, походя. Ведь у них были общие идеалы.

Раздался быстрый дробный стук, дверь, не дожидаясь ответа, распахнулась, и профессора вступили в кабинет, а вместе с ними рука об руку – беда и карикатура.

Специалист по Блоку и специалист по Спинозе пришли сюда из мира, который считал, что принятые им законы не только правильные, но и универсальные. Не может быть двух разных правильных законов об одном и том же, не так ли? С излишним почтением относясь к своим убеждениям и с недостаточным – к истории, специалисты не умели заподозрить, какая роль отведена им историей в отместку: благонамеренные, но зловредные люди, которые несут прогресс и всюду приносят разруху.

– Разработанная нами Концепция Гуманитарной Интервенции... – начали они хором и осеклись, переглянулись, смущённо рассмеялись. Последовала изысканная пантомима: по виду – состязание в учтивости, а подлинный смысл заключался в том, что заговорить первым теперь, с позволения собрата, было поражением.

– Да, – сдался или решил быть умнее профессор пожилой, бритый и с гневными глазами. – Концепция разработана. Не преувеличивайте мои заслуги, Пётр Евгеньевич. Я сделал, что мог, вы сделали, что могли... Гм. Не меньше. Сейчас речь должна идти о воплощении. Однако я, пожалуй, напомню, в самых общих чертах, суть идеи.

– Надо так надо, – согласился юрист. – Напоминайте.

— А вот не нужно иронизировать, Юрий Леонидович! — нервно выпалил Пётр Евгеньевич: профессор помоложе, в бороде и с глазами плачущими. И он, кстати, не производил впечатления человека, который расщедрится преувеличить чужие заслуги. — Не нужно! Пока вы в безопасности сидя иронизируете, люди гибнут прямо на улицах.

— И в застенках, — добавил Евгений Львович.

— Честные люди?

— Честные! И нечестные! Осмелюсь сказать, что бессудное надругательство над кем бы то ни было делает это различие неважным!

— И преступление оно делает неважным? — уточнил юрист. — Возможно, даже обеляет?

— Когда дискредитирована идея законности, — вступил Евгений Львович, — безнравственно заниматься крючкотворством и софистикой. Мы видим страдающего человека, прежде всего и только страдающего человека. Что он совершил, в силу каких причин он это совершил, совершил ли вообще или был обвинён облыжно — судить не теперь и не нам. Гуманность не задаётся подобными вопросами. Гуманность требует одного: положить конец его страданиям.

— Да он и сам отмучается, — сказал я.

— Мы знали, что столкнёмся с непониманием и враждебностью местных элит, — кротко сказал Пётр Евгеньевич. — Насмешки, недоверие, злоба, глухое противодействие... Арсенал небогат и предсказуем. Однако же и мы, со своей стороны, решили перейти к стратегии прямого действия. Насмешки мимо ушей пропустить можно. Открытое возведение препятствий — нельзя.

– Мы планируем посетить Управление внутренних дел, – пояснил Евгений Львович.

– Ментов, что ли? Это опасно.

– Ну что ж, мы готовы. – Пётр Евгеньевич глянул на Евгения Львовича и мягко прикоснулся к его плечу. Их взаимная неприязнь, даром что подавленная, утаиваемая, всячески замаскированная, была видна за версту – и не составляло труда представить, с какой злобой, болью и ненавистью принимались эти мирные деликатные прикосновения: на грани, а может, уже и за гранью извращённого удовольствия.

– Это опасно, – сказал юрист.

– Мы настаиваем, Юрий Леонидович. – Юриста оба не любили открыто, без затей. – Это необходимо сделать.

Особый глубокий голос, которым это было сказано, не предвещал добра. Особый глубокий голос и прорезается, когда в летящий по ветру плащ героизма облекается какая-нибудь немытая подлянка.

– Наверное, это всё-таки удастся устроить, – пролепетал Потомственный.

Пока шла беседа, он молчал, впитывал каждое слово, напрягал все силы, дабы сберечь для будущих поколений драгоценные memorabilia: и главное, и неотфильтрованные мелочи. Пётр Алексеевич не видел необходимости инспектировать обитель зла, горевал и корил себя за неспособность увидеть, и готовность профессоров рискнуть наполняла его душу сладким томлением... а что рисковать они будут, скорее всего, другими – как ни крути, это были слишком неравноценные другие, чтобы мыслящий человек не принудил себя ими пожертвовать ради общественного блага.

Сходили за Плюгавым, объяснили, что к чему.

– Да вы чего, рехнулись? – сказал Ваша Честь, когда до него наконец дошло. – Вам там бошки оторвут! Кишки выпустят! Захар с катушек слетел, бандитствует внаглую!

– Попрошу вас! – Евгений Львович заледенел и подтянулся. – Вы, насколько я понял, отвечаете за нашу безопасность. Мы предлагаем, вы обеспечиваете, именно в таком порядке. – Он кашлянул. – Если все здесь, конечно, вкладывают в слово «порядок» одинаковый смысл.

– Ещё как отвечаю, – сообщил Плюгавый. И он подсобрался, и он почуял врага. – В печёнках уже ваша безопасность сидит. Порядка я не знаю, поихнему! Не пальцем деланный! Родина меня выучила, в люди вывела, теперь вот поручила... поручила... – Он захлебнулся слюной и яростью, не находя полновесно обидного слова. – Да пусть хоть гусей пошлёт пасти: честь отдал и пошёл! И порядок вам будет! Нельзя к ментам соваться!

Евгений Львович с покорной (что приходится выносить! какие руки пожимать!) улыбкой оглянулся и вдруг обнаружил, что он не на кафедре и даже не за столом в кругу единомышленников, и – верный Пётр Алексеевич не в счёт, у него, между нами, быстрота реакций оставляет желать лучшего – насмешливые, враждебно настроенные слушатели с интересом ждут, когда местный держиморда утрёт профессору нос – своим, так сказать, вонючим платком, буде таковой имеется.

– Мы требуем! – возгласил он. – Пётр Евгеньевич?

– Да-да. – Петру Евгеньевичу пришлось взять тот же тон. – Безоговорочно.

.

Здесь неминуемо встаёт вопрос о статусе комиссии. Администрация Финбана пустила её в провинцию в порыве отчаяния, задабривая Город и не предполагая, что горкомиссары, заботливо снабжённые горой отчётов, справок и докладных записок, возжаждут увидеть народ в натуральную величину. Кабинет выделили, куратора из замов (да какого! пламенного подражателя) приставили – чего им ещё? И Колун, и губернатор, и смекнувшая, что к чему, челядь выкинули комиссию из головы: вплоть до того, что губернатор забывал о ней справляться, а челядь – уступать дорогу.

В сложившихся непредвиденных обстоятельствах Плюгавый, покипятившись, побежал бы к Колуну за инструкцией, и Колун наверняка бы сумел всё уладить: кого надо обругав, кому надо польстив. Но Плюгавый ещё бушевал, ещё смотрел сквозь ярость, не видя, как брезжит за пеленой и подаёт ему спасительные знаки здравый смысл – и юрист спокойно ждал, и я в углу улыбался, – когда дело, а с ним и судьбу, взял в свои неуклюжие честные руки Потомственный.

Потомственный задрал голову. Глядя на Плюгавого, он сжал руки, а теперь забыл расцепить и так и застыл, в позе такой хрестоматийной для картины и такой курьёзной для живого человека. Кем он себя в эту минуту увидел: молящимся королём, реформатором, вождём на баррикадах? Оставалось сказать роковые слова глубоким голосом.

Он оказался глупее, чем я думал. И отважнее, к сожалению.

– Вызывайте дружинников, Ваша Честь, – сказал Потомственный, и голос зазвенел. – Едем немедленно. Под мою ответственность.

Всей толпой забившись в раздолбанный микро-автобус дружинников, мы поехали в гости к Захару. Профессора аккуратно, с кротким отвращением поглядывали в окошки. Потомственный мучился от стыда за эту жалкую замордованную страну. Юрист степенно листал записную книжку, а Плюгавый исподтишка глазел на него, потому что не раз слышал, как Колун называет городских юристов «настоящими волками», и потому что именно этот городской юрист похож на волка совсем не был, разве что упорным молчанием. Дружинники сидели, погружённые в собственные печали.

Управление милиции ещё больше стало похоже на осаждённую крепость: тяжелее оружие у часовых, прочнее двери, толще решётки на окнах. Даже свой арестантский зелёный фургон менты поставили так, чтобы никакой камикадзе не придумал въехать в дверь на заминированной драндулетке. После изнурительных переговоров с дежурным внутрь пропустили комиссию и меня в качестве независимого наблюдателя. («Бди, Разноглазый, не расслабляйся, – прошипел Плюгавый мне в ухо. – У тебя Родина за спиной».)

Захар встретил нас весело, добродушно, с огоньком: налитые кровью глаза заискрились, губы расползлись над крупными зубами, частью золотыми, частью – пожелтевшими от времени, табака и иных невзгод.

– Счастлив наконец-то познакомиться, – проклекотал он, выпрастываясь ради дорогих гостей из-за стола и раскрывая объятия, в которые, впрочем, никого не собирался заключать. – Только и разговоров по земле, что о вашей благородной миссии.

А уж радость-то! Некоторые, знаете, до сих пор считают, что права человека не про нас, лапотников, написаны. Не там родились, где права раздавали! Рылом не вышли для гуманизма... Ну чего стоим как неродные? Прошу садиться.

И Захар плюхнулся обратно в кресло. Стульев в кабинете было всего три. Юрист уселся без колебаний. Профессора покосились на меня, друг на друга и всё-таки сели. Я остался стоять, поудобнее привалившись к заклеенной инструкциями и плакатами стене.

— Хотелось бы ответить тем же, – сухо сказал Евгений Львович. – Но, извините, чаще всех нарушает права человека именно ваше ведомство. Очень много жалоб.

— Да? И на что же жалуются?

— Самоуправство, превышение должностных полномочий, вымогательство, подстрекательство, применение запрещённых мер воздействия, унижение достоинства заключённых и арестованных, случаи откровенного грабежа, – скорбно перечислил Пётр Евгеньевич.

— Действительно, нехорошо получается. – Захар помрачнел. – Недоглядели, выходит, недоработали... И виновато, если кто недоглядел или недоработал, начальство. То есть я. – Он покачал головой, произвёл руками приличествующие жесты. – Грабёж, надо же. Простой грабёж или с разбоем?

Юрист погрузился в записную книжку. Профессора ненадолго оторопели, но не дали себя сбить.

— Правоохранительные органы провинции, – сказал Евгений Львович, – не выполняют своих функций в должном объёме. Иногда кажется, что они выполняют функции какие-то прямо противоположные. Вами пугают детей! К вам обращаются за помощью, когда хотят совершить какое-нибудь беззаконие! Лица, призванные обеспечивать защиту граждан, обеспечивают – во всех смыслах – только себя!

– Два доказанных грабежа с разбоем, – сказал юрист, поднимая голову.

– И у меня те же цифры, – согласился Захар. – Полная доказательная база, свидетели, хоть сейчас в суд.

– Но случаев таких на самом деле двадцать два! – возопил Пётр Евгеньевич. – Может быть, даже сто двадцать два! А если бы и было всего два, как вы подчёркиваете, то всё равно не «всего», а «целых»!

– Так. Ну и что я должен сделать немедленно?

– Мы разработали Концепцию Гуманитарной Интервенции, – начал Евгений Львович, ощутив твёрдую почву под ногами. – Город готов прислать книги, пособия, экспозиции, специальные программы, по которым вы сможете обучать сотрудников... стандарты, наконец. Я, – он картинно спохватился, улыбнулся коллеге, – и Пётр Евгеньевич, мы не относимся к тому сорту кабинетных учёных, которые при слове «стандарт» падают в обморок. Жизнь нуждается в том, чтобы её упорядочили, в правилах, в целеполагании. В условиях, когда Город рад поделиться опытом, когда вам нет необходимости начинать процесс с нуля, можно достичь исключительно многого за самое малое время.

– А! – сказал начальник милиции прочувствованно. – Вы полагаете, мы здесь не знаем, как надо, и нас следует просто поднатаскать – а уж поднатаскавшись, мы сами собой изменимся в лучшую сторону, и жизнь свою изменим, и может, даже будем приняты – символически – в семью цивилизованных народов. Как это прекрасно! До чего нет слов как прекрасно! Но что конкретно от меня сейчас требуется? Вслух зачитывать личному составу какой-нибудь стандарт? Водить их... гм... на экспозиции? Как часто? Сколь долго? Соблюдая какого рода периодичность?

– Не надо юродствовать, – предостерегающе сказал Евгений Львович. – Вот не надо, пожалуйста. Мы отдаём себе отчёт, насколько долог и труден путь к цивилизации. Не на один год, да! Не на одно, очень может быть, поколение. Но это не повод не идти вообще.

– Цивилизация-то, говорят, тю-тю со дня на день.

Комментировать подобный вздор было ниже профессорского достоинства.

– Вы собираетесь принимать меры?

– Насчёт стандартов? Конечно, несите. Почитаем.

– Я говорю о зафиксированных комиссией фактах злоупотреблений.

– Ну, это суду решать.

– Суду? – переспросил Пётр Евгеньевич.

– А вы считаете, – развеселился Захар, – что если сотрудники превысили полномочия, то и начальство вольно самоуправно их покарать? На отеческий, но беззаконный манер? В Городе Управа благочиния так поступает?

– Не надо сравнивать, – опрометчиво сказал Евгений Львович.

– Понимаю, – кротко согласился начальник милиции. – Чего ж не понять. Стандарты стандартами, а если кто рылом не вышел, то какая ему в цивилизацию дорога. То есть идти-то он может и должен, но не факт, что там его ждут. Нет, идти-то пусть идёт. Не один, так сказать, год, не одно, будем верить, поколение...

Евгений Львович посмотрел на Петра Евгеньевича, что-то увидел, кивнул ему и встал.

– При том обороте, который принимает разговор, – сказал он, – нам лучше уйти. У всего есть предел и мера, и, в конце концов, мы не обязаны, пусть из лучших побуждений, выставлять себя на посмешище. Что ж, мы уйдём. Идёмте, Пётр Евгеньевич. Но мы ещё вернёмся.

– Заходите, дорогие. Всегда рады видеть вас в наших застенках. – Захар подмигнул юристу, неспешно оправлявшему пальто. Почему-то, входя в кабинет, никто и не подумал снять верхнюю одежду. – Проснёмся – разберёмся.

На обратном пути каждый старался выместить на других своё дурное настроение.

– Почему Захар лютует? – шипел Плюгавый. – А потому что волю волку дали. А кто ему волю дал? Кто у нас жрёт, но не работает? Дармоеды! Народные дружинники! На хера Родине такой народ! – Его взгляд перемещался в сторону комиссии. – А потом к нам заявляются и рассказывают, какие мы есть нехорошие. Да! Уж какие есть! Не в фильдеперсе!

– Не зуди, Ваша Честь, – угрюмо и спокойно отвечал Миксер.

– А! Правда глаза колет!

Профессора постарались уйти в астрал. Нужно было быть до величия глупым, чтобы не понимать, что их миссия с треском провалилась, и они, понимая, искали возможность сберечь лицо. Обычно для этого люди спешно находят крайнего. Но мы – Захар, Плюгавый, и я, и даже бедный, верный Потомственный – крайними были и так, иначе комиссия сидела бы сейчас по домам, наслаждаясь тихими семейными радостями. Дикари недееспособны, следовательно, на них нельзя возложить ответственность. Оставался юрист. Выговаривать ему при посторонних тоже казалось не вполне ловко. Если только пару слов сдавленными обиженными голосами.

– Вы могли бы нас поддержать, Юрий Леонидович.

– Я и поддерживал.

– О да, ваше молчание было донельзя выразительным.

Автобус неожиданно резко затормозил. Нас тряхнуло. Вышедший на разведку Гвоздила вернулся с плохой новостью: дорога оказалась перекрыта спиленным деревом. («Ну гады. Ну когда, гады, успели?») Мы выгрузились и заозирались.

В последнее время оттепели шли одна за другой, и на дорогах лежала ледяная каша. Темнело; небо из розового стало сиреневым, из сиреневого – фиолетовым.

– Давайте на блокпост быстрым шагом, – сказал Миксер.

– Вы нас изгоняете? – всполошился Пётр Евгеньевич.

– Эвакуируем.

Евгению Львовичу некстати вспомнились прочитанные в детстве приключенческие книжки, и он бодро, с вызовом заозирался.

– А что такого может случиться?

Миксер затравленно зыркнул на Плюгавого, на меня. В его обязанности не входило объясняться с идиотами.

– Препираться только не будем, да? – тявкнул Плюгавый. – Из соображений безопасности вам надлежит покинуть провинцию немедленно. В темпе! В темпе! Пока стервятники не слетелись!

– Пойдёмте, господа, – подал голос юрист.

– Но у нас здесь бумаги!

– Завтра вернёмся за бумагами.

– Я всё перешлю, – торопливо вставил Потомственный. У него было лицо человека, который вот-вот начнёт ломать себе руки. – Ваша безопасность гораздо важнее.

– Это какая-то инсценировка, – проницательно сказал Евгений Львович. – С целью нас запугать, одурачить и выдворить. Избавиться от нашего присутствия. Выйти из-под контроля.

– Наше присутствие – само по себе гарантия безопасности, – сказал Пётр Евгеньевич.

– Не надо нас переоценивать, – сказал юрист. При всём своём спокойствии, он начинал переминаться, а его безразличные глаза – бегать.

– Евгений Львович! – воззвал Потомственный. – Пётр Евгеньевич!

Юрист посмотрел на Миксера.

– Куда идти?

Мы дошли до прибрежной полосы отчуждения, когда напали менты. Они выскочили из мрака молча, слаженно; профессорские рты ещё договаривали жалкие протестующие слова, а разгоняемая велосипедными цепями и дубинками драка вовсю набирала обороты.

На славу поработавшие в последнее время дружинники сразу смекнули, что главная цель нападавших – захватить городских в заложники: то-то их старались оттеснить под шумок в сторону. Закипал настоящий бой. Даже Плюгавый ожесточённо размахивал свинчаткой на цепи, даже Потомственный теребил вцепившегося в Евгения Львовича сержанта. Я стоял в сторонке. Ко мне не вязались.

Менты превосходили числом, но они были трусливее и хуже обучены: эти дни народного гнева, когда парней в погонах втихомолку отлавливали и били, вымещая наболевшее, не заставили их взяться ни за ум, ни за гантели. Дружинникам удалось и отбиться, и обратить врагов в бегство. На поле боя остались раненые. Кто был ранен полегче – матерился, посерьёзнее – стонал. Миксер стоял, опустив кистень, над распростёршимся без сознания милицейским сержантом. Кистень был весь в крови.

– Что ж ты? – сказал я, подходя.

– По голове ему неудачно попал, – озабоченно отозвался Миксер. – Кажется, помирает.

– «Скорую» надо.

– Больничка рядом, быстрее сами донесём. Помрёт, как думаешь?

Сержант выглядел так паршиво, что мне не понадобилось отвечать. С другой стороны, он дышал и принадлежал к живучей породе.

– Ты сам как, без потерь?

– Руки-ноги, ключицы, – навскидку перечислил Миксер. – Вроде обошлось.

– Они из-за комиссии напали?

– А то. – Миксер с ненавистью взмахнул кистенём. – Захватить хотели, выкуп потребовать...

А если не выкуп, то ещё чего хуже. Голову городскому отпилить и послать в коробке из-под торта. Или посадить его в подвал и, эт самое, шантажировать. Это ж всем конец бы был, ты соображаешь?

– Соображаю.

Я огляделся. Стоявшие на ногах дружинники оказывали первую помощь пострадавшим товарищам и ментам, причём последних перевязывали и укладывали даже заботливее: не приведи бог, подохнет сука от асфиксии или потери крови. Это сюрреалистическое зрелище никому не казалось сюрреалистическим. Все так себя вели. Комиссия старалась не путаться под ногами, и сердце подсказывало, что это не здравый смысл торжествует, но, скорее, брезгливость, которая не в силах не зажать нос при виде страждущего мяса.

– Уводи ты их отсюда, – сказал Миксер. – Сил нет.

– Варвары! – гневался Евгений Львович, пока мы вчетвером шли через мост. – Неандертальцы! Всё у них кулаками, всё у них на животных инстинктах – –

– Им бы не пришлось пускать кулаки в ход, будь вы осторожнее, – сказал я.

– О, классовая солидарность, – тихонько, с пониманием протянул Пётр Евгеньевич.

– Прекрасно, что вы защищаете соотечественников, – сказал Евгений Львович. – Прекрасно, что вам равно не чужды трезвомыслие и чувство долга. Но тогда вы должны понять, что и мы выполняли свой долг.

– Можно было и половчее его выполнить.

– А что бы, – спросил юрист, – изменилось?

– Может, на вашей совести было бы трупом меньше?

Профессора содрогнулись в пароксизме возмущения, юрист засмеялся и взял меня под руку новым, свободным движением – и в этом смехе, в этом движении просквозило зло, рядом с которым реакция смешных, неумных и напыщенных фарисеев выглядела проще и человечнее, – а сказал всего лишь:

– Фу, молодой человек, вам не идёт.

Я шёл по ночному Городу с его одинокими фонарями, сумрачными дворцами, тёплым светом в окнах. Далеко было до полуночи, но на этих прямых зачарованных улицах не было ни людей, ни машин.

Тишина была совершенная. В Городе взимали штраф за нарушение спокойствия ночью (крики, свист, музыка). Одна из посещавших «Англетер» старушек рассказывала при мне о приключившейся с её внуком трагикомедии: внук гулял, с кем-то повздорил, его избили – и его же оштрафовала за нарушение тишины примчавшаяся на вопли полиция. Обидчиков, оказавшихся детьми вновь приехавших нуворишей, тоже наказали, но юноша остался недоволен. «Вот он меня и спрашивает: бабушка, как себя в следующий раз вести? Не кричать? А тогда кто придёт на помощь? А я ему, – торжествующе заключала бабушка, – прямо говорю: с быдлом в следующий раз вина не пить и спать вовремя ложиться. До чего дожили! Я всё-таки добьюсь от зятя, чтобы он поставил в Городском совете вопрос об уменьшении квот. Эти выскочки становятся невыносимы».

В Городе никакой подсветки не было. Разумеется. Эти здания, площади и парки полнились собственным внутренним светом, который, положим, не воспринимался глазом как свет обычной лампочки и всё же озарял жизнь – так в поэзии метафора называет глаза красавицы «чёрные солнца», удачно найдя неопровержимый пример сверкающей, сияющей тьмы, – как озаряют её великие цели, знамёна, подвиги, чудеса и герои.

Я пошёл набережными рек и каналов, по Фонтанке, мимо Инженерного замка, мимо Михайловского сада, Конюшенной площади, Мойкой в сторону Невского. Тонкая лёгкая позёмка летела впереди меня по гранитным плитам, а вокруг в темноте, черноте, тишине вставала в рост с деревьями и особняками таинственная, немного надменная печаль. Величие можно было подойти и пощупать. Я держал руки в карманах и торопился попасть в гостиницу.

Когда я спустился завтракать, добрые люди вовсю обедали. Мне приглашающе помахал Илья.

– Неважно выглядите, дорогой.

– Спасибо.

– У меня дача на Крестовском, – предложил он. – Не хотите пожить?

– Какая же сейчас дачная жизнь?

– Распрекрасная.

И он, и я всегда выбирали один и тот же столик в углу, с двумя стульями и небольшим, лёгким диваном «ампир» с фигурно скошенной спинкой и обивкой в цветочек. При желании можно было видеть весь зал, при желании – сесть к залу спиной.

– Вам следует лучше питаться. – Илья Николаевич холодно оглядел принесённую мне чашку кофе. – Правильно и – не последнее – обильно питающийся человек никогда не будет подозрителен в гражданском смысле.

Я покосился на его необъятный бифштекс.

– А меня уже в чём-то подозревают?

– В контексте слово «уже» звучит немного наивно. – Он откинулся на диване с бокалом в руке. – Люди традиционной моральной ориентации рассуждают так: ест без аппетита – совесть нечиста. Совесть нечиста – следовательно, в чём-то замешан. В Городе не принято быть в чём-либо замешанным. Вас начнут избегать.

– Ну и что? Я чужой, пришлый и разноглазый. Я не думал, что меня немедленно примут.

– Вы, Разноглазый, не думали об этом вообще. Вам кажется, что востребованность ваших услуг снимает вопрос об отношении людей к вашей личности. Так оно, конечно, и есть – вернее, было. Но раз уж вы намереваетесь с нами жить, придётся делать это по правилам.

– И как мне социализироваться?

– Для начала вступить в какой-нибудь клуб. В Английский, конечно, вот так сразу не примут... держим марку, держим... отгородились от мира высоким забором, чтобы изводить друг друга. В одиночестве ты сам пожираешь себя, на людях тебя пожирают другие, теперь выбирай... да. Но в «Щит и меч» обеспечу рекомендации.

– Какое странное название.

– Отчего же?

– Как будто для военных.

– Действительно. Никогда не обращал внимания. Ну, в чём-то даже соответствует вашему бизнесу. Рыцарь в сияющих доспехах выходит на битву с нечистью.

– А если привидения не нечисть?

– Возможно. Но поскольку без нечисти в данной конфигурации не обойтись, тогда её роль автоматически переходит к вам. – У него был мягкий голос, голос, в котором всегда чувствуется затаённая улыбка. Таких людей вчуже любил Фиговидец. («Спокойные, остроумные, жестокие».) – Как вам понравится быть нечистью самому? Смеётесь? Никак не нравится? – Он и сам засмеялся. – Так что насчёт Крестовского?

– Спасибо, – сказал я. – В другой раз.

Я поднялся в номер собрать вещи и почти покончил с этим занятием, когда в дверь заскреблись. Проскользнувшую внутрь горничную я прежде не видел либо видел, но не запомнил. Они все здесь были дивные – свежие, смазливые, – но совсем без индивидуальности. Как ангелы. И ещё, подобно ангелам, старались не попадаться постояльцам на глаза. Присутствовали незримо.

– Ну?

С тысячами извинений, приседаний и дрожа от ужаса при мысли, что её застукают, горничная сунула мне неграмотно накорябанный на мятом тетрадном листке вызов и продублировала его сбивчивым старательным шёпотом. Мент всё-таки умер в больнице на руках реаниматолога. Расчерченный в клетку листок бросал трогательный голубоватый отсвет на неприглядную правду. Как всё это было не вовремя. До чего глупо.

– Миксер тебе кто?

– Дядя.

Отвечая, она не сморщила носика.

Вообще говоря, работавшие в Городе, особенно прислуга, находились с – чуть было не сказал «деревенской» – роднёй в сложных отношениях. Запас душевной прочности, у всех разный, одним позволял хотя бы не вслух стыдиться (а были и такие из себя, посылавшие отца-мать), другим – демонстративно признавать всех жлобов и хабалок в семействе. Кругозор у них был шире, но широкий кругозор не расширяет автоматически ни ум, ни сердце. Взять хотя бы неприятие – насмешливое, враждебное, да пусть даже уважительное – барской жизни в тех её мелочах, которые лучше всего выявляют суть человека. Нет, само богатство прислуга под сомнение не ставила. Чистые дворы и улицы, просторные светлые квартиры, шубы, вечерние платья, ювелирные украшения, холёные руки – это им нравилось, всем нравится. С этической точки зрения, быть богатым – хорошо. Но траты хозяев на ерунду в виде картин, книг, черепков, марок, ещё какой-нибудь дряни – но их способность часами разглагольствовать об этой ерунде – но усердие, с которым они спускали время на бесцельное блуждание по музеям и паркам... нет, чувствовали кухарки, няньки, сиделки, поломойки и горничные, выносить приходится, а понять невозможно. «Господа как на всё смотрят – с воображением, – жаловалась мне камеристка, которую хозяйка упорно посылала в Эрмитаж. – А у меня на эти вещи нет воображения».

Я прошёлся по номеру, остановился перед картинкой на стене. Адское чудище было глубокого, тёплого красного цвета. Благожелательный красный (совсем не то, что красный агрессивный) словно сообщал, что и в аду не так плохо: со своими издержками. Трогательные ушки и лапки, не так чтобы страшные зубы, томный мутно-красный глаз (чудище было изображено в профиль), – я смотрел на них с удовольствием покоя. Если у восседавших на чудищевой спине чертей и грешников был не вполне авантажный вид, то к нему самому никаких вопросов не было.

– Что дяде-то сказать?

– Что-что. Скажи, к вечеру буду.

Когда всё наконец было сделано, стояла глухая ночь. Дружинники, за исключением дежурных, разошлись по домам. Миксер остался со мной за накрытым столом, дремал вполглаза. Я ел с усилием – опустошённый, измочаленный. Прожевать, потом ещё и проглотить кусок мяса казалось тягостной работой, и, чтобы справиться с ней, я время от времени пристально смотрел на свои ощутимо исхудавшие руки.

– Сдаёшь, Разноглазый.

– Очень много клиентов. Трудно восстанавливаться.

– Ну-ну. И долго так будет продолжаться?

– Пока до вас не дойдёт, что я физически не в состоянии обслужить всех.

Миксер открыл было рот, но удержался. Чего он не сказал: «уже дошло», «мы над этим работаем»? Я понимал, что на Финбане становится опасно, но мне не верилось.

Миксер угрюмо смотрел в стол. Его благодарность не простиралась до того, чтобы он откровенно посоветовал мне уносить ноги. А не предупредить вообще смутно представлялось неправильным, как всё же неправильно не сказать идущему по дорожке человеку, что впереди промоина с кипятком. Вот он и кряхтел, сопел, отводил глаза. И сказал наконец так:

– Тебе нужно лучше питаться.

– Да разве я плохо питаюсь?

– Ну там спать побольше. – Он стал смотреть куда-то за горизонт. – Если надо, я б тебя мог спрятать в надёжном месте... Конкретно дух перевести.

Я не ответил. Я собирался на следующий день, вот как рассветёт, вернуться в Город, зайти в «Англетер» за чемоданом и уехать на пару недель в Павловск, никому не оставляя адреса. Говорят, в несезон в Павловске сказочно.

На следующий день вскрылась Нева.

4

В тот день, когда вскрылась Нева, Город не опустил мосты. Их всегда разводили на ночь, и в летние месяцы гуляющие на городских набережных любовались чёткими силуэтами. Но вот ночь прошла, а величественная громада Литейного передо мной черно и тяжко вздымалась к низкому небу. Я не видел Большеохтинского, но чувствовал, что поднят и он.

Мост выглядел даже страшнее движения жёлто-зелёного льда в проплешинах тёмной воды под ним. Страшна была неурочность позы, мёртвая в дневном свете неподвижность, угрюмость его непредставимого веса, тяжесть чёрного цвета. Гуще воздуха спиралось вокруг затаённое ожидание катастрофы. Отчётливо, как птицы, сидели на фермах грядущие беды. Город в мгновение ока превратился в неприступную крепость, в необретаемый морок.

Я постоял, посмотрел и попёр восвояси. «Ну ты попал, – сказал Муха с ужасом. – Я поставлю раскладушку».

В расстроенных чувствах я посетил дальнюю аптеку.

В отличие от ближней – только дорогу перейти, – куда я постоянно ходил за тем-сем, от аспирина до нейролептиков, дальняя больше напоминала автовские аптеки с их полуклубной, рассчитанной на завсегдатаев жизнью. Не вполне легально, но уже многие годы там был оборудован процедурный кабинет, в котором всем желающим ставили – курсом или разово – капельницы. Смеси для капельниц делались на любой вкус – очистить кровь, снять стресс или алкогольное отравление либо, напротив, убиться дьявольским энергетическим коктейлем, – но у всех были красивые, любимые народом названия: «Лирика», «Фантазия», «Белая ночь» и целая линейка «Композиций». Особым почётом пользовалась «Композиция номер ноль» с опиатами и мепротаном.

Державший заведение фармацевт по кличке Фурик принадлежал к тому типу маленьких людей, которые всегда печальны: как будто в полном объёме открыли для себя истину «размер имеет значение». День-деньской он тихо возился с клиентами и лекарствами, а мимо шла жизнь – не всегда недобрая к маленьким людям, но никогда их по-настоящему не замечающая.

– Прокапаешься? – спросил Фурик, увидев меня.

Мы прошли в подсобку, где тесным рядом стояли медицинские кушетки, застеленные белыми простынями. Я лёг на крайнюю у стены. В этот час посетителей почти не было: чистился под суровым присмотром жены кто-то явно запойный да один из дружинников Миксера вперял в потолок тяжёлые, усталые глаза.

– Давно тебя не видел, – дипломатично сказал Фурик, разматывая капельницу. – Попробуешь номер семнадцать? Новый состав, в большом сейчас фаворе. Снимает тревожность, агрессию, пугливость, плаксивость, неспособность расслабиться, бессонницу, страх – и сопутствующие соматические и когнитивные нарушения. Большой спрос, серьёзно. Очень рекомендую.

Но я выбрал проверенную «Композицию №13», с фенамином, кофеином и двойной дозой ноотропных.

– А чего радио молчит?

– Не хочет народ музыки. – Фармацевт оглянулся на дружинника и жену запойного. – Здесь у каждого своя в голове. Полежи, через пять минут поставлю.

Фурик был преискусный мастер, с аккуратными и смелыми руками, точным глазом, счастливой выдумкой, – и говоря о нём, я избегаю слова «талант» лишь по той причине, что ему самому его мастерство не приносило радости. Он не понимал, как можно гордиться изобретением «Композиции №17» или даже интуицией, позволявшей ему широко уклоняться от прописей фармакологического справочника. Какие составы он делал для себя? Возможно, и никакие. В его крови текло поражение – изначальное поражение, поражение без битвы, к

305

которой он не был допущен, – и ни один состав не растворил бы эту гниль.

Процедурная постепенно заполнялась, уже ждала за дверью на табуретках очередь. Как в любой очереди, в этой распускали языки и делились опытом, но попав под капельницу, люди замолкали и уходили в себя. Когда на соседнюю койку лёг невзрачный парень – всё у него было узкое: лицо, плечи и брючки, – я вежливо отвернулся. Он окликнул меня сам.

– Разноглазый, послушай. Мне тебя заказали.

Я не понял и приподнялся.

– Лежи, лежи. Я снайпер.

В работу снайперов новые мутные времена изменений не внесли. Как и прежде, их педантично точные выстрелы не отбирали жизнь, но отвратительно, непоправимо калечили. Частичный или полный паралич, проблемы с внутренними органами, умственная неполноценность – стоит ли перечислять подробно? Клиенты снайперов, не умирая, выбывали из списка живущих; Лига Снайперов оставалась в числе самых могущественных организаций, её члены, открыто носившие свои значки, вызывали ужас. Это был аккуратный грязный бизнес, почти как мой.

Я не стал спрашивать, кто заказчик: снайпер никогда бы его не выдал. И я спросил:

– Что именно заказали?

– Повреждение зрительного нерва. Полная слепота.

– Но это слишком сложный выстрел. Это затылочные доли, верно? Там же рядом ствол головного мозга, да и вообще... Вы не берётесь стрелять в голову.

306

– А я лучший, – сказал он без хвастовства. – Щелчок меня зовут, слышал?

Конечно же, я о нём слышал. По его милости Дом культуры чаще всего обогащался экспонатами с мучительными, изощрёнными увечьями.

– Вот увидел тебя, – продолжал он, поколебавшись, – и решил предупредить. Ты, наверное, не помнишь... всех клиентов не упомнить, я понимаю... Но ты как-то помог моему брату. Пошел навстречу.

– Неужели в долг работал?

– Ты с ним поговорил.

– И?

– На него, ты понимаешь, всегда и все только орали: дома, в школе и на заводе. А он был другой. Не такой, чтобы этот ор пошёл на пользу... или хотя бы без последствий. Тонкий он был, что ли... Тоньше нужного... по крайней мере, здесь. На него орут, а он внутри весь цепенеет. Особенно если несправедливо. Тебя-то, Разноглазый, нечасто обижали?

– Нечасто.

– Но тебе и всё равно, – сказал он, поразмыслив. – Здесь облают, там ты облаешь... Такой миропорядок. А он цепенел. – Снайпер не то вздохнул, не то с усилием перевёл дыхание. – Когда начинаешь что-то понимать в жизни, эти знания уже некуда применить.

Пока мы так вполголоса разговаривали, я не смотрел на него, а он, готов поклясться, не смотрел на меня. Здесь каждый предпочитал смотреть в потолок. А уж что потолок, вроде как один на всех, показывал каждому, оставалось угрюмо оберегаемой тайной.

В процедурной было тихо, только слабо шелестело дыхание – а может, это был шелест капля за каплей стекающих в кровь надежд и иллюзий. Я не помнил его брата, о котором он так упорно говорил в прошедшем времени, не помнил себя *разговаривающим* (надеюсь, что правильно уловил смысл, вложенный Щелчком в это слово).

– Если ты промахнёшься и я всё-таки умру, тебе тоже конец.

– Да. Но для этого надо промахнуться.

Я отыскал на потолке приятное пятно и стал в него вглядываться, ожидая, пока оно распахнётся окошком в вечность. «Композиция №13» хорошо растеклась по телу, и я почувствовал в себе артерии и кровеносные сосуды – как, наверное, куст чувствует все свои веточки. И я был таким спрятанным под кожу кустом и трепетал на незнаемом ветру.

– У Лиги Снайперов есть официальная позиция?

– Ты про политику? Ну, у любой организации есть официальная позиция, так ведь принято, нет? Это как с отчётностью или перевыборами правления: всё по-людски. Только, – предупредил он вопрос, – какая она, не меня спрашивай. Я понятия не имею. Нам, кто работает, ни к чему. – Он помолчал, подумал. – Ты должен знать, что Лига заказы не аннулирует.

– Я знаю.

– Брат, – сказал Щелчок, возвращаясь к прежней теме, – с ума сходил по прошлому, хотя хорошего в этом прошлом было не больше, чем в настоящем... Может, он думал, что в будущем будет ещё меньше. И правильно думал, – добавил снайпер с непонятным ожесточением.

Когда выпадали, что случается и в самой беспросветной жизни, счастливые дни, брат снайпера старался в точности их запомнить, а главное, запомнить само чувство счастья, которое, по его словам, было похоже на бескрайнюю волну, уносящий тебя поток ветра и света. Как-то летом этот загадочный человек стоял в одиночестве на окраине Джунглей – закат, ветер, блеск воды в озерце, то-сё – –

– И он сказал себе: я запомню эту минуту навсегда. Я буду думать о ней, пока жив.

Можно предположить, что были и другие минуты, собранные в тайник, как богатые собирают драгоценности или золотые монеты: ведь даже монеты порою становятся бо́льшим, чем коллекция, сберегая в себе всё ту же память о счастье или печали, бесконечно тронувших – а психолог-позитивист скажет: повредивших – душу.

– Разноглазый, он тебе рассказывал про нашу дачу?

– Нет, – сказал я. Теперь момент, когда следовало признаться, что брата Щелчка я не помню вообще, был упущен. Такое «нет» подразумевало, что сам факт разговора – ведь я знаю, о чём говорили, а о чём нет, – из моих мозгов не вымыло.

– Было у нас в детстве место, где мы прятались. Представь, прямо в Джунглях. Ну, пацанва всегда в Джунгли лезет... но мы в такую глушь забрели, что сейчас даже вспомнить страшно. А! Чего детям алкоголиков бояться. – Он помолчал. – Нашли полянку, отстроили вигвам... Летом в погоду неделями там жили, в квартал ходили только воровать. Еду, – уточнил он.

Они жили в своём убежище до морозов, покуда доставало сил бороться с холодом, зная, что будущего у них нет, а настоящее поганят все, кому не лень протянуть руку. Их и самих – не стоит скрывать – обыватели несли как тяжкий крест, утешаясь надеждой «вырастут да сядут».

– А что помнишь ты?

– Вообще всё помню, – сказал я. – Но в твоём смысле – ничего.

Уже на улице я понял, что податься некуда. Я пришёл вчера налегке, и сейчас у меня было только то, что на мне, и боны, которыми расплатился Миксер. Не тот ещё, конечно, оборот, когда узнаёшь, какого цвета отчаяние и каково в настоящей западне – какие там запах и на ощупь стеночки. Но человек, которому предстояло бегать от всех банд и прятаться от снайпера, мог быть экипирован получше.

Для начала я пошёл к Мухе на работу.

Весна набирала скорость, и снег, насквозь серый, мутная вода, мокрый лёд, грязь и мусор смешались на дорогах причудливо и зловредно. Резиновые сапоги подошли бы лучше и прослужили дольше моей обуви. Я порадовался, что, отправляясь на Финбан, хотя бы не надел новые пижонские ботинки. С другой стороны, судьба новых ботинок и прочего, оставшегося в номере «Англетера», также не казалась радужной. Я допускал, что управляющий, выждав, прикажет отнести вещи на помойку. Или за ними приедет Фиговидец, которому я изловчусь послать паническую телеграмму, с ворчанием потеснит бумаги и журналы в своей кладовке ради двух чемоданов. Я вспомнил смуглые кожаные бока моих чемоданов, их сафьяновые недра, блеск замков, ладность, прочность, вспомнил фарисейскую кладовку и загрустил.

Муха курил на крыльце, вертясь, как нервная птичка. Над поднятым воротником куртки ветер рекламно ворошил его модную стрижечку.

– Тебя уже искали, – выпалил он и потащил меня за угол.

– Кто?

– Да от всех гонцы пришли, и Календулы, и Миксера. А мент сидел тут в засаде. – Муха пошмыгал, вытер нос пальцем. – Но ты их знаешь: сперва пива попил, потом заскучал... а у него девка в соседнем доме. Обещал вернуться. Что ты будешь делать?

– Спасать себя.

– Ну правильно. И как?

– Сяду во фриторговскую фуру и уеду куда глаза глядят.

– То есть на Охту? – сказал Муха. – Не выйдет. Вчера стриг одного пацана из боевой охраны. Все фуры теперь досматривают и дружинники, и менты, а ходят они всё реже. Менеджера́ фриторговские психуют. Может, вообще будут прикрывать лавочку.

– Никогда фриторг свою лавочку не прикроет.

На этот раз я сказал то, что думал. Пока прибыль покрывает убытки, космополитическая свободная торговля будет функционировать: рядом с пытками, рядом с убийствами, рядом с концом света.

Я полез в карман за египетскими и вместе с пачкой вытащил оберег автовского разноглазого. Я поменял шнурок на хорошую цепочку, но вешать амулет на шею не стал, так и держал в кармане.

– Немного от него пока что пользы, – заметил Муха.

– Это оберег. Откуда нам знать, когда и как он поможет.

– Я и говорю. Когда что-то случается, а он ни куку, начинаешь нервничать уже из-за этого, а не самой проблемы. – Муха сердито дёрнул плечиком. – Вместо того чтобы как-то выпутываться, ждёшь и психуешь. Типа сказал себе: о, отлично, у меня оберег на кармане – а потом выяснилось, что подтираться за тебя оберег не будет, и ходишь с горя обосранный.

– Ну это ты загнул.

– Покоя хочу, – сказал Муха, всё так же неизвестно на кого сердясь. – Типа жить и работать, в киношку ходить по субботам.

– Тебе-то кто не даёт?

– Атмосфера плохая. – Он ладонью разогнал атмосферу перед носом. – Не дышится. Хоть бы выборы, что ли, провели.

– Муха, ну какие сейчас выборы?

– Обыкновенные. Надо же и для народа что-нибудь сделать, а то одни побои. – Он опять утёр соплю. – И ладно бы такие, что лично тебя бьют, хотя бы персоной себя ощущаешь. Нет, колотят как всё равно кого, просто потому, что под руку попался. Даже паспорт не спросят.

– Тебя кто-то обидел?

– Я Богом обиженный.

Гротескное отчаяние Мухи меня и напугало, и позабавило. На всякий случай сдерживая улыбку, я спросил, за кого он намерен голосовать.

– Они же одинаковые, – не понял Муха. – Смысл не в том, за кого, а в том, что ты вообще голосуешь.

— И что это за смысл?

Муха подумал и выдал:

— Народу обидно, когда его вовсе не спрашивают. Хотя он понимает, что власть, такие вещи – не его ума дело. Ну, значит, спросили – выказали народу уважение. А делать, конечно, будут по-своему, как положено. Народ не против.

— Туповатый у тебя народ получается.

— Почему у меня? Ты сам-то кто?

Я не нашёлся с ответом.

— Ладно, – сказал Муха, – ладно. Пойду-ка я помедитирую. Ночевать придёшь?

— А засада?

— К Масику на первый этаж постучись, туда не сунутся. Я с ним переговорю. – Он фыркнул и развеселился. – У ментов такие же засады, как они сами: ни мозгов, ни инструкции.

Возможно, отправившись на почту, я совершил ошибку (вот так приводит к беде одержимость лаковыми ботинками и рубашками от Фокса), но, с другой стороны, меня бы всё равно сцапали, куда ни пойди. Мир был невелик, а я, в начале своей карьеры травимой лани, неловок. Не прошло и часа, как я сидел в парикмахерской контрабандистов, служившей им штаб-квартирой, слушал противный звук фена и смотрел на свои не то что связанные, но прямо спелёнутые руки.

— Руки-то зачем связали?

— Ребяткам спокойнее, – сказал Календула, устраиваясь в кресле напротив. Его собачка сразу же выкарабкалась из-за пазухи и тявкнула. – Тише, Боня, тише. Разнервничаешься, говорят, наведёшь порчу – –

– Мне для этого руки не нужны.

– Ну да, рассказывай.

Кое-как связанными руками я стащил очки и уставился на него в упор. Боня зашёлся лаем. Календула непроизвольно отпрянул. Стоявший за моей спиной контрабандист натянул мне на голову до рта что-то плотное, колючее, приванивающее. Заодно скрутили и ноги.

– Всё-таки давай, роднуля, по-хорошему.

Теперь, когда Календула остался только голосом по ту сторону поганой душной тьмы, он нагонял на меня страх. Я почувствовал, как сердце начинает стучать чаще, во рту становится суше, а на висках выступил и потёк вниз пот.

– Не поздно ли по-хорошему?

– Тебе ещё ничего не сделали.

Как-то некстати пришла мысль, что, сидя взаперти в чулане или подвале – смотря на что они расщедрятся, – я буду в безопасности от снайпера. Но мне не нравилось это шерстяное, чёрное, с запашком чувство беспомощности, наползшее на глаза и нос.

– Разноглазый! Ты заснул, что ли?

Я молчал. Заботливые лапы ухватили меня сзади за плечи и потрясли. Недоумение и оторопь загустели, как запах, и трансформировались в испуг. Всего лишь не открывая рта, я мог бы довести похитителей до паники.

– Разноглазый, ты никак обиделся? – вкрадчиво промурлыкал Календула. – Не обижайся. Ты угрожаешь, я беру меры предосторожности. Ну, рученьки связали превентивно. Посидел бы пять минут со связанными, не покалечился. Разноглазый? Бомбас, да развяжи ты его, мне на нервы действует.

– Ага, – сказал напряжённый трусливый голос у меня над ухом. – Его развяжешь, а он тебя в козла превратит.

– В какого ещё козла?

– Натурального, серенького.

Календула помолчал, переваривая услышанное, и с новой силой продолжил:

– Я тебя предупреждал, роднуля. Честно предупреждал, отрицать не будешь. Ты чего хотел, когда такая жизнь? – Было слышно, как он поворочался туда-сюда всем телом. Его напрягало, что беседует он словно сам с собой, и от этого слова приобретают какую-то ненастоящую, фальшивую убедительность. – Считаешь, что я думаю только о себе, да? Ну а как же, думаю. На мне ответственность, люди, у людей бабы, дети – они, кроме меня, нужны кому?

Захоти я сейчас поддержать разговор, то мог бы сказать, что люди у всех: и у Захара, и в администрации. Календула был прав, и его враги были правы.

– Притормозить пора, роднуля, – говорил между тем Календула. – Пора беспредел сворачивать. Народ реально устал. А когда народ устаёт, он шалеет. Вытаптывает вокруг себя всё, вовсе не думая, где возьмёт завтра кусок в рот положить. У него и слова-то такого больше нет – «завтра». Ты понимаешь, что это значит, когда «завтра» исчезает? С таким народом ничего не сделаешь, ни ему, ни с ним.

Его гипнотический голос вогнал меня, как и было задумано, в транс – но с непредвиденными последствиями. Голос был мягкий, мудрый и говорил дело, а я расслабленно, совершенно наплевательски вспоминал всё, что за последнее время увидел, всех людей, присягнувших своему пути и так нелепо и преданно по нему шагавших. Они верили, что знают, куда ведёт дорога – даже если им самим не суждено пройти по ней до конца. Но чего они не знали и не признали бы никогда, так это что самое прекрасное в них – их воля, их стойкость – само создало цель и судьбу, и не путь вдохнул в них мужество, но мужество прочертило путь.

– Захара по-любому убирать придётся, – сказал мрачный голос. (Мрачный и какой-то расхлябанный.)

Присутствующие одобрительно захмыкали. Я попытался представить, как они столпились или расселись вокруг, с затаённой готовностью к бунту поглядывают на Календулу, с откровенной опаской – на меня, сидящего клоунски и прямо, как некая мумия.

– Не спеши, роднуля, – сказал Календула терпеливо. – Крайние меры потому и крайние, что за ними пустота.

– Хорошо б и Захар так думал.

– Захар снайперóв нанял, – сказал знакомый мне меланхоличный голос. – Все знают, что нанял, один ты не веришь.

– Даже если и так, роднуля, то не по твою душу. – Урчание, мурчание в голосе стали уже утрированными, и лишь это показывало, насколько Календула взбешён. – Это я снайпера бояться должен или вон Разноглазый. Разноглазый! Не боишься под пулю встать?

Пока я мысленно бросал монетку, решая, наугад он ткнул пальцем или его слова – откровенная, глумливая угроза, раздались новые звуки, из которых – гулкий стук, топот, хлопок – я сконструировал распахнувшуюся дверь и ворвавшегося внутрь человека. Человек завопил:

– Атас! Большой схрон подожгли!

Контрабандистов вмиг подхватило; некоторых, кажется, вместе с мебелью. Прокружил и унёсся вихрь из площадных слов, лязганья, звяканья, скрежетов, шлепков, тычков, теряющих равновесие вещей, вопросов впопыхах и коротких чётких команд на бегу. Я ещё только переводил дыхание, а тишина уже сомкнулась и разгладилась, как вода, и в тишине заскулила собачка Календулы. Потом что-то смиренно прошаркало из рабочего зальчика (скорее всего парикмахер и вряд ли кошка). «Эй!» – позвал я.

– Сейчас посмотрю. Бонечка, иди сюда.

Я представил, как парикмахер, весь – та же усталая, надтреснутая старость, что и в его голосе, в два захода, три приёма нагибается, берёт собачку на руки, подходит к окну и застывает, вглядываясь в мутнеющий, тускнеющий пейзаж. Окна в этой парикмахерской были огромные, во весь фасад – из-за чего в народе её называли «стекляшка». На стекле плохо выделялись нарисованные по трафарету зелёной и синей краской силуэты женских головок с высоко поднятыми причёсками и, тоже трафаретные, шли надписи «Мужской зал», «Женский зал» (стрижка, завивка, укладка, маникюр). Зал, впрочем, был только один.

Говорю: «представил», чтобы не сказать «панически нафантазировал». Безошибочно опознаются на самом деле лишь очень немногие звуки: льющаяся вода, лязг железа, дыхание, шаги. Стоит вывести из игры зрение, и обжитый, в плотной хватке причин и следствий мир превращается в нечленимый бесформенный хаос, в центре которого непрестанно шевелится змеиный клубок страха. И если тебе удастся сжать волю в кулак – а воле удастся навязать своё прежнее знание о прежнем мире ушам, – эти змеи не расползутся, и страх не станет ужасом вплоть до того момента, когда человек у окна вдруг полувсхлипывает, полузахлёбывается долгим «ах» – и его шаги бросаются прочь.

Я немного посидел в полном одиночестве: слепой, намертво прикрученный к стулу.

Звон бьющегося стекла тоже было ни с чем не спутать. Будто град камней грянул с улицы в витрину, и, пока она падала тысячами осколков, каждый вонзался в мой слух тысячами иголок, и ещё один, задержавшийся, последний, дребезжал в отдалении нескончаемо, с упоённой угрозой. На секунду грозную, гулкую и внутри пустую, как вечность, в которую легко войдёт и твоя жизнь, и ещё двадцать веков истории со всеми верблюдами, и места останется столько же, сколько было, только на секунду мне показалось, что стеклянная крошка всюду: в моих волосах, в моём рту, – а по лицу вместо пота течёт из глазниц кровь. А потом по этому едва затихшему звону прохрустели тяжёлые шаги, и тяжёлая рука грубо, сильно, всей пятернёй содрала с меня тьму и удушье.

– А ты шутник, Разноглазый, – сказал Захар, бросая на пол шерстяную шапку. – Кого-кого, уж тебя никак не ожидал.

5

С бешеной злобой и энергией разгромив стекляшку, менты уволокли меня с собой.

(Вот его растоптали, несложный мирок бравады и приторных запахов, и он тотчас обрёл глубину, со дна которой память соберёт свой сокровенный жемчуг. Под уходящими каблуками лопались застеклённые фотографии и ртутные лужицы разбитых зеркал, и среди раскуроченных столиков, раковин, кресел и фенов умирающий божок, дух места, вотще искал последнюю целую вещь, где бы он мог спрятаться: резиновый рыжий пульверизатор, горячее и влажное вафельное полотенце, маникюрный набор в кожаном, изнутри шёлково-алом пенале, который старому парикмахеру привёз в подарок из Города Календула, а теперь уносил в своём бездонном алчном кармане кто-то из оперов. Вернувшись, контрабандисты безмолвно и тупо будут кружить в руинах, внюхиваясь, выискивая то, чего в осквернённой цитадели больше нет. Но когда-нибудь потом повторяемые снова и снова воспоминания, по случаю припомнившаяся деталь совершат чудо, и пенаты оживут.)

В кабинете Захара, сменив верёвки на наручники, мне дали чаю, коньяку и бутерброд с колбасой.

— Потеряли люди страх, — задумчиво бубнил Захар. — Это ж надо придумать, разноглазого в мешок засунули, как какого-то зайчика. И что теперь, интересуюсь? Вот зачем ты мне здесь, Разноглазый?

— Совершенно ни к чему. Могу идти?

— Ну да, сейчас.

Начальник милиции с хрипом вздохнул, раскинулся в кресле и стал обмозговывать, какую выгоду из меня извлечь.

Он выглядел подпорченным, как, например, груша или яблоко, не гнилые, но с коричневым роковым пятном на ещё плотном боку. Красное лицо посерело, компромиссно выйдя в страшный бурый цвет. Редкие волосы слиплись. Обручальное кольцо свободно ездило на волосатом корявом пальце, но само тело набрало дополнительный вес, как водянкой или опухолью раздуваемое усталостью, непонятной, не чёрной даже, тусклой такой тоской. Я чувствовал, что он на пределе, но не понимал почему.

— Думаешь, я хочу зла? — сказал Захар. — Беспредела хочу, убийств, сирот побольше, крови этой? Может, я кровь-то вообще пью? Под покровом ночи? Из этой, гляди, блядской кружки? — Он молниеносно уцепил толстую китайскую кружку и ещё помахал ею, как дулей. Изнутри кружку покрывал спёкшийся густой налёт от чая... Кто его знает, может, и кровь. — Что молчишь, пыль лагерная?

— Да ладно.

— Хочешь не хочешь, а должен брать на себя ответственность, — мрачно продолжал Захар. — Это отчёт для чистоплюев написать легко, а чтобы реально ситуацию поправить, руки нужны, а не чернила. Если ты работаешь, как у тебя руки будут не в грязи?

— Может, мыть их почаще?

— Само собой. Можно и по комиссии к каждому рукомойнику приставить, пусть наблюдают.

Я огляделся. В кабинете было темно той особой тьмой, которую электрический свет не может разогнать и порою даже, кажется, усиливает. У грязи на стёклах, стенах и мебели был такой суровый вид, словно и она при исполнении. Как пепел серые плакаты и инструкции, покрывающие стены, удачно сочетались с настоящим пеплом и окурками, покрывавшими пол. Довершал впечатление воздух, в котором дохли надежды.

– Вы будете заключать перемирие?

– С кем?

– Ну, с другими структурами.

– Есть закон, – сказал Захар, – и есть беззаконие. Но иногда приходится договариваться. Это не значит вообще ничего. Потому что, когда закон трёт о чём-то с бандитами, они так бандитами и остаются. И в любой момент им можно предъявить.

– Ну а закон, который с бандитами трёт? Он чем становится?

– А закон – всё такой же закон. И стать чем-то другим не может. Ибо пребывает.

– Но мы все пребываем. Другие структуры тоже.

– Нет, Разноглазый. Они не пребывают, а существуют.

– Какая разница?

– «Пребывать» – это существовать в философском смысле. На уровне идеи. Вот Календула, скажи, на уровне идеи существует? То есть, если ему завтра голову оторвут, что-нибудь от него через неделю останется?

– Конечно. Привидение.

Захар вздрогнул, быстро прикрыл глаза рукой, потом суеверно поплевал через плечо.

– Ну хорошо. Допустим, он помрёт от свинки. Тогда что?

– От свинки?

– От свинки, скотинки, упадёт пьяный в лужу и захлебнётся, – нетерпеливо сказал начальник милиции. – Просто ответь.

Я задумался.

Что могло остаться от любого из нас? Мы не писали книг, не ставили мастерского клейма на сделанные нашими руками вещи, не строили – по собственной инициативе, во всяком случае, – империй. А дети, у кого они были, дети – разве убедительный залог бессмертия? Что будет толку в фамильном сходстве черт и характеров, если сама фамилия не имеет цены и правнуку не приходит в голову доискаться, кто из прадедов воскрес в его теле: цветом глаз и волос, осанкой, нетерпимостью, астмой. Здесь каждое новое поколение вырастало, как трава по весне, с упорством и свежестью травы – и её беспамятством, не порождённым ли, как знать, абсолютной точностью воспроизведения. Зачем траве что-либо помнить, если она всегда трава, одна и та же; не была птицей и не станет деревом.

– Календула на уровне идеи существует. Только это не «идея Календулы», а «идея контрабандиста».

– Говорят, на Охте некоторые идеи малость зачистили.

Я опустил глаза на мешавшие мне наручники. Глазам стало больно. Пока ещё осторожным, примеривающимся пальцем ткнула в бровь мигрень.

– Так-то вот. В философском смысле существует только тот человек, который прислонён к чему-то сверхценному. То есть – разворачиваю мысль для тупых – к такой идее, которая по силе и ценности превосходит прочие. Почему, думаешь, мои орлы не так чтобы себя блюдут? А потому что понимают, что закон не может замараться, даже если личный состав в выгребной яме ночует. Нет у тени такого ресурса, чтобы повлиять на предмет, который её отбрасывает. Ну и я часто сквозь пальцы гляжу... Признаю, в этом неправ. Штука в том, что мы, слуги закона, правы, даже когда очевидно не правы. Буду я тебя, Разноглазый, сдавать в аренду.

– Это как?

– Да так, что твои клиенты ко мне теперь обращаются, а я – санкционирую.

– Ты не в себе, Захар. Я не стану работать.

– А руки-ноги переломать?

– Сам займёшься?

– Не кипятись, – сказал Захар миролюбиво. – Двадцать процентов буду тебе оставлять. На сигареты.

– Что ты сказал?

– Хорошо, пятьдесят. Ты работаешь, я обеспечиваю безопасность, доход поровну. Всё честно.

– И своей безопасностью... и своими клиентами... я займусь сам.

– У тебя то ли зубов-рёбер нет, то ли воображения. Рассчитываешь, никто на тебя руку не поднимет, такого красивого? А запру и жрать не дам?

– Прокляну.

Захар заморгал. Такая мысль ему не приходила. Она и мне пришла невзначай.

– Да, – признал он, – тупик. Ведь проклянёшь, скотина, не побрезгуешь. Ну, давай ещё помозгуем. Семьдесят процентов, Разноглазый, семьдесят! Соцпакет, сезонная обувь, крыша обычная и над головой, сладкая жизнь на всём готовом.

– Восемьдесят.

– Побойся Бога, когда я из-за двадцати процентов утруждался? На одно питание больше уйдёт.

– Восемьдесят, и питаться буду за свой счёт.

– Семьдесят, и я не стану рассказывать народу, как ты сидел обоссанный и умолял о пощаде.

– По-моему, ничего такого я не делал.

– Верно. Но рассказать-то я могу?

– Ладно, – сказал я, – семьдесят. Банкуй.

И стал я жить-поживать в камере предварительного заключения здесь же, при управлении. Менты принесли мне из дома кто чашку-ложку, кто человеческое одеяло, а младшая дочь Захара, молчаливая и с нехорошим папиным прищуром, своеручно прикрепила к стене рисунок, на котором осенние Джунгли пламенели в закатном огне листвы и солнца, и фигурки охотников пробирались через руины завода. (Странный выбор для девушки, если только она не рисовала под заказ.) В камере я был один, клиентов почти не было. Отоспавшись, я стал замышлять побег.

Муха приходил меня навещать, с котлетами в узелке и новостями, в которых не было новизны. (Календула в отместку за парикмахерскую и схрон поджёг дом Захара, и при пожаре пострадали четверо; снайперы подстрелили двух контрабандистов и одного из губернаторских замов; администрация наглухо забаррикадировалась в своём особняке; директора заводов и фриторг договорились о совместной усиленной охране, которая тут же передралась; всё в таком духе... и подразумеваемым фоном маячила избитая, изуродованная, лишившаяся имущества мелкая сошка, неупоминаемая за её незначительностью.) Тревожное настроение Мухи сменилось обычным фаталистическим, и, когда он увидел мирную домашнюю обстановку моей камеры, его недоверчивые глаза прояснились.

– Кто б подумал, – весело сказал он. – Это они явно с перепугу уют организовали. Менты же не люди, им прививки делают.

– Какие прививки?

– Ну эти, от эмпатии. Способности переживать чужое страдание. Чтобы они не могли испытывать к задержанным человеческого сочувствия. Мне давным-давно рассказали. Даже не помню, кого я тогда стриг?

Он задумался. Его клиенты были очень болтливыми в отличие от моих. Даже когда это оказывался один и тот же человек.

– Хватит вздор-то говорить.

– Это все знают, – упрямо сказал Муха. – Ментам делают прививки, чтобы они вели себя как менты. Ну ты скажи, может нормальный человек так беспредельничать? – Он воодушевился. – Представь! Лежит пьяный в луже... или в сугробе. Ну, жестокая история. Само собой, ты подходишь его поднять.

– Я?

– Нет, не ты, конечно. Ты мимо пройдёшь. Я не в таком смысле «ты» говорю, а в общем. Не путай меня. – Он потёр лоб. – Так вот, мент-то тоже подойдёт. Карманы вывернуть. Ну ладно, выверни ему карманы, сними с него часы – но из лужи-то достань! У него же почки через десять минут полетят!

– Но это же справедливо, нет?

Муха оторопел.

– Что ж тут справедливого?

– Каждый должен знать свою дозу сам. Особенно зная, какие менты гуляют тут по улицам.

– А если случилось что? А если у человека сердечный приступ? – Муха рассердился. – Нет, это всё прививки.

– А Календуле кто прививку делал?

– А что Календула? Не он первый начал. – Муха вздохнул и машинально разогнал рукой дым от египетской, которую я курил, лёжа на койке. – На прогулку-то водят?

– И витамины дают.

– Понятненько. И что ты будешь делать?

– Спать.

Я замыслил побег, и это было скорее в полусне, в сновидениях, в которых больше свободы, но больше и нелепых неотменяемых условностей. Я был как узник, для которого дружественная рука оставляет нож или верёвочную лестницу в пироге или всё сразу, а потом он просыпается – и вот, на столе лежит и то и другое, но только теперь он понимает, что в подземном склепе, куда узник в действительности упрятан, от верёвочных лестниц мало проку, а что до ножа – дело это, конечно, хорошее, но именно в таких склепах почему-то требуются не ножи, а, скажем, стилет с трёхгранным лезвием... ну а потом он просыпается ещё раз, с мутной из-за электрического обогревателя головой.

Я придумывал, как выбраться: устроить пожар, вылететь в отсутствующее окно, проползти в вентиляционную трубу, превратиться в кого-нибудь, кто вылетит и проползёт. Но вот что вместо этого случилось.

Поднялась суматоха. Даже через дверь я хорошо слышал топот, грохот и сердитые крики: то ли управление брали штурмом снаружи, то ли пятая колонна из карьеристов – младших лейтенантов затеяла переворот внутри. Наконец и за моей дверью раздались голоса. Загремели замки. В камеру ввалился Захар. Он уставился на меня и облегчённо, угрюмо вытер со лба пот.

– Ты здесь?

Захар и прежде ко мне заглядывал. Он стал держаться комически по-братски, словно вообразил себя старшим братом с большой разницей в годах, человеком грубым и чувствительным – а ведь по возрасту годился скорее в отцы.

– Неужели я упустил какую-то возможность?

Захар мазнул взглядом справа налево, от стены к стене – и в его мозгу, наверное, мгновенно появилась картинка (с наклейкой «Разноглазый, камера №») – не такая яркая, как висевший над столом Зинкин рисунок, но гораздо точнее в деталях, которые при необходимости будут извлечены и проанализированы.

– Выходи, – сказал он. – Хочу, чтобы ты увидел.

Захар, я, ещё двое топтавшихся в коридоре ментов прошли в дежурку. Там царил разгром: перевёрнутый стол, содранные со стен фотографии объявленных в розыск. Дверь в обезьянник была распахнута, и внутри в лужах крови лежало растерзанное человеческое тело, точнее говоря, фрагменты – я подошёл и пригляделся – растерзанного тела мента. Это был вечно сидевший на дежурстве Шпыря.

– Хм, – сказал я. – И что случилось?

– Вот и я интересуюсь, – сказал Захар с силой, вперяя тяжёлый взгляд в подчинённых, капитана и майора, – вот и я. Кто у вас, паскуды, проник на территорию?

Капитан и майор встали навытяжку, а всех остальных, толпившихся в дверях дежурки, как ветром сдуло.

– Никто не проникал, товарищ подполковник, – сказал капитан.

– Че-го?

– Захар, да клянусь!

Захар сглотнул и молча повёл тяжёлой головой на крепкой шее: опять справа налево, слева направо. (И его налитые кровью глаза впивались, хватали, не пропустили ни одной мелочи.) Потом он задрал голову и осмотрел потолок. Потом его крепкий палец упёрся в железную решётку.

– Кого вы закрывали в обезьянник?

– Сегодня-то? Никого.

– Время такое, что проще на месте разобраться, чем сюда везти, – сказал майор. Он и до войны был широко известен такими разборками, в ходе которых профсоюзы и корпорации выкупали своих людей втридорога – если, конечно, хотели их получить с глазами и яйцами в комплекте.

– Вроде кто-то всё же был, – задумчиво сказал капитан. – Ну такой, совсем пацан мозглый.

– А! Так это ж просто так, шваль, отребье.

– Ну и где твоя шваль сейчас? – спросил Захар.

– Сбежал под шумок? – предположил капитан.

– И ты мне рассказываешь, что никто не входил, не выходил?

Майор тем временем догадался посмотреть в регистрационном журнале.

– Здесь такая запись странная, – сказал он, озадаченно водя пальцем. – Немой без документов. У нас чего, серьёзно немые есть? Ты встречал, Захар? Интересно, а как с них показания снимают?

– Я с тебя погоны сейчас сниму и на улицу выкину! – закричал Захар. – Проходной двор при усиленном режиме! Уже и обезьянник контролировать не могут! Вспоминайте, как выглядит!

– Да как бы он сумел? – запротестовал капитан. – Говорю: маленький, дохлый, лет пятнадцати. Сидел вон на лавке. И дверь заперта была!

– Может, ни при чём тут посторонние? – неожиданно сказал майор. – Может, с личным составом чего не поделил?

– Думай, что говоришь, – отрезал Захар.

– Я и думаю. Это же Шпыря. Он же того... Всю дорогу подкрысячивал.

– О мёртвом-то! – укоризненно сказал начальник милиции, и никто не понял, серьёзно он говорит или издевается. – Товарища ещё в Раствор бросить не успели, а ты его уже добрым словом припечатал. Вместе небось дела мутили? В строю рядом стояли? И как тебя, майор, называть?

– Не стесняйся, – сказал разобиженный майор. – Хоть крысой назови.

В дежурке нестерпимо воняло кровью. Кровь была везде: на полу, на стенах, в воздухе, в воспалённых глазах Захара, в бритвенном порезе над кадыком капитана. Её липкий тошнотворный запах ничто не оставил незагаженным. Я казался себе как никогда вонючим, а между тем, за спинами спорящих, аккуратно пробирался на выход. Но этот манёвр был замечен и разоблачён.

– Разноглазый! Куда?

– Мне нужен свежий воздух.

– А молока тебе свежего из-под коровы не нужно?

– А что, – спросил я, – есть?

На следующий день пришёл клиент. Захар сообщил мне о нём не моргнув глазом. Ну и я не стал подмаргивать.

Не было ничего странного в том, что начальник милиции хочет взять свои тридцать процентов, даже подозревая клиента в жестоком убийстве не чьего-нибудь, а его, начальника милиции, подчинённого. Может быть, он намеревался арестовать его на выходе с последнего сеанса? Допросить? Дать делу законный ход? Захар знал, что допрашивать меня бесполезно: я не выдаю тайн клиентов. Это одно из условий моего бизнеса.

Клиент оказался убийцей собственной жены. (Приятное разнообразие на фоне политических расправ.) Пока что он скромненько – стыдливый герой – опускал глаза, и всё же чувствовалось, что стоит ему отойти от шока, забыть, откупившись, ужасы Другой Стороны, и в его рассказах за бутылкой появится спеца человека, совершившего преступление на почве страсти, достоинство обезумевшего от лжи и измен мужа.

Только это не было преступлением на почве страсти, и я видел, что он без особой причины, скорее деловито, чем в аффекте, забил жену, умеренно пьянея от её воплей и безнаказанности. «Поучить хотел дуру, – говорил он пока что трусливо. (А скоро это будет торжеством.) – Кто ж хотел, чтобы она головой на железо упала».

– Бывает, – сказал я. – Бывает.

Привидение оказалось слабым, жалким. Я замечал, что, когда убивают таких забитых, затравленных, всё человеческое в которых истолчено в порошок, на Другой Стороне эти качества словно выворачивает наизнанку, и призрак приходит сильный, бушующий, в своём праве. Не то было на этот раз. Женщина безвольно держала в руке проломивший её голову чугунный утюг (эти утюги остались кое-где с незапамятных времён, и пользуются ими теперь, чтобы придавливать квасящуюся капусту или крышку над сковородой с цыплёнком табака) и стояла поодаль, сгорбившись, приниженно, всем видом показывая желание поскорее исчезнуть. Её расчёты с жизнью были полностью кончены – до того кончены, что и мне она почти не подчинялась. Я понял тогда, какого рода эта месть. Отступись я сейчас – и моего клиента ждала тяжёлая, бесконечно долгая агония.

После сеанса Захар всё-таки не утерпел: явился ко мне в камеру и пытливо уставился.

– Чего? – спросил я.

– Ты, может, думаешь, Разноглазый, что я не провожу расследования, – сказал он наконец. – Что я людей своих не ценю... подставляю... хоть на вес продам, если получится. Думаешь?

– Нет, не думаю.

Все, между прочим, знали, что Захар не стоит за своих людей горой. Он брал их сторону, когда собственные интересы вынуждали его это сделать: без тёплого чувства, зато и не раздражаясь.

– Этот мужик видел немого, – сказал я небрежно.

– Где?

– Захар, ну не бесплатно же.

Захар удивился.

– А ты не понимаешь, что я у него самого спрошу?

– Понимаю. Он не скажет.

– Я когда спрашиваю, все говорят.

– Ты можешь проверить. Но тогда и я тебе ничего не скажу.

И мы – о тёртые, многоопытные! – воззрились друг на друга. Я ничем не рисковал: человек при всём желании не расскажет того, о чём не знает. И Захар ничем не рисковал, но ему это не было известно.

– Пустышка, ложный след, – буркнул он. – Не верю, что какой-то мозгляк справился со Шпырей... Справился! – Он поперхнулся. – Да ты же видел, что там осталось, суповой набор!

– И я не верю. Но парень по-любому свидетель, разве нет?

– А этот... клиент твой... он, значит, ни при чём?

– А как он может быть при чём? Его здесь что, кто-нибудь видел?

– Эти тайны, – сказал Захар с ненавистью, – эти хлопоты... Развели испанскую трагедию, по улице нельзя пройти, чтобы не наступить. – Он жестом показал, как наступают. – И ещё ты мутишь! И чего мутишь? Хочешь свои восемьдесят процентов?

– Я не говорил о восьмидесяти процентах.

– А сколько же ты потребуешь? Девяносто?

– Ну зачем так брутально? Я хочу к Фурику сходить прокапаться.

– К Фурику? Я его тебе сюда привезу.

– Это будет не то.

Захар сам ходил в дальнюю аптеку, поэтому не стал спорить.

Было в процедурном кабинете что-то, что составляло важную часть волшебства: запах лекарств, мятный запах подушки под щекой, тёмные трещины потолка, спокойное узнавание в глазах завсегдатаев и то, как они молча, без вызова, без осуждения и без любопытства, посмотрят и отвернутся. Вот так и вышло, что на следующее утро меня отвезли («А впрочем, – сказал я, закрепляя успех, – решать тебе. Боишься везти – можешь восемьдесят платить») в раздолбанном уазике на процедуры. Я лежал на простынке под капельницей и смотрел в потолок.

А что же делал конвой? Я рассчитал правильно, конвой не мог остаться в стороне от халявы. Часом раньше, проводя инструктаж, Захар посадил голос, вдалбливая в пустые головы одну-единственную мысль: не спускать глаз, не расслабляться, быть при исполнении. Они покивали; они сказали: «Так точно» и «Захар, да без проблем, сделаем». Ну и сделали: придя в аптеку, пошарили, посмотрели по углам, рявкнули на Фурика, увидели, что спокойно, согнали клиентов с кушеток и улеглись сами. Как я понял из разговора, милиция предпочитала состав «Лирика» (одно название которого вызывало трепет, а компоненты были ещё страшнее названия). И очень, очень скоро обо мне забыли.

Должен заметить, менты честно намеревались выполнить распоряжения Захара, и, со своей точки зрения, они их выполнили. Ведь как, довезти – довезли. Проверить – всё проверили. Куда из-под капельницы денется? – подумал бы любой на их месте. («В этом, – скажет мне потом Канцлер, – главная проблема правого берега. Не грязь, не лень. Вы начинаете думать, вместо того чтобы выполнять инструкции».)

Не дожидаясь, пока флакон опустеет, я вынул иглу, тихо встал и пошёл к выходу: ни быстро, ни медленно, без шума, но не крадучись, не бросив ни одного взгляда на конвой... и беспрепятственно, как во сне, покинул подсобку, пересёк зал аптеки, оказался на улице и вот тут, решая, куда повернуть, увидел рядом с припаркованным милицейским уазиком человека, в котором нуждался.

– Иван Иванович! – сказал я. – До чего же рад тебя видеть.

6

«Имперские волки» – вот как их почти сразу стали называть. Не отнимешь, было в Молодом тёмное величие, блеск чёрного солнца, отсвет которого лёг на людей, подчинявшихся ему как вожаку, а не администратору. Я не верил, что Молодой, пусть он и явился не с полудюжиной бойцов, а тремя десятками, сумеет взять власть: «взять власть» в том твёрдом отчётливом значении, которое есть в словах похвальбы – взять крепость, взять женщину. Зато в это верил сам Молодой. («Неужели, – говорит Фиговидец, – достаточно быть беспечным и самоуверенным, чтобы тебе подчинилась жизнь? И прикинув: я сделаю так-то и так-то, – можно перестать беспокоиться, зная, что всё выйдет ладно, в срок, без неприятных последствий...» И тут ему от ненависти изменяло дыхание.)

– Ну? – первым делом спросил Иван Иванович. – Где он?

Что я мог ему ответить. На почте я успел послать две телеграммы: фарисею – насчёт вещей и Молодому – из двух слов «он здесь». Тогда казалось, что заманить Молодого на Финбан – вот ловкий выйдет трюк – будет для меня единственным спасением. Я не сомневался, что Молодой мгновенно поймёт, кого имеет в виду телеграмма, и примчится так быстро, как сможет, чего бы это ни стоило ему или Канцлеру.

– Иван Иванович, а ты здесь вообще-то официально?

– Конечно.

Когда Город самым постыдным и смешным способом определился, подняв мосты, – определил своё место в истории, свою судьбу, и тусклой тенью лёг на дворцы и площади позор, добровольно принятый из-за нежелания принимать грязь, – когда всё это произошло, Канцлеру уже не с руки было ждать. Даже если момент казался ему неудачным, или сам он был не вполне готов, или не собирался тратить силы на новую оккупацию, или собирался, но не так, – ответственность, которую он на себя взял, не оставляла ему выбора. Ему не был выгоден здешний хаос – вопреки мнению Ильи Николаевича, – хотя бы потому, что труднее, чем благоустроенную и апатичную провинцию, завоевать раздираемую междоусобицей – не став при этом всего лишь ещё одной бандой.

– Ну? Где он?

Отправляя телеграмму, я и не подозревал, насколько чистую правду пишу. То, что оказалось правдой сейчас, тогда в моих глазах вообще было спасительной ложью. Всё переменилось, когда я увидел изуродованный труп и понял, что Сахарок действительно здесь. Вопрос заключался в том, чтобы локализировать.

– Не знаю я, где он точно. Бродит.

– Убивает? – сказал Молодой почти без вопросительного знака.

– Помаленьку.

– Ну и отлично. Враг народа нам очень кстати.

– Ты тоже начал мыслить государственно?

Перед тем как ответить, он, разумеется, поплевал – и я почувствовал, что в какую-то колею жизнь и впрямь возвращается.

– Я, – сказал Молодой, – мыслю конкретно над поставленной задачей, а задач у нас с тобой две: Сахарок и порядок. И пока я эту гниду не достану... – Он поглубже вдохнул. – Раз нужен порядок, то нужна объединяющая идея. Я эту идею могу предложить. А то, что это и мои проблемы решает... так какого чёрта? Так совпало.

– Можно про «нас с тобой» поподробнее?

– Дурака-то не заряжай.

И стали мы с ним мыслить конкретно.

Молодого с бойцами привезли фриторговские фуры, и это казалось концом независимости фриторга. Молодой с бойцами навестил особняк администрации (вот так просто открыл грузовиком – ворота, ногой – все по очереди двери), и губернатор вынес ему ключи и прошение об отставке. Молодой начал с арестов – и это было до того страшно и в диковину, что народ больше чем присмирел. Народ почувствовал себя подвластным.

У меня ещё не было случая рассказать о нашей тюрьме. Она стояла даже не на отшибе, а в самих Джунглях, на том их краю, который выходил к Неве, и вела туда узкая просёлочная дорога, с её мраком, ухабами и тяжестью тишины – настоящий

336

путь в преисподнюю. (Впрочем, Аристид Иванович потом сказал: «Вздор, вздор! *Настоящие* пути в преисподнюю – широкие, комфортные и залиты светом».)

Почему угрюмая краснокирпичная махина называется Кресты, никто не знал и не задумывался. Одни считали, что название как-то связано с религиозными преследованиями, о которых смутно рассказывали на школьных уроках истории, другие – с карточной мастью. (Не самая глупая версия, если учесть, что в тюрьму попадала главным образом мошенничествующая шушера, и игра, которая не прекращалась ни днём ни ночью, вряд ли становилась честнее из-за того, что шулеры играли друг с другом.)

Убедительно и мрачно выглядела версия Мухи, появившаяся после того, как он повидал мир. («Мир-то я повидал, – веско говорит Муха. – Теперь знаю, где кресты ставят: на кладбищах, вот где! Под крестами-то всё покойники! Потому и тюрьма испокон на этом месте: морят людей, а потом закапывают, закапывают! Прямо в землю! И крест поверху, чтобы уже не вылез. – Муха в ужасе таращил глаза. – А тюрьма, гляди, она такая же могила. Из неё разве выйдешь? А если и выйдешь, то разве тем же человеком, который вошёл?»)

Насельники Крестов были немногочисленны и – вот почему Финбан всполошился, узнав о дурачестве Молодого, – не обладали никаким весом в обществе. Те, кто весом обладал, в тюрьму не попадали, с ними решали по-другому: мирным сговором, выкупом или выстрелом снайпера. Если же дело не только доходило до суда, но и там же решалось, то что о таком деле и его участниках можно было сказать?

Выходить на свободу они, конечно, выходили и во время отсидки были доступны для передач и посещений. (И здесь нетрудно поведать про тайную, отдельную от мира жизнь их родных, очень быстро привыкавших и к жуткой дороге, и к уродливому расписанию, и к виду тяжёлых стен, далёких, забранных решётками окошек – из которых махали порой рука или платок и летели бумажные комочки записок.) Так вот, они выходили и действительно выносили с собою в мир какие-то чужеродные ухватки и принципы, привычку к воздуху, которым невозможно дышать, – и Муха правильно говорил, что прежними людьми их никто не считал.

Захара и его старших чинов как раз заталкивали в их же арестантский фургон, когда я, разыскивая своего последнего клиента, которому всё-таки требовался заключительный сеанс, забрёл в Управление милиции.

– Что за дела, Разноглазый! – крикнул Захар. – Да я же готов сотрудничать! Как, вот интересуюсь, вы рассчитываете обойтись без органов?

– Действительно, – сказал я, оглядываясь на распоряжавшегося Молодого, – вряд ли обойдутся. Слушай, а ты мужика, на которого я работаю, видел? Где его вообще искать?

– Не парься, сам тебя найдёт. – Его крепко двинули в спину, и он заматерился под восторженные охи счастливых зевак.

Зеваки не сразу поверили своим глазам – и как-то робко поверили, стыдливо. Да, рушился на глазах стародавний порядок, и ужасного, неприкасаемого начальника милиции пришлые – просто снег на голову – бугаи нагибали, как обычного ярыжку. Но как узнать, не воскреснет ли завтра чудовище в прежней силе, а воскреснув, не примется ли поимённо вспоминать тех, кто стоял добровольным и зачарованным свидетелем его позора? Они не имели сил отвернуться, но на всякий случай молчали.

– Шевелись, командир, – сказал Молодой. – Или на тебя особый приказ нужен?

– Ах ты, падаль! – завопил разъярённый Захар, на время отложив планы сотрудничества. – Ах ты, пыль лагерная! Я же тебя... Я же с тобой...

– Сердце яро, места мало, расходиться негде, – весьма спокойно сказал на это Молодой. – Запомни: я сам сын начальника милиции. И рядом с моим отцом ты, Захар, пирожка не стоишь. – Он подумал и уточнил: – С повидлом. – (Видимо, пирожок с мясом попадал в категорию более ценных предметов.) – Разноглазый? Разноглазый, подъём! Давай, пошли в администрацию.

И мы пошли. Через какое-то время Молодой сказал:

– Да тише ты. Сейчас в стену меня вожмёшь. – Он внимательно посмотрел на меня, по сторонам. – Ты вообще как-то странно ходишь, Разноглазый. И всё время озираешься. Обтрепался весь, – добавил он после паузы, ставя точку.

– Уж какой есть, – сказал я с удовольствием. – Не в фильдеперсе.

В администрации, опозоренной, струсившей и притихшей, нас встретил на входе Колун, у которого хватило ума и выдержки не забиваться под шкаф в дальней кладовке. Охрана разбежалась, челядь попряталась, губернатора и самых наглых замов увезли в Кресты, и Колун вышел бы навстречу судьбе в трагическом одиночестве, если бы за его спиной – ты только погляди! – не стояли бок о бок Плюгавый и Потомственный.

– Опа! – сказал Молодой. – Делегация. А хлеб-соль где?

– Если можно, – сказал Потомственный, бледнея, – обойдёмся без шуток дурного тона.

Потомственный был значительно выше Колуна и возносился над его плечом как скорбная совесть, а Плюгавый – значительно ниже и высовывался из-за хозяйской спины как взволнованный пёс. Оба были полны решимости, и я почувствовал, как однобоки и недостаточны мои знания об этих людях (возможно, и не только о них).

– А ты привыкай к моему юмору, – благодушно посоветовал Молодой. Он разглядывал троицу без гнева и удивления, скорее забавляясь.

– Вы разговариваете с высшими чиновниками провинции!

Плюгавый тоже не вытерпел и затявкал:

– А не надо перед чужими пританцовывать! Он думает, мы ему Родину на блюде вынесем! Да, сейчас! С реверансами! Хозяин, да я же за Родину – –

Колун стоически завёл глаза и, не поворачиваясь, не глядя, одной рукой попытался заткнуть Плюгавому пасть. Другую он не очень уверенно протягивал Молодому.

– Иван Иванович!

– Понял, не бойся, – сказал Молодой. – Такой у тебя, значит, штат. Умные-то слиняли? Ну, это с ними после обсудишь, кто умный оказался, а кто – не очень.

Колуна он, в общем итоге, признал и обнадёжил. «Когда ты неместный, то плотно на стул не садишься, – сказал Иван Иванович, объясняя свой выбор. – Чего такому расстраиваться, сдёрнут его завтра или нет: сдёрнут, ещё куда-нибудь назначат. А мне надо, чтобы губернатор всей жопой ощущал, что там под ним. И как другой жопы не будет, так и другой мебели».

А сам Колун, насколько грамотно он просчитал ситуацию? Задним числом любой убеждён, что, конечно, сидел и считал, загибал толстые пальцы, – но так ли мы правы, предполагая, что герой делает свой шаг вперёд, повинуясь тонкому и смелому расчёту? Вот он трепещет, продуваемый ветрами теодицеи и истории, и пуговицы сикось-накось, и под пуговицами жажда уцелеть, и жажда власти – но всё-таки, всё же, поверх умной игры, и страха, и жадности, кирпичом лежит взявшаяся откуда-то необходимость держать осанку. Потом она обернётся пользой. Потом она принесёт выгоду. Потом я напомню губернатору, как ненакладно порой послушать голос чести, и он не найдётся с ответом, потому что и сам будет так считать.

– Хотелось бы получить инструкции, – сказал Колун.

– Я тебе полномочия даю, – удивился Молодой. – Какая такая у губернатора инструкция? Чтобы порядок был от крыш до подвалов.

– Но – –

– А вот с «но» поможем, обращайся. Только конкретно, лады?

– Лады, – обречённо сказал новый губернатор.

Его верные приспешники, вряд ли ждавшие такого оборота – не знаю, чего они ждали вообще, – смущённо, молча переминались: экипировались люди для патриотического подвига, а угодили в лужу коллаборационизма. И если Пётр Алексеевич, посудив, порядив, ещё смог бы себя уверить, что в определённых обстоятельствах коллаборационизм и есть подвиг, то бедняжка Плюгавый сомлел и только глазами хлопал.

Мы вышли в безлюдный двор, в котором по всем углам лежал хлам поражения: какие-то брошенные вёдра, брошенные вещи, перевёрнутые баки с мусором, разорванные мешки с непонятной трухой, битое стекло.

– Что ж так засрано? – весело поинтересовался Молодой. – Дворники ушли революцию делать? А за мешками чего? Гляньте, шевелятся. Никак крыса в засаде? Или что-то покрупнее? Разноглазый, да что с тобой такое? Целый день дёргаешься.

– А как ему не дёргаться? – сказал Плюгавый, отправленный нас проводить и заодно проконтролировать, чтобы мы убрались, ничего не прихватив и не подбросив. – У снайперов на него заказ. – И с чувством глубокого удовлетворения Ваша Честь потёр руки.

– На Разноглазого заказ? Ушам своим не верю. – Молодой посмотрел на меня. – Узнал кто?

– А зачем? Заказы не аннулируются.

– Зато снайпера можно аннулировать. – Молодой ободряюще улыбнулся. – По-любому, я должен знать, кому потом посылать ответку.

– Вы-то откуда знаете? – спросил я Плюгавого.

– Родина всё знает! – завёл Плюгавый. – Разведка не спит, доносит! Враг, дурень, уже и банковать сел, а – –

– А у Родины туз в рукаве, – в тон ему сказал Молодой, размахиваясь. – Сейчас покажу, как у *меня* на родине с шулерами играют.

– Случайно мы узнали, – признался Плюгавый, уворачиваясь от оплеухи. – Щелчок, когда с тобой говорил, не подумал, что уши всем дадены, от щедрот, а не по справедливости... кому надо и не надо. Родина, – он запнулся, осознав, что раздачей ушей заведует всё же не Родина, – Родина разберётся!

– А как зовут того сознательного гражданина, который сразу к Родине побежал?

– Не так он сознательный, как болтливый, – буркнул Ваша Честь. – Человеческий материал, чего ты хочешь. – И с подлинной мукой воскликнул: – Не воспитать! Не перекроить! Ты ему про долг и Родину, а он тебе про дела свои бараньи! Как будто его холодильник значение какое имеет! Как будто о его кредитах сраных в учебнике напишут! Ах, тьфу на тебя, прокуду! Чего ухмыляемся? Ухмыляемся чего?

Мы оставили его причитать и отправились творить то, о чём пишут в учебниках.

– Зачем же он тебе рассказал? – спросил Молодой. – Какой в этом смысл? Чтобы снайпер заказы информировал?

– Хотел сделать небаранье дело.

– Ага.

– Щелчок – лучший снайпер провинции, – сказал я осторожно. – А то и всей ойкумены. Золотые руки... если так можно сказать про снайпера. Не стоит его... аннулировать. Ну, с государственной точки зрения. Государству, если что, хороший снайпер не меньше пригодится.

— Ага. Считаешь, ты ему должен?

— Считать я только деньги обучен.

— Вот это речь того Разноглазого, которого я люблю и знаю.

Я счёл за лучшее замолчать.

Я зашёл на почту спросить, нет ли мне писем до востребования, и получил целую пачку телеграмм из Города (от Фиговидца: «Всё сделал. Не хочу знать, что происходит»; от Аристида Ивановича: «Забытые не забывают»; от Ильи: «Приятных выходных»; от клиентов — многословные вопли ужаса с оплаченным ответом) и письмо от Вилли, в котором тот сообщал, что высылает в провинции копии материалов по делу Сахарка.

Я сел подальше от окон, всё это прочёл... и так задумался, что не заметил, как какой-то мальчишка принёс и под шушуканье получающих пенсию старушек суёт мне записку. Ознакомившись и с ней, я совсем приуныл.

Мой злополучный клиент, явившийся в Управление милиции на сеанс, попал под горячую руку парней Молодого, и те (возможно, он слишком громко задавал вопросы или слишком долго удивлялся) его арестовали. Теперь он сидел в Крестах и, справедливо подозревая, что даже ангажированный разноглазый остережётся туда соваться, с искренним и смехотворным отчаянием взывал о помощи.

Я ещё раз перебрал телеграммы; у них были голоса посылавших их людей. (Хотя правда, как всегда, заключалась в том, что все телеграммы говорили одним жестяным трескучим голосом, специальным телеграфным, и только в письме уцелел человек.).

Дождавшись, пока начнёт смеркаться и рабочий день снайпера подойдёт к концу, я тронулся в путь.

Эта дорога была страшна – пусть и вполне безопасна. Я понимал, что на ней трудно повстречать человека, во всяком случае, такого, который сам не шарахнется от тебя в кусты, – понимал и не верил. Очень узкая, теснимая развалинами и деревьями, разбитая до того, что называли её дорогой по привычке и неимению другого слова, она лежала во мраке и вела во мрак ещё больший. Очередная прекрасная весна, сперва мутная (талый снег, грязь, дожди, серое небо), затем всё чище, всё прозрачнее, приходила в наши места как нищенка, а здесь и сейчас была нищенкой наглой, вонючей и приставучей. Я и спотыкался, и скользил, и ругался вслух, чтобы не быть таким одиноким, и когда наконец мне показалось, что добрёл, так это не само здание я увидел, а жёлтый гнусный свет фонаря над воротами, утопленными в неотличимую от окружающих руин стену.

Я барабанил в них энергично и долго, и стforce сторожу пришлось выйти. Увидев, с кем имеет дело, он пал духом.

– Не могу я их принять! – заныл он. – Что за день такой! Целый день везут! Зачем вы везёте без судебного решения?

– Действительно, непорядок. Уж судебное решение могли бы написать.

– Да это не вопрос «написать»! Это вопрос полномочий.

– Ну, об этом я бы не волновался. Что у них есть, так это полномочия.

– Какие могут быть полномочия без легитимности?

Я посмотрел внимательнее. Сторож с виду был охрана как охрана: бесформенный засаленный камуфляж на дряблом нездоровом теле, глаза как стекло пустой грязной бутылки.

– Ты ничего сегодня не пропустил? В провинции переворот.

– И суды перевернули?

– Ну кому нужны наши суды?

Между тем я протиснулся внутрь и устроился на мерзкой облупившейся лавке. Тускло, размыто, как в тумане, тлела немощная лампочка.. Сально поблескивали болотно-зелёные стены, обитое жестью окошко для передач. Сторож обречённо закатил глаза.

– Кого привёз?

– Никого. Я по вызову. Типа как врач.

– Врач у нас свой, тюремный. Сел по хулиганке... Вот, прижился.

– Но тюремного-то разноглазого у вас нет?

– Нет – значит, не нужен.

– Но я уже здесь.

Наконец он сдался и, заперев входную и внутреннюю двери на семь засовов, повёл меня к начальству.

Этот мир был тёмен и состоял из бесконечных железных лестниц, коридоров и клоков паутины. Пока я спотыкался на скользких ступеньках, как-то сами собой додумались крысы, совы и летучие мыши. Пыль и ядовитый воздух спеклись в туман. Я шёл вверх, а мне казалось, что опускаюсь всё глубже и глубже под землю – туда, где добывают беспримесное зло и под завалами лежат тела рудокопов. Оказавшееся огромным здание стояло на три четверти пустым – лестницами, коридорами разбегалась пустота во все стороны, – что не мешало ему вонять. Это была вонь самого времени; здесь я понял, что время не мумифицируется, а гниёт.

И кабинет был не кабинет, а берлога: явное жильё, с кроватью под пологом, настоящим ярко пылающим камином и глубоким кожаным креслом подле камина. Из кресла поднялся мне навстречу хозяин тюрьмы.

Он был очень высокий, очень худой, очень лысый; в узких, заправленных в высокие сапоги штанах, обнажённый по пояс – и этот голый жилистый торс покрывали синие тюремные татуировки.

На груди, в кругу солнца с расходящимися лучами, ширококрылый орёл нёс в когтях человеческий череп. На правом предплечье – змея с головой льва, на левом – снова череп, вертикально пронзенный кинжалом. Череп сжимал в зубах пышную розу, а кинжал обвивала змея в маленькой парящей над её головой короне. На фалангах пальцев я разглядел перстни из дорожек, крестов, точек и корон.

– Разноглазый... Упорный... Пришёл всё-таки... Мои дурководы ставки делали... Я не стал... Знал... Ты присядь, присядь, фартовый...

Он говорил медленно, неуверенно, подбирая слова, как на неродном языке или таком забытом, что он стал неудобнее, чем неродной. И как начальник тюрьмы ни остерегался, в речи проскальзывали привычные ему слова из его действительной жизни. В этих словах была та же вонь.

– И что тогда было не поставить?

– Наверняка... Неинтересно... Ну, работай... раз уж пришёл... Распоряжусь...

Он, впрочем, и не думал распоряжаться: уселся поудобнее, вытянул длинные ноги и уставился на меня с насмешливым интересом

– На воле говорят, что я сумасшедший... Говорят?

Я мысленно бросил монетку и согласился с этим утверждением.

– Знаю... Тюрьма знает всё про всех... а про тюрьму не знает никто... Только страх... И ты боишься...

– Я не на экскурсию пришёл.

– Пришёл... Не знаешь, дадут ли уйти... Зачем?

– Как я мог не прийти? Это мой бизнес.

– Верно... как мог... да никак... А ещё говорят, свобода воли... Выдумки... Нет никакой свободы... воли в особенности...

– Всегда была, – возразил я. – В идеале. И во всяком случае, от мира извне. Ничто не может заставить волю хотеть что-то такое, чего она в действительности не хочет.

– А ты... хотел... сюда идти?

– Нет.

– И почему... пошёл?

– Но я должен был, что тут непонятного?

– И в чём здесь свобода воли?

– Свобода воли – это возможность сделать выбор. Вот и всё.

– А выбор под давлением... это честный выбор? Такой выбор, который... чего-то стоит?

Он ухмыльнулся, глядя, как я стараюсь промолчать.

– Ну скажи, скажи... что сам решаешь... что должен... чего не должен...

– Конечно. Кто, по-твоему, это делает?

– Правда? А может... это твой бизнес... решает за тебя... И был бы бизнес другой... решалось бы по-другому...

– Я не тот человек, который тебе нужен, – сказал я терпеливо. – Я не понимаю.

– По отношению к воле... понимание... вторично....

– А теперь ты говоришь, что я не знаю, чего хочу.

– Не ты один, фартовый... не ты один...

Вот передо мной сидел человек: опасный и с фантазией, то есть опасный вдвойне. Он годами не покидал свой замкнутый мирок, сложно сконструированный из расчленённых пространств, смрадов и извращений. Всё, что он говорил, я понимал, но – так слышат сквозь стены, видят в толще воды – искажённо, предательски.

– Ты *думаешь*, что чего-то хочешь... именно этого... Действуешь... добиваешься... Но когда желание удовлетворено, что ты чувствуешь? Тоску... отвращение... раскаяние... Почему?

– Ничего подобного я не чувствую.

– Потому что... в действительности... ты хотел другого.

Теперь он разговаривал сам с собой, а в такую беседу лучше не встревать. В темноте за его спиной проступал шкаф, набитый книгами, неуместный и таинственный. Нам никто не мешал, никто не пытался вторгнуться в эту нелепую комнату, даже ветер за окном. Шторы были плотно сдвинуты, но почему-то я знал, что окно забрано решёткой. Щурясь, жмурясь на камин и стараясь не храпеть, я стал подрёмывать.

– У любого... есть ответы... на все вопросы... И его не интересует, правильный это ответ или как... выглядит он идиотом или не выглядит... Гонят сами себе пластинку...

– Что же, – спросил я, – нет выхода?

– А зачем тебе выходить? Оставайся с нами, Разноглазый... Здесь честная жизнь... Не тащишь?

Я смотрел на огонь, и меня укачивало, укачивало.

– Воля губит... – сказал хозяин. – Неволя изводит... Весь мир – тюрьма... от большого до малого... Ты сам себе тюрьма... Иди, упирайся... Ещё кого-нибудь повидать хочешь?

Я представил, как они сидят в тесных клетках: Захар, Календула, – и отказался.

7

Канцлер со свитой прибыл по Неве.

Был майский день, холодный и солнечный, у новенькой пристани сновали встречающие: встревоженные, счастливые. Парадно построились гвардейцы; школьная самодеятельность делегировала ладный духовой оркестрик. Местная элита, от главврача больницы и директора ДК до директоров заводов, жалась поближе к Колуну, стоявшему в окружении замов и народных дружинников. (Новый губернатор вёл себя очень аккуратно; глаза у него были трезвые, строгие, щёки – гладкие, госу-

350

дарственные. Колун не трусил и не переигрывал и, как ни скрывал, не мог скрыть, что назначение его бесконечно радует. Порою серых кардиналов перестаёт устраивать их неброский цвет.)

Все были немного растеряны. Нева, больше не скрытая полосой отчуждения, всех немного пугала. Общественные работы, не прекращавшиеся полтора месяца, влетели Канцлеру в копеечку («Откуда он берёт деньги?» – спросил я Молодого. «Свои башляет», – ответил Молодой, подумав. «А откуда у него столько своих?»), но результат того стоил. Полтора месяца полторы сотни человек вырубали, разгребали, вывозили, копали-копали, сажали-сажали, скребли-чистили, красили и, не последнее, поддерживали народившийся порядок. (И мы въяве увидели, какое это многотрудное, печальное дело – поддержание порядка.) Теперь у Финбана появился собственный Променад: с чистым берегом и пристанью, клумбами, газонами, аллейками и скамейками. Народу, боязливо гулявшему среди этого великолепия, делалось страшно и сладко, словно он впёрся в барский дом с парадного входа. Но чтобы народ, приобщаясь к культурной жизни, не борзел, на Променаде круглосуточно дежурили дружинники Миксера.

Мы смотрели, как лёгкий белый катерок, вышедший из-за излучины, невесомо несётся по сверкающей воде: средь бела дня, при всём народе. Это было равносильно полёту в космос.

Городские набережные, напротив, будто вымерли. Никто не явился, отменив по такому случаю прогулку, вульгарно поглазеть на триумф злой воли. Люди, помнившие Канцлера ребёнком и молодым человеком, люди, для которых он был «Платонов» и «Коля», тогдашние юноши и матроны ответили на его растущую славу улыбкой брезгливого и чопорного недоумения, словно написали на своих лицах: а кто это?

Тут было вот что: восставший из грязи, как он посмел напомнить о себе иначе чем смиренно меланхолической ламентацией, жалобами, которые трогательны лишь постольку, поскольку в них раздавлена всякая гордость.

Ни в чём не повинный лично, он был принесён в жертву – и можно представить изумление, а после гнев жрецов и зрителей, когда священная, искупительная жертва в приличном розовом веночке то ли изворачивается, то ли, что точнее, твёрдым, наглым движением отводит от своего горла руку с ножом. Ах, да уж лучше бы он изворачивался! Публике причитается катарсис! Безжалостная судьба, неумолимый рок должны крушить и топтать, а они, наблюдая и поучаясь, – проливать отрадные слёзы. Вместо этого городские оказались перед выбором: показать Платонову, что им недовольны, или показать, что его для них не существует, и выбор был безгранично тягостен, потому что сделать хотелось и то и то.

Я бился сам с собой об заклад, гадая, куда он первым делом посмотрит, сойдя на берег. Разумеется, Канцлер и с воды уже мог наглядеться на набережную и туманные дали Стрелки и П.С., а ждущие его люди, как он должен был понимать, жадно ухватят и истолкуют каждую мелочь: поворот головы, движение глаз. (И в кривотолках, пересудах утонет, оставив наверху лишь своё значение, сам жест: повернул Канцлер голову, скосил глаза или так-таки встал спиной.)

Но я ведь знал – я неоднократно видел! – как мучительно и нерассуждающе Николай Павлович привязан (вот точное слово, его держали канаты, цепи) к Городу. Он мог прекрасно понимать, как следует поступить, и всё равно не удержаться. Долгие годы, проведённые у окна с видом на Неву и Смольный, его не только закалили, но и деформировали, и теперь он был как дерево на камнях, приспособившееся к скудному солнцу и вечному северному ветру, дерево живучее, и крепкое, и неспособное распрямиться. Но кто это понимал?

Всегда буду помнить, как он прошёл по сходням и остановился, глядя прямо перед собой: прямая сухая фигура в отличном костюме, серьёзные глаза, а за ним, над ним, вокруг во все стороны – вода, солнце и ветер. Их сочетание загадочным и уверенным голосом на секретном языке обещало свободу, несло её в себе, было свободой само. И не казалось странным, что этот сильный голос поддержал деспотичного, безжалостного и одержимого человека, который ради нового порядка со скрытой в нём мертвенностью идеализма сломает и уничтожит пусть уродливую, но живую систему. (Вот *эти* кривые деревья, мог думать Канцлер, подлежат вырубке.)

Он остановился, и Колун, потоптавшись, пошёл ему навстречу. За Колуном, в порядке чинопочитания, потянулись вящие и имущие, а за спинами вящих всё нахальнее теснились труждающиеся и обременённые.

Люди запомнили этот день, и годы спустя, когда уже ничего нельзя было изменить и поправить, я слышал обрывочные воспоминания то от одного, то от другого – счастливые, сбивчивые и застенчивые, как рассказы о чуде.

Они помнили, как Николай Павлович шёл, как посмотрел; помнили его костюм (каждый рапсод менял, разумеется, цвет и покрой в соответствии с собственными представлениями о прекрасном, но никто не подменил его курткой или мундиром); помнили приветственный взмах руки (опять же поднял он одну руку или обе, сцепив их в замок, поднял правую руку или левую, сжат был кулак или нет, расслаблена ладонь или напряжена, плавным было движение или резким и сильным – в этом случае рассказчик не говорил: «Он взмахнул рукой», но: «Выбросил руку»); погоду, катер (погоду и катер помнили все).

Эти воспоминания будут также печальны, и, хотя тогда народ роптал, потом он затоскует: как это происходит в песнях об удали разбойников и душегубов, сложенных после того, как разбойники сложат голову. По прошествии времени народ всегда принимает точку зрения эстетики.

Николай Павлович вызвал меня на следующее же утро. Записку принёс гвардеец, начищенный, но угрюмый. Сияло в нём всё – сапоги и пряжка, – кроме лица. Я сидел в безобразной квартирке на старом гадком диване. Квартирка и диван были единственным, что удалось снять после того, как на заработанное непосильным трудом наложили лапу Горбанк и Добыча Петрович, прекрасно понимавшие, что сейчас до них не дотянуться. Требуя выплат, я посылал телеграммы управляющим, а управляющие посылали телеграммы мне, объясняя, почему выплаты, даже процентов, в данный момент невозможны. «Даже через фриторг?» – спрашивал я. «У нас нет договора с фриторгом, – нагло отвечали они. – Приезжайте лично». Я был бы счастлив поехать. Я пешком пошёл бы по водам.

– Эй, парень, – сказал я гвардейцу. – Нельзя с такой рожей ходить в дни великой победы, полиция нравов заберёт. У тебя зубы болят, что ли?

Гвардеец зыркнул и тут же нахамил:

– Не твоё дело, что у меня болит.

– Неужели душа?

Он отвесил мне взгляд, который сам считал высокомерным. Но с высокомерием и гордостью та беда, что ими невозможно проникнуться сознательно. Когда человек говорит себе: «Хочу быть гордым», – именно это желание, а вовсе не сама гордость, написано у него на морде. («Кто желает прослыть гордым, – говорит Аристид Иванович, – должен скрывать своё тщеславие». Но мало у кого хватало гордости его послушать.)

Многострадальный закуток Потомственного, предоставленный очередному высокому гостю, был вычищен, освобождён от одних бумаг и тут же завален другими (губернаторские замы называли это «перезагрузкой»). Колун порывался уступить Канцлеру собственный новый кабинет, но Николай Павлович сухо сказал: «Губернаторово – губернатору», – и это можно было понимать и как жест скромного гостя, и (к вопросу о высокомерии) повадку императора, которому принадлежит настолько всё, что он благодушно потворствует мелким амбициям людей, чьи не только привилегии, но и головы в его полной власти. Любое, самое почётное, кресло в администрации Финбана было для него походным стулом, упражнением в аскезе, и, когда я увидел, как стоически, словно на голой скале, он гнездится в чужом кресле, за чужим столом, мне стало смешно.

– Почему гвардия не ликует?

Николай Павлович встал, подошёл к окну, с надеждой в него глянул и (ничего хорошего он из этого окна увидеть не мог) тут же отвернулся.

– Добрый день, Разноглазый. Устраивайтесь. – Он безрадостно кивнул на стулья у стены. – Ликование не входит в обязанности Национальной Гвардии.

– Это сверх обязанностей, для души. Повод-то у них есть.

– Повод? Вот когда здесь будет налажена мирная жизнь, заработают механизмы местного самоуправления и люди осознают, что в основании человеческого бытия, коль скоро они вообще хотят его продолжения, необходимо лежат долг, порядок и законность, – он перечислил именно в такой последовательности, – вот тогда, и никак не раньше, появится повод, как вы говорите, ликовать.

– Налаживать мирную жизнь? То есть вы не собираетесь...

– Не собираюсь чего?

– Штурмовать.

Канцлер не поинтересовался подробностями, из чего я заключил, что штурмовать ему уже предлагали и получили ответ, – и мрачное настроение гвардии объясняется именно этим.

– Что за нелепая идея. – Он отвернулся, как человек, собирающийся солгать, но не стал юлить и все подразумевающиеся слова произнёс. – Это Город, а не избушка варварского царька.

– Точно. Избушка варварского царька, может, и получше охраняется.

Теперь он обернулся и смотрел на меня в упор. Меня поразило не столько это и не содержание взгляда – неодобрение, холодное презрение, – но ставшее очевидным сознание своего права презирать. Под этим взглядом я должен был почувствовать себя правобережной шавкой. А с другой стороны, какого чёрта удивляться, если шавка, согласно своей природе, гавкает? Я сказал:

– Наверное, не стоит вот так сразу плыть туда радостной флотилией. Начать можно с небольшого рейда, маленькой диверсии. В Летнем саду полно детей под защитой всего лишь нянек, а на набережную перед Зимним по вторникам ходят рисовать гимназисты – те вообще без присмотра, я знаю, что за тип их учитель ИЗО. У вас достаточно катеров?

– Прекратите паясничать.

– По-моему, это хороший план. И уж во всяком случае более реалистичный, чем заставлять людей осознавать основания их бытия.

– Вы не в состоянии понять, чего лишены.

– Нет, я понял. Автовских детей брать в заложники можно, а городских – нельзя.

– Я пригласил вас не затем, чтобы вы взывали к моей совести, – безразлично сказал он. – Заведи мы подобную беседу, я буду выглядеть юродивым, а вы – идиотом. И кстати говоря, с автовскими детьми всё обстоит наилучшим образом – растут, учатся... Да, была попытка побега. Но только одна, и только по инициативе мальчика, который патологически не способен к самоограничению.

– Надеюсь, его удалось нейтрализовать?

– Разумеется. – Канцлер посмотрел не на меня, а сквозь. – Лично изжарил и съел. Я могу наконец перейти к делу?

Дело заключалось в бесхитросном предложении отправиться в Город («На лодочке?» – «На лодочке, на лодочке») в качестве парламентёра: с видом на жительство в одном кармане, пачкой верительных грамот в другом и секретными инструкциями – за подкладкой.

– Ага, – сказал я. – Опять как с варварами. Поехать искать варваров, а оказаться – вот совпадение, вот сюрприз – в Автово с оккупацией. Спасибо, но мне не понравилось.

– Помнится, я оплатил счёт за лечение вашего самолюбия. Кстати, где эти деньги сейчас?

– Где-где. В Горбанке.

– И вы не хотите оказаться к ним поближе? По моему разумению, вы должны всеми силами стремиться в Город, а вместо этого я вас уговариваю. Почему?

– Меня не выпустят обратно.

– И что же вас расстраивает?

Я – не иначе как заразился его привычкой – подошёл к окну. С утра прошёл дождь, прибивший и пыль, и слабую неуверенную листву. У домов через дорогу затеяли красить фасады; мокро блестели строительные леса и оставленный на них трудовой хлам.

– У меня остались неоконченные дела.

– Я и не тороплю. Сейчас достаточно обещания подумать. – Он позволил себе улыбнуться. – Заодно подумайте, что здесь вам очень скоро станет не на что жить. Во всяком случае, той жизнью, к которой вы привыкли.

Я обещал подумать и откланялся.

В коридоре меня перехватил и с таинственными ужимками повёл за собой Плюгавый. Мы шли в другое крыло, и в прежних коридорах не было прежнего запаха. Так всё меняется в затхлой комнате: не нужно выносить или переставлять мебель, достаточно открыть окно. Как в школе после всех экзаменов, как на складе после ревизии, жизнь внезапно пустеет, и гуляет сквозняк разгрома и освобождения.

Родина без боя сдалась, потому что слишком устала: от безалаберности, безобразий, себя самой. Самые яркие и самые запятнанные сидели в Крестах, пострадавшие при зачистке только-только стали выписываться из больницы, служилый люд с облегчением присягнул новому руководству – которое, нельзя отрицать, рьяно руководило. «Что мы будем делать?» – поначалу спрашивали Колуна, и тот отвечал: «Дрожать от ужаса», – а сам размышлял, налаживал, прибирал к рукам.

– Привёл, хозяин, – сказал Плюгавый, заводя меня в безбрежный губернаторский кабинет.

– Вижу, – сказал Колун. – Ну, проходи, Разноглазый... – Тяжёлый взгляд, тяжкий вздох. – Присаживайся. Может, выпить-закусить? Ты у нас теперь особа, приближённая к государю.

– Все государи в учебнике по истории! – заворчал Плюгавый. – Мы пока ещё не присягали.

– А ты сомневаешься, что присягнём? – хмуро спросил Колун. – Рот свой закрой, Ваша Честь. Сядь вон в угол, рисуй плакатики.

– *Приветственные* плакатики? – поинтересовался я.

– Сейчас! Санитарный день провести решили.

– Какой-какой?

– Санитарный. Ну, проверим, кто как уши моет, и чтобы в помещениях грязь... – Он повернулся к Плюгавому. – Швабру не забудь.

– Это всё эти, из Национальной Гвардии, – сказал Плюгавый. Он разложил на полу лист ватмана, скорчился над ним в самой неуклюжей вариации позы «на четвереньках» и рисовал, по-детски прикусив язык. – Говорят мне: «Вы б, голубчик, сперва помылись, а потом уже пеклись о благе народа». – Ваша Честь возмущённо закудахтал. – Какая же народу разница, мытый я или немытый?

– Нужно отвечать на вызовы времени, – сказал Колун. – «Санитарный» напиши красным цветом, чтоб видно. Как пишется-то, знаешь? Скажи по слогам.

– Са-не-тар-ный? – с надеждой предположил Плюгавый.

– Господи Боже.

– А куда пресс-секретарь делся? – спросил я.

– А куда вся жизнь делась? – озлился Колун. – Жили, работали, в чужой дом не лезли, так? Никого не цепляли, всё промеж себя! Ни на чьё не зарились! В голову не брали, чем там сосед за своим забором занят: занят – вот и хорошо, живи, занимайся! А теперь инспектировать друг друга будем, кто чище подтирается. Так?

– Так, – сказал я. – Ну, зачем звали?

– А тебя, Разноглазый, Родина в твоём сердце подлом не позвала? – завопил Плюгавый, вскакивая и размахивая кисточкой, с которой плевками полетела гуашь. – Радуешься, скотина, что нигде не свербит? Променял Родину на жирный кусок и толстое одеяло?

– Разноглазый, – сказал Колун, – ты не стесняйся, заходи почаще. Друзей много не бывает, так? Новые друзья отбудут, например, восвояси, а старые здесь останутся. Помню, помню, у тебя вид на жительство. Этот мост, ты думаешь, скоро сведут? А даже если сведут, кто им помешает твою бумажку ликвидировать? Кому ты поверил? Городу? – Он помолчал, посопел. – Завтра Щелчок выходит с больнички. – (Маленький снайпер попал в больницу с переломом ноги. Одни говорили, что это нелепая случайность, другие – что Щелчок выпрыгнул из окна, спасаясь от Молодого, третьи – что Молодой его в окно вышвырнул.) – И я бы на твоём месте разобрался, кто всё-таки тебя заказал.

8

В жениховском (если взять ситуацию как мистический, слегка насильственный брак Земли и Порядка) пылу Николай Павлович повелел решить вопрос с радостными.

Функции упразднённой милиции временно отошли частью к народным дружинникам, частью – к Молодому, который взялся за дело, считая, что это поможет в поисках Сахарка. Он не возражал даже узнав, что ему предстоит отлавливать радостных и помещать их в стационар временного содержания при больнице. (А уж как ликовал главврач.)

Логично было предположить, что тот, кого мы ищем, прячется – и сам отброс – среди отбросов. Но радостные не умели рассказать, кого и что видели, а кто умел, врал, искренние и подневольные осведомители из шпаны, гопников, алкашей и зоркоглазых старушек разводили руками. Народные дружинники отказывались гоняться за тенью. Мы описывали приметную татуировку, немоту, – всё было напрасно. Время от времени Молодой получал (и оплачивал) доносы: жалкие, гадкие попытки сведения счётов. Его не отпугивала их явная нелепость.

Один такой донос привёл нас к четырёхэтажному кирпичному дому на самой границе Джунглей. Охотно здесь селились только анархисты, и когда-то добротный дом оседал, ветшал. Его серый кирпич источал пыль и усталость, балконы покрылись лишайниками. Окна с одной стороны выходили на тихую заброшенную улицу, с другой – на бескрайние руины и заросли. Где-то вдали они сливались с небом: тучами, восходами.

Мы поднялись в указанную квартиру и никого там не застали; обошли кругом дома.

– Не нравится мне здесь, – сказал Молодой.

Безобразно разросшиеся кусты почти сплошь закрывали окна первого этажа, а к кустам уже грозно подбирались большие деревья: берёзы, каштаны. Слабость, нежность молодых листьев скрадывали жестокость и силу корней. Очень скоро этот дом, в котором ветви выбьют стёкла, развалится, провалится в траву, в палую листву; щели асфальта – в них и сейчас росла трава – раздадутся и станут ямами, а потом сам асфальт уйдёт в яму, станет тающей россыпью камней, обломков.

В метре от меня стояла полугнилая лавочка, а под лавочкой – оставшиеся с ночи пустые бутылки. Выстрел разнёс одну из них вдребезги, а я не сразу понял, что это выстрел, – и, когда обернулся, Молодой, пригибаясь, уже бежал в сторону Джунглей. Я пошёл следом.

За кустами, за канавкой, за остатками низкой бетонной ограды, на приятной полянке в крупных ярких одуванчиках Сахарок душил снайпера, а Иван Иванович, матерясь, пытался придушить его.

Я присел на корточки рядом с брошенной винтовкой. Небольшая, элегантная, она больше напоминала предмет роскоши, чем оружие. Тут же в траве лежал костыль.

– Разноглазый! Да помоги наконец!

Вдвоём мы скрутили Сахарка и наручниками, которые запасливо носил при себе Молодой, приковали к торчащей из земли ржавой скобе: скорее всего, это была часть ушедшей в почву пожарной лестницы. Сахарок запрокинул голову. Чернильных слёз на его лице прибавилось.

Я повернулся к Щелчку. Он сидел на земле, вытянув ноги, тяжело дышал, зажимал разодранную, как когтями зверя, щёку. Увидев, что я на него смотрю, поздоровался.

– И тебе привет. Что, плохо срослось?

Он оглянулся на костыль.

– Срослось. – Он нащупал в кармане носовой платок. – Не поможешь?

Я тоже полез за платком, и мы попытались соорудить повязку.

— Тигр какой-то, — бормотал Щелчок. — Так мяса клок и выдрал. А подобрался-то как тихо, прыгнул... Значит, я вообще в тебя не попал?

— Не твоя вина, — сказал я. — Он же прыгнул...

— Ну да, — мрачно ответил Щелчок, — типа. — Он потянулся за костылём. — Я должен был почувствовать.

Я помог ему встать.

— Нет, не должен. Твоя работа целиться, а не чувствовать.

— Как дела, специалисты? — Молодой наконец отвлёкся от созерцания Сахарка и подошёл к нам.

— Куда меня сейчас? — спросил Щелчок.

— Наверное, в Кресты, — сказал я и посмотрел на Молодого.

— Можно решить вопрос и на месте, — сказал Молодой.

— Не по правилам, — возразил снайпер.

— А по правилам выполнять заказ, когда уже и Лигу запретили, и заказчик твой неизвестно где?

— Наверное, да.

Оба посмотрели на меня.

— Не знаю. Я никогда не был членом корпорации.

Я заметил, что Щелчок косится на Молодого угрюмо и со страхом. Он выглядел больным, постаревшим, но вряд ли надломленным.

— А ведь это ты писульку прислал, — сказал ему Молодой. — Выманить хотел. Ловко. Но откуда ты узнал, что этот, — Иван Иванович мотнул головой, — где-то здесь?

— Я и не знал.

— Тогда откуда он взялся?

— Лучше спроси, куда он сейчас чешет.

Мы обернулись. Сахарок, волшебно высвободившийся из наручников, уходил к дальним развалинам. Молодой схватил валявшуюся на земле винтовку.

Он стрелял не как снайпер, а чтобы убить, и все его пули попали в цель. Сахарок споткнулся, упал. Когда мы подбежали, он был мёртв.

Молодой наклонился над телом и пристально, затаив дыхание, рассматривал его.

– Кончено, – сказал я.

– Да.

– Успокойся.

– Да.

– Нужно вызвать труповозку.

– Нет. На этот труп у меня свои планы.

Появилась бригада Молодого на реквизированных у администрации джипах; стали грузиться. Щелчок довольно тяжело опирался на свой костыль, и идти ему было трудно. Я его подсадил.

– Слышь, Молодой!

Молодой обернулся. Посланные за трупом близнецы недоумённо переминались с ноги на ногу. У одного в руках был свёрнутый кусок брезента.

– Слышь, а где он?

– Что значит «где»? – нетерпеливо сказал Молодой. – Вон прямо за деревом.

Парни переглянулись.

– Нет там – –

– Никого, – отрапортовали они на два голоса.

– Что значит «нет»?

– Ага. Кровь есть.

– Юшку, что ли, собирать?

Молодого сорвало с места. Когда я к нему присоединился, он уже обрыскал кусты и полянки и, стоя над лужей крови, в которой мы оставили убитого, тупо на неё смотрел.

Всё было залито кровью, но Сахарка не было нигде – и никакой кровавый след никуда не вёл.

Через два дня, в течение которых Молодой пил и думал, между нами состоялся следующий разговор.

– Я много думал, – начал Молодой.

– Не пугай.

– Я понял, кто он. Понял, кто такой Сахарок.

– Вот как?

– Он не человек.

– Правда?

– Да что ты юродствуешь! – Иван Иванович посмотрел очень сердито. – Ты знаешь лучше моего.

– Знаю, – сказал я. – Вернее, подозреваю, догадываюсь и очень не хочу, чтобы это оказалось именно так.

– И, – ехидно продолжил Молодей, – надеешься, что если не говорить об этом вслух – –

– Хорошо, убедил. Говори.

– Он с Другой Стороны. То есть, – Молодой сплюнул, – то есть.. – Ещё плевок. – Он *этот.*

– Привидение.

Ивану Ивановичу потребовалось всё его мужество, чтобы чётко и небрежненько повторить страшное слово. Он его выговорил и выжидательно замолчал.

– И что ты предлагаешь?

– Я его изловлю, а дальше твоя работа, – немедленно сказал Молодой.

– Ага. А я на руки поплевал и сделал. Как? Ты мне можешь, ради всего святого, по пунктам разъяснить как? Нож возьму и зарежу?

– Как вариант. – Молодой хмыкнул и неожиданно мягким движением положил руку мне на плечо. – Скажи, а ты ведь чувствуешь... чувствуешь, когда он рядом?

– Голова болит, и сны дурные. Я и сам понял не сразу. Как ты догадался?

– Догадался. У тебя лицо меняется. Может, ты попробуешь по своей обычной схеме?

– Для этого нужно загнать его обратно. На Другую Сторону.

– А ты пробуй здесь. Здесь, но теми методами. Хуже всё равно не будет.

– Когда говорят «хуже не будет», имеют в виду, что хуже не будет им, а не вообще.

– Ага. Это теодицея или история?

– Эсхатология, – сказал я.

Разговоры тем не кончились; почти сразу меня вызвал Николай Павлович.

– Что за история с этим, – он не сразу подобрал слово, – с этим существом?

– Иван Иванович не докладывал?

– Докладывал, – мрачно сказал Канцлер. – Если можно назвать докладом такого сорта выдумки. Воплотившееся привидение! – Его передёрнуло, но не от страха, а отвращения. – Сперва мне пришлось заставлять Ивана говорить, а потом я не знал, как заставить его замолчать!

– То есть он не собирался вам рассказывать. А как вы узнали?

– Не рассчитывайте, что от меня удастся что-либо скрыть, – отрезал он. Потом подошёл к столу, отыскал в бумагах и протянул мне нетонкую папку, в которой я обнаружил присланное из Автово досье, показания членов нашей экспедиции, показания ментов Захара, рапорты Миксера, служебную записку от начальника боевой охраны фриторга и прочее интересное. – Появляется и исчезает. Рвёт людей в клочья. Проходит сквозь решётки и стены. Глотает пули. Путешествует между двумя мирами. Подчиняется только Разноглазому. – Канцлер был в бешенстве, но не повысил голос. – Всё это разгулявшиеся нервы. Воспалённое воображение.

– Это у Молодого нервы гуляют? Или у меня воображение воспалилось?

Николай Павлович произвёл обычные свои действия: смерил меня ледяным взглядом, ожёг холодом, подошёл к окну и встал там, заложив руки за спину.

Смотреть, увы, в это окно (унылый вид на грязь нескладных домов и улиц) было неинтересно и мучительно. Вместо того, чтобы давать силы, оно их отбирало, и Николаю Павловичу казалось – хотя ошибочно, – что грязный неудавшийся мир, позволь ему, выпьет силу и мужество, ничего не дав взамен: всё, всё, как в бессмысленную бездну, уйдёт в раззявленный рот. Но дело было не в нас. Помойка может поделиться и охотно делится с бомжом парой почти целых штанов, засохшим хлебом, а то и лишь слегка просроченными консервами. Но чем она поделится с человеком, который только выкидывал и никогда не имел нужды подбирать?

– Неприятное зрелище, да? – спросил я. – Может, на Променад сходим?

На Променад Канцлер ходил строго по расписанию, утром и вечером. Гвардейцы считали это опасным («Открытое место, всё просматривается и простреливается»), Молодой – политически ошибочным («Кто его будет бояться, если привыкнут каждый день видеть?»), Колун – просто глупым («Серьёзный он человек и всё равно с городской дурью»), но ежедневно Николай Павлович прогуливался по дорожкам, отдыхал на скамейке, подолгу смотрел на разведённый Литейный мост – а нарочито немногочисленная охрана, сияя пуговицами и погонами, без толку любовалась тюльпанами.

Канцлер пропустил мои слова мимо ушей, покинул пост у окна и уставился на полированные дверцы шкафа для бумаг. Ему бы следовало путешествовать с собственной мебелью в обозе. Лишённый такой возможности (а может, он её рассмотрел и с тоскою отверг), он не взял вообще ничего: ни ложки, ни книжки. Придумал себе новые вериги? Мудро не хотел проболтаться? («Моя квартира рассказывает обо мне с чрезмерной полнотой, – говорит Фиговидец. – Поэтому я не приглашаю».) Словно в сейфе, оставил Канцлер душу на Охте – а учитывая, что и сама Охта была лишь эрзацем дома, сейф оказался с двойными стенками.

– Итак, – сказал он, – что я хочу до вас донести. Затевать охоту на ведьм – вредно, неуместно и не ко времени. Самодеятельность и разговоры на эту тему прошу прекратить. Поиски преступника будут вести профессионально компетентные люди.

– Это кто ж такие?

У Николая Павловича была особенность: он никогда, нигде не выглядел смешно. Его можно было втянуть в самый нелепый разговор – и тот на глазах наполнялся ядовитым, глубоким смыслом.

– В отношениях с вами я ещё не опускался до угроз, – сказал он, аккуратно и без рисовки выделяя слово «ещё». – Я признаю ваш дар и ваш... статус. Я с благодарностью сотрудничаю. Я... удивительно, правда?.. на свой лад к вам привязан. Ради чего вы всем этим рискуете?

– В некотором роде это частное дело, – сказал я.

– Частное дело – девушку в ресторан повести.

– Мы и с варварами пока не сталкивались, – сказал я, теряя терпение. – Вы просто знаете, что они есть, а вслед за вами... ну, формируется общественное мнение. Почему я не могу знать о чём-то таком? Почему Молодой, который столько об этом думал, что скоро свихнётся, знает меньше вашего? Со всех сторон я слышу о строительстве империи, но что они построят без главного кирпича? Каким декретом вы отменили цветущую сложность?

– Так вот как она, по-вашему, выглядит.

– А как она должна выглядеть? Красавец Александр Македонский в пернатом каком-нибудь шлеме?

– Например, – ответил Николай Павлович.

9

Дверь, весьма негостеприимная на вид, распахнулась и захлопнулась. В спину мне крепко наподдали. Не такого я ждал от офицеров береговой охраны.

Их управление находилось в начале Литейного, на углу с улицей Чайковского: дом слишком большой для таких скромных целей. Скромен был только садик со стороны проспекта. Я неоднократно проходил мимо. В последний раз это была глубокая осень, и за каменной, по колено, оградкой, поверх которой шла простая решётка, на фоне голых тонких веток удивительно ярко и тепло светилось единственное деревце с неосыпавшимися жёлтыми листьями. В неровных выемках ограды блестела вода, блестели земля и палые листья. Недолгие сумерки, умягчившаяся от влаги горечь таили что-то бесконечно кроткое, тихое. Сейчас всё было сухо, зелено – раздражающе сухо, зелено. Весна проходит слишком быстро для нас, оглушённых зимой, и поэтому первым дням лета присуща странная, отталкивающая жестокость – как при столкновении с чужой молодостью, чья сила не смирена обстоятельствами, усталостью и совестью. Зловещее впечатление усугублялось тишиной и неподвижностью. Этот вновь юный садик стороной обошла смешная возня жизни, словно ещё не родились – так и при общем зарождении жизни фауна отстала от флоры – кошки, мышки и птички и даже, на худой конец, жучки-паучки – хотя те-то наверняка присутствовали в неокрепшей траве. Только песок скрипнул на зубах.

В вестибюле оказалось по-больничному чисто, светло и неприятно. Меня провели в приёмную, в которой не только мебель и фигура дежурного, но и обрамлённые пейзажи на стенах смотрелись казённо. У полей и перелесков (почему-то это были поля и перелески, а не набережные и парки) был

371

такой вид, словно их уже подвергли допросу с пристрастием.

— И что это значит?

— Вам будет предъявлено обвинение в незаконном пересечении границы. — В голосе офицера звучало то ли вежливое презрение, то ли презирающая вежливость. — Штраф и экстрадиция. В таком порядке.

Я полез в карман за видом на жительство.

— Но я здесь законно.

— Да? И вы прошли через блокпост?

— Как же я пройду через блокпост, если мост разведён?

— Вот именно. — Он скучающе потянулся за толстым томом постановлений и должностных инструкций и сразу раскрыл его на нужной странице, точно долго тренировался и ждал этой минуты. — Вас перевезли контрабандисты. Параграф пятый уложения о регулировании перемещений.

— Ничего подобного. Это катер Николая Павловича, а не контрабандистов.

— Никто, кроме контрабандистов, не пересекает Неву на катерах, — сказал он назидательно, и при этом пропустив упоминание о Канцлере мимо ушей. — Параграф тридцать четыре.

Я не посмел спросить, какие ужасы размещены между пятым и тридцать четвёртым параграфами.

— Я могу заплатить штраф, — сказал я. — Но что до экстрадиции... Раз уж я сюда попал, имею полное право находиться.

— Но вы попали ненадлежащим образом! — Ему очень понравился этот оборот, и он его беззвучно повторил.

– Ну и что. – Я помахал своим документиком. – Попал же? Теперь экстрадировать меня может только Городской совет. Приняв специальное по этому случаю постановление.

Это был сильный аргумент. Скорее бюрократ, чем военный, немолодой, но в невеликом чине, дежурный офицер меньше всего стремился брать на себя лишнюю ответственность. Нашедшийся выход страшно его обрадовал, но он не мог показать этого мне и сделал то, что делают всегда: удвоил суровость.

– Вы будете задержаны до выяснения обстоятельств.

И позвонил в звоночек.

Не берусь сказать, как бы всё повернулось, не увидь я на лестнице – он шёл вверх, а мне предстояло идти вниз – Илью Николаевича. Я поторопился его окликнуть.

Как ни владел собой этот блестящий человек, он не смог скрыть удивления и растерянности и в первую минуту глядел на меня с опасливым недоумением, словно я заживо встал из могилы, покрытый песком и червями. Я всё понял.

Довольно долго, не отрываясь, он смотрел и на кольцо Канцлера, которое я выклянчил для этого посольства. Потом посмотрел на конвойных.

– Что происходит? – И, выслушав их неохотные объяснения: – Какой вздор. Идёмте, Разноглазый.

Все, кому я впоследствии об этом рассказывал, отмечали неправдоподобную лёгкость, с которой Илье удалось настоять на своём. Формально он не имел ни отношения к береговой охране, ни власти

373

над ней. (Я так и не узнал, зачем он приходил на Литейный, и полюбил представлять интригу давнюю и беспорядочную, как вязь тропок, каждая из которых ясна только зверьку, который по ней ходит, а все вместе и составляют лес.) Тревоги и самолюбие какого ведомства позволят ему уступить небрежному требованию постороннего? Будь ты хоть королём, на своей территории ведомство всевластно, да и не может открыто вести себя как король член Горсовета, каким бы втайне могущественным он ни был. Я отнёс этот эпизод к разряду загадок и выбросил из головы.

Мы вышли на улицу.

– А я с миссией, – сказал я.

– А я на машине. Завезу вас в гостиницу, приведёте себя в порядок. Завтра поговорим.

– Ну раз на машине, заедем на В.О. за вещами, – сказал я. – Нет, сперва в банк. Пусть посмотрят. И я на них посмотрю.

В «Англетере» мне отвели мой прежний номер. Когда я проснулся утром, то ещё полежал, раскинув руки и любуясь оберегом. Тот словно чувствовал, что вернулся домой, и сиял ярче обычного. Со стены на нас взирало адское чудище, в хмуром окне то и дело вспыхивали просветы туч. Я представил Канцлера, гуляющего сейчас по чужому кабинету. Он выглядел потерянным и, как чуть позже скажет Илья, совершенно напрасно дал мне своё кольцо.

– Он напрасно дал вам своё кольцо.

– Почему?

– Теперь я вижу, насколько для него важны эти переговоры.

– Он не собирался давать. Но я настоял.

– Да?

– Мне так спокойнее.

Под конец обеда, когда большинство людей становится довольнее и разговорчивее, Илья Николаевич делался почти угрюм, и его манера тогда же начинать разговор о делах была почти неприятна. Сражаться лучше, пока суп ещё в тарелке.

– И потом, это придаёт нужный колорит. Если уж послы таковы, подумаете вы, то до чего силён и прекрасен сам государь.

– О нет. Сильный бы диктовал, а Коля упрашивает. – Илья со смехом отмахнулся от моего подразумеваемого несогласия. – Его позиция действительно очень сильна. Но сам-то он против Города не сильный, вот в чём фокус. Любовь делает беззащитным.

– Николай Павлович через себя перешагнёт. Или его вынудят это сделать.

– Ах да, он же «привёл в движение силы», – с издёвкой протянул Илья. – Прелестное выражение. Я слышу его много лет по таким разным поводам, как брак, развод и смена правления. Почему Икс получил должность? Были приведены в движение силы. Почему Игреку не удалось переизбраться? Силы опять же. А теперь, значит, силы в движение будет приводить Коля Платонов! И вот он выбирает самого загадочного из своих соратников, снабжает его любимой драгоценностью – что, вероятно, должно указывать на степень доверия и статус, а указует только на ваше личное, хотя и вполне пугающее, нахальство, – сажает в расписной чёлн... вас, надеюсь, не укачивало?.. и оп-ля, в нарушение всех мыслимых норм и установлений, голубь с замаскированной под оливковую ветвью пикирует на наши головы. Ну и чего он хочет?

– Мира.

– Мира!

Я заново изложил мирные предложения Николая Павловича. Апофатический характер («Мы не станем вводить блокаду... не отрежем Город от Порта... исключена возможность вторжения...») делал их похожими на угрозы.

– А где-нибудь там, в скобках и примечаниях, – мечтательно сказал Илья, – он просит отрубить подателю сего голову... Ну, и как будет выглядеть наш новый мир?

– Надеюсь, что по-прежнему.

– Звучит многообещающе.

Фиговидец, не доверяя жизни и подсознательно боясь, что та рухнет без интеллектуального догляда, без устали снабжал её подпорками, множеством теориек на каждый чих; была у него и Теория Хороших Манер. Фиговидец говорил, что Хорошие Манеры не могут приравниваться к вежливости, которая всегда одна и та же. («Тоже мне наука, прыжки и ужимки! Да я с пяти лет так прыгаю, автоматически...») Говорил, что Хорошие Манеры – это не поведение, а стратегия поведения. («Согласись, это ридикюльно: иметь одинаковую стратегию для взаимоисключающих ситуаций».) Мы ненавидим своих врагов, даже когда вежливы с ними, и если «доброе утро» в устах воспитанного человека прозвучит более-менее одинаково, кому бы оно ни предназначалось, то этого не скажешь о выборе последующих слов и, главное, самих тем для разговора, буде таковой вообще может состояться. («Таким образом, Хорошие Манеры по отношению к врагам заключаются в том, чтобы не лгать и не передёргивать, придерживаться фактов вопреки всему. И ещё враг должен быть осведомлён о том, что он враг, а то, знаешь ли, очень многие помалкивают, пока по ногам кочергой не ударят».)

Нужно учитывать, что, рисуя портрет врага, Фиговидец естественным образом искал натуру среди собратьев-фарисеев и беседам с врагами уделял такое внимание, потому что они представлялись ему чем-то неизбежным. Везде были враги: на кафедре, междисциплинарной конференции и в кружке невропатов; сплошь люди, которым не дашь по уху, да и не за что. Поэтому так мало места занимали в его системе Хорошие Манеры по отношению к друзьям и нейтральным людям. («С нейтральными людьми главное – не ставить их в неловкое положение. Если, например, нейтральный к тебе человек приятельски водится с твоим врагом, – опять его вело в ту сторону, – то крайне дурно начинать с ним разговор на эту тему. Он что, должен почувствовать себя виноватым? Оправдываться? Защищать?» – «Ну а с друзьями?» – «Хорошие Манеры по отношению к друзьям – это любить их ненавязчиво». Я помню, как он замолчал после этих слов, быть может, невольно подумав, что его самого друзья любят уж слишком ненавязчиво.)

В свете этой теории манеры Ильи Николаевича показались мне наидурнейшими из всех возможных. Но я не был для него врагом – возможно, помехой, заклинившей деталью.

– Ну, – сказал я, – и каков будет ваш положительный ответ?

– Кто же даёт ответ сразу? Сперва нужно прикинуть, как будешь лгать и изворачиваться.

– Это надолго?

– Можно узнать, какая вам разница?

– Но он ждёт.

– Вы стали принимать чужие дела близко к сердцу, – огорчённо сказал Илья. – В этой пучине легко сгинуть – и, что примечательно, без всякой пользы для себя. Ах, если уж человек, такой, как вы, начинает принимать участие, он не остановится на полдороге. Вы знаете историю этого кольца?

– Семейная реликвия, – сообщил я. – Надо думать, его история – это история семьи. Нет, Николай Павлович со мной не делился.

– И не поделится. Она не семейная. Семейная, но не его. Это моё кольцо. Двадцать лет назад я проиграл ему в карты.

Образ Канцлера, играющего в карты, был настолько дик и ни с чем не сообразен, что я улыбнулся.

– Не знаю отчего, но Коля мне завидовал, – сказал Илья, выбирая тон простой, эпический. – При том, что первым номером всегда шёл он. Всегда самый умный, самый успешный, с самыми большими надеждами. Я, конечно, оставался самым обаятельным... но это в нашем кругу не столь ценится.

Я порылся в памяти.

– Но вы дружили.

– А как же! Какой смысл завидовать постороннему?

Мне показалось, что я всё понял.

– Как вышло, что махинации его отца всплыли?

Но ответом был взгляд искреннего удивления.

– О нет, клянусь, непричастен. Они всплыли, потому что всплыли. Есть вещи, которые невозможно утаить. Даже в финансовом мире.

Я сказал:

– В конце концов, это была детская зависть. Всё осталось в прошлом.

– Осталось бы, пойди его жизнь нормальным ходом. Но он двадцать лет... Я даже говорить не хочу, как он провёл двадцать лет. У него было время разобраться в своих чувствах. Кто знает, что нас ждёт.

– Аннексия Порта вас ждёт, – сказал я.

С Фиговидцем я встретился бодро и наспех, и по всему было видно, что эта встреча обещает стать последней. Он не хотел ни во что впутываться не потому, что боялся, а из-за мучительной обиды, невыносимой мысли о том, что его в очередной раз используют. Всю свою жизнь он старался стать тем человеком, которому всё смешно и на всех плевать. Но задавленные идеалы бушевали в груди и прорывались гаерскими выходками, и, как он ни сжигал, осмеивал и оплёвывал, они раз за разом как ни в чём не бывало поднимались из праха. Он уставал ещё во сне, просыпался разбитым. Он помнил всё и ничего не прощал. Он ни с кем не делился своими грязными мечтами. Он никогда не оправдывался. Он говорил «мы с тобой из одного театра», имея в виду «из одного теста». Он как-то сказал: «Всё время представляю, как меня не любят, как надо мной смеются» – и сразу же от души рассмеялся. Он был именно тот, кто нужен, чтобы всё погубить.

Увидев его через неделю в холле гостиницы, я сразу понял, что его привело.

– Я получил странную телеграмму, – сказал он без предисловий. – Лишённую какого-либо смысла, если предположить, что она предназначена действительно мне, как это следует из адреса. Но если обратить внимание на некоторые намёки и дать себе труд их истолковать... Я правильно подумал, что это для тебя?

– Правильно. Давай сюда.

Я оставил Молодому инструкции и адрес Фиговидца, предполагая, что отправленная на моё имя корреспонденция может и не дойти. Ощущая себя чётким, расчётливым параноиком, я даже (гасил подозрения) справлялся по утрам у портье о почте – и получил-таки пару писем, по виду которых невозможно было определить, вскрывали их или нет.

– Если начинать думать, – без выражения сказал Фиговидец, – то всегда в итоге додумываешься до мысли, что лучше бы не думать, – ну и зачем тогда начинать?

У него, каким он был, выбора не существовало: я и среди фарисеев не встречал другого человека, для которого «быть» и «думать» были столь безусловно тождественны.

– Тебе нужно подлечиться.

– Я здоров!

– Вижу. Нет-нет, поставь пепельницу... если только не собираешься разнести мне голову. Ведь не собираешься, правда? Господи, да сядь же ты! Выпьем?

– Я пью только с друзьями.

– А они у тебя есть?

– Кто бы говорил! – сказал Фиговидец, тщательно следя за голосом и руками. – Ты... Ах, ты... Нет, вы на него поглядите!.. Почему с тобой так легко?

– Потому что я великий человек без мании величия.

Он развеселился, и мы всё-таки выпили.

Я подал прошение в Горсовет и ещё полдюжины инстанций, и никто не спешил отвечать – а когда я настаивал, подсовывалась расписка «принято к рассмотрению». Я собрал расписки, отказы, какие-то бумажки и со всем этим добром пошёл к Илье.

– Вы меня просите о чём? – уточнил он. – Заступничестве, посредничестве или пособничестве?

– Пособничество подойдёт.

– Ещё в предыдущий раз вы должны были понять, что это не в моих интересах.

– В предыдущий раз я вас ещё не шантажировал.

– А сейчас, значит, будете? Ну давайте послушаем.

– Я мог бы сообщить Горсовету, что вы втайне поддерживали отношения с изгоем. Совместно замышляли. Нелегально посетили Охту. Это, – я помедлил, – уже даже не золотой государственный сервиз на свадьбу. Это государственная измена.

– Да, – печально сказал Илья. – Они с ума сойдут от радости. Завистники и ретрограды, и порою клеветники. Не понимаю, почему вы так стремитесь на тот берег. Для вас это небезопасно.

– У меня там работа.

Я достал из кармана телеграмму, но показал её издали.

– Как похвальна самоотверженность с моральной точки зрения и утомительна со всех остальных.

– Порт, – сказал я и сам почувствовал, что это прозвучало как заклинание, которое может не сработать. – Блокада. Государственная измена.

– Я и в первый раз всё прекрасно услышал. От повторения крепнут только молитвы; угрозы, напротив, теряют силу.

– Что-то я ведь должен сказать?

– Вы должны что-то сказать, я – что-то ответить, слово за слово, секунданты, дуэль, трупы под белой простынкой – если такая, конечно, найдётся. А ведь я не прочь оказать вам услугу. Был не прочь, во всяком случае. И с чего вы взяли, что я там был?

– Да ладно. Я видел.

Всё произошло ночью – или в то время, которое принято называть ночью в середине июня. Справедливо не полагаясь на просвечивающие покровы мрака, береговая охрана постаралась поплотнее окутать происходящее тайной.

Мы сразу спустились по ступенькам к воде и, невидимые с набережной, ждали катер. Один из сопровождающих крепко держал фонарик, равно бесполезный и опасный, а я всё поворачивался спиной к разведённому мосту, слева и вверху от нас, этому страшному символу тщеты. Все нервничали.

Береговая охрана, о которой в Городе говорили угрюмыми обиняками, а у нас – с угрюмым уважением, при ближайшем рассмотрении оказалась не столько организацией, сколько организмом. Бюрократы из дома на Литейном и стоявшие рядом со мной практикующие бойцы разительно отличались друг от друга, но – и как язык поворачивается сказать – было в них что-то близкородственное: неодинаковые и единые. Все они знали, что не только мир поделён на своих и чужих, но и среди своих выявляются при желании чужие тоже. Были волки, овцы и они, пастухи (кто-то пас в любую погоду, а кто-то во всегда сухом кабинете писал инструкции о том, как это делать). Были пастухи в овчинных тулупах и волчьих шубах. Были такие, кто утром мысленно составлял донос на себя вчерашнего. Они все были офицеры, но – вот здесь, где снобизм и капиталы свирепо стерегли свои владения, – обращались друг к другу не «господа», а «товарищи», и вольно было увидеть в этом вызов обществу, а ещё вольнее – циничную издёвку. Потому что какие же товарищи они были – боевые? Кто знает, не порождает ли новые связи, тем крепче, чем извращённее, та степень отсутствия доверия, при которой обессмысливается понятие вероломства. Чему-то они всё-таки были верны, не друг другу и не общей идее, а окружавшей их тёмной ауре, когда чуть-чуть зловещей, а когда и более чем, и плюс такой ещё, о которой с ходу не скажешь, следствием она является или всё же причиной.

Все они всегда носили штатское – и обязательно костюм. Форма их словно оскорбляла, взывая к чему-то, к чему они хотели оставаться глухи. (Ведь что ассоциируется с формой: порядок, принуждение, присяга. Эти прекрасные вещи береговая охрана предпочитала видеть в подчинённом положении, под собой, а не над на лестнице иерархий.) Но добивались только того, что их чёрные или серые костюмы, бледные рубашки с редко и неохотно нацепляемым галстуком начинали выглядеть спецодеждой.

Почему костюм? В костюме удобнее, чем в тренировочных штанах, быть застёгнутым на все пуговицы. Костюм не выдаёт тайн (хотя и намекает на то, что они есть, – и в этом смысле, для настоящей большой игры, треники всё же предпочтительнее). Костюм не страшит гопницкими опасностями, не семафорит красным. (Пока не становится поздно.) Костюм позволяет хранить молчание. А для них делом чести было не вступать со мной в какое-либо общение, большее, чем потребно в случае, например, с хорошо упакованным тюком или посылкой, подлежащей отправке.

Но и разговаривать в моём присутствии – как-никак у этого тюка были уши – они остерегались, а остерегаясь, выдавали, что считают тюк не вполне обычным, и это их тоже не устраивало. Что они про себя, возможно, думали? Вытесанные из камня, сфинксы. А я что мог о них подумать? Ну да, конкретно сфинксы, из камня. Когда я на них поглядывал с застенчивым интересом, они отворачивались – от сфинксов, пожалуй, не ждёшь такого жеманства. С новой тяжестью ложилось на сердце сочетание близкой воды и гнетущего белого сумрака. Наконец подошёл катер.

Наученный опытом, я имел при себе чемодан.

ЧАСТЬ ТРЕТЬЯ

УБЕЖДЕНИЯ И СОВЕСТЬ

(их пытки)

1

У Лизы был красивый, внятный голос, а каждую третью фразу заканчивал придушенный смешок: негромкий, вроде бы смущённый, но в то же время и бесконечно нахальный. Его можно было вообразить как балованного, но ещё не испорченного ребёнка, который выходит к взрослым смущённый от сознания своего нахальства, равно как и того, что нахальство будет прощено. Этот смешок никогда не дорастал до настоящего смеха, полнозвучного и простого, и, пока в нём растворялись последние слова, росло очарование той настойчивой силы, которая пытается высказать себя в невнятных, загадочных – не смех и не речь – звуках и может оказаться сродни и поэзии, и страстям, и смутному, страшному голосу предсказаний и пророчеств. Слушателей из числа тех, кто радикально предпочитал страсти, он исподволь переносил в полумрак алькова, и щёки их разгорались при мысли о ласках – щедрых, как все воображаемые дары.

Лиза прижалась ко мне потеснее.

– Они на нас смотрят?

– Смотрят и шепчутся.

– А вид у них обалделый?

– О да, – сказал я, – как есть обалделый.

Она довольно зафыркала.

– Жаль, что вы такой бессердечный. Иногда... и в немаловажные минуты... это вредит вам же первому.

– Это когда?

– Когда нужно бежать, в кандалах здравого смысла сильно не разбежишься.

В зале приёмов Публичной библиотеки было с полсотни человек, а поместилось бы вдвое больше – в высоком, светлом, с огромными окнами по выходящему на Екатерининский сад фасаду зале приёмов. Другие три стены опоясывала узкая деревянная галерея с перильцами в одну сторону и сплошными рядами книг – в другую. Оттуда, из своих переплётов, вниз робко смотрели забытые, маленькие авторы, которые только здесь и были дома. А высоко-превысоко, и над людьми, и над книгами, как небесные светила плыли огромные люстры.

Город капитулировал в своём стиле: сделал вид, будто ничего и не было. Без оркестра и перерезания ленточек заработали мосты, выстроились очереди за рабочим аусвайсом, и горничные из «Англетера» наконец навестили родных в провинциях. Приободрился фриторг. Воспрянувшие заводы задымили как-то бойчее. И алкаши, приходящие к их станкам, почему-то считали, что победили.

Маниакально игнорируя Канцлера, Горсовет придумал наладить связь со здоровыми силами правобережья и Автово. Была профинансирована и запущена программа Гуманитарной Интервенции, в рамках которой предполагались встречи с представителями – уж какой есть – автовской интеллигенции, творческие контакты, десанты, фестивали, фесты, выставки, чтения, мастер-классы и просто проекты: настоящий Культурный Обмен. Первое мероприятие, встреча с автовской Организованной Писательской Группировкой в полном составе, проводилось прямо сейчас в Публичной библиотеке и очень внятно говорило Николаю Павловичу: «Вот, посмотри, кого мы приглашаем. Ещё и не таких пригласим. Но не тебя».

Теперь, значит, кто присутствовал. Присутствовали поэты высокой культуры и традиции с В.О. («К чему это нагромождение аонид, мандрагор, синкоп и патроклов? – сказал Фиговидец. – Я понимаю значение слов, но не понимаю, зачем они. Стихи должны быть простыми, как кукареку. И тогда в этой простоте – точнее, сквозь эту простоту – проглянет взыскуемая сложность».) Присутствовала ОПГ Лёши Пацана, являя взыскуемое кукареку, – но, понятное дело, сразу оказалось, что кукареку кукареку рознь. («Пушкин, конечно, говорит, что поэзия должна быть глуповата, но у него нигде не сказано, что поэт должен быть дураком».) Присутствовали дилетанты из Города: застенчивые, любезные, безвредные, равно презираемые культурой и почвой, – и чем отзывчивее был их кошелёк, тем злее насмешки за спиной. Пришли представители Движения за Большой и Малый Юсы и члены Общества ревнителей буквы «ё», и люди из кружка тайных психопатов, которые после смерти Александра и Людвига были настолько деморализованы, что стали искать утешения в искусстве, и пижоны, и светские женщины, и мелкий литературный сброд, который вообще-то никуда не зовут и который всюду проникает. Всё это образовало говорливую и жадно жрущую толпу, спугнувшую библиотечные запахи и тени, что так бесшумно и прилежно читали и писали за фантомными письменными столами.

Лиза тоже что-то почувствовала и сморщила нос. Повернулась к фантомам спиной. Погладила меня по пиджаку.

– Хорошо одеваетесь. В моём вкусе.

– Я вообще в вашем вкусе, дорогая.

– Что не свидетельствует в его пользу.

К нам подошёл Фиговидец (на дружелюбную глупую шутку «У тебя неописуемое выражение лица» брюзгливо ответивший: «Всё можно описать»), подошли пижоны, подошёл Алекс, и так, в сопровождении силящейся быть блестящей свиты, Лиза прошествовала через зал.

Чем неуместнее мы были в этом гордом здании, тем заносчивее себя вели: вандалы в лаковых ботинках. Фиговидец – хуже чем вандал, перебежчик – всё понимал и цеплялся за смешную сторону, не желая видеть постыдной. Оттого, что сам он приоделся и надушился и чувствовал на себе чистоту, словно доспехи (подобно тому как иные люди ощущают панцирем грязь), ему стало казаться, что он гость на своём всё-таки пиру – да и пир дан в честь правой победы... а если и неправой, то всё равно пировать будут воины, а не мародёры. Дальше никаких «если» уже не следовало, но такое вымученное приятие жизни, подпёртое, чтобы не падало, таким количеством «всё равно» и «всё-таки», требовало неустанной заботы – и фарисей прохлопал, куда мы, собственно, движемся.

В конце пути нас ждал Лёша Пацан, один и самую малость оглушённый происходящим.

– Хорош, – говорит свите Лиза, осматривая его с ног до головы. – Да, Разноглазый? Хорош! – Она уставилась на Пацана в упор. – Какая жалость, что вы поэт.

– Почему?

– Потому что с поэтами я не путаюсь.

Пацан поразмыслил и сказал:

– Да я же так поэт, плохонький. У меня и достоинства есть.

– Это какие?

– Разряд по боксу.

– Какой?

– Мастер спорта.

– Вот как! – говорит Лиза с уважением. – А побить сейчас кого-нибудь можете?

– Кого?

Лиза внимательно оглядывает присутствующих, пожимает плечами. Наконец взгляд её наткнулся на Кадавра.

– Вот того, мерзкого.

– А за что?

– Вам-то какое дело? Ну, за то, что он «января–календаря» рифмует. Или «в страхе – амфибрахий».

Лёша Пацан всматривается в Кадавра.

– Вряд ли он умеет драться.

– Вам же не драться предлагают, а бить.

Всё это время шли собственно чтения: стихи в исполнении авторов («Удивительно, что он этот бред не только написал, но ещё и наизусть выучил»), перемежаемые размышлениями вслух («Ко мне вдохновение приходит сверху, я просто записываю»). Стихи изобиловали либо аонидами, либо матом, а размышления – такими оборотами, как «мой взгляд на...», «моё мнение о...» и «вот как это отразилось на моём творчестве».

Фиговидец дотерпел до стансов, в которых упоминались «невосполнимые запасы» и «стена, промытая дождём».

– Замечательно, – сказал он. – Только запасы пополняют, а восполняют – пробелы. А проблема стены в том, что она плоская. Её нельзя промыть.

– А что можно? – спросил Лёша.

– Ну, желудок можно. Механизм какой-нибудь. Что-либо, вовнутрь чего можно налить жидкость.

– Ты этих стен не видел, – сказал Пацан.

– Наверное, они о многом могли бы рассказать! Это был старый знакомец Пётр Евгеньевич, приблизившийся опасливо и с надеждой. Ах, не стоило ему подходить. На него посмотрели кто насмешливо, кто с деревянным – как на деревяшку – безразличием. (И было в этом что-то гнилое, словно у жадин вымаливали, как подаяние, на пятачок дружелюбия, а те отказывали даже в гроше вежливости.) Но Петру Евгеньевичу очень хотелось. Петра Евгеньевича неудержимо влекло. Ему кружил голову вид красивых, с хорошим запахом, беспечных и богатых людей, в блеске которых многократно умножали друг друга деньги и дары богов.

– К чему этот педантизм? – сказал Пётр Евгеньевич. – Вы добьётесь только того, что стихи начнут припахивать лампой.

– Какой лампой? – спросил я.

– Ну не паяльной же!

И профессор показал в воздухе кавычки. Фиговидец тотчас сорвался.

– Простите, а это вы что такое делаете вашими
пальчиками?

Уж с кем, с кем, а с Фиговидцем Пётр Евгеньевич
был готов не церемониться.

– Прекрасно вы знаете, что я делаю. Беру свои
слова в кавычки.

– А зачем?

– Чтобы показать, что шучу.

– То есть вы думаете, я настолько тупой, что не
пойму шутки?

Бедный Пётр Евгеньевич не хотел чего дурного.
Ну все так делали – вот сделал и он, машинально
воспроизвёл ритуалы одной стаи перед стаей совсем другой. Зачем сразу столько злобы? Но он и
сам рассердился.

– А это вообще важно, чтобы твои шутки понимали? – спросил Пацан.

– Нет, – сказал Фиговидец. – Это как с философией. Философ, которого начинают понимать –
или, не дай бог, соглашаться, – тут уже веет профне-
пригодностью. Так же и с шутками. Ценность шутки
определяется контекстом, а контекст остаётся по
большей части невысказанным... известным лишь
тебе самому.

– Но ты ведь можешь ошибаться?

– Я всё могу. – И он скучающе добавил: – Я на инвалидности.

Фиговидец бравировал своей инвалидностью
и, прекрасно зная, что вчуже подобное поведение
презирал бы, находил оправдание для себя просто

в том, что не искал оправданий. Не имея удовлетворительного ответа, он вычёркивал вопрос. Не говорил себе: «Я лучше других»; не говорил: «У меня всё по-другому», – отворачивался как умел. Когда его тоску по погибшему Кропоткину приравняли к пропаганде анархизма, а пропаганду приравняли к шизофрении, он ещё пожимал плечами, но когда – и что, так уж неожиданно? – Ректор отстранил его, как человека с психическими отклонениями, сперва от преподавательской работы, потом от научной, Фиговидцу оставались либо стоицизм, либо бравада, и неудивительно, что он попытался их соединить, недостаточно сильный для чистого стоицизма и слишком тщеславный для чистой бравады. (Ещё можно было выздороветь, но этот вариант, пока его не сломали окончательно, фарисей не рассматривал.)

– Ну так и чего в итоге потом?

– Да ничего в итоге потом. Пенсию получаю.

– Большая пенсия?

Фиговидец и Пацан разговаривали вполне мирно и даже дружески, но я не обольщался. Фарисей был на условно своей территории и почему-то решил быть любезным – слишком любезным для человека, искренне простившего обиду. Члены ОПГ, как раз искренне подавленные великолепием Города, были не просто в гостях – были примерно так же в гостях, как гастролирующие зоопарк или цирк. Спасая последнее, они инстинктивно шарахались от поэтов с В.О. (высокой традиции и культуры). Компания вокруг Лизы виделась им разумным компромиссом.

– Я предпочитаю мужчин, которые хвастаются своими победами, а не унижениями, – сказала Лиза.

Фиговидец, который сам мог или даже собирался сказать нечто подобное, оторопел.

– Немилосердная! – сказал он, собравшись. – Разве можно провоцировать человека с психопатологией? А если я пойду да удавлюсь? Нет, лучше утоплюсь. Нет, лучше... ах, придумаю. А у вас будет нервный срыв и пятно на совести.

– Чушь. Для женщины покончившие с собой из-за неё мужчины – это как ордена с войны.

– Так то мужчины, – сказал кто-то. – А он со справкой.

– Ладно-ладно, – поспешно сказал фарисей, – утопимся завтра. А теперь допьём остальное вино.

Такая мысль всем полюбилась.

– Шампусику? – галантно предложил Пацан, подзывая официанта. Пижоны подавились было этим удивительным словом, но подумали-подумали и проглотили. Я предположил, что «шампусик» неминуемо станет бессмысленной и беспощадной модой ближайших месяцев.

И я, и сама Лиза ожидали, что Пацан сядет у её ног верным псом. Вот посмотреть его глазами: богатая, холёная, ослепительная, плюс с обручальным кольцом. Такая, какой у него никогда не будет. Но он смотрел на неё – и рождалось подозрение, что, может, такой ему и не нужно.

– Вроде у вас всё такое, на уровне, – сказал Лёша. – А насчёт поэзии – ничего нового, всё как у наших жлобов. Как будто без стакана стихи в горло не протолкнуть. – Он посмотрел на Петра Евгеньевича. – Правильно я говорю, командир?

Пётр Евгеньевич, мужчина сильного общественного темперамента, вызвался быть при ОПГ куратором. Разочаровавшись в политике, он сделал последнюю ставку – на культуртрегерство. Кто бы ни стоял за её спиной, кто бы ни прятался под её знамёнами, культура всегда будет благом. Она даёт то, что уже не отнять, – и то, что она даёт, не может быть использовано против человека. Другое дело, что человек не всегда хочет брать предложенное, а силой – поймите правильно, исключительно нематериальной, силой, так сказать, принуждения к духовности – здесь ничего не добьёшься. Труд, терпение, ласка! (То есть нет, ласка – это, наверное, у дрессировщиков. Смирение, а не ласка.) Поле перед ним было непаханое, и Пётр Евгеньевич препоясался. Он принял ответственность и судьбу. И то, что стихи подопечных, с его точки зрения, были ужасны, и то, что Пацан, с явным недоверием воспринявший слово «куратор», переиначил его в «командира» и так и обращался, – было испытанием, которое предстояло выдержать с честью.

– Почему вы не можете оставить всё как есть? – спросил Фиговидец. Фиговидец тоже, конечно, был испытанием – но иного рода.

– Потому что у меня есть убеждения.

– Лучше бы у вас была совесть.

– Моя совесть чиста! – возопил Пётр Евгеньевич.

– Совесть чиста только у тех, у кого её нет.

– Это вы к чему?

– А ни к чему. – С наглостью и присутствием духа фарисей отвернулся ко мне. – Бывают же такие авторы, – сказал он совсем непонятно с чего, – которые всюду таскают читателя за собой. Придёт он во дворец – опишет дворец во всех подробностях, вплоть до паркета в каждом зале и подписей на картинах – и что на тех картинах изображено перечислит; залезет в избушку, в пещерку – снова отчёт. Проснётся поутру в казарме – опять же: петлички, выпушки... Тьфу.

– А ты сам в этом разбираешься? – спросил я.

– В чём?

– Ну вот, петлички, выпушки... подписи на картинах...

– Ты это к чему клонишь?

– Нетрудно понять, – сказал Пётр Евгеньевич. – Столько яда – и такого при этом бессмысленного. Всё равно зачем, всё равно кого, лишь бы укусить. Лишь бы обидеть! – Разволновавшись до того, что стал говорить прямо, буквально что думал, он ошеломлённо летел, и сознание с одного края обмирало, с другого – понукало ещё и ещё набирать скорость, как на льду: чем быстрее движешься, тем проще не упасть. – Чем люди так ужасно перед вами провинились? Или это просто нервное истощение? Вы больны, бедный, – заключил он тоном дружеского участия. – Вам нужно лечиться.

Чувство приязни легко объясняется и даже прогнозируется, а вот антипатия – тонкая материя. Фиговидец не всегда вёл себя как сегодня, но и Пётр Евгеньевич невзлюбил его не сегодня. У них никогда не доходило до явной ссоры, но сколько бы раз они ни встретились, на конференциях и поминках, обоих охватывало на редкость тягостное чувство вместе и пустоты, и взвинченности нервов – и озноб при мысли, что вдруг придётся дотронуться.

Худо было то, что совестливый Пётр Евгеньевич пытался с собой бороться. Сперва он искал (и находил) причины неприязни. (Но когда разум так заботливо, словно костыли или коляску, подбирает для эмоции рациональное объяснение, берёт ли он в голову, что эмоция – не калека.) Потом (неохотно и жмурясь, но всё же), увидев надуманность всех причин, он испугался своей развращённости: того недоброго, подавленного, что заключается в понятии «человеческое сердце». («В самоистязании, – говорит Аристид Иванович, – хороша неисчерпаемость ресурсов».) Теперь он был в тупике, потому что вдумчивое, ответственное подавление себя всегда оборачивается, в дополнение к обычным ужасам войны, патологическими проблемами с тем, кто стал причиной этой доблестной и несчастливой зачистки.

– Лучше бессмысленный яд, чем беспощадная патока, – буркнул Фиговидец.

– Но если ты только ругаешься, – спросил Пацан, – как понять, чего ты хочешь?

– А я и не знаю, чего хочу. Знаю только, чего не хочу. И это «не хочу», наряду с прочим, включает в себя нежелание распинаться перед дураками.

– Чем меньше вы ополчаетесь на дураков, тем больше у вас шансов сойти за умного, – сказал Пётр Евгеньевич и так обрадовался, что удалось красиво пошутить, что в его лице вдруг проявились черты какого-то лучшего, внутреннего Петра Евгеньевича: эрудиция, мягкость манер, благонамеренный, но умеющий быть беззаботным ум. Никто не пожелал это заметить; все стали расходиться. Выйдя с ОПГ и куратором, я оставил их на Садовой шутить и дожидаться трамвая и пошёл спать.

Не такие были порядки в «Англетере», чтобы должностное лицо здорово живёшь будило постояльцев. И когда это всё же произошло, в мою дверь постучалась целая делегация, возглавляемая белым от неловкости и негодования управляющим, за спиной которого жались ночной портье, старшая горничная, коридорный и добившийся всего этого блёклый полицейский чиновник.

Упав в кресло, я отчаянно зевал и старался повыгоднее показать новый шёлковый халат, а управляющий – высокий, элегантный, с твёрдыми губами и глазами – говорил и машинально оглядывал номер на предмет упущений.

– Экстренный случай... – сказал управляющий. – Уверяет, что дело государственной важности... Примите извинения от меня лично... От лица владельцев... Всё, что будет в моих силах... чтобы загладить... Поверьте, если подобного можно было бы избежать... – Он обернулся. – Ну?

Полицейского вытолкнули вперёд. Собираясь с силами, он уставился на ковёр, но ковёр ценою в несколько его зарплат беднягу не ободрил. Я не понимал – да и сам он сейчас вряд ли понимал, – как ему удалось совладать с мощью гостиничного уклада: разве что страх перед собственным начальством превратил припёртую к стене крыску в отчаянного тигра – но что это тогда должно быть за начальство?

Он перевёл дыхание, поднял глаза куда-то ввысь и отчётливо пробарабанил:

– Произошло несчастье. Вам следует... Вас очень просят немедленно прибыть в Управу благочиния для консультаций. Очень важно. Очень срочно.

– Идти-то далеко?

– В Спасскую часть на Сенной, – радостно зачастил чиновник, решив, что самое трудное сделано. – Я провожу.

– А что стряслось?

Управляющий и его свита навострили уши. Должностное лицо, почувствовав себя наконец на твёрдой почве – и какие плечи не расправляла необходимость блюсти тайну, – принахмурилось.

– Вы обо всём будете проинформированы. Должным образом. В должное время. Безусловно.

– Что ли вам разговорники выдают, должностные лица? – сказал я. – Почему нельзя по-человечески?

Спасская часть размещалась в четвёртом этаже невзрачного, как и все дома на Сенной, дома и состояла из анфилады крошечных низеньких комнат, три или четыре из которых пришлось пройти, прежде чем оказаться в кабинете, комнате ни большой ни маленькой, окнами на площадь, с казённой мебелью из жёлтого отполированного дерева: массивный письменный стол, диван, бюро, шкаф в углу и несколько стульев. В задней стене была запертая дверь. Хозяин кабинета встал из-за стола мне навстречу.

Это был человек лет тридцати пяти, росту ниже среднего, полный и даже с брюшком, гладко выбритый, с коротко остриженными волосами на большой круглой голове. Лицо было тоже круглое; курносое и насмешливое, но глаза под почти белыми ресницами – блестящие, серьёзные, со странным взглядом. Одет он был в поношенный костюм и по-домашнему стоптанные ботинки, но рубашка под пиджаком была ослепительно чистой.

– Порфирьев, – представился он дружелюбно. – Здешний пристав следственных дел... правовед. Судебный следователь, по-вашему. Да вы присаживайтесь. Вот сюда, на диванчик. До чего мне неловко, что пришлось беспокоить... ночь-полночь... уважаемого человека... Я-то что, – он кивнул на запертую дверь, – я здесь же и живу, на казённой квартире. Правда, поправил кое-что, переделал... Очень удобно. Казённая квартира, знаете, – славная вещь.

Я от души согласился.

– Неловко, неловко, – вновь завёл он. (Никакой неловкости я в нём не заметил.) – Вас обеспокоили, управляющего обеспокоили... ну, управляющий, с другой стороны, должен понимать своё положение, с каждой испорченной простынёй к нему идут, не говоря уже о вещах покрупнее... Гордый мужчина, как он вам показался? Натурально же гордый? Уж такой гордец – и на такой собачьей службе...

– Вы бы меня просветили, – предложил я.

Пристав всплеснул руками.

– Ведь что творится! Катастрофа! Светопреставление! Слухи уже так и ползут! так и ползут! Люди мои с ног сбились... И вас, бедного, с постели пришлось поднять... не евши не пивши... Не желаете ли, я насчёт чая распоряжусь?

– Желаю. – Я устроился поудобнее, чуть ли не с ногами на диване растянулся. – Любопытно, вы в каком будете чине на наши деньги?

– Ну, – сказал Порфирьев, одновременно смеясь и задумываясь, – ну! Как бы этак сказать, чтобы себя не обидеть? Подполковник, пожалуй, буду. А?

Что? Не похож на подполковника? И верно – вру, конечно же, майор. Люблю себя, грешным делом, изобразить в фантастическом виде; так и скажешь сам себе: кончай уже буффонить, Порфирьев! не таким путём в тузы выходят! Да что! – Он энергичным шариком закатался по комнате. – Хоть от геморроя начинай лечиться! Не знаю про весь белый свет, а здесь статским – ну, подполковникам – геморрой прямо по рангу положен, иначе это ряженый будет, а не подполковник. И пока этот самый геморрой не приобретёшь и на виду у всех меры к исцелению не предпримешь – морген фри, ни карьеры, ни фортуны! Сиди в углу, соси конфету... А чай-то, чай!

Он выкатился из комнаты и довольно быстро вернулся с подносом, на котором чего только не было: и чай, и пирожки. С аппетитом завтракая, я наконец узнал (помимо многого множества сведений вроде уже сообщённых), что случилось.

Проехавшись по Садовой на последнем трамвае, члены ОПГ уговорили куратора выйти у Никольского собора и дальше прогуляться по Фонтанке. Белая ночь, прекрасный вид и свежие воспоминания о прошедшем вечере, о торжестве привели их в полуистерическое состояние: триумф, эйфория. От площади Репина они пошли на блокпост, и здесь, в узких улицах с сильным запахом пива, на них напали.

– Кто?

– Вопрос вопросов! Предводитель этих поэтически настроенных юношей – хотя Господи ты Боже, какой он предводитель, натуральный главарь – уверяет, что вам это известно лучше, чем кому бы то ни было.

– Так он жив?

Пристав поперхнулся.

– Зачем же так сразу кровожадно? Все живы. – Он метнул на меня насмешливый взгляд из-под ресниц. – Вы как будто не ожидали? Ранены... избиты... даже, представьте, покусаны... будто дикие какие звери веселились, а не человек в единственном против пятерых числе. Сахарок, кстати, – имя или фамилия?

– Лёша сказал: «Сахарок»?

– А что ж вы пьёте-то без сахара? Для питания мозга глюкоза прямо необходима – а мозг ведь такое дело, никому не лишнее... И для общей жизнедеятельности... И по служебной надобности... Так кто же, говорите, это такой?

С большой охотой я попотчевал его историей погони за Сахарком и сделанных в связи с нею открытий. Порфирьев был весь внимание. При этом вид у него был ничуть не удивлённый, и он совершенно мне не верил.

– А-га, – задумчиво протянул он. – Привидение. Понимаю. Вот здесь, у нас. В цитадели, так сказать, и средоточии. И на кого ж оно нападает?

– Да на кого попало.

– А вот это вряд ли. – Его вновь закружило из угла в угол. – На кого попало даже мухи не садятся, позволю себе такое неприемлемое для дам сравнение. – Он встревоженно оглянулся, словно ища затаившуюся где-нибудь под шкафом даму. – Во всём есть какая-то метода. Должна быть метода. Нет без методы никакой возможности.

Солнце давно взошло; тускло, пасмурно расплывался по комнате утренний свет – будто не лето было, а натуральный ноябрь. Казённая мебель жалась по стенам сиротски, неуклюже, и воздух, хотя не спёртый, отдавал тоской. Я обратил внимание на почти полное отсутствие бумаг.

– А где же следственные дела? Протоколы? Фундамент-то следствия?

– У письмоводителя, конечно, в канцелярии, – тотчас отозвался Порфирьев. – Где им ещё быть?

– У вас под рукой. Чтобы сопоставлять и обдумывать.

– Вздор, вздор, уж простите дурака за слово. – Он захлопал белыми ресницами, и его курносое лицо нарочито испуганно сморщилось. – Разве это дело следователя? Дело следователя – свободное художество, искусство в своём роде. Угадать преступника... Подобраться... Так его к стене припереть да вымотать, чтобы он сам себя изобличил, чтобы душа у него... изныла...

– Да, – сказал я, – это хорошо. Но Сахарка-то не изобличать надо, а ловить и, того, консервировать. Ничего там само по себе не изноет. Я вообще теперь думаю, что... не поймать его. Невозможно.

– Так уж и невозможно?

Но я не стал рассказывать, что случилось, когда, вызванный Молодым, я примчался на Финбан.

Молодой, как и обещал, Сахарка изловил. (Что стоило жизни двоим, но Иван Иванович давно перестал увлекаться арифметикой такого сорта: сколько людей допустимо положить, чтобы отомстить за одного.) Он держал его под постоянным наблюдением в ужасном-преужасном подвале, в который привёз меня прямо с пристани. Я вошёл, осмотрелся, сел посреди подвала на чемодан и закурил египетскую. «Убирайтесь все», – сказал Молодой.

Сахарок был намертво, как к кресту, прикручен к сплетению труб; его распростёртые руки казались такими слабыми, детскими. Голова была опущена; глаз не видно. «Он жив?» – спросил я. «Проверь». Молодой поднял прислонённый к стене лом и сунул его мне. «Прямо вот так?» – «Хочешь голыми руками – давай». В его собственных руках появился лом №2. «Не дрейфь, подсоблю». И стал я убивать.

Через какое-то время, похожие на мясников-энтузиастов, мы отвязали тело (к нему вполне был применим эпитет «бывшее») и стали упаковывать его в чёрный полиэтилен. Молодой меня остановил. «Погоди. Давай ещё что-нибудь сделаем». – «Что можно сделать ещё? – сказал я, снимая с погубленной рубашки кровавые клочья. – Хоть бы ты подумал, что надо фартук какой надеть». – «Голову ему отсоединить надо, – сказал Молодой. – Вот о чём не подумали: про топор. Придётся ломом». Поведать всё это городскому я вряд ли бы смог.

– Я дважды видел его мёртвым, – сказал я. – Его дважды убили на моих глазах. Во второй раз даже голову отпилили.

– Голову? Страсть-то какая! А я ещё специалистом себя воображал, что, дескать, опыт имею и знание человеческой природы в самых низменных её проявлениях – а опыт-то, выходит, пфуй просто. Специалист! Книжный червяк по сравнению с жизнью-то, вот оно как оказывается! И чем... пилили?

– Инструментом.

– И потом... что же? – спросил он почти шёпотом.

– Похоронили.

Я вспомнил путешествие с чёрным мешком, слепую ночь, гроб в разрытой могиле на Большеохтинском кладбище. Иван Иванович сделал, как обещал.

3

Вместо Крестов Щелчок вторично попал в больницу: Молодой почему-то решил, что так будет надёжнее. Выписали его уже в середине лета, и Плюгавый с большим удовольствием мне пересказал, «из верных рук», что Щелчка хоть и подлатали, искалечен он слишком сильно, чтобы работать. Я покивал и не поверил: в работе снайпера ноги, в конце концов, не главный инструмент. И я по возможности перестал бывать на Финбане.

Канцлер вернулся на Охту и Молодого забрал с собой, но как-то так получилось, что, вместо того чтобы отправиться обустраивать ландмилицию, Иван Иванович околачивался на обжитой земле. Он взял катер и, нервируя городских, носился по Неве, сперва между Охтой и Финбаном, а потом, обнаглев, и дальше, вплоть до попытки пройти в акваторию Порта. Городской совет истерически слал одну ноту за другой, а Канцлер на все протесты спокойно отвечал, что, по его сведениям, попытки пришвартоваться у Летнего сада – войти, так сказать, в территориальные воды – его люди не предпринимали – а река как таковая разве не общая?

Вопрос о принадлежности Невы всех озадачил. Общая-то общая, но вода, в конце концов, не воздух: всегда можно поставить оградку. По умолчанию провинции брали воду для нужд населения и промышленности и не совались в область судоходства – а когда вдруг сунулись, оказалось, что Горсовету нечем ответить, разве что топить проклятые катера силами береговой охраны. Ещё неизвестно, кто победил бы в войне с людьми, опьянёнными открывшимся пространством. (Молодой уже сказал мне: «А я на островах побывал. Хорошо там...» И выражение лица у него было мечтательное.)

Тем временем я нашёл себе квартиру и переехал.

На углу Мойки и Писарева, напротив Новой Голландии, стоял двухэтажный особнячок игрушечного, затейливого модерна; чуть дальше за ним – ещё один особняк, по-настоящему старый, прекрасных пропорций, а в глуби квартала обнаружились разнокалиберные доходные дома, со всех сторон обступаемые разросшимися и на диво запущенными садами, на которые любила смотреть Лиза, когда мы вылезали из постели и пили что-нибудь у раскрытого окна.

Придя сюда в первый раз, она вежливо обомлела, но, как хорошо воспитанная девочка, нашла силы для пары приветливых слов об интересном виде и на редкость свежем воздухе. Меня самого этот вид перестал шокировать не сразу, даже когда я ходил загорать в Новую Голландию, гулял по Английской набережной или бродил вокруг своего интересно неказистого дома, как-то выйдя на огромный ровный пустырь с буйно, как в Джунглях, прущей травой. Это был Город – и не Город в то же время.

Я обнаружил ещё один мост, через который можно было попасть на В.О., и от нечего делать ходил к Аристиду Ивановичу.

Аристид Иванович изжил зимнюю хандру и стал почти прежним – но всякое «почти» заставляет сравнивать. Всё такой же старый, всё такой же жёлчный и неутомимо злой, он как будто посмотрел на себя со стороны – дрожь рук, шаткость походки – и не поверил в то, что увидел. Однако это знание льнуло к нему новой тенью, а он, отмахиваясь, не мог отвязаться. «Всего лишь скоро помру, ничего страшного», – отвечал он на робкие вопросы о самочувствии, и слова, по замыслу бодро нахальные, звучали жалко и совсем не смешно. А ведь он не боялся и не лгал, говоря, что бояться смерти в восемьдесят шесть лет – всё равно что бояться импотенции в двадцать или, например, в четырнадцать верить в Деда Мороза. «Импотенции тоже не боюсь, – добавлял он с деланым унынием. – Уже вспомнить не могу, когда в последний раз боялся». «Не смерть страшна, – сказал он, когда мы как-то выпили больше обычного. – Страшно умереть последним». И он всё больнее и ненужнее обижал женщин и всё чаще искал утешения в чужом горе. С ним я не стал сердечничать и рассказал о Сахарке всё как есть.

– Тяжело убивать?

– Да, – сказал я честно. – У меня потом два дня спина болела.

Он закудахтал своим неприятным смешком.

– Да я не в том смысле. Впрочем, кого я спрашиваю.

– Я не думал, что убиваю человека, – терпеливо сказал я. – Это привидение... не там, где ему положено находиться, но привидение, а не человек. Неужели вы думаете, что я не предпочёл бы разбираться с ним на Другой Стороне? Грязи-то уж во всяком случае было бы меньше.

– Но разбираетесь тем не менее на этой. И довольно коряво – что исполнение, что результат.

Я кивнул, зная, что жалобы выставят меня в смешном виде, а оправдания – в идиотском.

– Могу объяснить, как так получается.

– Сделайте милость.

– Это вопрос прежде всего философский, – сказал Аристид Иванович с удовольствием. – А вы пытаетесь решить его практически. Поэтому и выходит столь херово. Научно выражаясь.

– Но я должен решить его практически.

– Всякая практика, мой дорогой, идёт за теорией – даже когда ей самой кажется, что она опережает.

– Я слышал, на основании смыслов строятся ценности. Но как из смысла сделать орудие убийства?

– Проще, чем вам кажется.

– Реальное орудие убийства. Такое, которое можно взять в руки и воспользоваться.

Аристид Иванович отпил глоточек, уселся поудобнее (и я видел, что всё труднее ему усаживаться поудобнее, всё сильнее что-то мешает) и радостно перечислил:

– Из огнестрельного убивали. Голову отрубали. В земле хоронили. И вы продолжаете надеяться, что найдётся какой-нибудь такой волшебный пистолет или топор, который как-нибудь окончательно выстрелит и отрубит?

– А что должно найтись?

– Силы и понимание внутри вас самого. Вы понимаете, зачем оно здесь? Или почему?

– Не понимаю.

– Значит, придётся понять. Расскажите мне ещё раз, что говорил тот другой разноглазый.

– Не говорил он ничего серьёзного. Так, слова. Про справедливость, совесть... ещё что-то.

– Ага, ага, – подхватил Аристид Иванович, и я не знал наверняка, к чему именно относится насмешка в его голосе. – Как будто мало было этого товара в прежних изданиях! А почему он повесился?

– Да мне-то откуда знать?

– От верблюда.

– Странный источник знаний.

– Это было жертвоприношение, – сказал Аристид Иванович чуть ли не по слогам и ликующе. – Силы, которые вы, душенька, обозначаете ничего не значащими для вас словами, реальны и могущественны – а то, что позитивист вроде вас не может их пощупать своей безмозглой рукой, делает их только страшнее. Когда они приходят взять своё, то берут не щепетильничая, где там своё, где чужое, – и я бы даже употребил слово «отбирают»... но это уже с нашей, человеческой точки зрения.

– Не понимаю, в чём тогда смысл жертвы. Добровольно давать то, что всё равно будет отобрано?

Аристид Иванович, возможно, и питал ко мне слабость: в рамках классического садизма. Ему быстро надоедало кусать тех, кто сразу же вопит от боли, он довольно быстро расправлялся с теми, кто не вопил, но боль чувствовал и старался – всегда вотще – скрыть. На мне он упражнялся, как на куске резины: не теряя надежды, что и резина скрипнет или – давай-давай! – разорвётся.

– С вами как всегда приятно иметь дело, – сказал он весело. – Глухой как пень и доблестный. А кто говорил, что таблица умножения – ещё не вся мудрость мира?

– Но я не хотел этим сказать, что обычное умножение дополняется каким-то извращённым.

– И в чём вы видите извращение?

– Это же не помогло, – сказал я. – Жертва, так? Или одной жертвы для сил мало? Вы что же, предлагаете и мне попробовать?

– Да. Только не вешаться надо.

– Уже легче. – Я вгляделся в его улыбочку. – Или что, я радуюсь преждевременно? Мне придётся вместе с конём прыгать в какую-нибудь пропасть?

– Почти. Вам нужно уйти вместе с привидением на Другую Сторону. Взявшись за руки. Насовсем.

– Уж лучше я продолжу поиски волшебного топора.

– Не хотите умирать? – удивился Аристид Иванович. – Так, может, и комой обойдётся. Будете лежать в чистой постели на попечении благодарных соотечественников. Если, конечно, они не забудут, что должны быть благодарны.

– Вы-то чему так радуетесь?

– Я всегда радуюсь, когда люди получают по заслугам. Как говорится, понесли кару скорее поздно, чем незаслуженно, – продекламировал он. – Метафизический компост, невесть что о себе возомнивший! Вата с жестяным самолюбием! Кроме самолюбия, ничего костлявого! Забывшие долг, поправшие честь, презревшие стыд и усыпившие совесть!

– «Кикерики, кикерики, я аллигатор с соседней реки», – сказал я, смеясь. – Не нужно сердиться.

– Кого ничто не сердит, у того нет сердца.

– В вашем возрасте сердце – прежде всего источник инфаркта.

– Ах, чтоб вас, – сказал Аристид Иванович беззлобно, как-то мгновенно выключившись. – Ну ничем скотину не проймёшь. Вы понимаете, что само собой ничто не рассосётся? Мёртвый у порога не стоит, а своё возьмёт.

– Оттерплюсь как-нибудь.

– А другие?

– Это метафизический компост-то?

– Смешно, согласен. Но разве это не ваш бизнес?

– Меня никто не нанимал.

– То есть сейчас вы бегаете с топором по велению души?

– Ну, – сказал я, – так получилось.

Я промахивал мостик, входил под тяжёлую, будто в крепостной стене, арку и попадал в другой мир. По периметру маленького острова шли старые кирпичные склады и вековые деревья, а центр занимал газон, который по городским меркам был уже не газоном, а лугом – так высоко и густо поднялась трава. Я подолгу лежал в ней, слушая в полудрёме шмелей и птиц, чьих имён не знал, и отмахиваясь от букашек, чьих имён не знал тоже. Любой из осуждаемых Фиговидцем писателей мог бы прямо здесь, в траве (и у травы были имена) развернуть атласы и справочники и удовлетворить любопытство, которого я не испытывал. Зачарованное место в центре безымянного мира не нуждалось в классификаторах, ни в том, кто придёт со своей тетрадкой и любовно и тщательно опишет неразгадываемую – здесь каждое слово будет шагом прочь – тайну его прелести. Ни разу я не застал здесь человека. Наконец человек пришёл за мной.

– Разноглазый, проснись!

Я заморгал и сфокусировался. В траве рядом со мной сидел Лёша Пацан. День был очень тёплый, но поэт, пророк, штатный киллер ОПГ вырядился в косуху и гады. Явные следы побоев отсутствовали, но все его движения были слишком аккуратны.

– Какие люди без конвоя, – сказал я приветливо.

– Мне дали аусвайс, – объяснил он. – Посещать мероприятия. А на деле, думаю, чтобы следаку удобнее было допрашивать.

– Допрашивать? Зачем? Ты чего-то не рассказал?

– Какая разница, сколько рассказать, если всё равно не верят?

– А что он хочет услышать?

– Про банду какую-нибудь диверсантов, – буркнул Пацан, – про варваров. Прикинь, он пациентов в психбольнице проверил, вдруг кто сбежал.

– Не знал, что здесь есть психбольница. Зачем ты пришёл, Лёша?

– Спросить пришёл, что ты собираешься делать. Может, помощь нужна?

– Впору прятаться от вас, помощников. Да почему я должен что-то делать?

– Ну как, – удивился он. – Больше некому.

Я открыл рот и тут же закрыл.

– Странная вещь, – продолжил Пацан. – Я как его увидел, тут же понял, кто это. От него какой-то... типа запаха.

– Разве? По-моему, ничем от него не пахнет.

– Я и говорю, что типа. Ну вот, когда говорят: «Чуешь, чем пахнет?» – тоже имеют в виду не вонь, а неприятности. – Он почесал рассечённую шрамом бровь. – Как поэт тебе скажу: тут по-простому не получится.

– Ага. Может, тогда напишешь что-нибудь? Изгоняющее?

– Ага. Глистогонное.

Я заметил, что вид у него грустный, какой-то подавленный – очень похожий был у фарисея в иные моменты первого путешествия. От скольких вещей мы ждём откровения: от будущего, пока оно не наступило, от человека, пока не узнаешь его получше, и даже от погоды. Но прекрасные улицы, знакомые по снам и книгам, никуда не ведут, и всё, что так хорошо и заманчиво воображалось, остаётся в воображении. Теперь Лёша спрашивал себя, а чего он, собственно, хотел, и эти размышления делали его совсем несчастным.

– Это ты мне помощь предлагал, не я, – сказал я беззлобно. – Искатели смыслов! Строители ценностей! Чуть смешным запахло, сразу в кусты.

– Кого гнать-то? – хмуро спросил Пацан.

– Силы.

– Силы зла?

– Знаешь, – сказал я, – гони-ка ты их всех.

Следующий визит мне нанёс Порфирьев. Я уже вернулся к себе, вступив по дороге в бесплодный диалог с мутноглазым хозяином особнячка на углу. (Поначалу, по всей повадке, я принимал его за нувориша, но этот жлоб оказался коренным и из прекрасной семьи.) Трагедия заключалась в том, что все, кто меня разыскивал, фатально сворачивали в его садик и докучали вопросами, а Пацан сегодня, пятясь от наведённого карабина, ещё и попортил клумбу. «Вы вообще имеете какое-либо понятие о приватности? – шипел клумбовладелец. – Вы своим гостям можете точный адрес давать?» – «Гости такие, – отвечал я, – которых не звали. Повесьте себе на забор табличку». (Должность забора исправляла ладная кованая решётка. И она, и травка газона, и особнячок всем своим видом осуждали чахлую нашу перебранку и, как знать, испытывали то чувство стыда и неловкости за другого, которое Фиговидец образно называл «пальцы на ногах поджимаешь».) «Табличку? Какую табличку? Может, вы ещё и рекламный щит у дороги закажете?» – «А это дорого?»

Итак, пришёл Порфирьев. Открыв ему дверь, я первым делом поинтересовался, не спрашивал ли он у кого дорогу.

– Ну, мне ни к чему! – захлопотал, проходя в гостиную, следователь. – Я и сам могу справку дать, куда как пройти, по должности положено. Как уютно у вас! – Он одобрительно посмотрел по сторонам. Квартира была практически пуста: я взял её без мебели и успел поставить разве что кровать в спальню да вешалки в гардеробную. – Просторно! Светленько! Ни мух, ни пыли, ни салфеточек! Я тут подумал, зачем кому бы то ни было нападать на творческую группу, совершающую свой первый – и в этом смысле, безусловно, исторический – визит в наши края?

– И что надумали? – Я перехватил его ищущий взгляд. – Стулья есть на кухне. Сейчас принесу.

– Нет-нет-нет, да вы что! – Волнуясь, он замахал руками, как-то присел и весь, и без того округлый, низенький, стал похож на комическую бабушку... вот только глаза, которые он то прятал, то вскидывал, оставались холодными, насмешливыми. – Зачем же носить туда-сюда, грыжу зарабатывать. Мы прямо там и разместимся, чайку попьём. – Он подмигнул. – Вы уж не сердитесь, что гость такой нахальчивый, но правда в горле пересохло. С утра на ногах... и всё без толку... Вот так неделями без толку, и вдруг хлоп! – глядишь, что-то и выбегал... ухватил, раскрутил...

Мы разместились. Я выставил чай и, на всякий случай, пиво из холодильника. Перебросил со стола на подоконник оставленный Лизой шёлковый платок. Порфирьев его сразу приметил и шутливо погрозил мне пальцем.

– Молчу, молчу! Человек молодой, холостой, что тут скажешь? Только позавидуешь.

– Сами-то женаты?

– Да кто ж пойдёт за такого? Голову задурят, воспламенят и бросят. – Он пригорюнился. – Прошлого года уже всё готово было к венцу, костюм даже новый сшил. Меня уж поздравлять стали. И что? Ни невесты, ничего: всё мираж!

– Бросила?

– И бросила, и поднадула.

Говоря, он поминутно смеялся, простодушно, весело, и контраст между его видом, речью, этим смехом и спокойными, холодными, насмешливыми глазами оказался бы невыносим для мало-мальски восприимчивого человека. Я с любопытством ждал, что будет дальше.

– У меня нет желания говорить то, что я сейчас скажу, – сказал Порфирьев, резко меняя тон: теперь он говорил строго, серьёзно, нахмурив брови, но длилось это пару мгновений, не дольше. – Странные обстоятельства этого дела – и чем глубже я в них вникаю, тем более странными они представляются – заставляют меня думать, что сподручнее всего, да и правильнее тоже, было бы дело переправить, всё как есть, в ведение тайной полиции. – Вид у него опять был весёлый, лукавый, ничуть не встревоженный. – Я ведь про тайную-то полицию только в книжках читал, и то в детстве, бог весть что воображаю относительно приёмов и полномочий, да и трушу, как без этого, одного только слова достаточно, чтобы всякие ужасы въяве представить... а всё ж таки их это дело, их. Наше дело, уголовное, оно же явное, ясное как свет, то есть мрачное, конечно, – Порфирьев засмеялся, как от мухи отмахиваясь от собственных двусмысленных слов, дескать, вот же отлепил гаффу, – но это мрак понятный, объясняемый, тьфу, собственно, а не мрак. Вот подлог завещания был недавно, так при всей путанице и нравственном, так сказать, тумане, что тут неясного? Очень всё ясно, житейская история. А с этим нападением проклятым ну ровно наоборот: вроде само нападение вот оно, на ладони, а причины-то неясны! Нет ни причин, ни мотивов, ни даже достоверного нападавшего! И почему именно сейчас? Почему сейчас? Когда такие слухи вокруг нехорошие?

– А что, в Городе есть тайная полиция?

– Логически рассуждая, никак без тайной полиции невозможно, – с улыбкой сказал Порфирьев. – А на практике Бог миловал, не встречал. Да и кто я такой, чтобы с тайной полицией в соприкосновение приходить? И для сотрудничества чересчур неказистый, и для разработки.

– А что береговая охрана?

– Эти-то упыри?

– Почему упыри?

– Потому что никто их не любит, – задумчиво и откладывая в сторону шутовство сказал Порфирьев, – а им это словно и нравится.

– А чего вы от меня хотите?

– Вы человек незаурядный, – сказал он с чувством. – Широкого кругозора человек, с задатками, со знакомством. Могли ненароком впутаться во что не надо. К вам-то, если что, тайная полиция к первому придёт вопрос задать.

– О чём?

– О ком, – аккуратно поправил он.

4

В один прекрасный день (была, впрочем, ночь, безлунная и довольно неприятная) Щелчок положил в лодку узелок с бутербродами, канистру воды и завёрнутую в старое одеяло винтовку: не ту, с которой он выходил в прошлый раз и которую отобрал Молодой, но тоже надёжную. (Снайперы фетишистски сходили с ума по своему оружию, и их подобранные коллекции сделали бы честь и музею, и учебнику психиатрии.)

Костыли (теперь их было два) доставляли ему массу хлопот. Лодка, к которой он был непривычен, доставляла массу хлопот. Течение унесло его дальше, чем он планировал, но поскольку план –

выгрузиться у Медного всадника – был ошибочен, Щелчок против воли оказался в месте, ему понастоящему нужном: Новоадмиралтейский канал. Не имея ни знания местности, ни карты (только неряшливую схемку, купленную у контрабандистов, не преминувших его поднадуть), без подготовки, без поддержки, он прошёл по цепи нелепых случайностей, из которых каждая по отдельности оборачивалась в его пользу, но все вместе сложились трагически. Вопреки всему, включая самого себя, добравшийся до Новой Голландии снайпер должен был затаиться в одном из брошенных зданий и просто ждать – а он туда даже не зашёл.

Он ничего здесь не знал, ничего. Незнакомая жизнь, адрес, подсмотренный на почтовом конверте и ничего ему не говоривший; Щелчок тащился на костылях в томительной мгле, приглядывался к садам, домам и подворотням, и прежде, чем что-то нужное разглядел, увидели и разглядели его.

Жлоб из особнячка (спать бы ему и спать), тревожимый обидой и подозрениями, нажил бессонницу и, вместо того чтобы задёрнуть шторы и почитать, прилипал по ночам к окну в тёмной комнате. Что он высматривал? Кого караулил? Он углядел постороннего, разъярился (Щелчок и не думал лезть в жлобов садик, он привалился, отдыхая, к ограде, и этого оказалось достаточно), разбудил слуг, послал за патрулём береговой охраны – и, хотя нельзя утверждать, что и посланец, и патруль летели сломя голову, все расстояния для калеки огромны, так что у береговой охраны было время наткнуться на лодку и даже подумать. Там они его и взяли, подле лодки.

Уже утром ко мне явился человек в штатском, насчёт которого я так и не смог вспомнить, видел его среди офицеров береговой охраны или нет. Когда они были все вместе, то казались безликими, но при встрече один на один проступала индивидуальность. Этого, во всяком случае, я отныне запомнил.

У него – моего ровесника или чуть младше, тёмнорусого парня с правильным, крепким лицом – были на редкость неприятные глаза: глубоко посаженные, с небольшими зрачками, такие светлые, что не разобрать цвет, голубой или серый, и такие никакие, что в сравнении с ними взгляд Канцлера искрился жизнью. Неглупый и быстрый, он заметил, какое впечатление произвёл, и с сожалением покосился на мои очки, лежавшие на кухонном столе.

– Чёрные очки, – сказал я дружелюбно, – привлекают внимание. И они же создают ощущение, что ты видишь, а сам остаёшься невидимым. Скрывая свой взгляд, скрываешь всё. Чему обязан?

Щелчок, не запираясь, дал показания. Его слушали и не верили своим ушам. И конечно, кроме как ко мне припереться с этим неверием было некуда.

– И вас это не удивляет?

– Меня это не удивляет.

– Да, – сказал он, – вижу. Но почему?

– Он снайпер. У него заказ. – Я заглянул в непонимающие глаза офицера и как можно мягче пояснил: – Это честь мундира.

Тогда в этих глазах промелькнула брезгливость. Люди, серьёзно относящиеся к собственным мундирам, имеют склонность считать, что на свете они такие единственные.

– Как к вам обращаться?

Здороваясь, он махнул у меня под носом удостоверением, но делают это не для того, чтобы вы успели что-то прочесть.

– Именно так, как вы и обращаетесь. На «вы».

– Вы спросили, зачем он вернулся к лодке?

Очень спокойно на меня глядя, офицер промолчал. Когда человек приходит задавать вопросы, функция «отвечать» в его мозгу отключается. Я попробовал ещё раз.

– Он присмотрел позицию и пошёл назад. На костылях. Что мешало залечь сразу и ждать? Винтовка-то у него при себе была?

В целлулоидных глазах отразилась кое-какая работа мысли. Удивительный: с работой мысли всё у него было в порядке, но вот глаза, глаза! Они научились делать так, что их обладателя с ходу принимали за идиота, чурбана-служаку, которому служба ампутировала единственную извилину. И вот он изрёк:

– Вам не о чем беспокоиться.

Его манеру разговора нельзя было назвать хамоватой и нельзя было назвать вежливой. В каком-то смысле он меня намеренно игнорировал, а в каком-то – честно не замечал. Он не назвал должности, имени, чина, не дал и не даст в руки документ, сделает всё, чтобы я перестал надеяться, что буду услышан. Я не сомневался, что буду услышан.

– Ещё вы должны сказать: «Вас известят».

– Известят? – переспросил он. – О чём это?

– Надеюсь, о чём-нибудь приятном. Потому что если наоборот, то это называется «уведомление».

Я решил обратиться к первоисточнику и стал ждать, пока Щелчка экстрадируют.

По городским законам береговая охрана передавала задержанных администрации Финбана, взимая с провинции штраф, который администрация потом с процентами выколачивала из нарушителей. Так поступали, например, с контрабандистами. Но дни шли, а известий об экстрадиции я не получал. Пришлось отправляться на Финбан самому. На блокпосту Литейного моста выяснилось, что это не так просто. Мой аусвайс был закрыт.

Я мог бы пойти по инстанциям, развлекая себя и окружающих. Мог бы попробовать договориться с нарядом – всех четверых я знал как облупленных. (И мне не нравилось то, что я сейчас видел.) На моё счастье, домой возвращалась та горничная из «Англетера», а у горничной в сумке нашлись салфетки и губная помада. Я накорябал записку для Молодого. «Отдашь дяде, – сказал я. – Пусть как хочет сегодня переправит на Охту. И чтобы никакой Национальной Гвардии». Препятствуя появлению у охраны ложных мыслей, я стоял столбом – бдительный взгляд наготове, – пока девушка не добралась до того берега. Что-то мне подсказывало, что в следующий раз у них уже будет предписание обыскивать и отбирать, смотрит там кто бдительно или не смотрит.

Для поездки на острова можно было заказать такси, но из соображений конспирации я пошёл пешком: через один мост, через В.О., через другой мост, по Большому П.С., налево и дальше сквозь сверяемую с картой путаницу нешироких улиц. На Крестовском острове я уже устал, а на Елагином начал спотыкаться о корни деревьев. Я пронёсся сквозь Город как солдат на марше, и Городу это не понравилось.

Тропа по краю парка заканчивалась обрывчиком: вверху была смотровая площадка, внизу – маленький пирс для яхт. Молодой меня ждал.

– Люблю это место, – сказал он, не отрываясь глядя на залив. – Что там дальше?

– Кронштадт.

Я не собирался поощрять его цезаризм, но мне стало почти грустно, когда я увидел, с каким доверием – к воде, ветру, простору – он смотрит вперёд. («Раньше ты всерьёз валял дурака, а теперь стал дурацки серьёзным».) Он ещё не знал, что все усилия были напрасны.

– Знаешь, я бы здесь отстроился. Поставлю дом на краю света, два камина, бильярдную на чердак. А из окон на море глядеть.

– Кто тебе даст здесь отстроиться?

– Давать не брать, – сказал Молодой дружелюбно. В его мозгу ассоциативный ряд совершил своё движение. – Ты с чего мне такие игривые письма стал слать?

– Бювара и чернильницы у горничной при себе не было.

– Остальное-то было? Или барину теперь с горняшками не в цвет? Что стряслось?

Я рассказал про снайпера и проблемы с аусвайсом, но не о Сахарке. Я не мог представить, как подействует на Молодого новость, и не стал рисковать. Ещё я не мог представить, зачем ему знать правду.

– Ладно, погнали на Финбан. Разузнаем.

Молодой так наловчился с катером – а «наловчиться» для него означало лихачить, – что я сидел испуганно, смирно и на всякий случай крепко держась. Странно изменившаяся перспектива, странные берега – одних мест я не знал, другие с воды казались неузнаваемыми – подавили и то скромное любопытство, которое я теоретически мог испытывать. Молодой будто на собственных крыльях летел, счастливый и смеющийся, а я вспоминал изложенные в энциклопедии симптомы морской болезни и сравнивал с ощущениями.

Плюгавый сидел в своём кабинете: нахохлившийся, скособочившийся и – поверить не могу – малость пьяный. Прежде он никогда не пил на работе; щеголял этим и невероятно гордился. От него, допустим, воняло, он был притчей во языцех, дурак и шут гороховый, но на службе не пил: ни от стресса, ни по праздникам. Вот так. Не только у крупных деятелей есть камень, с коего их не столкнёшь, но и у многих небольших людей, непримечательных или прямо нехороших, тоже камень, пусть им под стать небольшой и нелепый – и если договаривать до последних столбов, маленькие люди, когда во что вцепятся, оказываются потвёрже своих больших вождей.

– Явился! – завопил Ваша Честь, глядя на меня и игнорируя Молодого. – Морда твоя предательская! Говно в перчатках! Ты хоть постигаешь, Разноглазый, какой ты реальный гад?

– Злодейской породы, урод из всех уродов, – хохотнул Молодой, примериваясь плюнуть. – Базар фильтруй, организм. Экстрадициями ты занимаешься? Проверь, Щелчка присылали?

– Чего проверять, – буркнул Плюгавый, – уже три месяца никаких экстрадиций не было. Организм, надо же. Сказал! Скомандовал! Я, во всяком случае, органический организм, а не робот запрограммированный.

– А кто робот? – спросил Молодой.

– А если робот запрограммирован Родину любить? – спросил я.

– Давай, давай, скалься! Родина тебя ещё вспомнит колом осиновым!

– Ваша Честь, не сердись так, – сказал я, подавая ему знак, который, надеюсь, можно было принять за секретный. – Может, я как раз на Родину троянским конём работаю. Вспомни, о Щелчке разговоры были какие-нибудь?

– Пропал Щелчок с концами. Вещей нет, лодка потопленная. Разговоры какие? А разговоры такие, что ты, Разноглазый, всё это ему и устроил. Не надо было дураку такой стрёмный заказ брать. Говорят, тройной тариф обещали. – Он пригорюнился. – А только не в тарифе тут дело, а в тщеславии. Не сидится человеку на исконном месте, берёт на себя, доказывает. Чего доказывает? Кому доказывает? Какого чёрта! – крикнул он, обращаясь наконец к Молодому. – Что вам здесь понадобилось? Не желаем мы никакой империи, у нас Родина есть!

– Ну это нормально, – сказал Молодой.

Пока Иван Иванович по каким-то своим делам уединялся с губернатором, я заглянул к Потомственному. И в этом кабинете ощутимо попахивало алкоголем. Пётр Алексеевич поднял на меня страдальческие глаза и вдруг закрыл лицо руками. Я развернул поудобнее кресло для посетителей и уселся. Теперь я везде садился без спросу.

– Что же это происходит? – спросил хозяин кабинета глухо.

– А что? Вы вроде хотели городского порядка.

– Не любую цену можно заплатить за порядок! – почти закричал Потомственный. – И какой он, с вашего позволения, городской? Этот ужасный человек установил диктатуру! Принёс страх! Принёс произвол! Кресты переполнены политзаключёнными! Да у нас теперь даже губернатор назначенный. Господин Платонов просто отменил выборы!

– Ну, – сказал я, – если это самое ужасное, что он сделал...

Отмена выборов губернатора представлялась Петру Алексеевичу чем-то кощунственным, святотатством в полный рост, и здесь он курьёзно и, вероятно, впервые в жизни оказался един с народом, негодовавшим по поводу отнятия демократических свобод так, словно у него вправду что-то отняли. О трагической утрате вспоминали в любой очереди, в журнальчиках и на посиделках циркулировали примерно одни и те же шутки, а Ресторан, mutatis mutandis, превратился в политический клуб, и все прежние персонажи, шлюхи и шулеры, получили новую тему для разговоров.

– А что, из Колуна плохой губернатор?

– Неплохой! Неплохой! При чём здесь это? Дело в принципе. Нельзя относиться к народу как к пятилетнему ребёнку и думать, что он не в состоянии сделать осознанный выбор. Да, этого мы бы и сами выбрали. А каким будет следующий?

– У хозяина плохо со здоровьем?

– Нет, – сердито сказал Пётр Алексеевич, – всё хорошо. Слава богу.

– Ну тогда следующего ещё ждать и ждать.

Пётр Алексеевич постарался на меня не смотреть.

– Теперь, конечно, вам смешны проблемы провинции, – сказал он. – Вы удалились... во всех смыслах. Умыли руки.

– Да. Ваша Честь мне уже сообщил, что я предаю национальные интересы.

Чуть раньше в страшном сне не пожелал бы себе Пётр Алексеевич такого союзника, как Плюгавый. Чуть раньше одна такая мысль скрутила бы его, как резь в животе. Но изменились обстоятельства, изменились и чувства, а новые чувства умеют убедить, что всё, что было до них, – так, пустое. Да, когда-то зам по безопасности, как должность, так и конкретная персона, был для Потомственного жупелом – когда-то, и он полагал, что и теперь, хотя теперь жупел был согласен пугать общих врагов. Но если жупел твой союзник, то как ты можешь продолжать видеть в нём жупел, потому что кем же тогда окажешься сам? Отвлечённо Потомственный уповал, что после одержанной сообща победы будет время отделить нечистых от чистых, а на деле налегал на слово «коалиция», столь многообещающее с точки зрения прагматики. Идея коалиции всегда будет притягательна для людей, которые в глубине души верят, что из сотни карликов можно склепать одного великана.

На всякий случай он решил привлечь и меня тоже.

– Поверьте, – сказал он, – ни в чём я вас не обвиняю. Мы цивилизованные люди, мы должны решать проблемы, – тут он запнулся, потому что на ум ему тотчас пришёл более привычный для Финбана оборот «решать вопросы», и он видел, что я вижу, о чём он подумал, поскольку и сам подумал о том же самом, а «решить вопрос», как ни крути, и «решать проблемы» вполне синонимичны только для школьного словаря, – должны обходиться без варварских эксцессов. Любое сотрудничество – –

– И что ж вам с Платоновым не сотрудничается? Через пару лет он добьётся открытого въезда в Город.

– Этого я и боюсь, помимо прочего, – прошептал Пётр Алексеевич. – Я ли не мечтал... вы сами знаете... Но придя в Город, мы должны быть его достойны. Отнять у провинций последние демократические свободы, объединить всех под властью одного параноика, шантажом и угрозами вынудить Горсовет... Господи, я даже произносить не хочу, *к чему* он попытается их вынудить.

– Понимаю. Только выборы тут при чём?

– При том, что это последнее, что у нас оставалось. Да, я вижу вашу улыбку и не настолько глуп, чтобы не сознавать их практическую бесполезность в наших условиях, когда вменяемых кандидатов отсеивают на стадии регистрации. Но есть же и идеальные смыслы! Пусть, например, судебная система работает вкривь и вкось, но само слово, вопреки всему, отсылает к наличию высокого образца.

– И кому нужен кривой и косой суд?

– Тому, кто не хочет анархии и полного бесправия. Плохой суд можно улучшить, потому что все хотя бы чувствуют, что идея суда не должна ассоциироваться со злом. Но как улучшить или реформировать бесправие?

– Для людей важно, чтобы вопросы решались быстро и справедливо, – сказал я, смеясь. – А для вас – чтобы у решальщика была бумажка, в которой написано, что он легитимный такой решальщик.

– До чего мерзкое слово, – брезгливо сказал он. – В нём вся мерзость того, о чём я говорил. Неужели вы не видите разницы между судьёй и решальщиком? Судья может оказаться, и слишком часто оказывается, неправедным, но решальщика, даже очень плохого и лицеприятного, неправедным никогда не назовут, потому что он вне категорий, и ваш Платонов таким навсегда останется.

– Даже если он вам даст хороший суд взамен плохих выборов?

– Подумайте сами, как такое возможно.

– Думать, – сказал, появляясь в дверях, Молодой, – не его бизнес.

По всему выходило, что Щелчка оставили в Городе, и я начал искать содействия среди городских. Выбор был небольшой.

В Спасской части царило сонное спокойствие: на узкой крутой лестнице, в низеньких комнатах без посетителей и с задумчивым, как поздняя муха, дежурным. Я без хлопот прошёл к Порфирьеву.

Он сидел у окна, залитый красноватым мягким светом заходящего солнца, и весь кабинет, с его неказистой мебелью и лёгкой, скопившейся за день пылью, сиял и мягко переливался, как волшебный ларчик. Вечернее солнце преобразило пыль в печаль, казённые шкафчики и крашеные доски пола – в фон живописного полотна, того сорта живописи, для которой главное не предметы, а освещение. Глаза сидевшего боком у окна человека (человека, которому обычно не сиделось на месте) были этого горячего красноватого цвета заката, и лицо – как золотая маска.

– А, почтеннейший! Вот и вы... – сказал Порфирьев, подскакивая и издали дружески мне кланяясь. – Надеюсь, ничего не случилось?

– Вы, значит, не знаете? Не шепнёте, куда снайпер делся?

– Ну знаю, знаю, – ответил он со смехом. – Какой вы, право, быстрый, не подловить. Как вошли-то! гордецом! с холодным и дерзким видом! Что значит стиль – и хороший ведь стиль, – так в чертах и запечатлена программа: «молчать, вглядываться и вслушиваться»! Сам мечтал когда-то входить-то этак в комнаты, да конституция не позволяет. На смех, бог с ними, поднимут, если начну нос задирать при моей конституции. И всё это в дни исполненной надежд юности, когда уж точно не в буффоны себя готовишь... юное сердце разве согласится, в буффоны-то, если хочет в гамлеты... сейчас, на ушко по секрету, и не вижу, в чём между ними разница... А тогда страдал. Что ж, страдание тоже дело хорошее... А вы, может, жалобу хотите подать?

– Есть смысл?

– Никакого! – воскликнул он, разводя руками. – Ведь покушения на ваше здоровье – как оно, кстати? что-то вы бледненький, – так вот, не было состоявшегося покушения, и правонарушение вашего соотечественника, бывшего, бывшего, безусловно, заключается в незаконном пересечении границ... Что, собственно, и было наверняка ему предъявлено. Эти дела в ведении береговой охраны. – Пристав чуть перевёл дух, подморгнул. – Это уж наши хвалёные бюрократические и демократические процедуры, разделение полномочий. Сейчас я вам всё растолкую.

– Не надо растолковывать, – поспешно сказал я.

– Его уж небось давно экстрадировали.

– А вот и нет.

– Куда ж он делся?

Вернув мне, после десятиминутного разговора, мой же вопрос, он нарочито хитро заморгал и заулыбался.

– Вы могли бы затребовать у береговой охраны если не его самого, – сказал я, – то хотя бы протоколы допросов. В связи с вашим собственным делом.

– Совершенно этак по-дружески, – вкрадчиво сказал Порфирьев, – намекните хотя бы, какая тут может быть связь?

– Я уверен, что снайпер столкнулся с Сахарком. Сахарок вас ещё интересует?

– Интересует, – сказал он, – ещё как интересует. А вот почему интересуетесь вы?

– Я вынужден.

– Или, возможно, вас вынудили?

Я промолчал, а Порфирьев, воодушевляясь, продолжил:

– Ну-с, браните меня или нет, а представляется мне казус так. Некое могущественное лицо, со своими непостижимыми, как это у могущественных лиц заведено, целями, затевает на чужой территории игру, очень может статься, что и большую, – но для лица территория чужая, а для меня – подотчётная. Я, конечно, готов преклониться, перед величиемто замысла и общим размахом, но естественное беспокойство практического и законопослушного человека – к тому же ещё и официально, так сказать, облечённого – вынуждает спросить: а не заигралось ли оно, лицо-то? Ему – замыслы, а нам, всем прочим, – последствия. Мы простые люди. – Он вздохнул и с удовольствием повторил: – Простые. Даже и вы, при всех ваших неоспоримых талантах и гоноре. Действует на нас ихний напор, ещё как действует. Вплоть до того, что натурально кажется, будто какой новый Наполеон полное право имеет совершать всякие бесчинства и преступления, в блеске-то харизмы и предначертания. У него – харизма, а мы рот-то и разеваем, в сподвижники идём... да что в сподвижники! Пылью под его колесницу готовы лечь, собственную голову под топор подставить.

– А у Наполеона были колесницы?

– В известном смысле все они, такие, на колесницах. – Порфирьев подмигнул. – И рано или поздно эти колёса по вам прокатятся.

– Не спорю.

– А как же! как же! При вашем-то уме и гордости спорить невместно. Споры дело такое, некрасящее – охрипнешь, раскраснеешься... Вот и не спорите, а только этак улыбаетесь и делаете по-своему. Улыбаетесь? Да вижу, вижу, что улыбаетесь. Это мне, человеку казённому, не до смеха.

– Не будете запрос посылать?

– Упорный вы, душа моя. Уж я, кажется, и укрепился как адамант, а против вашего упорства – дрожат поджилочки! Нервы поют и коленки выплясывают... даже как-то и непорядочно выходит, не по-джентльменски. Не вижу оснований для запроса.

Разве что офицерам береговой охраны чувства пощекотать... но с этими-то со второй минуты не понятно, кто кого щекочет.

Его шутовство утомляло сильнее, чем брань или открытое противодействие, – главным образом из-за того, что я не понимал, чего он хочет, кроме как мотать мне душу. Я привык договариваться, но этот до того ушёл в свою идею – кем, кстати, подброшенную? – что перестал слышать торгующийся голос рассудка. Я привык договариваться, но этому казалось, что ничего по-настоящему ценного от меня не получишь. Я привык договариваться. Я не знал или забыл, как бывает, когда договоры с тобой никому не нужны.

– Смотрите, – сказал я, – варвары вас проглотят.

– Возможно. Но помаленьку и начиная с ног, а Николай Павлович – разом и с головы. Жалобу-то писать будете? На всякий случай?

– На всякий случай, – сказал я, – напишу.

5

– Кстати, – говорит Лиза, – в конце концов... Я могу от него уйти.

– Зачем?

– Понятно.

Понятно, да непонятно: женщина в такую минуту понимает лишь то, что её обидели. С другой стороны, всем нам непонятны не одни и те же вещи. Я вот тоже не мог взять в толк, почему ей не лежится в приятной посткоитальной дрёме.

– Если вы боитесь, что не сможете меня содержать... У меня ведь есть свои деньги.

– И много?

Случайно столкнувшись на Большом П.С., мы забежали на пару часов в квартиру Алекса. Алекс смиренно спивался и предпочитал делать это на свежем воздухе. Дома он почти не бывал, запасной ключ держал в незапертом почтовом ящике. Такой легкомысленный способ оказался не хуже прочих. Квартиру не обнесли и даже прибирали, и единственным неудобством для гостей было то, что хозяин, потеряв, как в полную силу пьющий человек, представление о времени, мог прийти ночевать в часы сиесты.

– Больше, чем вы когда-либо заработаете своим штукарством.

Я зевнул и стал одеваться.

– Ты бежишь? Такой же, оказывается, трус, как все мужчины.

– А ты хочешь поговорить? Такая же, оказывается, любительница выяснять отношения, как все женщины.

– Убирайся!

– Я и пытаюсь это сделать.

Через несколько дней мы тихо помирились, предав некрасивый разговор забвению. (Каждый забыл своё.) Объясняя суть отношений между мужчиной и женщиной, Фиговидец говорил: «Он называет себя подонком и мразью, зная, что она ему не поверит. Но потом, когда всё сказанное оказывается правдой, у него на руках оправдание: "Я предупреждал"», – но я тогда посчитал, что фарисей, как всегда, накручивает. Ему казалось, что люди сознательно стремятся ко лжи и всяческой мути, потому что испытывают жестокое и грязное удовольствие – и только таким, жестоким и грязным, человеческое удовольствие может быть. (В сексуальных отношениях грязь больше на виду, вот и всё.) В этой конструкции, логически безупречной и подкрепляемой опытом, чужеродным было лишь слово «сознательно»: оно-то её и разваливало.

Итак, мы помирились и снова стали ходить в рестораны и на выставки. На нас уже не косились, а пялились, и даже в доброжелательных глазах был отчётливо написан вопрос «Зачем так афишировать?». Сплетни вдыхались и выдыхались вместе с воздухом. Каждый сквозняк приносил шепотки. Лиза, вся такая очень крутая девчонка, ухом не вела, а я никогда с ней об этом не заговаривал.

На волне скандала я вошёл в небывалую моду: новые клиенты, новоявленные друзья и очень много женских авансов. Куда б мы ни пришли, меня тут же пытались взять в оборот. Иногда я вёлся, как на предаукционном показе в Русском музее, где меня взяла в оборот симпатичная соплюха.

– Из какой моей мечты вы явились? – кокетливо спросила она.

– Из самой грязной.

– Как у девушек разгораются глаза, когда они смотрят на чужое! – сказал знакомый насмешливый и мягкий голос. – Вам, милая, разве не известно, что Разноглазый состоит при моей жене?

Я обернулся и поздоровался.

– Здравствуйте, здравствуйте, – сказал Илья. – Вы прицениваетесь к картинам или к тем, кто действительно в состоянии к ним прицениваться? – Прежде чем я открыл рот, он перевёл взгляд на подошедшую Лизу. – Мне уехать?

– Вот Разноглазый не стал бы меня спрашивать, что ему делать.

– Разноглазый – брутальный парень. А я – подкаблучник.

Лиза осеклась; посмотрела на одного, другого. Сильнее всего ей хотелось меня защитить – заслонить от пуль собственным телом, – но она всё же понимала, насколько это постыдно для неё самой. И присутствовавшие стояли с сияющими глазами, затаив дыхание.

– Поезжай-ка домой, – сказал он. – Там шофёр ждёт.

Меня он привёл на набережную за Марсовым полем. Я мысленно бросил монетку и сказал:

– На вашем месте я бы не стал читать мораль человеку, которого заказал снайперам.

– Это было что-то вроде государственной необходимости.

– Да? Ну а у меня личное.

– Но ты её не любишь, – сказал он с ненавистью, и весь его лоск как-то потух – на минутку, чтобы потом вспыхнуть ярче.

– При чём тут она вообще? Дело в вас.

– Месть? Хорошо, отомстил. Что дальше?

– Она не любит вас.

– Всё правильно. Любить должен мужчина.

– Вы б всё-таки определились. У вас к жене чувства или ко мне?

Он определился молниеносно. Когда я сумел встать, в голове звенело, глаз заплывал, а настроение улучшилось.

– Я думал, вы опять кого-нибудь наймёте.

– Некоторые вещи приятнее делать самому. Пройдёмся?

Мы медленно пошли в сторону Литейного.

– Я могу сделать так, что вы лишитесь вида на жительство.

– И что об этом подумают в Английском клубе? Что Илья Николаевич обезумел от ревности?

– Мне больно, что вы исходите из допущения, будто Илье Николаевичу не всё равно, что о нём подумают.

Я посмотрел через реку. За рекой, за сверкающей водой лежал Финбан. Полосу отчуждения разобрали не везде, Променад с этого места виден не был. По виду казалось, что ничего не изменилось. Поскольку я знал, что изменилось многое, это знание о мире требовало как-то подогнать мир под себя.

– Чем я помешал?

– А кому нужен независимый игрок? Вас и Коля, бог даст, закажет. Если уже не заказал.

– Порфирьев думает, что Сахарка заслал Канцлер. Что это вроде как агент-провокатор.

– Кто такой Сахарок?

Я пожал плечами и не сердясь рассказал.

– Версия Порфирьева нравится мне больше, – сказал Илья.

– Вы его хорошо знаете?

– Это не мой уровень.

– А тайная полиция?

– У нас нет тайной полиции как таковой. Какие-то её функции исполняет береговая охрана, какие-то – управа... Есть Особый отдел при Горсовете, но это чистая комедия. Если не фарс.

– Но то же самое вы бы сказали, если б она всё-таки была.

– С чего это? Я бы о ней рассказал, и охотно. Главный смысл тайной полиции – в самом её существовании. Существовать и одним этим наводить ужас, понимаете? Чем больше о тайной полиции болтают, тем меньше ей приходится работать. – Он пожал плечами. – А с точки зрения эффективности кому это надо вообще? Тайная полиция – служба секретная, но всё-таки официальная, то есть где-то лежат бумажки, признающие её бытие и, следовательно, ответственность. Что они там наработают, зная, что при желании с них можно спросить?

– Можно устроить так, чтобы никому не давать отчёта.

– Можно. Но это будет не полиция, а комплот. Я, представьте, не люблю заговоров – и заговорщиков. Есть в них всегда что-то ущербное... какая-то тайная гниль. Не любовь к темноте, а любовь к тёмным закоулкам. И узость, заставляющая видеть в жизни вариант карточной игры.

– А жизнь – не карточная игра?

– Сыграйте и сами увидите.

– Я не игрок. Предпочитаю сделки. Например, мне нужно поговорить со снайпером. И восстановить аусвайс. И чтобы Порфирьев от меня отвязался. Ну и вообще... помощь в расследовании.

– Ах вот, значит, на каком условии будет восстановлено спокойствие моей супружеской жизни. И как же, по-вашему, я буду вам помогать?

– В меру сил.

– Я бы предпочёл откупиться.

436

– Ладно, – сказал я, – хоть что-то. Только стоить это вам будет дорого.

Сахарок пришёл ко мне в Новую Голландию. Пока была погода, я оставался там часами: это место было для меня зачарованным и вот почему казалось таким безопасным – метафизически безопасным. Я чувствовал, что здесь ничего плохого случиться не может.

Но когда, подремав, я очнулся, то увидел, что рядом со мной сидит в траве Сахарок.

Мы сидели и смотрели друг на друга с терпеливым недоумением, как звери разных пород, но минуты шли, и проступало – словно время, обычно засыпающее всё песком и прахом, на этот раз усердно раскапывало, – проступало чувство, что разных-то разных, но очень похоже, что из одного леса. Я подавил стон.

– Как же мне сделать так, чтобы тебя не было?

– Зачем Сахарка не будет?

– Затем. Тебя здесь не положено.

– Положено.

– Ещё и огрызаешься.

На его теле не осталось шрамов, в глазах – памяти о том, что он умер. «Типа запах», о котором говорил Пацан, – это была нагоняемая им тоска, тянущее жилы чувство, что тебя нет, что ты не нужен.

– Сахарок для тебя кто? – неожиданно спросил он.

– Сахарок для меня работа.

Превозмогая отвращение, я дотронулся до его лица, до чернильных слёз. К сожалению, он не исчез.

Я взял его за руку, заглянул в глаза – и отпрянул. Аристид Иванович был прав: из этих глаз я не вернусь.

– Как ты их выбираешь?

Сахарок молчал.

– Как ты приходишь? Кто тебя зовёт?

Сахарок молчал.

Я стал трясти его за плечи, и на меня навалилась страшная усталость. Было так, словно весь мир устал вместе со мной – или это я впервые почувствовал тяжесть и дрожь в теле уже очень давно уставшего мира. Чувствуя, каких трудов стоит земле вращаться, траве – пробивать землю, жуку – вгрызаться в траву, я разделил с ними изнеможение жизни, оказавшееся мне, в то время как мир продолжился, не под силу.

В сознание меня привела явившаяся выяснять отношения Лиза. Сразу после разговора с Ильёй Николаевичем я послал ей вежливое письмо – и это тоже было помрачением, потому что какая же женщина, кроме как выдуманная, не явится с ответом лично. Теперь она сидела надо мной, распростёртым, и вытирала моё лицо своим платком. Удостоверившись, что я жив, её прекрасные глаза стали метать молнии.

– Негодяй!

– Да. Вы мне не поможете?

– Что это с вами было? – ворчливо спросила она, помогая мне подняться.

– Солнечный удар.

Мы враз посмотрели на надёжно затянутое облаками небо.

– Он тебе угрожал?

– Нет. Мы сторговались.

Мне не было её жаль, но внезапно я понял, что она сейчас чувствует. Всякое желание бороться её оставило. Борьба опостылевает, а вслед и само счастье, за которое боролся. Это была минута первого оцепенения, когда вдруг рухнула кровля, жизнь, и вроде бы надо бежать, кричать и плакать – но словом «надо» всё и ограничивается, человек одно ощущает: лёг бы да заснул, – и даже себя не пощупает, цел ли. И мы стояли, держась за руки, безмерно одинокие. Поднимающийся ветер нёс запах залива. Запах мешался с красками: тёмная зелень деревьев, выцветший кирпич складов, пастельные цвета травы.

– Знаю.

– Зря ты всё это знаешь.

6

С Петроградской на В.О. можно попасть через два моста, одним из которых почти не пользуются. Если пойти по нему и потом взять вправо, то за отданной под архивы и музейные коллекции Биржей обнаружится трехэтажный особняк с башенкой и неопознаваемыми полуобвалившимися фигурами на фронтоне. Это – Дом русской литературы, осуществляющий надзор за живыми и мёртвыми писателями. Здесь хранятся наиболее ценные рукописи и письма; принадлежавшие классикам пиджаки и книги; портреты, каталоги и картотеки; изданные Домом собрания сочинений и (их, пожалуй, больше, чем самих сочинений) монографии. Мёртвых писателей Дом подвергает всестороннему изучению, живых – ежегодной переаттестации. Писатель, дабы подтвердить право числиться таковым, должен отчитаться о проделанной работе и пройти ряд тестов, в том числе на грамотность: из поколения в поколение фарисеи упорно верят, что наличествующие в живом обороте литераторы не могут похвастаться достаточным знанием русского языка. Можно вообразить, что мероприятие сопровождается воплем и скандалами, но на самом деле проходит как любой экзамен: чинно, с озабоченными лицами, и только звёзды первой величины позволяют себе, тщательно вымеряя, кокетливый надрыв.

Меня привёл Аристид Иванович, которого в своё время, опасаясь волны самоубийств, умолили выйти из аттестационной комиссии. («Велика честь, – сказал он тогда, – сживать со свету дураков».) На ступеньках перед парадным входом несколько человек заполняли на коленке анкеты, один метался, размахивая выданной ему характеристикой, и приставал к тем, кто писал, с вопросом «Ну как это понимать, *у него никогда не хватит мозгов, чтобы отчаяться?*». Пишущие ёрзали, поджимали ноги, неохотно поднимали глаза – и с ещё меньшей охотой бормотали что-то ободряющее, избегая, впрочем, приводить примеры из собственных характеристик. Ещё выше, у самых дверей, стоял на треноге аккуратный чёрно-белый плакатик «В ПОДДЕРЖКУ ПОЛИТЗАКЛЮЧЁННЫХ» и рядом с ним аспиранты, руководимые Петром Евгеньевичем, собирали подписи.

– Пётр Евгеньевич! – воззвал я, ознакомившись. – Это Захар-то политзаключённый?

Аспиранты поглядели с любопытством и осуждением, и кто-то даже сказал что-то про узость взглядов и промытые мозги, но Пётр Евгеньевич рассудил, что передо мной, наверняка помнившим исторический визит горкомиссаров к Захару, ломать комедию не вполне ловко, и под локоток отвёл меня в сторону.

– Вы не вполне ухватили смысл слова, – с участием начал он, – а всего вероятнее, что в вашем представлении политзаключённые терминологически смешались с узниками совести. – Он улыбнулся как человек, знающий, что сейчас всех ошарашит отчаянной ересью. – Политзаключённый – не обязательно невинно преследуемый. Он тот, кого преследуют пусть и за реальный проступок, но по политическим мотивам. Других за то же самое пальцем не тронут, а этого – в каземат! Смотрят не на то, что он сделал, а на чьей он стороне. И не дай бог выбрать неправильную сторону!

– Но так везде, – удивлённо сказал я. – У вас же самих. Разве что казематы, они такие, духовные.

– Не смешно. На В.О. никого не заставляют поступаться совестью.

– Такая совесть, что повода не даёт.

Я заметил, что писатели, поглощённые своими бумажками, не проявляют ни к плакатику, ни к разговору никакого интереса, и лишь тот, кто, торопясь прошмыгнуть внутрь, несчастливо попадал под прицел испытующих профессорских глаз, ставил под обращением быструю подпись. Больше всего они походили на школьников: состарившихся, толстых, неопрятных, замученных учителями и недружных между собой.

И в точности как школьники, писатели интересовались лишь тем, что имело к ним непосредственное отношение. Кураторы отчаянно пробовали увлечь их высшими интересами или хоть какой-никакой злободневностью, но всё выходило из-под палки, вырвавшись из кураторских рук, писатели возвращались к по-настоящему актуальным темам – и не нужно думать, что это были беседы о литературных, например, техниках или литературе вообще. Платёжная ведомость – вещь посильнее Пушкина. Вопросы «Кто с кем?», «За чей счёт?» и «Сколько?» трепещут уж поживее вопроса «Что хотел сказать автор своим сочинением?», тем более что говорящие по себе хорошо знали, чего авторы в принципе могут хотеть. Их пытались заставить вести себя по-взрослому – вот и получилось, что они, как копирующие взрослых дети, взяли шелуху и грязнотцу с поверхности и остались в полном неведении по части пусть тоже постыдного, но глубокого, прочувствованного и продуманного. («А! – говорит Аристид Иванович. – Детская невинность! Дети если чем и отвратительны, так это своей невинностью – которая на деле вовсе не невинность, в нехорошем смысле невинность. Лягушек от такой невинности истязают и котиков!»)

Пётр Евгеньевич тем временем обдумал мои слова, принял их за личное, рассердился и решил не давать потачки.

– Не вам бы, многоуважаемый, мою совесть попрекать.

– Почему? Я ведь не себя в пример привожу.

Выщербленные ступени повело, асфальтовая дорога вдоль набережной растрескалась и вздыбилась, набережная осела; во всех щелях росла трава. Спуск к воде стерегли каменные львы, а вода была совсем серебряная.

– Вы взяли сторону страшного человека, – сказал Пётр Евгеньевич. – И когда придёт время, даже не сможете отговориться незнанием. Вы знаете. – Его опрятная борода пророчески встопорщилась. – Деспотизм несёт гибель всему: и варварству, и цивилизации.

– И что он вам сделает? Заставит наконец набережные отремонтировать?

– Нельзя отремонтировать историю.

– Ногами по ней ходить тоже скоро будет нельзя.

– Сначала набережные, – задумчиво и как бы прозревая в будущее, сказал Пётр Евгеньевич, – затем учебные планы, а под конец и цензура. Да, у нас есть и всегда будут разногласия с Горсоветом: нравится это им или нет, но мы – каста, мы хранители наследия. Здесь, – он грациозно повёл рукой, и себя самого включая в зачарованный круг, – сокрыты основы бытия. Здесь вершатся судьбы мира. Ибо история, в высшем смысле, есть осуществление культуры.

– Вряд ли Николай Павлович на всё это посягнёт.

– Он посягнёт на что угодно, – мрачно предрёк профессор. – Он такой человек, который именно что посягает.

На лестнице перед входом в актовый зал бушевал бородатый толстый человек. «Да кто вы такие, инквизиторы! У меня тоже есть художественный вкус или что-то в этом роде!» Его сперва пытались успокоить, потом – увести в сторонку, наконец – просто заткнуть. Я остановился послушать. Но и участники интермедии притормозили и уставились на меня.

– Чего зыришь?! – закричал тот, что истерил, выражая готовность забиться в припадке и в то же время аккуратно пятясь от лестницы.

Я снял очки, но он не сразу вышел из роли. («Протоколируют жизнь в тетрадку, – говорит Аристид Иванович, – а потом по этой тетрадке пытаются говорить. Двойное искажение – вот что такое реализм как художественный метод». – «*Новый* реализм?» – «О, не новее, чем новая искренность: старое бесстыдство и немножко психоанализа».)

– Звиняй, братан, – сказал писатель-реалист. – Не твоя это тема.

– Это ты меня так послал, что ли?

Крикун сообразил, что у него не сыграло, но сообразить, как выпутываться, уже не мог. У людей, про которых он сочинял истории, в запасе всегда был мордобой и не было переаттестаций. Я бы над ним и сжалился, но появился Лёша Пацан, пригласить которого для домашнего, так сказать, знакомства было крупным кураторским просчётом.

– Проблемка? – сказал он из-за моей спины.

– Теперь да.

Ему многое бы простили по отдельности: жизнь на районе, боевые хулиганские шрамы, варварские стихи (вполне варварские, чтобы нравиться эстетам, и слишком варварские, чтобы составить им же конкуренцию), успех у местных женщин – но он был вдвое младше считавшихся здесь молодыми и впятеро, по собственному мнению, которое не трудился держать при себе, талантливее – и он был «народ» – и он, ни в качестве народа, ни в качестве стихотворца, не желал знать своё место.

Все замолчали и нехорошо столпились, и кто-то надёжно спрятавшийся громко сказал: «Явился стукач вынюхивать». И сказал зря: писатели были люди затейливые, и столь простое выражение столь нехитрых чувств большинству не понравилось. Теперь в их рядах не было необходимого для дружной травли единства. Я взглянул на Пацана: тот посмеивался и никого не собирался бить. Привалившись к перилам, я терпеливо и напрасно ждал драки и напевал Дролино: «Колечки заложила, браслеты продала, Лёшу, друга милого, в чахотку загнала...»

В большом мрачном зале... нетрудно представить, какие чувства разыгрываются в больших мрачных залах, когда напротив тебя – те, кого боишься, а бок о бок – те, кого презираешь... в большом и мрачном, как пещера, зале члены аттестационной комиссии расселись за длинным столом на возвышении, аттестуемые и публика – в рядах. Я сел поближе к Аристиду Ивановичу, а Пацан – поближе ко мне. Лицо его выдавало, что гуманитарной интервенцией он уже сыт по горло и начинает опасаться, что слов «спасибо, достаточно» будет недостаточно.

– Это понарошку?

– Вряд ли, – сказал я.

– Но почему они соглашаются?

– Потому что их никто не спрашивает.

Одни сидели повесив носы, а кто-то улыбался с бравадой второгодника, но в общей массе писатели принимали переаттестацию близко к сердцу. Их выразительные взгляды, их встревоженный шепоток выдавали нерадостное возбуждение. Мрачная атмосфера делалась всё напряжённее.

– А что будет тем, кто не пройдёт? – спросил Лёша.

– Много чего. – И Аристид Иванович, радуясь, перечислил: – Книгу в издательский план если и поставят, то куда-нибудь на задворки. Новый заказ если дадут, то такой, от которого уже пятеро отказались. В разряде понизят; чем ниже разряд, тем скромнее гонорары. Кредиторы вспомнят долги, женщины – обиды, друзья будут оскорбительно сочувствовать и почему-то, при всём сочувствии, отдалятся. Но я, – он вздохнул, – не тот, кто их за это осудит.

– И кто же вы?

– Резонёр.

– Вроде говорили, что ренегат, – поправил я.

– Одно другому не мешает. Именно, прошу заметить, из ренегатов получаются наилучшие резонёры.

– Евгений Сладкопевцев! – возгласил председатель аттестационной комиссии.

(Вообще говоря, Сладкопевцев работал под псевдонимом Прохор Угрюм-Бурчеев, но фарисеи с наслаждением припоминали писателям их настоящие имена.)

С места поднялся некто крепкозадый, в клетчатой рубашке, вызывающе коротко остриженный.

– Что вы можете предъявить? – устало спросил председатель, худой, аккуратно затянутый в костюм старик с на удивление прямой спиной.

– Могу предъявить себя.

– Это мы видим. – Усталость в голосе председателя перешла в интонацию «глаза б мои не глядели». – Хотелось бы также увидеть ваш роман.

– Я работал! Я много думал! У меня есть подготовительные материалы!

– Ну и где же они?

Прохор Угрюм-Бурчеев открыл рот, чтобы заявить, что не обязан впускать посторонних в свою творческую кухню, но Евгений Сладкопевцев не пошёл на обострение.

– Я вам предоставил синопсис.

– Да, предоставили. Полтора года назад. А результаты тестов? Вы не умеете склонять числительные. А часть третья, эссе? Вот вы пишете, – председатель взял со стола бумажку и, силясь подавить брезгливость, громко прочёл: – «Это стихотворение и сегодня производит ошеломительное впечатление». Тогда как впечатление может быть только ошеломляющим. А ваши расхождения с толковым словарём относительно слов «довлеть» и «нелицеприятный» не могут быть терпимы в обществе.

– Но все так говорят, – огрызнулся писатель.

– Не все, но всякие, – отрезал председатель. – Молодой человек, это не может быть аргументом.

Фарисеи были, безусловно, правы: и насчёт числительных, и насчёт ошеломительного впечатления, – но они были правы чрезмерно и сами не замечали, как указания на ошибки переходят в придирки. Вовремя остановиться – самое трудное не только для пуристов. Заклинания «нарезать хлеб – порезать палец», или «одеть Надежду – надеть одежду», или «что короче, то длиннее» звучат невинно; и бесконечные, изматывающие рассуждения о родительном падеже и употреблении предлогов тоже невинные; и правда то, что толковый словарь утешает, как добрый дядя, – но фарисеи всё портили нетерпимостью и узостью взгляда. Их собственная речь была эталонна, а вкус ограничен, и всё их существо отторгало мысль о нетождестве эталонной речи и художественного языка. (Я говорил об этом с Аристидом Ивановичем, и Аристид Иванович смотрел на меня как на самую грязную, тифозную-претифозную крысу из самого мерзкого, антисанитарного-преантисанитарного угла – и губы этак сжал – и кроме возмущённого фырканья ничем не подарил, будто уж с таким и поспорить стыдно.)

– Братки мной недовольны, – тихо сказал Лёша. – Слишком часто сюда хожу. Говорят, не по понятиям с этими мумиями отжившими хороводиться.

– А ты что?

– Ничего. Мумия вещь тоже интересная.

Но Лёша не сказал, что этот интерес давно бы угас, не подогревай его своим противодействием товарищи по ОПГ.

Сперва, полагаю, были просто смешки, потом – раздражение и слова позлее. Они думали, что их бесит увлечение Пацана чуждой жизнью, а бесила в действительности собственная неспособность понять его причины: причины интереса вполне, кстати говоря, дутого. Потому что Пацан пошёл на принцип. («Нет ничего пагубнее ситуации, когда люди идут на принцип, – говорит Фиговидец. – Сперва проявляешь твёрдость характера, а после ешь себе руки... Как мне это знакомо».) Ноги бы его на В.О. не было, если бы он не видел, что его за это осуждают. «Не ваше дело» он не мог сказать, потому что это было их дело, как и всё прочее в этой тесно спаянной группе. («Наша кодла», – говорили они друг другу.) Но спаянность кружка, при неожиданных обстоятельствах увиденная со стороны, его почти напугала, и он был в шаге от размышлений на тему, а кто он, собственно, такой – «Пацан», «Рэмбо» или вдруг «Алексей» и даже «Алексей Фёдорович», как его не моргнув называли на Острове, – и уже не нужно было делать этот шаг, чтобы почувствовать, что для ОПГ он превращается в недостаточно своего, а для новых знакомых своим никогда не станет – к чему он, впрочем, и не стремился. Он медлил в позиции, полезной для поэта и бесконечно губительной для человека: дразнить и игнорировать всех, – и пока сам он медлил, время всё быстрее шло.

– Как там у вас в Автово?

– Да так, живём.

– Резистанс делать будете?

– Готовишь разведданные?

Я улыбнулся.

– Этот, – сказал Пацан с ударением, – прислал косарям инструкцию, типа продукт гнать только на экспорт через Порт. Идиот. Думает, он пальцами щёлкнул, и торговать на провинции перестанут. Ага, перестали. Вывески сняты, цены взлетели. У аптек новая тема: пакуют в коробочку, пишут «аспирин». Аспирин ЗД, чтобы с Це не путать.

– Почему три?

– «Доза для дуче». Они план теперь чем-то обрабатывают, чтобы сильнее цепляло.

– У тебя с собой нет попробовать?

Переаттестацию, шедшую своим чередом, опять всколыхнул робкий скандал. Какого-то поэта спросили, что он имел в виду, говоря «небесный, словно небосвод».

– Я думаю... – начал поэт.

– Да кто вы такой, чтобы думать?! – крикнул с места Аристид Иванович.

– Для того, чтобы думать, не обязательно быть «кем-то» в том значении, которое вы вкладываете в это слово.

– Вкладываю! Выкладываю!

– Может быть, «влагаю»? – робко сказали из задних рядов.

– Во влагалище вложишь, – бодро отозвался Аристид Иванович. Достойно примечания, как человек столь умный иногда становился таким несмешным хамом. Возможно, он кривлялся, а может быть, с утончённостью ума в нём соседствовала прорывавшаяся, когда ум не поспевал хлопнуть перед её носом дверцей клетки, самая простодушная грубость чувств.

– Вы о книгах всё можете объяснить, – сказал Пацан, – а я не могу объяснить, зато могу сделать. Я хочу знать, с каких пор объяснение вещи стало значить больше, чем сама вещь.

Тёмные, потайные и жестокие дела творились в Доме русской литературы, а называлось это служением. Нужна совсем уж незамутнённая совесть, чтобы строить спокойную и светлую академическую карьеру на чьей-то давно погибшей, погубленной жизни, на жизни, полной мрачных и унизительных страданий. Фарисеи, безусловно, отвергли бы это обвинение, сказав, что они, во-первых, не отвечают за косоумных своих предшественников, горе-современников того или иного писателя; во-вторых, именно они возвращают книги и авторов из небытия и восстанавливают справедливость; в-третьих, упомянутые современники и не столь уж, возможно, виноваты, ибо были заняты изучением авторов и книг, не оценённых за сто и двести лет до них самих, так что живым на тот момент авторам надлежало смиренно и с доверием к потомству ждать своей очереди; в-четвёртых, истинная награда писателю – в нём самом. Фарисеи не обкрадывали, не наживались, не присваивали рукописей (зачем бы, если писателя целиком делали своим имуществом, и все знали, что имярек – «предмет» профессора такого-то), – они были неуязвимы для обычных упрёков и всё же оказывались эксплуататорами, чью беспощадность только усилило представление о себе как о подвижниках.

Провожая Аристида Ивановича, я спросил, почему на В.О. так неприязненно относятся к усилиям Канцлера.

– Это вопрос выживания, – сказал Аристид Иванович. – Что здесь обсуждать? Горсовет, как бы там ни было, нами мало интересуется. Для приличия они шлют формальный запрос, а получив и подшив отписку, выкидывают дело из головы, до следующего по плану запроса. А не интересуются они, потому что не ставят себе высших задач. Деньги – плохой проводник для идеального. Но тот, кто всерьёз захочет здесь что-то сделать – ну, знаете, повести нас к новым вершинам и свершениям, – такой человек не станет собирать бумажки. И что это за страсть к уничтожению, жажда строить только на руинах? – спросил он сам себя. – А вы спрашиваете почему. Как не дать отпор, если посягают на основы твоей жизни?

Мы шли в сторону Большого прохладными безлюдными переулками. Их названия – Биржевой, Волховской, Тучков, Двинский – звучали деловито, с щеголеватой подобранностью хорошей канцелярии или казармы, а сами они, короткие, узкие, уютно сумрачные, осенённые огромными липами, заросшие клевером, глядели воплощением ленивого, анархического покоя, и в них, непарадных, красивых только для тех, кто здесь жил, кто всю жизнь ходил по их уцелевшей брусчатке одной и той же дорогой, вступили в тайный сговор камень и трава, камень и деревья и тот, разбросанными пятнами, свет, который пробивался сквозь листву, натыкался на фасады и от напряжения, от всех усилий стал вдвое гуще, вдвое ярче.

— А чего он, по-вашему, хочет?

— Только блага, — раздражённо сказал Аристид Иванович, — только блага. Всех и всё уничтожит.

— Но тут нечего уничтожать.

— Ну-ка, протяните руку. Что вы чувствуете?

— Э... — сказал я. — Ну, воздух.

— Это не воздух, любезный! Не воздух! Это воздух культуры.

— А! — сказал я.

Уже возвращаясь к себе, я остановился на Благовещенском мосту, хорошенько перегнулся и бросил в холодную ночную воду оберег автовского разноглазого.

7

Тайные тропы проложены сквозь жизнь, и тот, кто ими ходит, так привыкает, что начинает видеть в больших дорогах угрозу. Дескать, на большой дороге засады разбойников, и заставы государства, и народ прёт на водопой всем стадом в облаке пыли: сам поднимает, сам же вынужден глотать. Школа, работа, брак, общественная деятельность, привычные формы досуга, взгляни на них такими испуганными глазами, предстанут убитой землёй, спёкшейся коркой, которую не поднять ни мысли, ни чувству.

Созданию впечатления много помогают ханжеские либо неумелые нападки обрядопослушных в адрес отступников. Что ли спроста ведут себя не как люди? Будто и не припасено в звериной пуще, чащобе какой нелюдской мерзости? Зачем, вообще говоря, если уж так свербит делать по-своему, делать это, давая повод пересудам, обижая родных, смеясь доброжелателям, и почему не быть «не как все» в хорошем каком-нибудь смысле?

Анархисты не шли на уступки миру, а мир – тем более, и за всем этим надёжно забылось, что тропа и дорога могут вести в одном направлении. И когда, под покровом беззакония и тайны, Поганкин явился к Фиговидцу с вопросом, на чьей тот стороне, Фиговидец, любому другому ответивший бы: на своей собственной и ни на чьей больше, – сломался. Столбовые дороги слишком укатали его самого. Он слишком хорошо знал, что чувствуешь, куда-то туда втоптанный марширующими ногами, – и ни один не нагнётся спросить, что здесь такое. Рот его был полон той горечи, которая остаётся после по-особому тяжёлых событий и меняет взгляд на жизнь, в самых трагичных вещах заставляя видеть своеобразную – и дурного тона, дурного – шутку.

– Злобай тогда дурную подцепил, не до гостей было, – сказал Поганкин, который никогда не был совестлив на чужие тайны и полагал, что фарисей должен сердиться из-за оказанного на Охте приема.

Намёк был простодушный и гадкий. Фиговидец не считал себя мелочным, а теперь по умолчанию выходило, что он затаил обиду из-за ерунды – и вдвое мелочнее выйдет, возьмись доказывать, что это не вовсе ерунда.

– Так что надо? – спросил он.

Настоящий ответ, разумеется, он получил позже, уже обнаружив, что в деле по уши, и поменять статус заговорщика можно только на статус предателя. Фиговидец не слишком и удивился; он вообще был в таком состоянии, что скорее бы его удивили – и неприятно – честность и великодушие. Он даже не потрудился дать понять, что понимает, что его используют. Анархисты пребывали в упоении от своего макиавеллизма и наделали ошибок, порождённых спесью и тщеславием, а одёрнул он их лишь однажды, когда Недаш попытался приласкать его партийным поручением с моральной окраской. Речь – как я был тронут! как внимал вестовщику Аристиду Ивановичу! – шла обо мне.

– Скажи ему, что он сволочь, – повелел Недаш.

– Оскорбления звучат увесистее, если их не перепоручают третьему лицу.

– Что?

– Скажи сам.

Впрочем, Фиговидец рассказал им о Борзом, сделал себе удовольствие. Ему очень долго отказывались верить и, когда он замечал: «Я редко лгу», – смеялись, но вот наконец Злобай нехотя собрал справки, поговорил с одним из бывших в Автово с экспедицией, с другим... (У большинства революционеров –

борцов с режимом, художников-новаторов – в конце концов обнаруживаются влиятельные родственники: крепкие, цепкие, разноплановые.) И поверить пришлось: великий, легендарный Борзой пошёл в менты. (Следственный комитет, поправлял Фиговидец, но анархисты разницы не видели, разве что в худшую сторону: ищейка, крючкотвор.) Перебрали чудовищные пытки, гипноз, секретное психотропное оружие и остановились (подсуетился, разумеется, Недаш) на изначальной секретной гнили в самом человеке. «Ну да, – говорил Недаш, – запытать каждого можно». (И его бледный мученический лик и безжизненные глаза сообщали, что не каждого, нет, не каждого.) Но что было потом? Почему Борзой остался верой-правдой служить властям Автово? Не сбежал, не организовал из местных товарищей подполье и даже не повесился. Запятнал знамя. Предал идею.

Анархисты молча слушали. Те, кто ещё помнил Борзого, чувствовали, что не такому, как Недаш, в таком, как Борзой, искать и находить какую-то гниль. Ни один не сказал этого вслух, и мелочное во всём – честолюбии и злобе – существо ходило гоголем, приговаривая «против фактов не попрёшь». С натугой и подавив всё лучшее (ведь всякие сила, мужество, преданность и любовь требуют именно этого – переть против фактов), сложилось общественное мнение. «Погиб человек», – растерянно говорил Злобай и чесал в затылке. «Руки гаду не подавать!» – говорил Поганкин и ухмылялся. (По умолчанию считалось, что сам Борзой, буде представится возможность, уж так и полезет к ним ручкаться.) Фиговидец смотрел на это и забывал пожимать плечами.

Виделся он со всей компанией довольно часто, причём на В.О. – и это была странность, на которую фарисею следовало обратить внимание. «Наверное, Гуманитарная Интервенция, – безразлично говорил он Аристиду Ивановичу. – Вы же видите, что происходит». – «И душно, и скучно, и убыточно, – поддакивал Аристид Иванович. – Но меня смущает направление движения. Правильно понятая Гуманитарная Интервенция – это отсюда туда. А если наоборот, то эпитет, пожалуй, теряется». Посудачив, они приходили к выводу, что анархисты проникают в Город нелегально, и списывали это на создаваемую новыми веяниями неразбериху. Их, людей сведущих в истории, не удивляло, что новые веяния вдруг привели к падению дисциплины у береговой охраны, и если они сделали ошибку, не заметив, что дисциплина упала как-то выборочно, то как их упрекать: чтобы разглядеть интригу, нужно искать именно интригу, и для этого нужны не сведения об истории, а политическое чутьё.

А потом я получил вызов с Охты.

Он пришёл в одной почтовой рассылке с извещением о возобновлении аусвайса и письмом Фиговидца, в котором тот свирепо просил прощения за все вольные и невольные.

На попозже заказав такси, я стал одеваться и уж одевался так, чтобы не упустить и самой скромной возможности потянуть (натягивая носки) время. Надел одну рубашку, посмотрел, снял. Примерил костюм, посмотрел, забраковал. Разделся, взял ванну, вытерся... ещё раз вытерся... посидел-подумал, разглядывая мои чудесные вещи, – и в конце концов нарядился как на собственные похороны, во всём новом вплоть до подаренных клиентом платиновых запонок.

Таксиста я попросил ехать по набережным. Я смотрел на Неву, зная, что она несётся мне навстречу, но не видя этого. Справа последовательно сменили друг друга дома, дворцы и Летний сад, а слева струился неизменный блеск, опасное сияние, сверкание – как будто расплавленного непредставимо горячего металла, серебра. Справа пошли дома и особняки попроще, а слева могло пройти двести лет вперёд, двести лет назад, и всё бы было одно серебро, не тускнеющее от времени. Наконец пошли заборы Смольного, а на том берегу я отчётливо разглядел здание Исполкома; оттуда, из кабинета Канцлера, видны были и Смольный, и набережная, и такси, в котором я не спеша торопился, – если ещё было кому стоять у окна и всматриваться. На расстоянии, залитая солнцем, окаймлённая деревьями, мирно приземистая и – главное – отъединённая этой широкой безмолвной водой, Охта казалась погрузившейся в оцепенение, не разобрать какое: сна, страха или потрясения. У меня не было желания знать, что случилось, и не было желания надеяться, что случилось вот то, а не это; вызов был подписан Молодым, письмо Фиговидца подтверждало, ни словом не обмолвившись, готовность анархистов осуществить свой нелепый план мести. Выйдя из машины, я немного постоял, дыша и глазея.

На блокпосту Большеохтинского моста стояли гвардейцы, которых я не знал и которые не стали со мной разговаривать. Я прошёл тихими улицами, я прошёл лестницами и коридорами притихшего Исполкома, я прошёл, не задав ни одного вопроса ни одному из редких встречных. Дверь кабинета Николая Павловича стояла нараспашку. В кабинете Молодой и Сергей Иванович со злобой и матом орали друг на друга.

– А, – сказал Молодой, замечая меня, – пришёл. Хочешь послушать, какие этот козёл меры безопасности предлагает?

– А ты меня не козли! – закричал Грёма. – Перед зеркалом встань, тогда козлить будешь! Уже за безопасность ответил!

– Если б не я, тебя бы сейчас от стен отскребали.

– Да если б не ты, вообще бы ничего сейчас не было! Сидели бы чай пили!

– А на что ты ещё, урод, годишься.

– Сам урод! Скотина!

– Господа мои!

И Канцлер, целый и невредимый, тронул меня сзади за плечо, входя в кабинет. Дверь он за собой аккуратно прикрыл.

– Так вы живы, – сказал я. – Кого же убили?

– Убили? – недоумённо переспросил он. – Никого не убили. Есть раненые, но с ними сейчас всё в порядке.

– Да нормально, – сказал Молодой. – Пригодится.

– Это ты меня впрок вызвал?

Николай Павлович покачал головой и прошёл на своё место. Я сел на диван, погладил, как старого знакомца-пса, его кожаный бок. Грёма встал навытяжку. Молодой вынул портсигар, дождался разрешающего кивка Канцлера и закурил, поглядывая то на мой костюм, то на свои перстни.

– Ну, – сказал я, – расскажете, что произошло?

———————

Началось, как и полагается всему печальному, с комедии. Николай Павлович уже давно закрыл охтинский Дом культуры, а экспонаты были распределены по обычным больницам – дожидаться принятия закона о добровольной эвтаназии. (Вопрос об эвтаназии упирался в вопрос о привидениях, из чего следовало, что эвтанизируемые должны умерщвлять себя как-нибудь сами, выданной им сверхдозой снотворного, например. Как снабдить их не только снотворным, но и желанием освободиться от бремени ненужной и мучительной жизни, сейчас продумывалось.) ДК отремонтировали, он стоял пустой и по-прежнему страшный, насквозь пропитанный под слоями свежей краски злобой и страданием. Потом – так кстати, к такому облегчению – появился Фиговидец и предложил, в рамках Культурного Обмена, открыть в бывшем ДК Центр современного искусства.

«Будучи на инвалидности, – писал он с намеренной увесистостью, настолько, по его мнению, имманентной любому официальному стилю, что её можно было нагнетать и сгущать не только без раздражения, но даже охотно, словно подчиняясь внутренней логике вещей, – я располагаю большей свободой действий, нежели признанные члены корпорации, и готов курировать отбор и сопровождение постоянной экспозиции актуальных художественных форм, – и, не в силах удержать руку, он бухнул: – Имеющих место быть».

Разрешение было получено, поддержка обещана, и встал вопрос об экспонатах.

Фиговидец, считавший и в узком кругу называвший современное искусство дегенеративным, искренне верил, что уж дегенератов-то набрать, со всеми их дегенератскими артефактами в ассортименте, – только свистнуть. И это да, дегенераты действительно явились, цвет П.С. и В.О., и принесли актуальные щепочки, палочки и какашки, и такую дрянь, глядя на которую требовалось размышлять, и такую дрянь, глядя на которую требовалось ощущать; дрянь законченную и дрянь в становлении; дрянь социально ответственную и эстетски отстранённую; дрянь на любой вкус, и всё это было очень хорошо и в высшей степени дегенеративно, но на зов пришли также художники из провинций, в большинстве своём полагавшие, что современное искусство – это любое искусство, которое творится в данный момент, а для актуальности достаточно быть живым, и вот они принесли картины с берёзками: берёзки на закате, берёзки на фоне родного дома, берёзки, осеняющие влюблённых на лавочке. «Нет, это выглядит несовременно», – осторожно говорил Фиговидец, разглядывая лавочку. «Как же несовременно, если я вчера рисовал?» – отвечал художник. Ай да проклятье, берёзки тоже были дрянью, но в совершенно, совершенно ином стиле! Самозваный куратор не спал ночами, придумывая, как же эти два стиля разместить в одном пространстве. А это было невозможно, если только не хотеть создать представление о мире как о всеобъемлющей, всёнакрывающей тьме, зле без единой лазейки к добру, счастью, прекрасному, как о подвале, в котором, куда б ты ни свернул, поджидает разнообразие мокриц и гнили, и поиски другого заканчиваются тем, что другое оказывается и без дураков другим, и при этом ничуть не лучше.

А потом наступил день (ради которого дело и затевалось) торжественного открытия Центра, с присутствием первого лица и перерезанием ленточек. Злобай, Поганкин, ещё несколько человек, проникшие под видом художников-акционистов, изготовили ножи. (И пистолет им удалось добыть, но он не выстрелил.) Канцлер пришёл с минимальной охраной и Молодым, которого считал нужным приобщать хоть к чему-то культурному. (Так что, может, и хорошо, что толком выставки ни тот ни другой не разглядели.) Было много народу, заинтересовавшегося искусством по должности. Был Фиговидец, всё время так и простоявший рядом с Канцлером. Была атмосфера: что-то душное, двойная тяжесть наследства и настоящего. И речи. И движение, которым Молодой толкнул кого-то из гвардейцев охраны на предназначенный Канцлеру нож.

Были ранены гвардейцы; сами нападавшие; посетители пострадали в давке – а покушение не удалось. Из-за отсутствия опыта и тех случайностей, которые учитываешь, учитываешь, но все не учтёшь – а они сводят на нет действия и получше согласованные, – анархисты растерялись. Поганкин и Злобай ещё пытались прорваться, но на них навалились. Канцлер кричал «Не стрелять!», Молодой кричал «Бля нахуй!», публика кричала «Ой-ой-ой!» и «Убивают!». Да. Хлопотно и всем неприятно.

– Раз уж вы здесь, – сказал мне Канцлер, – попрошу присутствовать при... назовём это профилактической беседой. Сергей Иванович! Доставьте арестованного.

– Николай Павлович! – закричал Грёма. – Его расстрелять надо, а не беседы проводить! Он же диверсант! Организатор! Мозг операции! Всё спланировал, вас заманил! Что б там наши лапти без вот такого организовали!

– Выполняйте, Сергей Иванович. Пререкаться мы будем за обедом и по другому поводу. Вы по-прежнему находите Пруста скучным? Иван, а ты на сегодня свободен. Можешь отдыхать.

Спровадив соратников, Канцлер предложил мне выпить и вызвал ординарца. Поглядывая на человека, который заставил своих гвардейцев корпеть над Прустом, я поудобнее вытянул ноги.

И вот конвой привёл Фиговидца: небритого, потрёпанного, на своих двоих. С учётом обстоятельств, он был в полном порядке.

– Как далеко нас заводят ложно понятые принципы, – безразлично сказал Канцлер. – Не стойте, располагайтесь.

– Постою. – Фиговидец посмотрел на меня. – А ты уже здесь? Оперативненько.

Я кивнул ему между двумя глотками. Прекрасный был у Канцлера коньяк: медленный, бархатный.

– О, Разноглазый не по вашу душу, – сказал Канцлер, – не стоит с таким презрением на него смотреть. Я бы сказал, что вы сейчас в положении человека, которому не стоит смотреть с презрением на кого бы то ни было, но вряд ли вы захотите это признать. Извинений мне, полагаю, не услышать?

– Выходит, по-вашему, я подлец?

– Вероятность того, что вы просто дурак, ничтожно мала.

И без того серо-бледный, Фиговидец был теперь на грани обморока. Ужас накрыл его, самый ужасный моральный ужас: ему предъявлял негодяй, который был и безусловный негодяй, и безусловно прав – прав хотя бы потому, что обижен.

Человек, который планировал погибнуть на месте (преступления или подвига, для него уже будет не важно), не позаботится прокрутить варианты суда, в частности – как бы он на суде выглядел. Взять предположение, что он окажется не тираноборцем, а неблагодарной комической скотиной, – ну с какой стати ему такое предположение было делать? И какому наказанию комическая скотина подлежит?

Допустим, он заслужил. Что-то он заслужил определённо, но именно ли это?

– Так и что же со мной будет?

Фиговидец, по-моему, никогда ещё не держал спину так прямо, как сейчас. И руки за спиной, хотя никто его к этому не принуждал.

– Ничего. Домой пойдёте.

– Куда я пойду?

– Домой.

– Ну как это домой? – закричал фарисей почти в истерике. – Как это ничего, когда чего?

Канцлер бегло улыбнулся.

– А вам, значит, требуется, чтобы вас расстреляли? Заковали в цепи? Посадили в тюрьму... какой-нибудь такой подвал с крысами и злым надсмотрщиком. – Он понимающе, без сочувствия вгляделся в помертвевшее лицо. – О да, вы хотите цепей, крыс и подвала. А ведь я вас предупреждал, предупреждал.

– Где остальные? – спросил Фиговидец, не слушая. – Я останусь с остальными.

– Это невозможно. Моя юрисдикция не распространяется на граждан Города.

(«Вы бы его хоть как-нибудь наказали, – сказал я потом. – Он же повесится». – «К сожалению, такие не вешаются», – ответил Николай Павлович.)

– Всё-таки вы выставляете меня дураком, – сказал Фиговидец неожиданно.

– Выставить себя дураком может только сам человек и никто больше. Кстати, выставку всё равно надо провести.

– Что?

– Как бы там ни было, – сказал Николай Павлович, – Центр искусства открыт и должен функционировать. И какими бы ни были ваши настоящие мотивы, за его работой вы на первых порах будете следить, раз уж вызвались. – Он сел за свой стол и принялся писать. – Вот вам новый пропуск. Всё, что потребуется от меня... Пожалуйста, обращайтесь.

Фиговидец не осмелился даже фыркнуть. Он понимал, что, фыркнув, рассмеётся, а рассмеявшись, не сможет остановиться, и тогда в него, чего доброго, начнут брызгать водичкой, усаживать и всячески хлопотать. Он покашлял.

– Это такая издёвка?

– Нет, – сказал Канцлер, подходя к нему с бумагой и практически насильно вкладывая её в сдавшуюся руку. – Это логика вещей.

На выходе из Исполкома меня поджидал Молодой.

– Сахарок... – сказал он, глядя в сторону. – Опять. Почему ты мне не сказал?

– Из соображений гуманности. – На всякий случай я отступил. – Зачем тебе знать, если ты всё равно ничего не можешь сделать?

– Обвиняешь меня в бездействии?

464

– Ты – действуешь. А твои методы – нет. Вообще, откуда ты узнал?

– Я его увидел.

– Где?

– Там, рядом с музейкой, – неохотно сказал Молодой и наконец посмотрел на меня. – Думал, обознался, крыша поехала... Мотор чуть не лопнул. Я почему по сторонам-то стал смотреть, *его* выглядывал. Ну и увидел, как клоуны в атаку пошли.

– Выходит, всё к лучшему.

– Останешься здесь, будем искать.

– Буду искать, но не здесь и без тебя. Ты меня только с толку сбиваешь.

Что значит человек действия: как заика, как споткнувшаяся заезженная пластинка, он продолжает, даже видя бессмысленность процесса, и сторонний наблюдатель может только гадать, когда же наконец злость и досаду сменит растерянность.

– До чего я дошёл, – с удивлением сказал Молодой, – Грёмку привлёк сотрудничать. Грёма думает, что Сахарок – типа агент из Города, засланный. Ну и пусть думает. Резвее шевелиться будет.

Я мысленно бросил монетку и ничего не сказал.

Через неделю меня вызвали снова: Злобай и ещё двое всё же умерли. (Я поленился спросить, от асфиксии или апоплексического удара.) Заглянув после сеанса с гвардейцами к Николаю Павловичу, я застал его в привычной позе, на привычном месте, но когда он обернулся, с телеграммой в руке, выражение его лица меня поразило. Он весь светился. Он стоял на фоне окна и казался ярче того света, который шёл от реки и неба.

– Они приняли мои предложения, – сказал он, едва ли не задыхаясь. – С прошлым покончено.

– Вам разрешили вернуться?

Канцлер сдвинул брови.

– Что значит «вернуться»? Вы полагаете, я брошу землю, за которую отвечаю, людей, которые мне поверили, и «вернусь», чтобы между банком и оперой гулять по Летнему саду? Нет, я предлагал – и со мной наконец согласились – радикальные политические изменения: объединение, возможно, федерация. Это ещё будем обговаривать: тринадцатого числа первая рабочая встреча в Горсовете.

– Вам нельзя туда ехать.

– Неужели?

– Городу меньше всего нужны политические изменения, – сказал я, впустую убедительный. – Они вообще никому не нужны. Любой человек в любой провинции – и в Городе, и на В.О. – спит и видит, как бы всё стало как было.

– Как было, так уже никогда не будет.

– Вот именно. Вы хоть подумайте, с чего бы Горсовет вдруг пошёл на уступки и какого рода торжественную встречу вам готовят. Напишите им, пусть присылают делегатов *сюда*.

– Конечно, я буду не один, – сказал Канцлер, и тоже очень терпеливо и убедительно. – Я принял меры предосторожности. Чтобы меня арестовать, Городу потребуется армия, которой у них нет.

– Не обязательно арестовывать.

– Это глупое покушение превратило вас в параноика. Или, может, воплотившееся привидение на меня с ветки соскочит и растерзает?

Канцлер направился к своему столу, уселся и сложил перед собой руки одну на другую. Правая рука сжимала телеграмму, а на руке было кольцо, и это было всего лишь кольцо, не больше.

– Никто вас не любит, Николай Павлович, – сказал я. – Никто вас не хочет.

– Я люблю и хочу, – ответил Канцлер. – Это главное.

8

Зелёная ученическая тетрадка, присланная мне Лёшей Пацаном, содержала венок сонетов, в смысл которых я постарался не вникать, а форму оценить не смог бы при всём желании. «Простодушные и дерзкие», – говорил о стихах Пацана Алекс, и я поверил ему – ему, бескорыстно любившему поэзию и всё из-за этого потерявшему, – а не экспертам.

Я хотел бы надеяться, что это была моя последняя встреча с искусством. Играть с его огнём, пытаться использовать его нерассуждающую – и тупую, если допустимо так говорить о вещах ядовитых и тонких, – мощь слишком опасно. Ну вот, ну вот как лес: что-то шуршит параллельно в кустах, долго шуршит, и, когда ты, уже перестав вздрагивать, воображаешь невинного ночного грызуна, из кустов выпрыгивает тигр, или волк, или медведь – применительно к климату. Следовало поинтересоваться у тех скелетов, которые мельком видел по дороге, помогли ли им ружьё и все навыки следопыта.

Искусство тщательно скрывает своё родство с насилием и за похвальбой вымышленными злодействами прячет самые настоящие. Искусство беспринципно. Искусство безнравственно. Искусство ослепляет. Оно может брать в союзники кого угодно, но его чары служат только ему самому. У искусства нет союзников. В борьбе искусства с истиной – или совестью – или присягой – не будет победителя. Искусство на стороне победоносных армий, но также на стороне проигранных битв. Искусству ведомо только его же обаяние. Искусство никогда не сделает выбора между Ахиллом и Гектором. Искусство никогда не предпочтёт маленького человека Гектору либо Ахиллу. Если искусство берёт маленького человека под свою защиту, то лишь для того, чтобы окончательно растоптать и унизить. Искусство не выносит ничтожных и некрасивых. Искусство всегда будет очаровано злом. В искусстве очень много зла.

Тетрадку я тем не менее постоянно держал при себе и каждый день ходил на поиски. Сахарок мерещился мне везде, и нигде его не было. Я нашёл самые глухие и неприглядные места Коломны, в жизни и сознании Города существовавшие только на карте. Здесь, упираясь в Новоадмиралтейский канал, обрывались и Галерная, и Английская набережная, и вперёд можно было пройти только вдоль Мойки, узкий гранит которой иссякал, не добравшись до большой воды, подле угрюмых стен и деревьев психиатрической больницы. Тогда я сворачивал налево и шёл по Пряжке, перебирался по осевшему мостику на другой берег: на исчезающие под ногами улички, в уже настоящие Джунгли. Когда-то тут были верфи, фабрики, склады; теперь – стены да заборы, которые приходилось огибать, перелезать или искать в них проломы. Жизнь ушла, а заборы остались.

Где-то уже совсем рядом была Нева, где-то уже совсем рядом был залив, но чтобы пробиться к большой воде, пришлось бы приложить слишком большие, невознаграждаемые усилия. Мы привыкли к Неве, но кто, кроме владельцев яхт и рабочих Порта, понимал, что Город – это, в сущности, морской город. Сквозь все стены и заросли ветер приносил этот несравненный запах, который нет нужды описывать: «запах моря», и всё. Ветер приносил облака, которые на закате становились именно «облаками над морем», ничем другим. Ветер приносил даже времена года, включая путаницу с оттепелями.

И вот здесь, бродя по кустам да канавам, я вдруг увидел Илью Николаевича, по-дачному (джинсы и рубашка) одетого и целенаправленно шагавшего. Не представляя, что ему тут делать, я осторожно – крался как умел – направился следом. Ему не приходило в голову оборачиваться, я выдавал свои топот и хруст за звуки живой жизни... в таком порядке мы вышли на берег. (Это всё ещё была Пряжка, но уже сделавшая поворот.) Здесь, небрежно пришвартовав к чему-то полуобвалившемуся моторку, поджидал Дроля.

Теперь даже не могу сказать, что не был готов его увидеть. Дроля выглядел невозмутимо, торгашески, да и по рукам они явно ударили прежде. Если я что-то смог прочесть на довольном спокойном лице, так это потому, что вокруг меня самого опустел мир: одни пропали, другие сбежали, третьи отвернулись. Какие и перед кем обязательства могут быть у человека, висящего в пустоте? Он даже не знает, почему он, вопреки законам физики, висит, а не падает.

Я не предполагаю в Дроле отрефлексированной озлобленности. С ним плохо обошлись, один вынудил сотрудничать, другой – постоянно унижал, но и Дроля при случае делал бы то же самое, и в его рефлексии, если она была и какой бы она ни была, проявлялась особого рода честность, не позволявшая от души ненавидеть других за то, на что способен и сам. Быть может, обычно так и ненавидят и очень громко кричат, осуждая, дабы криком заглушить гипотетические сомнения в публике, но Дроля... но вот такой, как Дроля... которому публика требовалась только затем, чтобы было кого пугать... да и для этого не слишком... Ему наверняка предложили выгоду и месть в одном пакете, но вряд ли предполагали, что на месть он посмотрит как на малонужный, малоинтересный бонус. Он, повторяю, висел в пустоте, а отсутствие связей с людьми влечёт за собой и отсутствие желания как поощрять их, так и наказывать.

Предполагать следовало Николаю Павловичу, который явно перемудрил, выпуская контрабандиста на волю. Даже Грёма руководил бы Портом удачнее с политической точки зрения – а то, что при Грёме Порт очень быстро перестал бы функционировать по назначению – полный коллапс, легко представить, – политическим целям пошло бы только на пользу. Правильное решение: развалить и шантажировать. У Канцлера не поднялась рука парализовать морскую торговлю, как не смог он пойти на прямой захват Летнего сада. Он ошибся, когда решил, что у него хватит сил, а у Города здравого смысла, чтобы сделать по-хорошему. Это должен был знать и Дроля, смотревший на Илью Николаевича с беспечным и искренним видом человека, который никак не ожидает, что в скором времени его основательно нагнут. Я побоялся подойти ближе и не смог услышать, о чём они говорили. Но о чём они говорили, я и так знал.

Вернувшись домой, я затеял написать Николаю Павловичу донос и усердно трудился, когда на лестничной площадке началась какая-то возня под аккомпанемент сдавленных кликов. Я прислушался. Я отложил перо. Я потянулся. Я встал и даже пошёл. Когда я открыл дверь, Сахарок отпрянул, и прямо мне на руки упала Лиза. Полузадушенная. В глубоком обмороке.

Я стоял, удерживая её, а привидение – так медленно, как никогда не делают люди, – спускалось по лестнице. Он спускался, а я смотрел. Можно бы сказать, что я прирос к полу. Можно бы сказать, что меня парализовало. Из высокого окошка полосой падал солнечный свет, как вода песком наполненный пылью, – только такая вода казалась бы мутной, а свет и пыль делал светом. Он вошёл в этот луч и исчез в нём, растворился.

– Да что ж это такое.

Я поднял её и потащил в спальню, потом побежал искать дворника, нашёл, послал его за доктором и вернулся к Лизе. Она дышала, но по-прежнему была без сознания. Я начал было приводить её в чувство, но передумал и просто сел рядом с постелью в ожидании врача, рассматривая проступающие синяки на шее и гаснущее выражение ужаса на лице. Даже и так лицо было очень красивое.

Как-то сразу квартира наполнилась людьми, и все смотрели на меня с неприязнью. Врач, фельдшер, санитары с носилками, квартальный надзиратель, какие-то агенты в штатском, Илья Николаевич, который влетел и никого не видя бросился к жене... Увенчало мизансцену появление Порфирьева. Он вкатился неунывающим колобком и тут же захлопотал и заохал – и от его оханья всем стало как-то спокойнее.

– Что творится! что творится! Страсти испанские! Женщину душить! – Он посмотрел на меня с новым уважением. – Ну иногда да... конечно... многие дамы прямо-таки напрашиваются. Поминутно себя сдерживаешь! волю в кулак собираешь! И разве такое может даром пройти, воля-то в кулаке? Так и выпрыгнет! Так пружинкой и распрямится!

– Это не я.

Порфирьев остановился и хлопнул себя по лбу.

– Фу! Перемешал! Ведь дело-то какое, ум за разум заходит. Квартирка – ваша, дама – в некотором, прошу прощения, роде – тоже ваша... Ну что стоим, что стоим? – напустился он на агентов. – Брысь!

Без охоты и предвидя, к чему это приведёт, я рассказал о нападении Сахарка.

– Тогда почему вы его не задержали?

– Не знаю.

– Не знаете, – сказал Порфирьев огорчённо. – Нет, ну я не спорю, можно не знать. Длину, скажем, экватора, или китайский язык, или подробности чужой жизни. Чужая душа, как говорится, потёмки. Я в гимназии, благодаря хорошо поставленному преподаванию географии, про экватор знал, а теперь не знаю, забыл начисто. Может, и не так хорошо географию поставили, вы как думаете?

– Вы меня лучше официально допросите, со всей обстановкой.

– Нет, зачем же. Вы не так поняли.

Наконец доктор отдал распоряжения, пациентку уложили на носилки, и процессия удалилась: работяги, торжественно озабоченные и с сознанием предстоящего дела. (Трупы по-другому выносят.) Илья пошёл было следом, но повернул назад.

Он немного опомнился и теперь бродил туда-сюда, сам не сознавая, что смотрит во все глаза, с жадной болью разглядывая то немногое, что здесь можно было увидеть. И пока он толкался у кровати, мешая врачу, то, может быть, не только на Лизу смотрел, но и на кровать, на которой та лежала, так что, полагаю, у него была возможность мысленно увидеть и женщину, и кровать в совсем другом ракурсе, но я только вчуже мог вообразить, что он при этом почувствовал. Проходя мимо зеркала, он машинально в него заглянул, будто хотел проверить, правильно ли выглядит. Выглядел он как человек, чью любимую жену едва не убили при сомнительных обстоятельствах на пороге квартиры её любовника (настаивавшего на определении «бывший»). Он бродил, я брёл следом, так мы оказались на кухне: любовник (и в этом случае определение «бывший» теряет в своей утешительной силе) и муж. Комический дуэт.

– Илья Николаевич, – сказал я, – я выполняю свои обязательства.

– Зачем она приходила?

– Не знаю. В строгом смысле, она не успела прийти. Я услышал шум на лестнице.

– Могу представить, как вы торопились, – сквозь зубы сказал он.

– Не помешаю?

В кухню бочком протиснулся Порфирьев. Илья глянул на него, развернулся, метнулся к окну, а по дороге, вряд ли думая, что делает, подхватил со стола недописанное письмо. Читая, он поднял брови.

– Это что же такое?

– Крик души, – сказал я. – Пытаюсь убедить Николая Павловича, что вам нельзя верить.

– И как, успешно?

– Моя жизнь в последнее время – вообще сплошные неудачи.

– Это всё померкнет, обещаю. На том берегу, возможно, в уголовном обвинении видят венец молодечества, но для цивилизованных людей это пожизненное клеймо.

– В чём же меня обвинят?

– В нападении.

– Вот она очнётся и скажет, кто на неё напал.

– Учитывая обстоятельства, она скажет то, что мы хотим услышать.

С этим я согласился.

– Если мне будет позволено, – пролепетал Порфирьев, затаившийся в уголку на стуле, который специально туда переставил, и с таким усердием изображавший мелкую мышку, что оставалось только предположить, что вот именно он будет поглавнее всех присутствующих, – но как, ещё раз простите, выходит, что этот предполагаемый и неуловимый преступник появляется везде, где появляетесь вы?

Я мысленно бросил монетку и в очередной раз сказал «не знаю». Это было проще, чем, запинаясь, объяснять возникновение связи не до конца понятной мне самому, но явно извращённой.

И столько «не знаю» в ряд, особенно учитывая фоновые события и атмосферу, выглядели подозрительнее той психопатологии, которую я смог бы предложить, говоря правду.

– Всякое, конечно, случается, – признал Порфирьев. – Мне, на моей-то должности, к обычным фантастическим случаям пора и привыкнуть. Что ни день, то приключение вне границ рассудка. А как привыкнешь? – Он заволновался. – Рассудок в человеке – это же стержень, спинной хребет! Ну кривые есть, горбатые, сколиоз разной степени, даже парализованные... но не так, чтобы без позвоночника вообще! Господи Боже, голубчики мои! – Порфирьев выговорил это так, словно голубчиками были какие-то Господь и Боже. – Куда мы придём без рассудка и с боевыми привидениями?

– Зачем идти, – безразлично сказал Илья, – мы уже на месте.

Заметил я вот ещё что: оба старательно делали вид, будто едва знакомы, только лучше б им тогда притворяться, что они видят друг друга впервые. Полное неведение легче подделать, чем такую сложную вещь, как «едва-едва», хотя бы потому, что «едва-едва» заставляет постороннего гадать, когда и почему оно происходило, что общего, например, у пристава следственных дел и крупного финансиста, и если они вдруг родственники, или учились в одной гимназии, или сталкиваются в какой-то секретной осуждаемой жизни, в клубах и квартирах с дурной славой, то разве – и особенно в последнем случае – «едва-едва» вместо «совершенно нет» будет той степенью знакомства, которую оба пожелают предъявить миру?

– Разберёмся.

– Разбирайтесь, разбирайтесь, – сказал Илья. – А Разноглазый пока в каземате посидит. Они у нас не только для экскурсий.

– Нет, зачем же такие позорные крайности. Вы уж его того... совсем... как карманного воришку пригвождаете. Домашний арест – вполне адекватная мера пресечения.

– Нет, если речь о варварах. Или привидениях.

– Вы что же, думаете, он придёт меня освобождать?

Я сказал «он», имея в виду Сахарка, но они услышали нечто иное.

– Думаю, что всем, и вам также, будет спокойнее, пока вы под охраной.

– И без возможности передвигаться?

– Это тоже.

Таким образом меня посадили под домашний арест. День я проскучал, второй – протомился, на третий мастерил из простыней верёвочную лестницу, хотя мои мечты о шестом этаже сбылись, и ни простыней, ни мужества у меня в таком количестве не было. И тринадцатое число надвигалось неукротимо, как туча.

Избавление принёс старый клиент, слишком капризный, чтобы ехать к врачу на дом, и слишком высокопоставленный, чтобы его капризы могли игнорировать. («Когда X. говорит: а подать сюда Разноглазого, – его только что не спрашивают, под каким соусом подавать».) Привидение, которое его донимало, перешло к нему от родителей, и за годы знакомства я больше, чем хотел, узнал о наследственной вине и совсем ничего, даже меньше, чем нужно по работе, – о его собственных грехах и тайнах.

Конвоиров дальше передней не пустили. Х. принял меня, как обычно, в спальне и, как обычно, не стал тратить время на вежливые вопросы ни о чём. Он был невероятно чёрствый человек, как большинство неврастеников, и считал, что его нервы пострадают значительно сильнее, чем приличия, если он будет расспрашивать людей об их злоключениях.

– Ничего не помогает, – сказал он после сеанса, видимо обдумывая, каким макаром мы будем взаимодействовать, если я окажусь в тюрьме. – Наследственная вина неизбывна. Так и умру, отбрыкиваясь.

– Умрёте, но от другого.

Ему не понравился мой легкомысленный тон, и он сказал очень назидательно:

– Люди сплошь и рядом расплачиваются за грехи родителей.

– Да. Но это не значит, что они сами в чём-то виноваты.

– Да кто бы стал платить, если не виноват!

– Вот вы, к примеру, берёте сеансы.

– Беру сеансы, потому что надеюсь отвертеться, – зачастил он. – И в глубине души знаю, что отвертеться не получится. И – ещё глубже той глубины, если вы понимаете, о чём я, – покорно принимаю положение вещей. Да, сам я не виноват, в техническом смысле. Я не делал этих ужасных... Но как я могу быть не виноват, если мой отец или дед виноваты? Как я могу отречься от их... проступков, – слово «преступление» он всё же не произнёс, – не отрекаясь от них вообще?

– И Платонов, по-вашему, виноват?

– Какой Платонов?

– Тот, который завтра вернётся в Город.

– Ах, так уже завтра? – Он откинулся на подушки и сделал вид, что перестаёт дышать. – Я болен, я не смогу присутствовать на заседании. Платонов – просто выродок, для таких не существует ни чести, ни правил, ни чувства вины... наследственной или ещё какой. Любой другой на его месте покончил бы с собою ещё двадцать лет назад.

– С чего бы?

– Но как же? Такая огласка, позор...

– Если можно жить с наследственной виной, то почему нельзя – с наследственным позором?

Внутри он вознегодовал, но снаружи струсил ссориться со мной именно сейчас. Признать, что позор – это всего лишь позор, он тоже не мог. Он знал, что от позора умирают. Конечно, люди, а не отребье, животные с того берега – тем всё как с гуся вода. Если бы я подал знак – как делали это нувориши, – что в моём случае животное осознаёт, раскаивается и готово к эволюционному скачку, Х. бы разговорился. Если бы я откровенно занял позицию нераскаянного животного и стал осыпать насмешками городскую тонкокожесть, Х. сменил бы тему. Я спрашивал и смотрел спокойно, и двусмысленность этого его убивала. Как она убивает всех, у кого хватает мозгов её заметить.

– На Большеохтинском, полагаю, устроят встречу.

– Какую встречу? Кому?

– Торжественную. Канцлеру. Платонову.

478

– Ничего подобного. Торжественную, вот ещё! И поедет он через Литейный.

– Литейный? Почему?

– Это требование береговой охраны.

– Да, эти встретят.

Это опять прозвучало двусмысленно. Не став ломать голову, Х. перевёл речь на своё здоровье.

– Не могу вас порадовать, – сказал я мрачно. – Ближайшие двадцать четыре часа вам лучше бы оставаться под наблюдением.

«Неотразимой, – говорит Фиговидец, – ложь делает не правдоподобие, а тайные страхи того, кому лгут. Любой поверит в то, что уже видел в своих кошмарах».

– Неужели настолько серьёзно?

– Что-то идёт не так. Возможен приступ.

– Что же делать? – Он уже чувствовал жёсткие пальцы приступа на своей шее. – Что делать?

– Ничего не поделаешь. Вы ведь знаете, я под арестом.

– Глупости! – завопил он. – Какой может быть арест, когда я умираю?! Чему арест может помешать? Вон в кресло сядете и будете сидеть... арестованный.

– Боюсь, это не в ваших силах.

– Сейчас посмотрим, что в моих силах, а что – нет.

Чуть менее просто, чем ему казалось, и элегантнее, чем предполагал я, Х. добился своего. Он нажал на рычаги. Задействовал связи. Пустил в ход родственников. Пока я на кухне пил чай в обществе экономки, курьеры бегали туда-сюда с записочками, а судьба вершилась. Наконец прибежал Порфирьев, от ярости даже как-то похудевший. Меня позвали к хозяину.

– Ну вот! – воскликнул Х. – Вот он! Никуда не делся! Куда ему отсюда деться? Всего-то на одну ночь!

Порфирьев не заговорил, а зашипел.

– У меня нет людей, чтобы поставить вокруг вашего дома оцепление.

– Ну какая разница, в каком доме находиться под домашним арестом?

– Между квартирой и особняком очень большая разница. В том числе – в смысле возможностей бегства.

– Глупости! Зачем ему бежать? Он не побежит. Он... э... даст честное слово, что не побежит.

Пристав следственных дел (или следует называть его тайным начальником тайной полиции? я не знаю) посмотрел на меня, и во взгляде, в этих мерцающих глазах, отобразилось, как же на него давили. Он сопротивлялся, как мог, сделал, что мог, и не смог ничего: глупость, придури и высокое положение в очередной раз взяли верх над умом и характером. И тошно же ему теперь было.

– Слово чести, не побегу, – сказал я.

И под утро вылез в окно.

В Городе, если тебя начнут искать, невозможно спрятаться, поэтому я тянул до последнего и вышел на набережную, когда мосты уже свели. Я шёл и думал о Канцлере. Интересно, как он спал эту ночь и спал ли. Я смотрел на воду и представлял, как Николай Павлович смотрит на часы, бреется, выбирает (а может, выбрал давным-давно, неделю или годы назад) костюм и галстук, пьёт кофе, садится в свой катерок, высаживается на пристани у Променада – а потом идёт (я был уверен, что он пойдёт, а не поедет) через мост в сопровождении верной свиты, которая тоже, по своим вкусам и способностям, принарядилась. Из-за того, что я не увидел этого въяве, со мной навсегда осталась воображаемая картина, много ярче и отчётливее настоящей: гвардейцы в своих лучших мундирах, Молодой в майке под пиджаком и с голдой, улыбающийся Канцлер. Они шли не в ногу, не строем, в них было столько свободы.

Я рысил по набережной в сторону Литейного моста, прикидывая, как буду прорываться через блокпост, и вдруг – можно сказать, против своей воли – затормозил и резко обернулся. И да, он стоял у меня за спиной.

– Почему ты всегда настолько не вовремя?

– Сахарок приходит, – сказала тварь.

Мы стояли, время шло. Мне хотелось вцепиться в эти неумолимо истекающие минуты.

– Дай руку.

Он попятился, потом побежал. После самой тяжёлой в моей жизни минуты колебания я бросился следом.

В этот пустынный час не нашлось зрителей у этой незрелищной суетни вокруг Летнего сада. Допустим, был человек, как раз сейчас подошедший к окну, чтобы немного прояснить историческую обстановку, но и он, поудивлявшись, отметил бы только, что тот, кто догоняет, не предназначал себя для подобных нагрузок, а тот, кто убегает, не слишком старается убежать.

Не слишком старался или всё же не мог – это я оставляю на усмотрение рапсодов. Догнав, я повалил его в траву и схватил за руку, как делал это с клиентами.

За ремень у меня была засунута сложенная вдоль Лёшина тетрадка. Не отпуская Сахарка, я достал её, одной рукой раскрыл и начал читать, заботясь лишь о том, чтобы выходило громко и отчётливо. Он не дёргался, но я чувствовал сопротивление. Как гвозди, как ножи, как последнее оружие, вбивал я в привидение Лёшины строфы. За всех, кто не желал расплачиваться за свою мерзость, кто считал себя кем угодно, кроме как той дрянью, которой был, кто хотел жить и полагал это своим правом, хотел убивать – и тоже полагал это своим правом, кто отродясь не думал и кто думал, но в результате с чистой душой признавал себя невиновным, кто понимал – чем-то, видимо, не мозгами, – что человеческий мир не устоит, если в него придёт совесть. Красивейшие слова я выкрикивал как проклятия. Я уселся на нём поплотнее, упёрся коленом в горло. Господи Боже, голубчики мои! я просто хотел быть уверен.

Потом я встал. Я был один. Меня шатало, знобило и так далее, зато вопрос с Сахарком был закрыт.

Я потащился обратно на мост и уже на мосту – виден был подошедший катер, фигуры людей на пристани – услышал выстрелы: несколько подряд, самый последний – после паузы и не из винтовки. Стреляли с набережной у меня за спиной. Я перегнулся через перила, присмотрелся, развернулся и пошёл назад.

На спуске к воде на ступенях лежал Щелчок, рядом со Щелчком лежала винтовка. Снайпер был убит выстрелом в затылок. Убийца аккуратно и не прячась убирал пистолет. Это был тот офицер береговой охраны, которого я видел у себя дома и после, мельком, в обществе Ильи Николаевича.

– Боюсь, у вас будет работа, Разноглазый, – сказал он извиняющимся тоном. – Какие у вас расценки?

А на том берегу, на пристани и Променаде, царила суматоха. Я не мог отсюда видеть, но мне и не нужно было видеть. Я прекрасно знал, кто лежит сейчас в крови и прахе своих надежд, простреленный лучшим снайпером ойкумены.

Содержание

ЧАСТЬ ПЕРВАЯ

Воображение и опыт *(их плутни)* 7

ЧАСТЬ ВТОРАЯ

Справедливость и милосердие *(их преступления)* 259

ЧАСТЬ ТРЕТЬЯ

Убеждения и совесть *(их пытки)* 385

Фигль-Мигль

ВОЛКИ И МЕДВЕДИ

Редактор В. Левенталь. Художественный редактор А. Веселов. Корректор Н. Князева. Компьютерная верстка О. Леоновой.

Подписано в печать 17.06.13. Формат 84x108 $^1/_{32}$. Бумага офсетная. Печать офсетная. Усл.печ.л. 31. Тираж 5000 экз. Заказ 388-1.

ООО «Издательство К. Тублина». 190005, Санкт-Петербург, Измайловский пр., 14. Тел./факс 712-67-06, 712-65-47. Отдел маркетинга: тел. 575-09-63, факс 712-67-06.

Отпечатано по технологии СТР в ООО «Полиграфический комплекс «ЛЕНИЗДАТ». 194044, Санкт-Петербург, ул. Менделеевская, д. 9. Тел./факс: (812) 495-56-10.

Информацию о книгах
нашего издательства
вы можете найти на сайте
www.limbuspress.ru

Лимбус Пресс

ПРЕДСТАВЛЯЕТ

Фигль-Мигль

ЩАСТЬЕ

Будущее до неузнаваемости изменило лицо Петербурга и окрестностей. Городские районы, подобно полисам греческой древности, разобщены и автономны. Глубокая вражда и высокие заборы разделяют богатых и бедных, обывателей и анархистов, жителей соседних кварталов и рабочих разных заводов. Опасным приключением становится поездка из одного края города в другой. В эту авантюру пускается главный герой романа, носитель сверхъестественных способностей.

www.limbuspress.ru

ТЕЛЕФОН ОТДЕЛА МАРКЕТИНГА:
тел. 575-09-63
факс 712-67-06

Лимбус Пресс

ПРЕДСТАВЛЯЕТ

Ольга Погодина-Кузмина

ВЛАСТЬ МЕРТВЫХ

Ольга Погодина-Кузмина не первая в русской литературе поднимает гомосексуальную тему. Но впервые сюжет о любви юноши и мужчины становится основой для остросюжетного детектива и вместе с тем – сурового анализа общества.

Продолжение нашумевшего романа «Адамово яблоко», эта книга еще в рукописи попала в Короткий список премии «Национальный бестселлер».

www.limbuspress.ru

ТЕЛЕФОН ОТДЕЛА МАРКЕТИНГА:
тел. 575-09-63
факс 712-67-06

Лимбус Пресс

ПРЕДСТАВЛЯЕТ

Анджей Иконников-Галицкий

САМОУБИЙСТВО ИМПЕРИИ

ТЕРРОРИЗМ И БЮРОКРАТИЯ. 1866–1916

Книга Анджея Иконникова-Галицкого посвящена событиям русской истории, делавших неизбежной революцию и непосредственно ей предшествовавших. Уходя от простых решений, автор демонстрирует несостоятельность многих исторических мифов, связанных с террористами-народовольцами, заговорами в высших правительственных кругах, событиями Русско-японской войны, убийством Распутина, институтом провокаторства... Обширный документальный материал высвечивает историю не как борьбу абстрактных идей или сумму событий, а как мир, где действуют люди, с их слабостями, страстями, корыстными интересами, самолюбием и планами, приводящими по воплощении к непредвиденным результатам. История возвращается к запутанности и неотвратимости жизни: роковые события вырастают из малых причин, а все действующие лица оказываются невольными союзниками. Не теряя достоинства исторического исследования, эта книга остается и напряженным повествовательным текстом, помнящим об интересе интриги, яркости характеров и точности языка.

www.limbuspress.ru

ТЕЛЕФОН ОТДЕЛА МАРКЕТИНГА:
тел. 575-09-63
факс 712-67-06

Александр Секацкий

ПОСЛЕДНИЙ ВИТОК ПРОГРЕССА

Книга Александра Секацкого посвящена анализу важнейших процессов современности. Здесь представлена новая философия денег, исследуется тихая революция в сфере эротики и сексуальности, очерчиваются контуры новообретенной синтетической медиа-среды. Словом, автор дает абрис того мира, в котором все меньше места остается подлинному, «классическому» субъекту, однако пришедший ему на смену хуматон как последняя версия человеческого в человеке чувствует себя в этой новой реальности словно рыба в воде. Самое главное часто происходит на задворках громких событий, а затем обнаруживает себя внезапно, как нечто непоправимое и окончательно свершившееся.

www.limbuspress.ru

ТЕЛЕФОН ОТДЕЛА МАРКЕТИНГА:
тел. 575-09-63
факс 712-67-06

Лимбус Пресс

ПРЕДСТАВЛЯЕТ

Татьяна Москвина
ЖАР-КНИГА

Татьяна Москвина – автор широкой одаренности и богатой палитры. Кажется, нет такого литературного жанра, в котором бы она не блеснула и не обрела читательского признания. Публицист, писатель, драматург, эссеист, театральный критик – все Москвиной по плечу, и на каждом поприще она индивидуальна, узнаваема, исполнена глубины мысли и остроты переживания. «Жар-книга» - полифонический сборник, познакомившись с которым, каждый сможет убедиться в истинности сказанных выше слов.

www.limbuspress.ru

ТЕЛЕФОН ОТДЕЛА МАРКЕТИНГА:
тел. 575-09-63
факс 712-67-06

Лимбус Пресс

ПРЕДСТАВЛЯЕТ

Сергей Носов

ПОЛТОРА КРОЛИКА

Трогательные герои в дурацких обстоятельствах – такова формула реализма Сергея Носова. Его рассказы могут вызвать улыбку и светлую грусть – попеременно или разом, – но как бы там ни было, читать их – одно из наивысших доступных современному русскому читателю наслаждений.

«Говорят, что Носов – писатель-абсурдист. Оно, может, и так – но лишь в той мере, в которой абсурдна сама повседневность» – Вадим Левенталь, «Известия».

www.limbuspress.ru

ТЕЛЕФОН ОТДЕЛА МАРКЕТИНГА:
тел. 575-09-63
факс 712-67-06

Лимбус Пресс

ПРЕДСТАВЛЯЕТ

Александр Етоев
ПОРОХ
НЕПРОМОКАЕМЫЙ

СКАЗКИ ГОРОДА ПИТЕРА

Александр Етоев — удивительный мастер. Когда открываешь его книги, прозрачный и цветной воздух детства дует в лицо с их страниц, и дыхание перехватывает от запаха пыльцы оставшегося в прошлом рая. Плотный язык, непоседливый сюжет, парадоксальная образность, абсурдный и волшебный мир героев — все смешано в его прозе в пряный ароматный коктейль. И этот коктейль пьется залпом.

В сборник включены две повести — «Бегство в Египет» и «Порох непромокаемый», а также рассказ «Парашют вертикального взлета».

www.limbuspress.ru

ТЕЛЕФОН ОТДЕЛА МАРКЕТИНГА:
тел. 575-09-63
факс 712-67-06

Лимбус Пресс

ПРЕДСТАВЛЯЕТ

Владимир Лидский
РУССКИЙ САДИЗМ

«Русский садизм» – эпическое полотно о русской истории начала XX века. Бескомпромиссная фактичность документа.соединяется в этом романе с точным чувством языка: каждая глава написана своим уникальным стилем.

История Гражданской войны и установления советской власти до сих пор остается одной из самых темных, самых будоражащих страниц нашей истории. «Русский садизм» претендует на то, чтобы закрыть эту тему, – и именно поэтому он вызовет волну споров и поток критики.

www.limbuspress.ru

ТЕЛЕФОН ОТДЕЛА МАРКЕТИНГА:
тел. 575-09-63
факс 712-67-06